novum pro

Reinhard Bicher

Es-Dur

Bibliografische Information
der Deutschen Nationalbibliothek:

Die Deutsche Nationalbibliothek
verzeichnet diese Publikation in der
Deutschen Nationalbibliografie.
Detaillierte bibliografische Daten
sind im Internet über
http://www.d-nb.de abrufbar.

Alle Rechte der Verbreitung, auch
durch Film, Funk und Fernsehen, fotomechanische Wiedergabe, Tonträger, elektronische
Datenträger und auszugsweisen
Nachdruck, sind vorbehalten.

© 2009 novum publishing gmbh

ISBN 978-3-99003-010-3
Lektorat: Mag. Sandra Zoglauer
Coverbild: Martin Bicher;
Pastelkreidearbeit; Original A3;
2009.

Gedruckt in der Europäischen Union
auf umweltfreundlichem, chlor- und
säurefrei gebleichtem Papier.

www.novumpro.com

AUSTRIA · GERMANY · SWITZERLAND · HUNGARY

VORWORT

Die Basis für diesen Roman bildet die US-TV-Familienserie „Everwood", eine herausragende Produktion Greg Berlantis, eines der Mitautoren von „Dawson's Creek". Aber auch Anna Fricke, ebenfalls Mitautorin dieses Jugenddramas, zeichnet als maßgebliche Mitarbeiterin bzw. Regisseurin bei „Everwood" verantwortlich.

Die Serie war im Original in den USA von 2002–2006, in deutschsprachiger Synchronisation von 2005–2007 erstmals zu sehen.

Etwa zwölf Jahre sind nach dem Ende der Fernsehserie vergangen. Die handelnden Charaktere haben sich weiterentwickelt, leben in den USA verteilt, gehen ihren Beschäftigungen nach, führen ein ganz normales, weitgehend sorgenfreies Leben, bis an der Westküste ein läppischer Autounfall unter Drogeneinfluss eine ganze Lawine an Ereignissen und Problemen auslöst, die ganze Weltbilder zum Wanken bringen und die Beziehungen der einzelnen Personen zueinander empfindlich stören.

Die Lüge, die Unterlassung, das Verschweigen von wichtigen Informationen, aber auch zwei Kriminalfälle prägen das Geschehen.

Als eine zentrale Figur dieses Romans entpuppt sich Peter Walkley, jener uneheliche und im Säuglingsalter, nur wenige Tage alt, zur Adoption freigegebene Sohn des zu diesem Zeitpunkt knapp sechzehnjährigen Ephram Brown und Madison Kerners.

Schauplätze dieses Romans sind neben dem Gebirgsstädtchen Everwood, in dem die Familie Abbott selbst lebt, auch Denver, Wohnort von Ephram und Amy Brown und deren Kindern,

Chicago, neue Heimat und Wirkungsstätte des Dr. Andrew Brown, New York als ungeliebte Heimat von Madison Kerner, San Francisco, Wohnort der Familie Walkley, und Los Angeles als Sitz des Drogentherapiezentrums der Brüder Hartman.

Delia Brown ist Judaistin und recherchiert gemeinsam mit ihrem Freund und Kollegen in Europa in Zusammenhang mit den unfassbaren Ereignissen in den Konzentrationslagern der Dritten Reichs.

Mit der Handlung verwoben sind als Ausblick in die Zukunft sozial – und gesundheitspolitische Themen, aber auch die verschiedensten möglichen wirtschaftlichen und menschlichen Entwicklungen nach der großen Rezession.

Breiter Raum wird auch der Musik in all ihren Facetten und den damit zusammenhängenden Lehrberufungen gewidmet.

Es besteht keine Notwendigkeit, die Serie „Everwood" zu kennen; der Roman ist davon unabhängig. Wirklich maßgebliche Informationen, die gewisse Zusammenhänge näher erklären, werden im Kontext in Form von Rückblenden oder in Dialogen gegeben.

I

Mit drei kräftigen Schlägen mahnte die große Uhr am Campus der Colorado A&M zum Ende dieser Lehreinheit. Unverzüglich machte sich Unruhe breit, die unbequemen Holzstühle knarrten und die Studenten ließen geräuschvoll ihre Lernunterlagen in die diversen Rucksäcke gleiten, welche überall auf dem glatt gebohnerten Fußboden herumstanden.

„Und? Alles kapiert?"

Ephram Brown warf einen letzten prüfenden Blick in die Runde seiner Studenten, die jedoch allesamt bereits abgeschaltet hatten und sich anderen, persönlichen Interessen widmeten. Der junge Lehrbeauftragte gab auf, wendete sich rasch um und zog den Stecker des neben ihm stehenden elektronisch gesteuerten Projektionsgerätes aus der Dose. Langsam verschwanden die dicken schwarzen Noten einer Es-Dur-Kadenz von der weißen Leinwand.

Ephram seufzte leise und blickte seinen Studenten nach, die nun nach und nach den kleinen Hörsaal verließen.

Auch der Lehrer packte seine Unterlagen zusammen und seine Miene verfinsterte sich. Prinzipiell hasste er den Kontrapunkt, verabscheute diese endlos langweilige Lehrveranstaltung und würde keineswegs mit seinen Studenten tauschen wollen.

Trotz aller Aversion gegen den staubtrockenen, der Mathematik und Logik gehorchenden Stoff hatte er sich aber bislang immer bemüht, sein Seminar so interessant, so spannend wie möglich zu gestalten, es mit einer Unzahl an Fallbeispielen aufzulockern und so den Studenten für Musik und Komposition diesen Themenbereich auf diese Art und Weise nahezubringen.

Der Not und der Notwendigkeit gehorchend hatte er sich zur Leitung dieser Lehrveranstaltung verpflichten müssen, er hätte sonst vom Dekan der Universität niemals die Aufbaugruppe zur

Meisterklasse im Fach Klavier überantwortet bekommen. Ephram hatte zwar mittelfristig auch von der Leitung der Meisterklasse selbst geträumt, doch war dieser Lehrstuhl zurzeit besetzt und er selbst mit seinen gerade zweiunddreißig Jahren einfach noch viel zu jung dafür.

Doch was nicht war, könnte ja vielleicht irgendwann doch noch einmal werden. Sein diesbezüglicher Ehrgeiz hielt sich derzeit ziemlich in Grenzen; Frau und Familie hatten einfach Vorrang vor anderen überwertigen Ideen, die seine derzeitig so stabile Lebenssituation gefährden könnten.

Er nahm die Brille ab, die ihm sein Augenarzt erst kürzlich verordnet hatte, was allerdings seiner Eitelkeit nicht gerade zuträglich war. Dieser gehorchend hatte er seine beginnende Sehschwäche der laufenden und intensiv notwendigen Arbeit am Bildschirm und dem umfangreichen alten und zum Teil sehr vergilbten Notenmaterial sowie den vielen Korrekturen zugeschrieben. Er fuhr sich durch sein dichtes halblanges braunes Haar, trat ans Fenster und blickte auf den belebten Campus hinaus. Das lustige, lockere Treiben der Studentenschaft erhellte seine Stimmung. Er packte ein Bündel Unterlagen, verstaute es flott in seiner Aktentasche, eilte auf den Gang hinaus, schloss die Tür hinter sich ab, lief die Treppen hinunter und stieß das mächtige verglaste Tor auf, welches das ausladende Nebengebäude der Universität von den Grünanlagen des Campus trennte.

Ephram trabte die wenigen Schritte hin zum Parkplatz der Lehrkräfte, blickte auf die Uhr, blieb stehen, atmete tief durch und sog die Frühlingsluft in sich auf. Er griff in die Innentasche seines Jacketts und zog das Etui seiner Pfeife hervor. Vorsichtig entnahm er der anderen Tasche sein ledernes Tabaksbeutelchen, nahm ein Häufchen Tabak zwischen seine Finger, roch daran und ließ es zufrieden in das Pfeifeninnere rieseln. Penibel stopfte er nun das Rauchutensil, führte es zum Mund, entnahm seinem rechten Hosensack ein schweres, vergoldetes Feuerzeug, entzündete den duftenden Tabak und zog genussvoll.

„Nikki, Harry, beeilt euch! Dad wird bereits warten!"
Amy Brown-Abbott, die bildhübsche Dame, mahnte ihre beiden Kinder zur Eile, wollten sie doch Ephram von der Universität abholen, um von dort direkt zur Feier anlässlich des sechzigsten Geburtstags ihres Vaters nach Everwood zu fahren.

„Ja, Mum, wir sind ja gleich so weit ..."
Sie bedachte ihren Erstgeborenen mit einem prüfenden Seitenblick, strich dem blonden Jungen das Haar ein wenig zurecht, zog an dessen buntem Wollpullover herum, betrachtete seine Hose in Hinblick auf Sauberkeit und richtete den einen Hemdkragen zurecht, der sich am Pulli verhängt hatte. Sie warf selbst einen flüchtigen Blick in den Wandspiegel des Garderobenraumes, zupfte ein wenig ihr eng anliegendes pastellfarbenes Frühlingskostüm zurecht und langte nach einer Jacke. In Everwood, in den Bergen, könnte es um diese Jahreszeit noch recht kalt sein.

„So, Mum, wir können losfahren!"
Aufgeregt sprang das brünette sechsjährige Mädchen im Schottenrock bei der Garderobentür herein und stieß unbeabsichtigt mit seinem größeren Bruder zusammen.

„Pass doch auf, du dumme Gans!"
Indigniert schüttelte der Achtjährige altklug den Kopf.

„Schluss jetzt!"
Der Mutter wurde es zu bunt ...
Sie packte ihre beiden Kinder bei den Händen und zog sie auf den Flur hinaus.

„Harry, du nimmst die Reisetasche, Nikki, du nimmst meine Handtasche. Nein, warte ..."
Amy entriss ihrer Tochter die weiße Ledertasche und durchsuchte sie nach den neuesten Familienfotos für ihre Eltern, aber auch nach den Autopapieren und dem Schlüssel. Im Normalfall hatte diese nämlich Ephram bei sich, da zumeist er den gemeinsamen Wagen für den Weg zur Universität, aber auch zu seinen vielen privaten Klavierschülern benützte.

Gottlob, alles war vorhanden ...

Erneut drückte die resolute Frau mit den langen mittelblonden Haaren ihrer Tochter die Tasche in die Hand und warf dem Mädchen einen kurzen eigenartigen Blick zu.

Ja, nun brauchten sie nur mehr ein gemeinsames Auto, Ephram verdiente mehr als genug. Anfangs, als die Kinder klein waren, hatte sie noch einen gut bezahlten Job als Journalistin gehabt, die sich mit sozialpolitischen Fragen auseinandergesetzt hatte, wofür sie auch vier Jahre lang die einschlägigen Fächer studiert hatte. Für die Kinder hatte man sich gottlob nur stundenweise mit einem Kindermädchen behelfen müssen, zumal Amy ihrer Tätigkeit zum großen Teil zu Hause nachkommen hatte können. Bloß ein Mal in der Woche hatte sie ein paar Stunden wegmüssen, zur Redaktionsbesprechung, mit ihrem eigenen Wagen ...

Mit dem Eintritt Harrys in die Schule hatten dann die Probleme begonnen. Der Junge war hochbegabt und immer unterfordert. Amy hatte ab nun keine Zeit und keine Nerven mehr für ihren Job gehabt, zumal die kleinere Tochter ja auch noch mehr als vorhanden gewesen war und verstärkt Zuwendung eingefordert hatte.

Ephram hatte sodann entschieden: Amy könne getrost ihren Job an den Nagel hängen und sich ganz den Kindern widmen, ihr kleiner Stadtflitzer werde veräußert ...

„Was hast du, Mum? Du siehst mich so eigenartig an?"
„Ach gar nichts, Nikki!"

Amy zauberte ein Lächeln auf ihr Gesicht und trieb ihre zwei Sprösslinge liebevoll in den Vorgarten hinaus, sie sperrte die Haustüre zu, wandte sich noch einmal um und prüfte eingehend, ob denn ja alle Fenster ihres hübschen Hauses am Stadtrand von Denver geschlossen wären.

Alles schien in bester Ordnung zu sein. Die Rollläden waren heruntergelassen, die Blumen und Pflanzen des Gärtchens gegossen. Amy strich ihren Kindern zärtlich übers Haar ... Einträchtig begab man sich zum Auto, stieg ein und fuhr los.

Auch in Chicago hatte der Frühling Einzug gehalten. Ein angenehmes Lüftchen wehte von den großen Seen her und begleitete das Ehepaar Brown die Gangway hinauf. Galant bot Andy seiner attraktiven Gattin den Vortritt an, was Nina mit einem gewinnenden Lächeln quittierte.

„Oh, Dr. Brown, wie angenehm, Sie wieder einmal als Gast bei unserer Fluglinie zu haben! Wie die Zeit vergeht …, ist schon wieder ein halbes Jahr um …"

Die leitende Flugbegleiterin bemühte sich in ausgesuchten Worten um den bekannten Fluggast.

„Grüß Gott, Mrs. Brown, freut mich sehr!"

Das Ehepaar nickte unisono, dankte mit jenem freundlichen Lächeln, für das beide Ehepartner allerorts bekannt waren, und nahm auf ihren Sitzen Platz.

„Wirklich ungewöhnlich. Die Stewardess hat recht, die Monate rasen dahin."

Nina blickte ihrem Angetrauten in die Augen.

„Ja …"

Andy hatte im Moment wenig Lust auf Small Talk mit seiner Frau. In Gedanken war er längst in Denver, beim Sohn, der Schwiegertochter und bei den Enkelkindern.

Und auch in Everwood, wo man in wenigen Stunden endlich wieder zusammenkommen würde …

Dankbar dachte Andy Brown an seinen alten, seinen besten Freund Harold Abbott und er freute sich bereits jetzt riesig auf dessen Geburtstagsfeier.

Nina schien Andys Gedanken zu erraten.

„Du freust dich wohl schon sehr auf die Kinder? Schade, dass Sam diesmal nicht mitkommen kann."

„Ja, wirklich schade. Auch die Abbotts werden recht traurig sein. Andererseits – seien wir doch froh, dass unser Junge nun endlich einen ordentlichen Job bekommen hat."

Nina nickte zustimmend; Andy hatte wohl recht.

Als man vor etwa zwölf Jahren Everwood den Rücken gekehrt hatte, war der ohnehin unruhige Knabe endgültig entwurzelt worden. Er hatte lange gebraucht, um sich in der fremden Umgebung einzugewöhnen und in der Schule durchzusetzen. Unermüdlich hatte Nina gepredigt, er möge Geduld haben und es werde schon alles ins rechte Lot kommen.

Sam jedoch hatte dafür keine Ohren gehabt. Ein Schulwechsel war dem anderen gefolgt ...

Der auffällige, ein wenig verhaltensgestörte Junge war auch über die Pubertätszeit hinaus wild und unsozial geblieben; es war ein Wunder und nur der Tatkraft seiner Mutter und seinem Stiefvater zu verdanken, dass er in der diesbezüglich nicht ganz ungefährlichen Großstadt nicht in falsche Kreise geraten war, zumal er seine wenigen sozialen Kontakte großspurig und von Geld beherrscht zu knüpfen pflegte. Delias Einfluss fehlte, das stand außer Frage. Es war schlimm für den Jungen gewesen, als diese ihr Studium begonnen hatte, nun auch noch längerfristig im Ausland weilte und damit als ordnende Kraft nicht mehr zur Verfügung stand. Die Erbanlagen seines leiblichen Vaters, dessen latente und späterhin dominante Homophilie dürfte der junge Mann jedoch nicht mitbekommen haben ...

Mit viel Kapitaleinsatz und noch größerem menschlichen Verständnis hatte Andy dem Stiefsohn immer wieder unter die Arme gegriffen, hatte versucht, die Bevormundungen, die Fehler, die er bei seinem eigenen Sohn oftmals begangen hatte, zu unterlassen.

Letzten Endes hatte der Junge nun doch mit Ach und Krach den Schulabschluss geschafft und war jetzt nach vielen kurzfristigen Versuchen als Sachbearbeiter in einer Versicherungsgesellschaft untergekommen.

Aber auch für Andy Brown selbst war es nicht leicht gewesen. Nicht nur der Abschied von seinem Sohn war ihm schwer gefallen; nach den vier so prägenden und positiven Jahren in Everwood, dem Provinzstädtchen, war die Rückkehr in die Großstadt, in das geregelte Krankenhausleben auch nicht ganz problemlos gewesen. Obzwar er selbst ja mit der Leitung des neurochirurgischen Instituts der Universität seine berufliche Zukunft krönend abgesichert hatte und er die früheren Erfolge samt chirurgischer Meisterschaft gleichsam mitgenommen hatte, fehlte ihm das kleinstädtisch Rückständische, aber doch Dankbare und schöpferisch Fordernde.

Es fehlten ihm einfach die Leute, die er in- und auswendig kannte, mit denen er mitfühlen, mitlachen und mitleiden, für die er sich völlig einsetzten hatte können. Und es fehlte ihm die Familie Abbott ...

Wenigstens Delia, sein geliebtes, damals dreizehnjähriges Töchterchen war mitgezogen, hatte ihren positiven Einfluss auf Sam geltend gemacht, hatte in Chicago weit bessere Möglichkeiten gehabt, ihre jüdische Religion auszuleben, was ihr die Pubertätszeit enorm erleichtert und sich sehr positiv auf ihre Leistungen in der Highschool und auf das Studienziel, die Judaistik, ausgewirkt hatte.

Doch auch die Tochter hatte Everwood und den Bundesstaat Colorado nicht vergessen. Alle Möglichkeiten, in Chicago zu studieren, hatte sie über Bord geworfen, als ihr die Colorado A & M ein diesbezügliches Angebot unterbreitet hatte.

Andy war es recht – so waren zumindest die Geschwister wieder an einem Ort zusammen ...

Natürlich hatte ihm auch die neue Lebenspartnerschaft mit Nina über all das hinweggeholfen. Von Anfang weg hatte Andy Brown sich bemüht, seine zweite Ehe ganz anders zu gestalten als seine erste mit Julia, was für ihn viel leichter als damals war, zumal seine Karriere auf dem Höhepunkt stand und die Steuerungsmechanismen bei ihm selbst lagen.

So beschränkte er sich operativ auf die schwierigsten und hoffnungslosesten Fälle und kümmerte sich verstärkt um die universitäre Ausbildung der Studenten, und der Erfolg gab ihm bislang recht. Bei Dr. Brown zu lernen erfüllte alle mit Stolz, Zufriedenheit und Ansporn.

Und längst gab es nicht mehr die unentwegten kritischen Blicke des früheren Schwiegervaters, der ihn wegen seines übergroßen fachlichen Ehrgeizes und des damit zusammenhängenden inakzeptablen und ignoranten Verhaltens gegenüber seiner Familie viele lange Jahre nicht hatte akzeptieren können ...

Erst bei ihrem letzten Zusammentreffen, in Everwood vor bald fünfzehn Jahren, war es Andy gelungen, den kritischen Chirurgen von jener grundlegenden Wesensveränderung zu überzeugen, die er als frei praktizierender Allgemeinmediziner im Provinzstädtchen durchgemacht hatte.

So hatte er jetzt, im reifen Alter, für seine zweite Frau und seinen Stiefsohn das, was er lange Jahre für Julia, Ephram und Delia nicht gehabt hatte: Zeit.

Andy Brown blickte kurz zum Fenster hinaus, lehnte sich aber sofort wieder bequem in seinem Sitz zurück und betrachtete einige Augenblicke heimlich prüfend seine leider schon ein wenig ungelenkig werdenden Chirurgenhände. Der Fünfundsechzigjährige seufzte kurz auf. Ein wahres Glück, dass er mit kommendem Jahr seine chirurgische Tätigkeit gänzlich aufgeben und sich ganz der Lehrtätigkeit widmen werde können.

Und wieder schien Nina den Gedanken ihres Ehemannes auf die Schliche zu kommen. Liebevoll streichelte sie seine Rechte und schwieg.

Niemals hatte sie ihre Ehe mit Andy und den Umzug in die Großstadt bereut. Natürlich war die Eingewöhnungsphase schwierig und mit den Problemen des eigenwilligen Sohnes durchwachsen gewesen. Doch hatte sie Chicago lieben gelernt und würde partout nicht mehr gänzlich nach Everwood zurückkehren wollen. In der Anfangszeit war Nina vorsichtig gewesen. Sie hatte mit den hochrangigen Akademikern der medizinischen Schulen keine Erfahrung gehabt, rundum hatte es ihr an der nötigen Allgemeinbildung und dem gesellschaftlichen Auftreten gefehlt. Ihr attraktives, gepflegtes Äußeres, ihre Bescheidenheit, aber auch ihre Warmherzigkeit hatten ihr jedoch viele Türen geöffnet und sie so manches Herz aus Andys Kollegenschaft im Sturm erobern lassen. Mit den Jahren war sie damit ein geachtetes Mitglied der höheren Gesellschaft Chicagos geworden, ohne aber ihre Wurzeln, ihren natürlichen Charakter preisgeben zu müssen.

Das Haus der Abbotts glich einem Bahnhof. Es herrschte ein stetiges Kommen und Gehen. Während sich Rose, die unumstrittene Chefin des Hauses, in der Küche ihren legendären Kochkünsten hingab, erschienen unentwegt Patienten ihres Mannes, um Geburtstagsgeschenke abzugeben. Bright stöhnte, war er doch gerade dabei, das Esszimmer dem Anlass gemäß zu dekorieren und das wertvolle Silberbesteck und das stilvolle Porzellan auf Hochglanz zu polieren. Es war für den Dreiunddreißigjährigen gar nicht so einfach sich diese Zeit quasi freizuschaufeln. Seine Übernahme der Amtsgeschäfte als Bürgermeister des Städtchens war noch nicht allzu lange her, das Erbe war schwer und die Arbeit massiv ausufernd, hatte sich doch die Stadt seit Irv Harpers Bestsellerbuch gewaltig weiterentwickelt und war zu einem echten touristischen Zentrum geworden. In den zehn Jahren, in denen der junge Mann zuvor in der Stadtverwaltung gedient hatte, war Everwood das Maß aller Dinge in Colorado geworden, was Qualität und leichte Erreichbarkeit der vielen Skistationen betraf. Unermüdlich war an neuen, dem traumhaften Landschaftsbild entsprechenden hübschen Hotelanlagen und an einem adäquaten Straßennetz gebaut worden. Es war allerdings auch Bright Abbotts unermüdlichem Einsatz zu verdanken, dass der Charakter des Städtchens trotz aller Neuerungen prinzipiell gewahrt geblieben war. Letztlich war es auf geniale Weise gelungen, sanften und intensiven Tourismus miteinander zu verschmelzen und gleichsam miteinander in Ergänzung und Kooperation leben und sich entwickeln zu lassen.

„Wohin mit dem ganzen Zeug, Mum?"

Lautstark und entnervt rief Bright seine Mutter, die verdiente Altbürgermeisterin, zur Hilfe.

„"Wird schon noch irgendwo Platz sein! Bitte doch deine kleine Schwester um Hilfe."

Bright resignierte; er platzierte die diversen Pakete einfach auf dem Sofa im Wohnzimmer, trat in den Flur und schritt aus dem Haus. Lilly, die zwölfjährige Nervensäge, war sicher auf ihrem Zimmer, hatte Kopfhörer auf und konsumierte hämmernde Sounds. Auf diese Hilfe könnte er getrost verzichten ...

Er ließ seinen Blick über den Vorgarten seines Elternhauses schweifen, betrachtete die vielen blühenden Blumen, die seine Eltern so liebten und pflegten, da bog ein Taxi um die Ecke und hielt genau vor dem Haus.

Der junge Bürgermeister runzelte die Stirn. Wer mochte das bloß sein? Die Festgäste erwartete man erst in ein paar Stunden.

Die hintere Türe des „Yellow Brick Road" öffnete sich, Brights Miene erhellte sich, seine Augen begannen zu leuchten; er lief los und Sekunden später fiel Hannah in seine Arme.

„Ich wusste gar nicht, dass du kommst, dass du den weiten Weg von Minnesota hierher auf dich nimmst …"

Bright lachte übers ganze Gesicht, außer sich vor Freude und Überraschung kamen die Worte über seine Lippen.

„Na ja – ich kann doch den Sechziger deines Vaters nicht übergehen!"

„Mein Gott, komm doch rein! Wo ist dein Gepäck?"

„Hier …"

Hannah reichte ihrem alten Seelenfreund ihre Reisetasche; ihr langes braunes Haar wehte im Frühlingslüftchen.

„Mum und Dad werden sich riesig freuen …"

Bright nahm die hübsche junge Frau bei der Hand und geleitete sie in sein Elternhaus.

Die Session war vorbei …

Peter Walkley lag am Strand der San Francisco Bay und blickte zu den Sternen hinauf. Gierig zog er an seiner selbst gerollten Zigarette; ein süßlicher Duft verbreitete sich.

Der Sechzehnjährige schloss seine Augen und entspannte sich …

Noch vor wenigen Minuten hatten ihm scharenweise bildhübsche Mädchen exstatisch zugejubelt; seine Band hatte großartige Musik geliefert, hatte ihn und sein Keyboard optimal unterstützt.

Seine neuen Arrangements der legendären Songs der Achtundsechzigergeneration und sein meisterhaftes Keyboard-Spiel hatten wieder einmal eingeschlagen wie eine Bombe ...

Wie so häufig war er jedoch unverzüglich vor dem Rummel geflüchtet. Genauso, wie er die Musik über alles liebte, so hasste er die jubelnden Horden an den Stränden.

Peter zog nochmals kräftig an seinem Glimmstängel und langte nach der halb vollen Tequilaflasche, die neben ihm im noch warmen Sand lag. Er öffnete den Schraubverschluss und tat einen guten Schluck.

Ein letzter Zug; fasziniert beobachtete der Junge das zierliche blaue Rauchfähnchen, das sich in die Luft hinaufzwirbelte und nach wenigen Sekunden wie ins Nichts zerstob.

Müdigkeit überkam Peter; die nahezu fertig gerauchte Zigarette fiel ihm aus der Hand; im Nu war er eingeschlafen ...

„Hey, Peter, wach auf! Du solltest längst zu Hause sein! Du kennst doch deine Eltern, die dulden nicht, dass du unter der Woche so lange ausbleibst! Du weißt, die Schule ..."

Douglas, der Bassist und die Vernunft seiner Band, trat zu dem Schlafenden, rüttelte ihn an den Schultern und nahm die Flasche mit dem alkoholischen Getränk an sich.

„Ist ja gut, du Quälgeist ..."

Langsam setzte sich Peter auf, strich sich durch sein wirres blondes Haar und erhob sich. Er taumelte, doch Douglas stützte ihn.

„Wie oft soll ich dir noch sagen, dass dein verdammter Mix absolute Scheiße ist! Hör auf damit, du machst dich selbst kaputt! Wir brauchen dich ... und fahr bitte nicht mit dem Auto ..."

„Halt den Mund und scher dich selbst nach Hause!"

Herrisch fuhr Peter seinen etwas älteren Freund und Musikerkollegen an und stieß den Wohlmeinenden zur Seite.

Diesem waren die Gewohnheiten und das Wesen seines Bandleaders in dessen eingeschränktem Zustand keineswegs fremd; nach so gut wie jeder Session passierte das.

Douglas machte gute Miene zum bösen Spiel. Er schwieg und beobachtete Peter aus der Distanz. Dieser schlich den breiten Sandstrand hinauf in Richtung Straße. Schemenhaft war das schicke Cabrio des Keyboarders auszumachen, das am Straßenrand abgestellt stand, und die helle Sternennacht ließ auch die Silhouette des schlanken mittelgroßen Jungen erkennen, der mühevoll tastend den Griff der Fahrertüre suchte.

„Lass das, Peter!"

Douglas' lautstarke Bemühungen fruchteten nichts. Die Autotüre knallte, der Anlasser sang, die Auspuffe röhrten. Mit quietschenden Reifen war das Cabrio binnen kürzester Zeit in der Dunkelheit verschwunden.

„Bitte nichts Perverses; du weißt, ich mag das nicht!"

Madison Kerners Stimme klang rau und resolut. Es waren immer die gleichen Stammkunden, welche die kleine Bar im New Yorker Rotlichtmilieu frequentierten. Betuchte Familienväter oder kleine affengeile Wichser – gelebtes Doppelleben, unterdrückte Bedürfnisse oder Flucht vor Frau und Kindern: Madison war das egal. Die blonde fünfunddreißigjährige Kellnerin war zu Diensten, doch nicht um jeden Preis.

Noch immer hatte sie ihre Grenzen …

Fünf Jahre war es nun her, dass sie ihr Bruder seines schicken Appartements in Village verwiesen hatte. Bis zu diesem Zeitpunkt war ihr Leben halbwegs stabil verlaufen. Ihre Geschicklichkeit und Durchsetzungsfähigkeit hatten sie beruflich bis in ein schickes Café auf der 7th Avenue gebracht. Doch dann war Sendepause gewesen; der Bruder hatte eine Frau kennengelernt, war alsbald vor der Eheschließung gestanden, womit der Platz in dessen Wohnung Schnee von gestern geworden war.

Madison war gezwungen gewesen, sich eine neue Bleibe zu suchen. Für die sündhaft teuren New Yorker Mieten hatte ihr Einkommen nicht ausgereicht und für eine feste Beziehung war sie nach wie vor nicht bereit gewesen. Ein neuerlicher Einstiegsversuch in die Musikszene war ebenso nicht von Erfolg gekrönt gewesen. Zu hart, zu dominant war die Konkurrenz im Big Apple, zu fortgeschritten war ihr Alter, zu lange war sie der Szene ferngeblieben, hatte den Kontakt dazu verloren. Vieles hatte dem herrschenden Zeitgeist widersprochen, der Ära der Erholung, des Umdenkens nach der großen Rezession. So war es bald notwendig geworden, als Zubrot ihren Körper feilzubieten. Die Abwärtsspirale hatte sich zu drehen begonnen, schneller, immer schneller. Endstation: die kleine Bar mit dem schäbigen Separee in Queens …

„Warte, ich komme gleich …"
Die Prostituierte zog sich aus der kleinen Kemenate, einem abgetrennten Nebenraum der Bar, in das Gelass zurück, das man im Entferntesten als Bad und WC bezeichnen konnte. Der Geruch an diesem Ort war widerlich. Die blonde Frau hantierte an den verrosteten uralten Wasserhähnen. Zischend und blubbernd entleerte sich ein dünner eiskalter Wasserstrahl. Madison wusch ihr Gesicht und blickte auf in den winzigen Spiegel, der oberhalb des schmutzigen Waschbeckens montiert war.

Sie beließ es bei einem kurzen Blick.

Tiefe Spuren hatte ihr Lebenswandel hinterlassen. Das früher so hübsche und attraktive als Musikerin und Sängerin so begabte Mädchen sah sich nun als alterndes verbrauchtes Flittchen. Nur mehr wenig erinnerte noch an ihre frühere Schönheit und an ihren Esprit.

Madison wollte weinen, doch es gelang nicht; keine Träne war mehr übrig, die tiefen Tränensäcke waren ebenso ausgetrocknet wie ihre Seele. So blieb es bei einem leisen Klagelaut …

Oftmals dachte sie gerade in diesen Augenblicken der tiefsten Verzweiflung an Ephram, die kurze und große Liebe ihres jungen Lebens, den Menschen, den sie als zwanzigjähriges Kindermädchen im Hause Brown mit seinen sechzehn Jahren zum Manne gemacht hatte, von dem sie schwanger geworden war und dessen Kind, den kleinen Sohn, sie ohne sein Wissen und Einverständnis unmittelbar nach der Geburt zur Adoption freigegeben hatte.

Durch Zufall waren sich die beiden später einmal in New York begegnet und die traurige Angelegenheit war zur Sprache gekommen.

Letzten Endes hatte ihr Ephram verziehen, doch was half es … Ihr Leben war verpfuscht und sie wusste nicht, wen sie mehr hasste, sich selbst oder Andy Brown, der ihr nahe gelegt hatte, Everwood zu verlassen und über die ganze Sache Ephram gegenüber Stillschweigen zu bewahren. Er hatte auch angeboten, im Bedarfsfall finanziell für sein Enkelkind aufzukommen, was sie jedoch abgelehnt hatte, weil sie den Säugling zur Adoption freigeben hatte wollen.

„Wann geht unser Zug nach Wien?"
Nervös blickte Delia Brown auf ihre Armbanduhr.
„In gut einer Stunde; wir haben noch Zeit…"
„Schön."
Dankbar sah die brünette Judaistin ihrem Kollegen und Freund in die Augen. Ihre Feldrecherchen in Mauthausen hatten mehr Zeit als gedacht gekostet und es war von dringender Notwendigkeit, heute noch in die angeforderten Dokumente an der Österreichischen Nationalbibliothek Einsicht zu nehmen, Unterlagen zum Holocaust, die ein Normalsterblicher kaum zu Gesicht bekommt.

Delia schloss ihr Notebook, nahm ihre Brillen ab und rieb sich die Augen. Sie trat ans Fenster des Studienraumes und blickte schweigend und nachdenklich auf die Baracken hinaus.

Ein halbes Jahr war es nun her, dass ihr, der jungen Lehrbeauftragten, die Colorado A & M den Auslandsdispens gewährt hatte und sie zusätzlich auch noch finanziell unterstützte. Der Universität schien offenbar ihre geplante Publikation sehr wichtig zu sein. Dementsprechend legte sich die kluge und fleißige junge Frau mächtig ins Zeug. So ziemlich alle Konzentrationslager in Europa hatte sie besucht, hatte in Auschwitz das Fürchten gelernt, geistig das Grauen einer Zeit durchlebt, von der nun kaum jemand mehr aktiv oder auch bei Sinnen am Leben war – die Sechsundzwanzigjährige war also angewiesen auf schriftliches Material und fotografische Dokumentationen.

Delia war mit Leib und Seele Jüdin. Dankbar dachte sie an ihre schon so lange verstorbene Mutter, die ihr von ihrem Glauben so viel mit auf den Lebensweg gegeben hatte, und ebenso dankbar war sie letztlich dem Vater, dem grundsätzlich christlich Erzogenen, der im Gedenken an seine jüdische Frau die ihm fremde Religiosität und Lebensweise der Tochter immer unterstützt und auch gefördert hatte.

Die junge Frau musste schmunzeln …

Der Gedanke an die organisatorischen Fähigkeiten ihres Vaters in Zusammenhang mit ihrer so heiß ersehnten Bat Mizwah verscheuchte kurzfristig die Kälte und das Grauen des Ortes, doch mit den Nebelfetzen, die von der Donau herbeizogen, war auch dieses kurze stimmungsmäßig positive Intermezzo recht rasch vorbei.

„Komm, Daniel, wir sollten uns Richtung Bahnhof begeben."

Delia wandte sich vom Fenster ab und warf dem jungen Kollegen einen auffordernden Blick zu.

„Ja."

Die braunhaarige Frau bemerkte den niedergeschlagenen Tonfall in der Stimme des befreundeten Kollegen.

„Na komm; wird schon nicht so schlimm …"

Daniel nickte, packte beider Laptops in die Reisetasche, verschloss sie sorgsam und nahm Delia bei der Hand. Gemeinsam verließen sie die Stätte.

„Louise! Nimmt denn das heute kein Ende? Louise!

Dr. Harold Abbott war der Verzweiflung nahe. Gerade heute, an seinem Ehrentag, an dem man doch Gäste aus nah und fern erwartete, beliebten Heerscharen von Patienten auf die verschiedensten Arten, jedoch alle urplötzlich, erkrankt zu sein. Nervös nestelte er an seiner Krawatte und an den Knöpfen seines langen weißen Arztmantels herum.

„Nur noch vier sitzen im Wartezimmer."

Die alternde, langjährige Ordinationshilfe des ärztlichen Faktotums von Everwood versuchte einen Blick des Genervten zu erhaschen. Doch dieser hatte keinen Blick für sie mehr übrig.

Louise schwieg; zu gut kannte sie ihren Chef; zu viel hatten die beiden die Jahrzehnte über gemeinsam erlebt.

„Na schön, schicken Sie den Nächsten herein!"

Harold Abbott schnaubte hörbar und versuchte mit aller Kraft, einen Anflug an Freundlichkeit in sein Gesicht zu zaubern. Gegen seine sonstigen Gepflogenheiten als gewissenhafter Arzt war ihm im Moment so ziemlich alles gleichgültig. Die paar winzigen Wehwehchen, die da noch auf ihn warten mochten, hätten ja wohl bis nach dem bevorstehenden Wochenende Zeit gehabt.

Eine Sekunde lang dachte Harold an Andy Brown, wünschte sich, wie schon so oft in den vergangenen Jahren, der Freund und Kollege wäre hier an seiner Seite, doch mit dem Eintreffen des angekündigten Patienten an seiner Ordinationstüre verflog auch schon der tröstende Gedanke; die einsame Realität hatte den verdienten Mediziner eingeholt.

„Auf Wiedersehen; schönes und erholsames Wochenende …"

Süffisant kamen Harold die Worte über die Lippen; er stöhnte auf und vergrub sein Gesicht in seinen Händen.

Tatsächlich hatte nun der letzte Patient seine Praxis verlassen.

Louise steckte den Kopf zur Türe herein …

„Es ist alles fertig, Herr Doktor …, ich gehe jetzt. Ein wunderschönes Fest wünsche ich … und von mir natürlich auch die besten Wünsche. Und liebe Grüße an Herrn Dr. Brown!"

„Ja, danke, Louise."

Einige Sekunden vergangen; es wurde still …

Dr. Abbott blickte auf und sah seine Ordinationshilfe bei der Türe hinaushuschen. Einen Augenblick bereute es Harold Abbott, gegenüber seiner Vertrauten so kurz angebunden gewesen zu sein.

Letztlich beließ er es bei einer abschätzigen Handbewegung. Er erhob sich von seinem Stuhl, schritt durch das Ordinationszimmer hin zum Anmeldeschalter, überzeugte sich flüchtig von der dort herrschenden Ordnung, entledigte sich der Arbeitskleidung, zog stattdessen sein bunt kariertes Sakko aus feinstem englischen Stoff an, eilte auf die Straße und sperrte die Eingangstür hinter sich zu.

Ein paar Augenblicke lang hielt er inne, prüfte mit der Rechten den ordnungsgemäßen Sitz des Knotens seiner Krawatte, knüpfte den mittleren Knopf seines Sakkos zu und warf einen Blick auf die andere Straßenseite hin zu seiner alten Wirkungsstätte. Längst hatte wieder ein anderer Arzt die Räumlichkeiten gemietet. Die kontinuierlich steigende Bevölkerung hatte dazu geführt, dass sich zusätzlich auch noch im Bereich der Hotelanlagen eine Praxis mit einem weiteren Allgemeinmediziner hatte etablieren können.

Harold war das mehr als recht. Er hatte seinen treuen Patientenstock – das reichte durchaus aus; nur, mehr Kollegen sollten es letztlich nicht werden, die der Bevölkerung und den Gästen ihre ärztlichen Dienste anböten.

Der Jubilar richtete sich zu voller Körpergröße auf, marschierte die paar wenigen Schritte zu seinem Auto, hob, die Passanten grüßend, die Hand und stieg ein. Beim Schließen der Autotüre hielt er abermals inne. Immer noch – nach nunmehr zwölf Jahren – vermisste er die Gemeinschaft mit Andy Brown, die flachsigen Gespräche, die tiefen Dialoge, die bemerkenswerte Freundschaft. Und er vermisste immer noch den Wagen des letzten Endes so wertgeschätzten Kollegen, der prinzipiell an unpassender Stelle ganz knapp neben seinem eigenen Automobil geparkt gestanden hatte.

Ein mildes Lächeln breitete sich über Dr. Abbotts Gesicht; er startete sein Fahrzeug; eilig fuhr er Richtung nach Hause.

Keine fünfhundert Meter war er gefahren, da machte ein anderes Auto kraftvoll hupend auf sich aufmerksam.

Verärgert blickte Harold in den Rückspiegel; er war sich keiner Übertretung der Verkehrsregeln bewusst …

Unverzüglich wandelte sich seine Mimik und ein breites Lächeln begann seinen Mund zu umspielen. Amy, Harry und Nikki winkten wie wild und Ephram grinste, die unvermeidliche Pfeife im Mundwinkel, hinter dem Steuer hervor.

Gemeinsam fuhr man die letzten paar Minuten bis zum Hause der Abbotts.

Sekunden später lag man einander in den Armen; Rose eilte aus dem Haus heraus und auch Bright und Hannah …

Die Freude des Jubilars war riesig …

Ephram, Amy und die Kinder – die sah man ja doch öfters; Denver war ja nicht weit und die Enkelkinder kamen immer gerne einige Tage zu Besuch nach Everwood. Aber Hannah, die langjährige Freundin Amys und vor allem Brights, die kam wirklich nur alle heiligen Zeiten. Der Weg von Minnesota hierher war weit, die Mutter nach dem langsamen und schrecklichen Tod des Vaters an der Huntington-Krankheit auch nach über zehn Jahren noch ein seelisches Wrack, das umsorgt werden musste und häufig unkontrolliert auszurasten pflegte, und der Job als Psychologin forderte ihre ganze Aufmerksamkeit.

Trotz seines ambivalenten Verhältnisses zu den Vertretern der psychologischen Fachrichtungen war Hannah für Harold Abbott immer ein zur engsten Familie gehörendes Wesen geblieben.

„Freut mich wirklich ganz besonders, dass du gekommen bist, Hannah; damit habe ich wirklich nicht gerechnet!"

„Ist mir eine große Freude, Dr. Abbott!"

Höflich bot der Hausherr dem überraschenden Gast einen bequemen Platz an und setzte sich zu ihr. Und auch Bright und Amy ließen nicht lange auf sich warten. Zu vieles an Neuigkeiten war auszutauschen, zu viele Geschichten aus vergangenen Zeiten hervorzukramen.

„Wo steckt eigentlich unsere Lilly?"

Harold war verwundert, war doch das quirlige Ding immer in der Nähe, wenn etwas los war.

„Die wird auf ihrem Zimmer sein, Dad! Lass sie einstweilen, ich hole sie später. So quatscht sie uns zumindest ein paar Minuten nicht ununterbrochen drein."

Bright wohnte zwar längst nicht mehr zu Hause; so richtig gewöhnt hatte er sich an das so unverhofft bekommene Schwesterchen jedoch nie. Sicher hatte er verstanden, warum seine Eltern unbedingt das Findelkind aufnehmen hatten wollen. Er hatte die Beweggründe seines Vaters, seiner Patientin, der verzweifelten leiblichen Mutter, zu helfen, verstanden und er hatte es der tiefen Menschlichkeit seiner Mutter zugeschrieben, dass diese Zeit und Wohlstand einem Menschlein hatte zukommen lassen wollen, das schon von der Wiege weg bei Gott nicht vom Glück gesegnet gewesen war.

Seine Pflichten als Bruder hatte er allerdings bei Amy absolviert, das sollte in seinen Augen wohl reichen.

Ephram hatte sich mit seinen Kindern zu Rose in die Küche gesellt; das lautstarke Geschnatter im Wohnzimmer ging ihm auf die Nerven. Da war es wohltuender, der Schwiegermutter beim Kochen und beim Herrichten der Schüsseln und Platten Gesellschaft zu leisten und hilfreich beizustehen.

Rose mochte Ephram sehr, hatte das immer schon getan. Er war der Schwiegersohn, den sie sich immer erträumt hatte. Er machte die Tochter glücklich, war seinen Kindern ein guter Vater und er war immer da, wenn Not am Mann war.

Das einzig Trennende waren die unterschiedlichen Interessen. Ephram hatte mit ihrer Leidenschaft, der Kunstgeschichte, nichts am Hut. Umgekehrt hatte sie wenig Bezug zur Musik. Diese Unterschiede waren vorhanden, das musste man zur Kenntnis nehmen. Trotzdem bemühte man sich um die Neigungen des jeweils anderen und profitierte letzten Endes durchaus davon.

„Schwiegermum, wo stecken eigentlich mein Dad und Nina?"

Nicht dass Ephram besorgt wäre, den beiden würde schon nichts passieren, doch die Tatsache, dass man sich bloß zweimal im Jahr zu Gesicht bekam, und das bei den Abbotts zu Thanksgiving und zu Harolds Geburtstag, das war Ephram längerfristig einfach zu wenig. Oftmals hätte man den ehemals so verhassten, letztlich aber nun doch geliebten Vater gebraucht, dessen Rat und dessen Lebenserfahrung. Natürlich gab es die Telekommunikation, die aber ein persönliches Gespräch niemals ersetzen könnte. Und er wusste auch von Amy, wie sehr sie Andy Brown verehrte und lieb gewonnen hatte.

Vielleicht würden sich zu diesem Anlass einige brauchbare neue Ansätze ergeben ...

Die Unterhaltung im Wohnzimmer wurde immer lauter. Unterstützt von einigen Gläschen Scotch wurde Harold Abbotts Laune immer besser. Sein sonores Lachen tönte durch das ganze Haus.

„Entschuldigt die Störung ..."

Die Wohnzimmertüre hatte sich geöffnet und kräftigen Schritts wie eh und je marschierte Andy Brown herein, ein breites Grinsen um die Lippen, wie immer hier in Everwood in Flanellhemd, blauen Jeans, mit wehenden weißen Haaren und ebensolchem Bart.

Die Unterhaltung verstummte, Harold sprang auf und schüttelte dem Freund minutenlang die Hand, Amy fiel dem Schwiegervater um den Hals und Hannah und Bright freuten sich nicht minder, den so hoch geschätzten und berühmten Neurochirurgen wiederzusehen.

Erneut stieg der Lärmpegel im Wohnzimmer ...

Ephram nutzte die Gelegenheit und huschte ungesehen und ungehört bei der Flügeltüre herein. Er trat hinter den heftig gestikulierenden Vater und tupfte ihm auf die Schulter.

„Hi Dad!"

Ruckartig wendete dieser sich um ...

„Ephram ...!"

Peter sollte längst zu Hause sein; besorgt saß das Ehepaar Walkley auf der Veranda seines Hauses. Beide Ehepartner wussten um die Neigungen, die Musikalität ihres Sohnes; sie wussten aber auch um dessen Labilität.

Man bewohnte eine höchst komfortable Liegenschaft in Marion County, einem sündteuren Pflaster in einem Vorort San Franciscos. Die Familie, allen voran Mr. Walkley, der Banker, Investor, Erbe hochwertiger Weingüter im Staate Kalifornien, konnte sich das leisten.

Nervös nestelte Mrs. Walkley an ihrer schweren Goldkette herum. Sie hätte doch nicht unbedingt darauf bestehen sollen, dass der Junge unverzüglich nach seinem sechzehnten Geburtstag und nach mühevoll und mit ziemlicher finanzieller Unterstützung bestandener Führerscheinprüfung das schicke kleine Cabrio geschenkt bekommen solle. Jedes Mal, wenn er nun damit unterwegs war, zu seinen Strandpartys fuhr und dort mit seiner Band musizierte, hatte die Mutter ein mulmiges Gefühl in der Magengrube.

„Was sollen wir bloß tun, Arthur? So kann es nicht weitergehen. Du musst endlich ein Machtwort mit Peter sprechen. Ich halte diese ewige Anspannung einfach nicht mehr aus."

Eve Walkley richtete sich in ihrem Stuhl auf und blickte ihrem Ehemann angstvoll in die Augen.

Dabei hatte alles so hoffnungsfroh und problemlos begonnen ...

Wie hatte man sich doch vor knapp sechzehn Jahren gefreut, als das Ansuchen, der Antrag auf Adoption, nach so vielen bürokratischen Hürden und endlosen Gesprächen mit den Behörden der Wohlfahrt endlich positiv beschieden worden war. Schnurstracks war das kinderlose Ehepaar nach Denver gereist, hatte den Säugling direkt aus dem Krankenhaus abgeholt, hatte die leibliche Mutter kennengelernt ...

Behütet und umsorgt war der Junge herangewachsen und bald schon hatte sich seine unglaubliche Musikalität herauskristallisiert. Man hatte den Jungen gefördert, ihm nach Gutdünken den bestmöglichen Musikunterricht angedeihen lassen; man hatte sogar akzeptiert, dass angesichts seiner besonderen Fähigkeiten die allgemeine Schulausbildung ein wenig zu kurz gekommen war; man hatte eine ganze Reihe schlechter Noten akzeptiert. Und wie in solchen Situationen üblich war der Vater mit der gut gefüllten Brieftasche eingesprungen und hatte jede Menge Nachhilfeunterricht über die Sommermonate und diverse außerschulische Sommerkurse bezahlt.

Und dann war Douglas, der Bassist, in Peters Leben getreten, zwei Jahre älter als er selbst und ein ebenso begnadeter Musiker. Schlagartig hatte sich das Leben des Jungen verändert. In der

Schule wusste man naturgemäß auch über dessen Musikalität Bescheid und so war recht rasch die Band geboren, die sich ebenso rasch hin zu einer gewissen Professionalität entwickelt hatte.

Die Pubertät hatte den Jungen nun voll in den Griff bekommen; es zählten nur mehr die Musik und die wilden, die exzessiven Partys an den Stränden.

Immer wieder hatte Arthur Walkley geduldig versucht auf seinen Sohn Einfluss zu nehmen, ihn ein wenig zu leiten, auf die richtigen Bahnen zu führen, doch er scheiterte, musste scheitern. Ihm war Musikalität fremd, er war Geschäftsmann, war immer dahin gehend erzogen worden, penibel, aufrecht, verantwortungsvoll zu sein. Eve war Peter immer eine gute Mutter, vielleicht ein wenig hausbacken, aber doch mit dem gleichen Verantwortungsgefühl agierend, wie es Arthur im Geschäftsleben tat. Doch auch ihr fehlte letztlich der Sinn für Kunst und damit auch das tiefe Verständnis für die Höhenflüge, aber auch für die naturgemäß daraus resultierenden Tiefschläge und Probleme eines so sensiblen Hochbegabten.

Peter war kein Mensch von vielen Worten; oftmals zog er sich tagelang hinter sein E-Piano oder seinen Synthesizer zurück, komponierte, arrangierte wortlos, konzentriert, unansprechbar, die Schule vernachlässigend …

Anfangs hatte den Eltern dieses Verhalten Rätsel aufgegeben, späterhin hatten sie es ein wenig zähneknirschend zur Kenntnis genommen.

War es aus übergroßer Weichherzigkeit, war es aus Angst vor der Auseinandersetzung oder war es gar Feigheit, den sich entwickelnden Tatsachen nicht ins Auge sehen zu wollen – der Junge bekam die Freiheiten, die er sich herausnahm. Nur an den Schultagen, während der Woche, da hatte der Junge rechtzeitig zu Hause zu sein. Das hatte man sich jedenfalls ausbedungen.

Doch auch diese Vereinbarung hatte vor Kurzem zu bröckeln begonnen, war aufgeweicht und hatte letzten Endes zu genau jener Situation geführt, vor der sich das Ehepaar Walkley nun wiederfand: im endlosen, zermürbenden Warten …

Madison erwachte; einige Augenblicke später erhob sie sich und trat ans Fenster. Sie schob die Vorhänge zur Seite und warf einen verächtlichen Blick hinunter auf das eintönige Grau eines Hinterhofes. Die blonde Mittdreißigerin wandte sich um, betrachtete einige Sekunden ihr zerwühltes Bett, beließ es in diesem Zustand und tappte in die winzige Küche, die nur durch eine Falttür aus buntem Kunststoff vom Wohnschlafzimmer getrennt war. Sie stellte Kaffee zu und begab sich auf den Gang hinaus, wo die WC-Anlagen befindlich waren. Jetzt im Frühjahr, zur warmen Jahreszeit, empfand sie diesen Zustand als nicht sonderlich störend. Im Winter jedoch, wenn dann die Kälte durch Mark und Bein drang, verfluchte sie ihn oftmals, zumal sich die unangenehmen Auswirkungen in rinnender Nase und quälendem Husten niederschlugen, die ihrerseits für ihr Gewerbe nicht wirklich dienlich waren.

In die Küche zurückgekehrt zündete sie sich eine Zigarette an, setzte sich auf einen Schemel, der neben dem kleinen zweiflammigen Herd stand, und ließ den gestrigen Abend vor ihrem geistigen Auge vorbeistreichen. Die Freier waren gekommen und gegangen, alles Stammkunden; zu guter Letzt war sie in der Bar gelandet, wo in der Zwischenzeit der Chef selbst Dienst versehen hatte. Sie hatte ihre Honorare abgeliefert, ihre Anteile und die Trinkgelder des ganzen Tages entgegengenommen und mit einigen übrig gebliebenen Stammgästen den einen oder anderen Drink gekippt. Dann jedoch hatte irgendwann ihr Bewusstsein ausgesetzt; Madison wusste nicht mehr recht, wann und wie sie nach Hause gekommen war.

Ihre bohrenden Kopfschmerzen und ihr getrübter Blick waren jedoch deutliche Indizien dafür, dass es offenbar recht spät und der eine oder andere Drink zu viel gewesen war.

So ging das schon seit Längerem …

Der frisch verheiratete Bruder hatte längst schon keine Zeit mehr, wollte keine aufbringen, er kümmerte sich einfach nicht um sie, lehnte sie und ihren Lebenswandel grundlegend ab. Mit ihrem Auszug aus der Wohnung des Bruders hatte sich eine Spirale zu drehen begonnen, die sie immer weiter ins Chaos, in die

Gosse, in die totale Isolation trieb und aus der sie kaum mehr ein Entrinnen zu erhoffen hatte, denn nun hatte sie tatsächlich niemanden mehr, der sich um sie scherte. Außer ihrem Chef, einigen Stammkunden und Freiern ging sie niemandem ab. Und sie hatte auch niemanden, mit dem sie ihre Probleme, die Unbillen ihres unwürdigen Lebens hätte teilen, niemanden, mit dem sie ernsthaft hätte sprechen, sich ernsthaft hätte auseinandersetzen können. Alles musste sie mit sich selbst ausmachen.

Madison füllte ihre Tasse mit dampfendem Kaffee und drückte die Zigarette in einem kleinen metallenen Aschenbecher aus, der neben dem Herd auf einer zerkratzten und fettig glänzenden Holzablage stand.

Sie griff zu einem Taschentuch und putzte sich die Nase.

Erneut warf sie einen Blick in den finsteren Hinterhof hinunter, den niemals auch nur ein Sonnenstrahl erreichen konnte, auf die schmutzigen Abfallkübel, die erbärmlich stanken, und auf den Unrat, auf die alten kaputten Möbelteile, die im finstersten Winkel des Hofes abgestellt, nein achtlos hingeworfen worden waren; eine Metapher für ihr ganzes Leben.

Sie drehte sich um, trank die Neige ihrer Tasse aus und spülte das Gefäß aus. Madison entledigte sich ihres Nachthemdes, schob den zerschlissenen Duschvorhang zur Seite, der die Duschwanne zur Küche hin abschirmte, und hantierte an den Armaturen herum. Wieder einmal kam nur kaltes Wasser aus dem verkalkten Duschkopf. Der Durchlauferhitzer war wieder einmal gestört. Seufzend wendete sie sich dem Gerät zu, nahm einen Kochlöffel und schlug kräftig auf eine ganz bestimmte Stelle ein. Das Ding gab einen Knacks von sich und sprang an.

Zufrieden wendete sich die Frau um und streifte mit einem Seitenblick ein gegenüberliegendes Fenster, dessen Gardinen sich augenblicklich zuzogen. Madison bedeckte ihre Blöße mit einem Tuch und öffnete für einen Augenblick das Fenster:

„Verdammter Spanner!"

Verärgert knallte sie es wieder zu und verschwand hinter dem Duschvorhang.

Immer wieder kam das vor; immer wieder saßen die Beschäftigungslosen oder Tagediebe mit Feldstechern bewaffnet in ihren verdunkelten Zimmern, beobachteten sie und geiferten nach ihr. Warum sollte es gerade heute anders sein? Ein Tag wie jeder andere lag vor ihr …

※

Wie immer bei solchen Anlässen, bei ihren Besuchen im bunten Gebirgsstädtchen, spazierten Ephram und Amy durch Everwoods Straßen und Gassen, inspizierten die Neuigkeiten und sammelten geistig ihnen negativ erscheinende Entwicklungen, um später Bright, den Bürgermeister, spaßeshalber heftig kritisieren zu können.

Im Hochgefühl des gestrigen Abends, des wundervollen und allseits mehr als zufriedenstellenden Geburtstagsfestes schritten sie Händchen haltend dahin wie ein frisch verliebtes Pärchen. Die Kinder hatte man bei den Großeltern gelassen; besonders Großvater Brown hatte darum gebeten, sah er doch seine Enkelkinder wahrlich nur höchst selten.

Einzig die beruflich bedingte Absenz von Delia hatte die Stimmung ein wenig getrübt. Besonders Andy Brown hätte seine Tochter so gerne wiedergesehen. Allerdings hatte man natürlich großes Verständnis; solch eine Chance bekam man ja nicht täglich, vielmehr überwog letztlich der Stolz auf die steile Karriere der jungen Frau und alle warteten schon sehnsüchtig auf die Ergebnisse ihrer Recherchen im fernen Europa.

„Erinnerst du dich noch an unsere Hochzeit, Ephram?"
Amy blickte ihren Ehemann aus ihren bemerkenswert braunen Augen an.
„Natürlich."
Ihre Hochzeit hatte selbstverständlich in Everwood stattgefunden, obwohl sie beide schon während ihres Studiums gemeinsam in Denver sesshaft geworden waren. Amy hatte sich jedoch diesen Ort, ihr Heimatstädtchen, für ihren großen Tag nicht nehmen lassen und auch Ephram war einverstanden gewesen.

Zu viele gemeinsame Erinnerungen verbanden sie mit diesen Stätten.

Feierlich war sie gewesen, die Eheschließung vor bald neun Jahren, eine Traumhochzeit schlechthin, zum optimalen Zeitpunkt, kurz nach Beendigung ihrer beider Studien.

Für Everwood war es ein Fest der absoluten Superlative gewesen, was auch nicht verwunderlich war, hatte doch die wunderhübsche Tochter des alteingesessenen Arztes mit dem so hochbegabten Sohn des berühmten und allseits beliebten und geschätzten Dr. Brown, dessen Umzug nach Chicago der Bevölkerung noch immer mehr als leidgetan hatte, den Bund fürs Leben geschlossen.

Tagelang waren die Väter zusammengesessen und hatten geplant. Und auch Großmutter Edna war noch mit von der Partie gewesen, hatte auf ihre manchmal recht seltsame und resolute Art das Ihre dazu beigetragen, um diesen Tag für beide, Amy wie Ephram unvergesslich werden zu lassen.

Harrys Geburt, die Geburt des erstgeborenen Urenkels, und dessen Säuglingsalter hatte sie noch aktiv, umsorgt von der Familie im Hause der Abbotts, miterlebt; dann war sie plötzlich und unerwartet gestorben, ohne dass der Sohn noch hätte ärztlich einschreiten können. Eines Nachts war sie eingeschlafen, nie mehr erwacht und somit ihren beiden Ehemännern in die Ewigkeit nachgefolgt.

Irv Harper, ihr zweiter Gatte, war allgegenwärtig in Everwood.

Sein Bestsellerbuch war seit seinem Erscheinen ein Markenzeichen des Gebirgsstädtchens, dessen Werbewirksamkeit über die vielen Jahre hinweg unbezahlbar geworden war. Überall, in allen Schaufenstern und Informationsvitrinen, waren Werk wie Konterfei des farbigen und im traditionalistischen Kleinstädtchen zu Lebzeiten nicht unumstrittenen Verfassers zu sehen.

Ein Mal jährlich, zu seinem Geburtstag, ehrte man ihn nun schon einige Jahre als einen ganz Großen Everwoods mit Gottesdienst und kleinem Volksfest, dessen Startschuss immer von Harold Abbott mit der historischen Flinte abgegeben wurde.

Wie auch die vielen anderen Feste des Städtchens war auch dieses recht rasch zu einer richtigen Tradition geworden. Man war einhellig dazu gestanden und hatte alsbald mit einer touristischen Vermarktung begonnen, fanden doch die oftmals seltsam und bizarr anmutenden Bräuche und Sitten des Ortes zunehmend Anklang bei den vielen Sommer- und Wintersportbegeisterten, waren sie doch für viele ein willkommener und oft heiterer Ausgleich zu den sportlichen Aktivitäten.

Amy und Ephram hatten ihren Rundgang beendet und kehrten zum Haus der Abbotts zurück.

Im Garten saßen Harold Abbott und Andy Brown und ließen sich die Frühlingssonne ins Gesicht scheinen.

Ephram beschleunigte seine Schritte, doch Amy zog ihn am Hemdsärmel zurück.

„Komisch, dass sich Tante Linda nicht gerührt hat. Nicht einmal ein Glückwunschschreiben hat sie geschickt. Es scheint, dass sie uns alle vergessen hat."

„Ja, finde ich auch eigenartig; aber du kennst sie ja, den unruhigen Geist …"

Sanft riss sich Ephram los und warf seiner Frau einen aufmunternden Seitenblick zu.

„Hoffentlich geht es ihr gut. Eigenartig, dass dein Dad sich gar nichts anmerken hat lassen. In seinem Innersten ist er sicher sehr traurig und enttäuscht."

„Wahrscheinlich … Es wird allerdings am besten sein, du sagst nichts, Amy. Weck keine schlafenden Löwen!"

Die blonde Frau nickte …

„Hallo, ihr zwei! Setzt euch doch zu uns und leistet uns Gesellschaft!"

Freudig hob Andy seine Rechte zum Gruß.

Die Neuankömmlinge nickten und nahmen auf den Gartensesseln Platz; Rose und Lilly servierten Kaffee und Kuchen; Bright näherte sich mit breitem Grinsen in Erwartung der Rezensionen zur Stadtentwicklung und Nina saß mit Hennah, ihrer ehemaligen Mitbewohnerin und Schutzbefohlenen, in der Hollywoodschaukel. Friedlich strahlte die Sonne über Everwood ...

⁂

Die Luft war heiß und stickig; die Beleuchtung notdürftig, da und dort wimmerte ein Kind. Dr. Linda Abbott saß auf dem trockenen Lehmboden; vor ihr ein kleines zusammenklappbares Holztischchen. Die Ärztin meditierte ...

Diese Art der Entspannung und Selbstfindung hatte ihr immer schon die innere Kraft gegeben, um alle Not, alles Leid, das sie in so vielen Jahrzehnten der Wanderschaft durch so viele Länder der Dritten und Vierten Welt gesehen und mitgefühlt, aber auch oftmals maßgeblich gelindert hatte, zu überstehen, zu begreifen, sich damit positiv auseinanderzusetzen. So auch hier in einem der von Hunger und Krankheit oder Flucht vor Verfolgung am meisten betroffenen Landstriche von Namibia, mitten im schwarzen Kontinent ...

Viele Jahre war sie nun schon vor Ort für „Ärzte ohne Grenzen" tätig, war hier nach jahrelangen Aufgaben und medizinischer Tätigkeiten in Südostasien nahezu sesshaft geworden, hatte es in der langen Zeit perfektioniert, mit dem Notwendigsten an medizinischen Mitteln auszukommen.

Natürlich hatte sie auch das eine Jahr, das sie zwischendurch in ihrem Heimatstädtchen Everwood verbracht hatte, wo sie gemeinsam mit ihrem Bruder in dessen Praxis tätig gewesen war und den Leuten aus der Provinz die fernöstlichen Behandlungsmethoden erfolgreich nahegebracht hatte, nicht vergessen. Ebenso präsent war ihr auch die kurze Liaison mit Andy Brown, die dann nach dem Bekanntwerden ihrer HIV-Infektion ebenso geendet hatte wie die gemeinsame Arbeit mit ihrem Bruder, dessen Ordinationsräumlichkeiten hatten geschlossen werden müssen, da sich keine Assekuranz mehr gefunden hatte, die aufgrund ihrer latenten Erkrankung eine Versicherung zu übernehmen bereit gewesen war.

Andy war damals eingesprungen und hatte Harold zu sich in die Praxis geholt ...

Sie selbst war damals zutiefst enttäuscht abgereist und unverzüglich in ihr früheres, abenteuerliches Leben eingetaucht.

Linda atmete langsam und konzentriert; dann erhob sie sich und schritt die Lager ihrer kleinen Patienten ab, tätschelte die kleinen Hände, ließ sich da und dort nieder, drückte so manches wimmernde Kind an sich. Die Angst vor Krankheit und Tod hatte sie restlos abgelegt. Vielmehr dankte sie dem glücklichen Umstand, dass ihre eigene Erkrankung niemals ausgebrochen war, doch sie wusste natürlich, dass sie selbst immer eine Quelle der Infektion für andere darstellte und das auch immer so sein würde; und so war sie immer alleine, ohne festen Partner, geblieben.

Und genau diese völlige Ungebundenheit hatte sie über die vielen Jahre hin für genau jene da sein lassen, die sie am Notwendigsten brauchten, die Kinder der Ärmsten der Armen.

Immer wusste sie, welches davon die meiste Umsorgung notwendig, die meiste Zuwendung bräuchte, welches überleben würde und welches nicht und welchem man durch körperliche und seelische Nähe das Sterben erleichtern könnte.

Sie lebte den Zölibat eines katholischen Priesters, ohne ein solcher zu sein ...

Und die Zeit hatte bei ihr die Überzeugung genährt, dass eine derartige Verpflichtung für den Ärztestand genauso nützlich sein könnte wie für die Berufung zum Geistlichen, zum Seelenhüter, hatte sie ja auf mehreren Seiten miterlebt, wie familiäre Verpflichtungen der ärztlichen Berufung entgegenstehen würden – und natürlich vice versa, wobei Andy Brown wohl als bestes Beispiel dienen könnte.

Das Wimmern der Todgeweihten war Linda gewohnt, damit lebte sie, tagaus, tagein.

Obzwar sie so vielen kleinen Patienten medizinisch nicht mehr helfen konnte, so war sie trotzdem da und tat ihr Möglichstes.

Andererseits gab es immer wieder jene wunderbaren Augenblicke, in denen ihre Schutzbefohlenen gesund das Lagerzelt, die medizinische Station verlassen konnten. Lindas Erfahrung war derartig umfassend, dass sie in den meisten Fällen schon vorweg wusste, wer überleben würde und wer nicht.

Dr. Abbott hatte ihre Visite beendet und begab sich in ihr eigenes Zelt, welches direkt neben der Krankenstation aufgestellt war. Linda streckte sich. Ihr asketisches Leben hatte sie gelenkig und gertenschlank bleiben lassen. Ihr rotblondes Haar war allerdings bereits von grauen Strähnen durchsetzt, eine Tatsache, die durch ihr fortgeschrittenes Alter von siebenundfünfzig Jahren bedingt war.

Linda öffnete eine Dokumentationsmappe und trug die Ereignisse, die Diagnosen und Therapien des heutigen Tages darin ein. Sie blickte auf das Datum und erstarrte; sie hatte tatsächlich auf den Geburtstag des Bruders vergessen …

Manchmal plagte sie das schlechte Gewissen, weil sie ihre Familie so vernachlässigte, weil sie seit dem Tod und der Beerdigung der Mutter niemals mehr in Everwood gewesen war; doch war ja die ganze Welt ihr Zuhause – die Heimat einer Weltenbummlerin, die nie und niemals zur Ruhe kommen, immer neue Aufgaben suchen würde.

Und doch waren ihr schon manchmal Gedanken an eine endgültige Rückkehr in das Gebirgsstädtchen gekommen, die sich allerdings bislang immer zerschlagen hatten.

Dass sie allerdings Harolds Sechzigsten vergessen hatte, nagte an ihr …

2

"Und Peter ist wirklich nichts geschehen?"
Kreidebleich und zitternd stand Eve Walkley beim Telefon.
„Nein, nein, ein paar Schrammen, nichts weiter …, nur … der Wagen hat ziemlich etwas abgekriegt … und leider …, den Führerschein ist Ihr Sohn los!"
„Warum das, um Himmels willen? War er betrunken?"
„Ja, Lady, und unter Drogen … Ihr Sohn kann von Glück reden, dass niemandem etwas passiert ist. Die Sache hätte noch viel böser enden können."
Der Polizeibeamte kannte die Walkleys als unbescholtene, geachtete Bürger und ging behutsam mit ihnen um. Andere Personen hätte er in dieser Situation nicht mit derartigen Glacéhandschuhen angefasst.
„Sie können Ihren Sohn übrigens vom Revier abholen."
„Danke, Officer."
Mrs. Walkley legte den Hörer auf und begab sich, noch immer am ganzen Leibe zitternd, zu ihrem Mann, der regungslos dasaß und in die Luft stierte.
„Drogen, ha?"
„Ja, leider …, wir hätten es wissen müssen. Ein Mix mit Alkohol …"
Arthur Walkley schwieg. Er erhob sich, schlurfte ins Haus, zog sich Schuhe und Jacke an und strebte energisch auf die Garage zu.
„Der Junge wird etwas erleben!"
Eve Walkley eilte ihrem Mann nach und zog ihn am Ärmel zurück.
„Atme noch einmal durch und warte einige Sekunden, ehe du losfährst …

„Nein, ich fahre lieber gleich mit!"
„Wie du meinst ..."
Arthur öffnete die Autotüren und ließ seine Frau einsteigen. Sodann nahm er am Fahrersitz Platz, startete und fuhr los.

„Was hast du dir dabei gedacht? Bist du gänzlich von Sinnen?" Mit lauter Stimme prasselte das elterliche Ungewitter auf Peter ein.
Dieser antwortete nicht und senkte den Kopf.
„Na los, ab ins Auto und nichts wie nach Hause!" Mr. Walkley drängte zur Eile. Jede weitere Minute auf der entwürdigenden Polizeistation erschien ihm zu viel.
Der Junge gehorchte. Kopfschüttelnd stand Eve Walkley wenige Schritte dahinter und beobachtete angstvoll das Geschehen.
„Nochmals vielen Dank." Flüsternd beugte sie sich zum Polizeibeamten hinunter, der an seinem Schreibtisch saß und in seinen Akten Vermerke anbrachte; sie sah ihm fragend ins Gesicht.
„Ist schon recht. Außer an seinem eigenen Auto gibt es keinen weiteren Sachschaden. Die Meldung wegen des Drogenkonsums und der zusätzlichen Alkoholisierung müssen wir allerdings weiterleiten. Man wird sich schriftlich bei Ihnen als Erziehungsberechtigte melden ..."
Der gestrenge Gesetzeshüter setzte einen Anflug von verständnisvollem Lächeln auf; Eve Walkley nickte verstört.
Rasch verließ man das Polizeirevier.

„Ab ins Bett; morgen sprechen wir weiter!"
Erbost sah Arthur durch seinen Sohn hindurch und wies zur Treppe, die hinauf zu seinem Zimmer führte.
Eve hielt den ansonsten so geduldigen und besonnenen Ehemann fest. Sie wusste, auch für ihn gab es bei allem Verständnis Grenzen, und diese schienen im Augenblick erreicht.
Trotzig und gleichzeitig voll von schlechtem Gewissen trampelte Peter die Stiegen hinauf, betrat sein Zimmer, knallte die Türe hinter sich zu und warf sich auf sein Bett.

Wie sollte er bloß in Zukunft ohne Auto auskommen? Was würden die Behörden sagen? Welche Strafe würde er wohl ausfassen?

Und – wie war es bloß so weit gekommen?

Anfangs hatte er lieber ganz alleine musiziert, für sich alleine, vielleicht für den einen oder anderen Freund. Mit der Band war schlagartig alles anders geworden.

Mit Rasanz hatte eine Entwicklung eingesetzt, die er nicht mehr stoppen hatte können.

Er hasste die Massen, hasste Menschenaufläufe, hasste die kreischenden Gören, die ihn, den hübschen blond gelockten Teenie-Star berühren, anfassen wollten, Heulkrämpfe bekamen, wenn ihnen das gelungen war. Mein Gott, er hasste das alles!

Beim Spielen, während der Songs, da spielte das alles keine Rolle; da merkte, da spürte der Junge das alles nicht; es ging an ihm vorbei, war nicht existent. Doch danach ...

Und ebenso hasste er die jungen Mädels, die sich in der Schule den Mund über ihn zerrissen, zitternd vor Aufregung, ja Erregung, um Autogramme bettelten, ihm sich immer wieder anbiederten, ohne Stolz und hemmungslos. Ein Hauptgrund, warum er die Schule mied wie der Teufel das Weihwasser ...

Bei den Jungs in der Band und an seinen Instrumenten, da konnte er gänzlich aufgehen.

Oftmals hatte er seinen Eltern gegenüber diesbezüglich vage Andeutungen gemacht, doch diese hatten das als pubertäre Spinnerei eines introvertierten Halbgenies abgetan, mit dessen künstlerischen Begabung sie so gar nichts anfangen konnten; deren bürgerliche Korrektheit versponnene und andersartige oder gar anrüchige Gedanken nicht zuließen. Mädchen und Sex – zwei Tabuthemen, über die man nicht zu sprechen hatte. Dafür hatten weder Mutter noch Vater den nötigen Nerv oder Mut. Das hatte man mit sich selbst auszumachen.

Peter lauschte ...

Im Haus war es ruhig geworden. An Schlaf war jedoch nicht zu denken; zu aufgewühlt war der Junge, zu sehr schmerzten der

Verlust des Autos und die brennenden, mit Blut verkrusteten Schrammen.

Sein Rausch war verflogen ...

Peter schob die ganzen tristen Gedanken von sich.

Er stand auf, verließ das Zimmer und begab sich zum Dachboden hinauf, wo er alte Jazz-Noten vermutete, die er irgendwann einmal von einem in die Musik vernarrten Nachbarn geschenkt bekommen hatte und die er unbedingt zur Überarbeitung und für ein neues Arrangement auf seinen Computer übertragen wollte.

Interessiert stöberte er in dem ganzen verstaubten Zeug herum, öffnete die diversen herumstehenden Kästchen und Truhen, doch er fand vorerst nicht, wonach er eigentlich suchte.

Da, endlich ..., in einer Kommode ganz hinten entdeckte er einen großen, geordnet scheinenden Stoß an Papieren, Heften und Mappen. Daneben, auf einer Ablage, lagen wohlsortiert die gesuchten Noten. Das musste wohl die Mutter so zusammengerichtet haben, er selbst wäre niemals so ordentlich gewesen.

Gedankenverloren packte er die beiden Stöße zusammen, verließ den Dachboden und schleppte alles hinab in sein Zimmer.

Er öffnete seinen Musikschrank, in dem er alle Unterlagen ungeordnet aufzubewahren pflegte, und warf den Stoß hinein.

Die ersten beiden, zuoberst liegenden Alben nahm er jedoch sofort an sich.

Duke Ellington und Oscar Peterson, Legenden des Jazz – wie gerufen für eine musikalische Auseinandersetzung mit ihnen.

„Was tust du hier? Du solltest längst schlafen! Denk an deinen Vater, wie berechtigt böse und verzweifelt er wegen deines Verhaltens ist, wie besorgt er ist! Und nicht nur er, ich übrigens auch ..."

Peter schreckte aus seinen Träumen auf und blickte, ohne es zu wollen, in die besorgten Augen seiner Mutter.

„Entschuldige, Mum ..., ich konnte nicht schlafen. Kannst du bitte Dad beruhigen? Ich werde euch morgen all das erklären."

„Na schön ..."

Eve Walkley nickte, verließ das Zimmer und schloss die Türe hinter sich. Peter legte sich ins Bett, verstaute die staubigen Noten unter seinem Kopfkissen und löschte das Licht.

„Und? ... was steht an?" Blendend gelaunt und mit wehendem weißen Mantel hatte Andy Brown das Dienstzimmer der Abteilung 7 K an der Universitätsklinik für Neurochirurgie in Chicago betreten. Er strahlte übers ganze Gesicht, der Kurzurlaub in Everwood hatte ihm offenbar sehr gut getan. Wohltuend war es gewesen, den Sohn und die Schwiegertochter wiederzusehen, die Enkelkinder, die alten Freunde, sich mit Harold über die neuen Entwicklungen in der Medizin auszutauschen, waren ihm doch dessen Meinungen und Einschätzungen schon immer sehr wichtig. Jetzt, nach so vielen Jahren der Spitalstätigkeit, fehlte ihm leider wieder oftmals der Bezug zum „Frontdienst" der niedergelassenen Ärzteschaft, den Garanten für die Basisversorgung der Bevölkerung. Immer wieder nahm er sich bei der Nase und dachte an seine eigenen Erfahrungen, die er ja über vier Jahre als Allgemeinmediziner in Everwood gemacht, wie viel er davon profitiert hatte. Manchmal lästerten Kollegen im Spital über die unfähigen Mediziner da draußen, die sich ja gar nicht Ärzte schimpfen sollten. Und immer, wenn er solcherlei Beleidigungen aufschnappte, fuhr er den Betreffenden kräftig über den Mund und wies sie nachdrücklich hinsichtlich der Unbotmäßigkeit solcher Äußerungen zurecht. Er, Andy Brown, der Chef, konnte sich das wohl leisten; ihm widersprach keiner, wussten sie ja alle sehr genau, wovon er redete; nur meistens glaubten sie ihm nicht und werteten seine Worte als idealisiertes Relikt einer beruflich vergeudeten Zeit. Immer wieder, auch in seinen Vorlesungen, versuchte Dr. Brown seinen Fach-Studenten die Wichtigkeit der extramuralen Versorgung klarzumachen, doch auch diese schüttelten oft gelangweilt den Kopf, wollten sie doch alle die Stars der Medizin, also Gehirnchirurgen, werden und ihrem großen Vorbild, Andy Brown, in dessen Meisterschaft nachfolgen.

Und immer wieder schüttelte Andy den Kopf, wenn er mit diesem krassen Unverständnis konfrontiert wurde.

Das Lob, den Ruhm sollten eigentlich jene Leute ernten, die so oft unbedankt, aus Selbstverständnis heraus ihren verantwortungsvollen ärztlichen Dienst draußen bei den Menschen verrichten, die ihrer unentwegt bei Tag und Nacht bedürfen.

Oftmals dachte Andy Brown an jene Zeit zurück. Gratis, ohne Geld dafür zu nehmen, hatte er seine Patienten behandelt und er lächelte bei diesem Gedanken …

Es war ihm nicht leicht gefallen damals, sein Leben als Landarzt hinter sich zu lassen, wieder in die Großstadt zu ziehen, wieder im Spital seiner Berufung gemäß tätig zu sein. Allerdings war die Ausgangslage für diese Entscheidung positiv gewesen. Amy und Ephram hatten sich entschlossen gemeinsam in Denver zu studieren und gemeinsam auch dort zu wohnen. Die damals dreizehnjährige Delia hatte auch nichts dagegen gehabt, gemeinsam mit Nina und Sam aus Everwood wegzuziehen. Sie hatte den Großteil ihrer Kindheit in New York verbracht, warum hätte sie sich nicht auch in Chicago zurechtfinden sollen? Rose und Harold hatten den Freund bekniet, er möge doch hier bei ihnen bleiben und die gemeinsame Praxis auch weiterhin betreiben. Interessanterweise war es Nina gewesen, die ihre Chance hatte nutzen wollen aus der Provinz wegzukommen und somit alles hinter sich lassen zu können; ihre gescheiterte Ehe mit Carl, der sich letztlich als homosexuell geoutet hatte, und die zerbrochene Beziehung zu Jake Hartman. Es hatte sie nichts mehr in Everwood gehalten und so war sie der wesentliche, der treibende Faktor geworden. Und auch er, Andy, hatte seine Zukunft nicht mehr in dem Städtchen gesehen. Wenige Monate nach ihrer Hochzeit war es dann so weit gewesen. Er hatte die Praxis an Harold Abbott überschrieben und sein Haus verkauft. Kurz hatte man nach einer geeigneten Wohnstätte in Chicago gesucht und war erfolgreich fündig geworden. In einem hübschen Vorort hatte man das ideale Haus gefunden und man war umgezogen.

„Dr. Brown, sind Sie fertig? Die Patientin wäre so weit …"
Unvermutet wurde Andy aus seinen Gedanken gerissen. Er blickte auf, zog sein OP-Gewand an und streifte seine Handschuhe über. Prüfend sah er in die Runde seiner Assistenten …
„Nun gut, meine Herren, auf ans Werk! Die von mir geforderte Musik ist bereit? Ja?"
Der leitende Oberarzt nickte; längst wusste er über den Spleen seines Chefs Bescheid …
„Gut!"
Andy Brown platzierte die winzigen Kopfhörer an der passenden Stelle; das Team setzte sich in Bewegung und betrat den Operationssaal.

„Ein herrliches Bauwerk!"
Fasziniert betrachtete Delia den Stephansdom, das Wahrzeichen Wiens, der wunderbaren Donaumetropole, der in der nächtlichen Stadt in hellem Licht erstrahlte.
„Und ob …"
Bewundernd ließ auch Daniel seinen Blick über das gewaltige Bauwerk schweifen. Dieser ruhte oftmals auf den bizarren Stelen, spitzen Fenstern, Spitzbögen und ebensolchen Türmchen und den eigenwilligen Fabelwesen der genialen hochgotischen Sandsteinkonstruktion. Der junge Mann kramte in seinem Rucksack nach dem Wien-Führer. Rasch fand er die historische Beschreibung der Kathedrale; er erhob die Stimme und las vor …

Pünktlich waren die beiden am ziemlich neuen, gewaltigen Zentralbahnhof der österreichischen Bundeshauptstadt angekommen, hatten sich unverzüglich zur Nationalbibliothek begeben, wo man vonseiten der Kustoden bereits auf den Besuch vorbereitet gewesen war und einschlägiges Dokumentationsmaterial aus den diversen Archiven hervorgeholt hatte. Natürlich war auch der Name Brown gefallen. Man hatte Delia gefragt, ob sie denn zufällig mit dem berühmten Chirurgen und angesehenen Wissenschafter, dessen legendärer Ruf sich natürlich auch bis hierher nach Zentraleuropa durchgesprochen hatte, verwandt sei. Nicht ohne Stolz hatte sie genickt und sofort hatten sich weitere Türen geöffnet.

Die Recherchen waren langwierig; Übersetzungen ins Englische gab es kaum. Und obwohl Daniel und Delia im Verlauf des vergangenen halben Jahres recht gut deutsch zu sprechen gelernt hatten, gab es dann und wann doch Verständnisschwierigkeiten.

Die beiden jungen Leute verstanden einander jedoch seit jeher ganz ausgezeichnet. Nicht nur die gleichen Interessenssphären hatten das Ihre dazu getan; es war eine Freundschaft, die sich über die Jahre hindurch entwickelt hatte. An eine tiefere Beziehung hatte jedoch bislang niemand gedacht. Die viele gemeinsame Arbeit, die laufenden wissenschaftlichen Dispute und auch so manche gröbere Meinungsverschiedenheit schienen dafür oftmals kontraproduktiv gewesen zu sein.

Delia war resolut und durchsetzungsfähig, was durchaus im Gegensatz zu ihrem hübschen, ihrem attraktiven Äußeren stand, eine Kombination, die für viele Vertreter des männlichen Geschlechts schlechthin gefährlich oder auch nur extrem anstrengend wirkte. Ihr ganzes Leben hatte sie so werden lassen. Der frühe Verlust der Mutter, das Miterleben der vielen Auseinandersetzungen zwischen Vater und Bruder und nicht zuletzt Nina als Stiefmutter, die als Nina, die wohlgesonnene, die liebevolle Nachbarin, absolut gelten hatte können, als zweite Frau des Vaters jedoch diesen Nimbus nicht mehr in dem Maße in sich tragen konnte und natürlich in Hinblick auf Sam, den nunmehrigen Halbbruder, oftmals ein wenig zweifelhaft erschien, hatten zu diesem, ihrem starken Charakter ihren Beitrag geleistet. Ihre Beziehung zu Sam war in Everwood problemlos gewesen; wenn ihr etwas an dem Rangen nicht gepasst hatte, war es immer ein Leichtes gewesen, die Flucht nach Hause anzutreten. In Chicago jedoch hatte man unter einem Dach gelebt und Sam, der einige Jahre Jüngere, war nicht einfacher geworden, hatte oft provoziert, sich in wilden Eifersuchtsanfällen ergangen und so manch anderen Blödsinn getrieben. Doch niemals hatte sich die braunäugige

Brünette dem Willen eines anderen gebeugt oder dessen Meinung nicht kritisch hinterfragt.

Im weitesten Sinne hatte dieses Dilemma auch stets für Daniel gegolten.

Delia hatte zwar immer viel für ihn bedeutet, hatte fix zu seinem Leben gehört, weitere Schritte hatte er jedoch nicht zu gehen gewagt.

Hier in Wien, im Frühling, erschien jedoch plötzlich alles ganz anders. Die prachtvolle Stadt mit ihren Repräsentationsgebäuden, mit ihren herrlichen Gärten, Schlössern, Palais und Parkanlagen, das einmalige Flair, der Duft der Rosen und des Flieders, die Romantik der Altstadtgässchen, der Vorstädte, aber auch der Wienerwaldbezirke mit ihren lauschigen Plätzchen und Heurigenschänken versetzten die beiden Freunde in eine ganz eigene, verträumte, den mühevollen Recherchen über ein grauenvolles Kapitel Menschheitsgeschichte so wunderbar entgegengesetzte Stimmung.

Die ruhige, kleine, halbwegs günstige, aber deshalb nicht weniger romantische Pension, in der sich die beiden eingenistet hatten, förderte diese Stimmung.

Delia sah ihren Kollegen und Freund plötzlich anders und diesem schien es genauso zu ergehen ...

Angesteckt vom Ambiente, vom Flair ertappte sich Delia, wie sie ihren Freund aus den Augenwinkeln heraus ansah, sein rotblond gelocktes Haar, die klugen ruhigen und gleichzeitig rastlose Energie ausstrahlenden blauen Augen, sein markantes Kinn. Warum bloß hatte sie all das bisher nicht gesehen?

Delia und Daniel verließen den Stephansplatz, spazierten durch den Trubel der abendlichen Kärntner Straße der U-Bahn zu, die sie in die Nähe ihres Quartiers, das außerhalb der zentralen Wiener Stadtbezirke gelegen war, bringen sollte.

Rasch kam das öffentliche Verkehrsmittel; eine halbe Stunde später war man am Ziel. Lau war der Abend. Ein betörender Duft zog vom Wienerwald herab, als sich die beiden ein wenig später auf einer lauschigen Bank in einem Weingarten oberhalb der Großstadt wiederfanden. Ziellos war man dahinspaziert, hatte den herrlichen Abend und überall romantische Einsichten in alte Höfe genossen. Nichts deutete mehr darauf hin, dass sie sich tatsächlich noch immer im städtischen Bereich befanden.

Hoch stand schon der Mond über der Metropole, die sich vor ihren Augen, unter ihren Füßen ausbreitete und in ein seltsam schimmerndes Licht eingetaucht dalag. Jenseits des Donaustroms ragten die mächtigen Hochhäuser der Donaucity mit ihren hell erleuchteten Fenstern in die Höhe, im Südwesten erhoben sich die sanft anmutenden Hügel des Wienerwalds.

In einem Hoch der Gefühle wandte sich Delia ihrem Freund zu; sie ergriff seine Hand und sah ihm tief in die Augen. Zärtlich berührte Daniel ihre zarten Hüften, liebkoste ihren Nacken. Delia schloss die Augen, ihre Lippen näherten sich; sie küssten einander leidenschaftlich …

Wie in Chicago, so war auch in Denver der Alltag eingekehrt. Harold Abbotts Geburtstagsfest war bereits längst Vergangenheit. Wie gewohnt war Ephram des Morgens mit dem Auto an die Universität gefahren, Amy hatte die Kinder zur Schule gebracht und betrat den Supermarkt in der Absicht, ihre täglichen Einkäufe zu erledigen. Von überallher ertönte ein freundliches „Guten Morgen". Die attraktive Frau war allseits bekannt und beliebt. Ihre Hilfsbereitschaft war sprichwörtlich und doch schien den Leuten eine Veränderung an ihr vorgegangen zu sein. Trotz aller vordergründigen Freundlichkeit, Verbindlichkeit glaubte ihr Umfeld eine gewisse Traurigkeit, eine Unzufriedenheit in ihrem Gesicht und in ihrer Haltung wahrnehmen zu können.

Amy packte die Einkaufstüten zusammen und verließ den Supermarkt. Normalerweise nahm sie in ihrem kleinen Stammcafé einen Snack und eine Tasse Tee zu sich, doch seit einiger Zeit hatte sie keine Lust dazu. Lieber wollte sie nach Hause gehen und sich auf dem Sofa vor ihrem Fernsehgerät verkriechen.

Nicht viel hatte sie von der Stimmung von zu Hause, aus Everwood, hierher mitgenommen, vom Wiedersehen mit den Eltern, mit Bright, mit Hannah und Lilly, mit dem Schwiegervater, mit Nina. Alles schien schon so weit weg zu sein.

Wozu hatte sie eigentlich studiert, wozu hatte sie ihren hochinteressanten Job gehabt. Wer und welche Zeitung würde sie denn noch aufnehmen, wenn die Kinder ihre schulische Ausbildung hinter sich hätten und sie quasi wieder frei wäre?

Derlei Gedanken quälten sie und seit einiger Zeit auch wieder einmal der Gedanke an den schon so lange verstorbenen Colin, die große Liebe ihres jungen Lebens. Hin und wieder dachte sie daran, vielleicht doch in ihrer Beziehung zu Ephram, mit ihrer Eheschließung einen Fehler begangen zu haben. Und genau das erschien ihr erst recht wieder mehr als ungerecht zu sein, bot ihr doch gerade dieser Mann ein sicheres, bequemes, mit Liebe und Leben erfülltes Dasein innerhalb einer wunderbaren Familie.

War ihr das alles einfach zu wenig?

Immer wieder war es Ephram, der treue, der gerade in Hinblick auf ihre tragisch hatte enden müssende Beziehung zu Colin so verständnisvolle Freund an der Highschool, der liebende, der geliebte Freund in der Zeit der beginnenden Adoleszenz, der vorbildliche Vater und Ehemann, der letzten Endes in seinem tatsächlichen Wert immer wieder angezweifelt wurde – Ironie des Schicksals, Ungerechtigkeit des Lebens.

Amy richtete sich auf. Derlei Gedanken durfte sie nicht zulassen, sie müsste nun selbst aktiv werden, an den offenbar eingefahrenen Bahnen etwas ändern. Die hübsche mittelblonde Frau erhob sich und schritt ins Bad. Sie öffnete das Medikamentenschränkchen und entnahm ihm eine Schachtel. Tief atmete sie durch und nahm den Blister in die Hand. Schon wollte sie eine Tablette aus dem silbrig glänzenden Streifchen herausdrücken, da dachte sie an ihre Kinder, an die Erfüllung ihres Lebens …

Sie steckte den Silberstreifen wieder in die Verpackung zurück und verstaute sie sorgsam in dem Kästchen. Schon in der Jugend hatte sie so ihre ambivalenten Erfahrungen mit Antidepressiva gemacht, ein zweites Mal würde sie das wirklich nicht brauchen ..."

※

„Sehr gut! Nur diese eine Phrasierung könnte noch ein wenig exakter sein ... und gleichzeitig eine Spur leiser ..."
Mit Akribie und Begeisterung gab sich Ephram Brown seinem Klavierunterricht hin. Alle aus seiner Vorbereitungsklasse sollten den Sprung zur Meisterschaft schaffen, das war sein erklärtes Ziel. Und alle hatten das notwendige Potenzial dazu. Niemals hatte Ephram es bereut, seine Karriere als Pianist nach seinen ernüchternden Erlebnissen in New York vor vielen Jahren, seinem zufälligen Wiedersehen mit Madison und der Information über die Existenz seines unehelichen Sohnes nicht weiterverfolgt und sich ausschließlich der Lehrtätigkeit gewidmet zu haben. Andernfalls wäre es wohl äußerst schwierig, wenn nicht undenkbar gewesen, ein geregeltes Familienleben zu führen.

Und auch der Tatsache, nicht ans Julliard-College gegangen zu sein, trauerte er nicht nach; die Colorado A & M bot tatsächlich eine erstklassige musikalische Ausbildung. Die Aufnahme in seine Klasse war gefragt, er besaß einen exzellenten Namen.

Er war ein strenger Lehrer, rigoros und genau, und er hasste Faulheit beim Üben, beim Studium als eine Vergeudung der Talente.

Auch konnte er immer seine große Liebe und Begeisterung zur klassischen Jazzmusik einfließen lassen.

„Nun, meine Damen und Herren ..."
Die fünf Studentinnen und Studenten seiner Klasse spitzten die Ohren. Diese Phrase kannten sie, jetzt sollte etwas Außergewöhnliches kommen.

„... George Gershwin ..., ‚Rhapsody in Blue' ..., Studium bis zur kommenden Woche, Ablauf wie immer ..."
„Ja ..."
Begeistert klatschen die jungen Musiker und angehenden Konzertpianisten in die Hände. Dieses großartige Musikstück

würde tatsächlich alles fordern: herausragende Technik, feinfühlige Phrasierungen und ein tiefes Gefühl für den Jazz.

Lächelnd blickte Ephram in die Runde, diese Reaktion hatte er vorausgesehen. Er liebte es, wenn seine Studentinnen und Studenten immer wieder ihre Grenzen suchten, in Grenzbereiche ihrer technischen Fähigkeiten vordrangen und diese geduldig, Schritt für Schritt, nach oben schraubten – eine grundlegende Voraussetzung für ihn und seine Lehrauffassung.

„Wie war doch gleich der Name?"
„Dr. Jake Hartman …"
„Und gibt es denn gar keine Möglichkeit, etwas zu finden, das in der Nähe ist?"
„Doch, schon, aber dieses Institut für Drogentherapie in L. A. ist mit Sicherheit das Beste in den USA."

Eve Walkley seufzte, dankte dem Referenten der zuständigen Behörde für die Auskunft und beendete das Telefongespräch.

Am Vortag hatten sie den schriftlichen Bescheid erhalten, Peter müsse auf Entzug. Den ganzen Abend lang hatte man diskutiert, die Möglichkeiten ausgelotet. Letztlich hatte man sich auf diese Vorgangsweise geeinigt.

Auch Peter hatte dies alles eingesehen und Arthur Walkley war sofort bereit, mit der Schule wegen eines Dispenses zu verhandeln und einige Kurse des Sohnes auf die Sommermonate zu verlegen.

Peter hatte das Telefonat der Mutter mit angehört …
„Wann muss ich los?"
„Weiß ich nicht. Wir müssen mit dem Institut erst einmal einen Gesprächstermin vereinbaren."

Der Junge nickte und trabte in sein Zimmer hinauf.

Keine Schule, eine ganze Zeit lang von zu Hause weg – noch dazu in L. A. –, keine unentwegt besorgten Blicke der Eltern … Insgeheim freute sich der Junge über die willkommene Abwechslung. Und so schlimm würde die Therapie ja wohl auch nicht werden. Vielleicht würde sie ihm auf vielerlei Weise weiterhelfen ...

Peter startete seinen Computer und betrachtete nicht ganz unzufrieden die Arrangements, die er in den letzten Tagen aus dem gefundenen alten Notenmaterial gezaubert hatte.

Er setzte seine Kopfhörer auf und schaltete den Synthesizer dazu. Fasziniert folgte er den auf seinem Bildschirm vorbeiziehenden Noten und Harmonien; konzentriert prüfte er die Brauchbarkeit der Instrumentierung.

Nochmals von vorne ...

Der Junge lehnte sich auf seinem Sessel zurück und schloss die Augen. Die herrlichen Jazzharmonien zogen ihn gänzlich in seinen Bann, rissen ihn mit, hüllten all seine Gedanken ein und ließen ihn all seine Probleme vergessen.

Ein heftiges Rütteln an seinen Schultern versetzte ihn in die Realität zurück. Sein Vater stand vor ihm und machte ihm deutlich, er solle doch die Kopfhörer abnehmen, er hätte ihm etwas zu sagen.

Peter gehorchte ...

„Übermorgen fliege ich mit dir nach L. A. ... Der Termin ist fixiert, mit der Schule ist alles geregelt."

„Ist o. k., Dad, danke! Bleibe ich dann gleich dort?"

„Wahrscheinlich schon. Du solltest also packen ..."

Arthur Walkley drehte sich um und verließ das Zimmer. Peter erhob sich von seinem Sessel und wendete sich seinem Musikschrank zu. Er öffnete ihn und sah nach dem letzten noch ungeprüften Notenalbum aus seinem Fund von neulich: Art Tatum.

Außer sich vor Begeisterung riss er es an sich. Die heftige Bewegung löste einige Blätter Papier von dem Stößchen, das er unbeabsichtigterweise vom Dachboden mit hinunter auf sein Zimmer genommen hatte; sie segelten zu Boden.

Verärgert bückte sich der Junge, hob sie auf und schickte sich an diese zu zerknüllen und in den Papierkorb zu werfen.

Im letzten Moment, zufällig und uninteressiert warf er einen Blick darauf und er erstarrte: „Fragebogen zum Antrag auf Adoption" ...

Nach wenigen Sekunden löste sich die Erstarrung. Peter trat erneut an seinen Musikschrank; mit zitternden Händen nahm der Junge den Papierstoß heraus, gab die einzelnen Blätter vorsichtig dazu, legte ihn auf seinen Schreibtisch und versperrte seine Zimmertüre. Langsam kehrte er um, setzte sich und begann die Unterlagen zu durchforsten.

„… zur Adoption freigegeben … Knabe Kerner … Denver … Mutter: Madison Kerner … Vater unbekannt … Antragsteller: Walkley Arthur und Eve …"

Peter glaubte seinen Augen nicht zu trauen, ihm wurde übel. In seinem Kopf begann es wie verrückt zu hämmern, sein Weltbild wankte.

„Nein, einen weiteren Arzt in Everwood lasse ich nicht zu!" Aufgeregt und verärgert, heftig gestikulierend stand Harold Abbott vor dem Stadtrat und machte lautstark seinem Unmut Luft.

„Trotz der Bevölkerungszunahme sind die Kapazitäten der vorhandenen medizinischen Betreuung völlig ausreichend, das muss doch jeder Idiot sehen!"

Der Mediziner argumentierte zwar zynisch emotional, doch durchaus realistisch, ganz seinem Wesen entsprechend.

Nicht dass er sich Sorgen um sein täglich Brot hätte machen müssen; er fürchtete vielmehr langfristig eine Verkleinerung seines Patientenstocks und damit verbunden die Tatsache, dass der Verkaufserlös seiner Praxis sinken und seine eigene Altersvorsorge dadurch geschmälert werden könnte. Und natürlich waren ihm auch die Auswirkungen auf die zu erzielenden Erträge in Zusammenhang mit seinen ehemaligen Ordinationsräumlichkeiten ein Dorn im Auge, hätte dann ja auch der dort ordinierende Arzt weniger Klientel gehabt.

Zwar waren die großen Kinder längst aus dem Hause und würden sich selbst versorgen. Trotzdem hatte er in seinem fortgeschrittenen Alter sehr wohl auch noch längerfristig für eine halbwüchsige Tochter zu sorgen.

Bright Abbott wand sich …

Natürlich waren ihm die Anliegen und Überlegungen seines Vaters klar und verständlich, dessen Befürchtungen nachvollziehbar, doch in erster Linie war er Bürgermeister der Stadt, hatte deren Wohl vor das eigene oder das seiner Familie zu stellen.

Und das Angebot der Investoren für eine neue Praxisgemeinschaft samt Kuranstalt klang lukrativ und hätte große Vorteile für die Beschäftigungslage im Städtchen, abseits vom touristischen Umfeld, zumal Everwood zum Stolz seiner Bewohner erst kürzlich die Bezeichnung „Höhenluftkurort" erhalten hatte.

Bright wusste, dass er sachpolitisch handeln müsste, um das Vertrauen des Stadtrates zu erhalten und ausbauen zu können und er vertraute auf das treue Stammklientel, das sein Vater über die vielen Jahrzehnte hinweg aufbauen hatte können. Vielleicht ließ sich dieser gegebenenfalls zu einer Kooperation mit dem so verlockenden Projekt überreden, zumal dort ja kein Allgemeinmediziner, sondern vielmehr ein Internist und ein Orthopäde eingeplant waren. Andererseits könnte es durchaus sein, dass er gerade in dieser Sache die Rechnung ohne den Wirt gemacht hatte. Das fortgeschrittene Alter hatte den Vater noch eine Spur eigensinniger und von sich selbst und seinem Tun überzeugter gemacht. Oft sah dieser den Wald vor lauter Bäumen und damit auch mögliche Vorteile nicht, eine Eigenschaft, die er während seiner Praxisgemeinschaft mit Andy Brown nahezu ganz abgelegt, danach aber leider in vollem Umfang wieder in sein gedanklich-emotionales Repertoire aufgenommen hatte.

Oft tat ihm da Lilly leid, die dessen oft eigenwillige und einem gewissen Altersstarrsinn unterliegende Charaktermerkmale noch mehr und deutlicher zu spüren bekam als er selbst in diesem Alter. Sicher war die Mutter für die Adoptivschwester immer ein Ausgleich, doch auch sie war nicht jünger geworden.

Nichtsdestotrotz müsste eine Entscheidung getroffen werden und Bright hatte den Stadtrat um Abstimmung ersucht.

Einmal noch versuchte Harold Abbott das Ruder für sich und seine Anliegen herumzureißen, doch die Argumente der Investoren zogen, Bright musste die positive Entscheidung des

Gremiums zur Kenntnis nehmen und der Errichtung zustimmen. Wütend drehte sich Dr. Harold Abbott auf der Stelle um, eilte schnellen und lauten Schritts aus dem Saal und warf krachend die Türe hinter sich zu.

Bright ersuchte um eine kurze Unterbrechung der Sitzung. Schleunigst verließ er das Rathaus und versuchte den Vater aufzuhalten, was nicht gelang, denn dieser hatte soeben seinen PKW gestartet und war entgegen seiner sonstigen Gewohnheit mit quietschenden Reifen davongerast.

Unverrichteter Dinge kehrte der junge Bürgermeister in das Amtshaus zurück; er eilte in sein Büro und ließ sich mit Hannah verbinden. Der Freundin und Psychologin würde doch etwas einfallen ...

„Peter Walkley bitte ..."
Erwartungsvoll blickte Dr. Jake Hartman zur Türe seines Sprechzimmers. Zusammen mit seinem Bruder hatte er vor einem guten Jahrzehnt begonnen als ärztlicher Leiter in allen Teilen der Vereinigten Staaten Drogenberatungs- und Entzugszentren zu errichten. Seit jeher hatten die beiden die Unterstützung der öffentlichen Hand, aber auch vieler privater Geldgeber und namhafter Firmen und auch Großkonzerne, die großes Interesse an einer drogenfreien und damit auch verlässlichen und jederzeit arbeitsfähigen Bevölkerung hatten.

Die Zentrale, in der sich auch sein persönliches Sprechzimmer befand, war immer schon in L. A. gewesen. Hier war er aufgewachsen, hatte er selbst genügend Erfahrung mit jeglicher Art Rauschmittel und anderen Stoffen mit hohem Suchtpotenzial gesammelt. Einzig die ein, zwei Jahre in Everwood, seinem Zufluchtsort nach einer großen persönlichen Krise, hatten ihn weitestgehend clean gehalten.

Bei einem Seitenblick durch das große Glasfenster hinüber auf Hollywood blieb sein Blick kurz am ausladenden, gänzlich verglasten Büro seines Bruders hängen, dem kaufmännischen Leiter des gesamten Instituts.

Jake Hartman wusste um seine zwiespältige Beziehung zu dem nahen Verwandten, er wusste, wie sehr ihn dieser in der Hand hatte, wenn es um Geldangelegenheiten ging, Dinge, mit denen er zeitlebens niemals hatte umgehen können. Ein weiteres Mal blieb sein Blick an Hollywood hängen. Wie viele namhafte Schauspieler, Autoren und Produzenten er doch früher als Patienten behandeln hatte dürfen! Beverly Hills war zu seiner zweiten Heimat geworden; und es war bei Gott nicht immer alles mit rechten Dingen zugegangen ...

Sekundenbruchteile blickte Jake zu Boden, dann klopfte es an der Türe. Der Drogentherapeut betätigte den elektrischen Türöffner und erhob sich von seinem bequemen Chefsessel. Ein junger Bursche trat ein; offenbar begleitet von seinem Vater ...

Einige Augenblicke musterte der Arzt die beiden, prüfte rasch deren Körpersprache.

Der Ältere, ein offenbar gut situierter Mittvierziger, groß gewachsen, braunhaarig mit wenigen grauen Strähnen, seriös im Auftreten, gleichzeitig aber auch eine gewisse Unsicherheit überspielend – der Junge blond, schlank, mittelgroß mit markantem Kinn, schmalen Lippen und jenem zwar wenig ausgeprägten, aber doch deutlich sichtbaren Wulst auf der Stirn, der oftmals außergewöhnliche Begabungen zu signalisieren vermochte; ein typischer Pubertierender mit allerdings makellosem Teint, vielleicht ein wenig bleich und mit ganz leichten, jedoch deutlich sichtbaren Ringen unter den blauen Augen. Der Muskeltonus des Jungen wirkte angespannt und zeigte erhöhte Nervosität ...

Der Arzt umrundete seinen Schreibtisch, trat den beiden entgegen und schüttelte ihnen freundlich die Hand.

„Dr. Jake Hartman ... und du bist wohl Peter, richtig? Und Sie sind der Vater des Jungen, wenn ich das richtig sehe. Nehmen Sie doch bitte Platz."

Jake wies auf zwei komfortable Lehnstühle, die links und rechts neben seinem Schreibtisch standen und dem Therapeuten auch den diagnostischen Blick auf die unteren Gliedmaßen der Patienten erlaubten.

Arthur Walkley grüßte verbindlich; Peter nickte; beide nahmen Platz.

Kurz überflog der Arzt seine Unterlagen, die vor ihm auf seinem Schreibtisch lagen und etliche grüne Markierungen aufwiesen, dann sah er den beiden abwechselnd neugierig und erwartungsvoll in die Augen.

„Sie wissen, warum wir hier sind …"

Arthur blickte seinem Gesprächspartner einige Bruchteile von Sekunden prüfend ins Gesicht und fixierte sodann eine Schreibtischkante.

„Aber ja …"

Eifrig nickte Jake Hartman.

„… mir wäre es jedoch trotzdem lieber, wenn mich der junge Mann hier aufklären könnte …

Freundlich und auffordernd sah er Peter an.

„Sie wissen es doch ohnehin …"

Der Junge blickte zu Boden und sprach kein Wort.

Geraume Zeit herrschte nun betretenes Schweigen; für den Therapeuten keineswegs ungewöhnlich, er hatte Geduld, das gehörte zu seinem Job.

Jake räusperte sich. Freundlich bat er den Älteren, ob er nicht vielleicht für einige Minuten das Sprechzimmer verlassen könne und erklärte, dass dies oft für den anderen entspannend sei und Verkrampfungen löse.

Ein wenig widerwillig erhob sich Arthur, warf dem Therapeuten einen indignierten Blick zu, fügte sich aber in dessen höfliche Aufforderung und verließ das Sprechzimmer. Peter hob den Kopf und blickte seinem Vater kurz und indifferent nach.

„Nun, mein Junge, ist es so besser?"

Peter nickte, fuhr sich mit der Rechten durch sein Haar, verschränkte sodann die Arme vor seiner Brust und sah zum Fenster hinaus.

„Nur keine Angst und Panik, es geschieht dir hier ganz bestimmt nichts Böses; für dich heiße ich übrigens Jake …"

Einen Augenblick lang meinte der Arzt eine leichte Entspannung bei seinem Gegenüber zu orten, doch er schien sich zu irren. Der Bursche war offenbar nicht gesprächsbereit.

„Du bist ein begabter Musiker, lese ich da. Das steht zumindest in dem Schreiben deiner Mutter, das du bei meiner Assistentin abgegeben hast. Ist das richtig?"

Peter blickte auf, ein Anflug von Stolz huschte über sein Gesicht.

„Ja, ich bin Keyboarder, komponiere und arrangiere gerne … und ich habe eine eigene Band. Wir sind fast schon Profis!"

Jake nickte interessiert; oftmals kam es vor, dass hochbegabte, künstlerisch besonders veranlagte Menschen bei entsprechendem Umfeld in die Drogenszene abglitten.

„Ist ja ganz toll! Um den künstlerischen Nachwuchs brauchen wir uns also in unserem Lande keine Sorgen machen!"

Der Arzt lächelte und auch Peter verzog seinen Mund zu einem vorsichtigen, hintergründigen Grinsen. Seine blauen Augen begannen zu leuchten.

Jake Hartman erstarrte; er fixierte den jungen Mann und dachte intensiv nach. Woher kam ihm dieser plötzlich so bekannt vor?

Verwundert und indigniert über die plötzliche Veränderung am Benehmen seines Gegenübers runzelte der Junge die Stirn, was zu einer noch stärkeren Ausprägung seines Wulstes über den Augen, an seiner Stirn, führte.

Sein Lächeln schwand, das Leuchten in seinen Augen erlosch, missmutig verzog er den Mund.

Er drehte seinen Kopf ein wenig zur Seite und blickte nun offenbar gelangweilt und desinteressiert durch das andere Fenster.

In diesem Augenblick fiel bei Jake der Groschen …

Auch wenn er den Burschen persönlich mit Sicherheit noch nicht kennengelernt hatte, so traf dies womöglich aber sehr wohl auf dessen Vater zu. Alles passte wunderbar zusammen: die Musik, die Physiognomie, Körpergröße und Haltung.

Das musste, das konnte nur Ephram Browns leiblicher Sohn sein, von dessen Existenz er vor vielen Jahren in Everwood unter dem Siegel der absoluten Verschwiegenheit von Nina Feeney, seiner Exgeliebten und nunmehrigen Frau Dr. Brown, erfahren hatte.

Jake schluckte und atmete tief durch. Er hatte keine Ahnung, wie er sich nun verhalten sollte.

Rasch überflog er nochmals seine Unterlagen. Für den Jungen sollte es so aussehen, als hätte er in Windeseile ein Programm für die Lösung seiner Drogenprobleme gefunden.

„Gut, mein Junge, du bist gottlob noch sehr jung, dein Problem haben wir in ein paar Wochen im Griff. Am besten, du gehst zu meiner Assistentin hinaus; die wird sich sogleich um dich kümmern, wird dir alles Wissenswerte mitteilen und deine Fragen beantworten. Bitte sage deinem Vater, dass ich ihn nochmals kurz sprechen möchte."

„... und der Junge weiß nichts davon?"
„Nein, er hat keine Ahnung, dass er ein Adoptivkind ist."
Jake Hartman nickte verständnisvoll.
„Ich nehme an, Sie wollen es auch dabei belassen, Mr. Walkley?"
„Unbedingt; der Junge hat ohnehin Probleme genug!"
„Das respektiere ich selbstverständlich. Auf Wiedersehen! Wir sehen einander am kommenden Sonntag. Ich nehme ja an, dass Sie Ihren Sohn besuchen werden?"
„Natürlich."

Arthur Walkley schüttelte dem Therapeuten zum Abschied die Hand, sah diesem noch einmal fest in die Augen, drehte sich um und verließ das Sprechzimmer.

Aufgewühlt und ratlos sah ihm Jake Hartman nach.

Der junge Morgen war hereingebrochen und eine Amsel sang ihr kunstvolles Lied. Die Morgensonne zwinkerte durch einen Spalt zwischen den bunten Vorhängen herein, es duftete nach frischem Gras und Flieder, dessen Blüte auf dem Höhepunkt stand.

Delia reckte sich; sie entwand dem noch tief schlafenden Daniel ihre Hand und betrachtete den Freund liebevoll. Was hatten sie doch für eine wunderbare gemeinsame Nacht verbracht! Spät waren sie nach diesem herrlichen Spaziergang heimgekommen, waren noch im Garten der Pension gesessen, hatten einander liebkost und geküsst. Gemeinsam hatten sie geduscht, waren noch nass auf ihr Bett gefallen, hatten sich in einer Art geliebt, dass es für alle Zukunft unvergesslich sein würde ...

Daniels Gesicht zuckte; mit lautstarkem Niesen erwachte der junge Mann. Delia lachte laut auf; und es war ansteckend; auch Daniel stimmte fröhlich mit ein ...

Dann wurde das Pärchen still, verlegen ob der Größe der gemeinsam verlebten Augenblicke. Sie erhoben sich von ihrer Bettstatt, zogen T-Shirts an und traten zum Fenster. Lange blickten sie in den leuchtenden Morgen hinaus, einen Morgen, der für beide ein ganz neuartiger war, der eine für sie beide veränderte Welt bedeutete.

Wie sollte es nun weitergehen, wenn sie beide, die Kollegen, die Freunde, nun ein Paar waren? Wie würde sich die gemeinsame Arbeit weiterentwickeln, wie würde das universitäre Umfeld daheim dazu stehen?

Beide wussten es nicht. Im Augenblick war es ihnen auch vollkommen gleichgültig. Sie genossen den wunderbaren, stimmungsvollen Morgen in einem Hoch der Gefühle. Daran könnte auch die laufende Auseinandersetzung mit dem grauenvollen Stück Menschheitsgeschichte nicht ändern; es war egal, überlagert von dem Zauber dieser Stadt, dieser unvergesslichen Stunden.

Ephram warf die Autotüre zu und verließ die Garage. Fröhlich pfeifend eilte er die Treppen hinauf zur Veranda seines Hauses. Ein erfolgreicher Arbeitstag lag hinter ihm. Eine jener hochtalentierten, jedoch nicht recht strebsamen, weil übungsfaulen Privatschülerinnen hatte doch tatsächlich den dritten Satz aus

Beethovens Op. 57, der „Sonata Apassionata", erstmals völlig fehlerfrei bewältigt. Mit Recht war sie stolz gewesen, hatte im Überschwang der positiven Gefühle ihren Lehrer umarmt. Immer wieder kam das vor. Ephram hatte jedoch genaue Grenzen, über die niemand springen durfte. Im Bewusstsein von Frau und Familie wehrte er derlei Gefühlsregungen und Dankbarkeitsbezeugungen seiner Schülerinnen immer ab. Er liebte seine Amy viel zu sehr, würde nie etwas tun, was ihr Schmerzen zufügen und seine Ehe aufs Spiel setzen könnte. Das hätte sich die wundervolle Frau und Mutter wirklich nicht verdient.

Bestens gelaunt steckte er den Schlüssel ins Schloss und sperrte die Haustüre auf.

Noch immer pfeifend und mit einem fröhlichen „Hi, Schätzchen" auf den Lippen trat der Hausherr ein. Es war still, ungewöhnlich still ...

Ephram stutzte; seine Miene verfinsterte sich. Hatte er da etwas verpasst? Hatte er etwa vergessen, dass Amy etwas Besonderes vorhatte? Er blickte auf seine Armbanduhr. Die Kinder hätten noch gut eine halbe Stunde Schule. Vielleicht war Amy schon unterwegs, um die Kleinen abzuholen? So früh? Ungewöhnlich ...

Vergeblich suchte er nach einem Zettel mit einer Nachricht. Ephram schüttelte den Kopf. Nachdenklich beließ er es dabei, zog seine Hausschuhe an, schlurfte ins Wohnzimmer und hantierte an der Musikanlage herum. Fernsehen mochte er nicht sonderlich, zumal seine Sehleistung in letzter Zeit ein wenig abgenommen hatte, lieber hörte er Radiosender, die sich auf Jazzmusik spezialisiert hatten. Er ließ sich auf dem Sofa nieder, zündete sein Pfeifchen an und lauschte Count Basie's gewaltigem Big Band-Sound.

Irgendetwas gefiel ihm trotzdem nicht ...

Eine seltsame Unruhe bemächtigte sich seiner, eine Unruhe, an der nicht einmal der Genuss der Pfeife oder die fantastischen Rhythmen Entscheidendes ändern konnten.

Er stand auf, trat auf die Veranda hinaus; auch hier war alles ruhig. Er inspizierte die Küche, die sich blank geputzt darbot.

Auch das Schlafzimmer, das Esszimmer und die Kinderzimmer präsentierten sich in diesem Zustand.

Er betrat das Bad, auch das war leer ...

Ephram zuckte mit den Achseln und kehrte ins Wohnzimmer zurück. Er schüttelte erneut den Kopf und grinste über seine sinnlose und mit Sicherheit völlig unbegründete Unruhe. Sicher war seine Frau schon die Kinder von der Schule abholen gegangen. Der Musikprofessor stellte das Radio leiser, begab sich erneut auf die Veranda hinaus und zog an seiner Pfeife. Er hatte an seiner Frau in letzter Zeit kaum eine Veränderung mitbekommen. Sicher, die Kinder waren anstrengend und Amy bekam so ziemlich alles ab, was den Nachwuchs betraf; sicher war in den vergangenen Jahren die ursprüngliche Leidenschaftlichkeit ein wenig auf der Strecke geblieben; auch ernsthafte Gespräche über die Zukunft hatte es kaum gegeben; oftmals hatte man sich in Alltäglichkeiten ergossen; die Kinder waren logischerweise die zentralen Elemente.

Immer war Amy zu Hause, immer für alle da, umsorgte immer alle, ließ es niemandem der Familie an etwas fehlen, so wie es Rose, die Schwiegermutter, trotz ihrer vielschichtigen Aufgaben als ehemalige Bürgermeisterin Everwoods stets getan hatte.

Die Minuten schlichen dahin ...

Immer wieder blickte Ephram auf die Pendeluhr.

Endlich, wie eine Erlösung: „Hört auf zu streiten! Harry, lass doch Nikki in Ruhe ..., rein mit euch ..., Hände waschen ... und zieht euch um, wir wollen doch heute auswärts essen gehen!"

Mit wehenden Haaren hatte Amy mit den Kindern das Haus betreten.

Ephram atmete erleichtert auf und trat auf den Flur hinaus, wo sich Harry und Nikki sofort auf ihn stürzten, ihren Paps umhalsten und auch Amy näherte sich liebevoll ihrem Gemahl, küsste ihn und strich ihm liebevoll über die Hüften.

Lautstark trampelten die Kinder die Treppen hoch auf ihre Zimmer.

Amy nahm Ephram bei der Hand und geleitete ihn ins Wohnzimmer.

„Wir müssen reden."
„Ja, Amy, du hast wahrscheinlich recht."

Peter saß in seinem Zimmer, das sich in einem der kleinen, inmitten einer gepflegten Grünanlage verstreuten Pavillons befand. Während der letzten Tage hatten die ersten Therapiesitzungen stattgefunden, doch man merkte ganz deutlich, der Junge war nicht so recht bei der Sache, nicht konzentriert, nicht kooperativ. Er fuhr seinen Laptop hoch und öffnete eine versteckte Datei, in welcher alle Unterlagen, die seinen so überraschenden und gleichzeitig so schockierenden Fund auf dem Dachboden seines vermeintlichen Elternhauses betrafen, eingescannt und geordnet waren. Immer wieder las er die Dokumente. Warum hatte man ihm nie davon erzählt, ihm nie die Wahrheit über seine Herkunft gesagt?

„Vater unbekannt" – die beiden Worte taten weh, schmerzten bis ins Mark.

Fieberhaft suchte er erneut im Internet nach einer Madison Kerner und wieder ohne Erfolg; es existierte keine maßgebliche Seite.

Immer mehr gelangte Peter zur Überzeugung, dass ihm tatsächlich nur seine leiblichen Eltern bei seinen Problemen helfen könnten, ihn wirklich verstehen würden; immer fieberhafter, intensiver wurden seine Internetrecherchen. Wenn er wenigstens seine wirkliche Mutter ausfindig machen könnte! Vielleicht wüsste diese auch etwas über den Verbleib seines Vaters.

Rastlos marschierte Jake Hartman in seinem Büro auf und ab. Die Umstände des Peter Walkley wollten ihm nicht aus dem Kopf gehen. Immer wieder setzte er sich an seinen Schreibtisch und griff zum Telefon, legte das Gerät wieder an seinen Platz, stand erneut auf und setzte seine Wanderung fort.

Es ging ihn die ganze Sache ja eigentlich nichts an, Ephram Brown kannte er zu wenig, Madison überhaupt nicht und mit

Andy Brown verband ihn alles andere als Freundschaft, zumal dieser im Rennen um Nina Feeneys Gunst letzten Endes als Sieger vom Platz gegangen war – was ihm Jake nie wirklich verzeihen hatte können.

Und doch gab es etwas, was den feinfühligen Mediziner an der ganzen Angelegenheit überaus interessierte und schlussendlich verantwortlich machte. Immerhin war der Junge nun sein Patient und unter seinen Fittichen. Dessen abweisendes und wenig kooperatives Verhalten war ihm nicht ganz verständlich und nur mit heimlichem und unterdrücktem Wissen erklärbar.

Was wusste Peter tatsächlich, was ahnte er?

Mr. Walkleys Seriosität und väterliche Erziehungsarbeit in allen Ehren, aber würde der Junge tatsächlich zum Adoptivvater gehen und ihn in dieser so wichtigen Sache befragen? Und Mrs. Walkley würde er ja erst am Wochenende persönlich kennenlernen. Sie hatte zwar von sich aus bei ihm angerufen und ihn nach Rücksprache und in Abstimmung mit ihrem Gatten auch von ihrer Seite nochmals und eindringlich um absolutes Stillschweigen ersucht. Aber – war das tatsächlich im Sinne seines jungen Patienten?

Erneut griff Jake Hartman zum Telefon und wählte …

„Praxis Dr. Abbott, Louise am Apparat?"

„Jake Hartman, ist Dr. Abbott zu sprechen?"

Louise stutzte, der Name erschien ihr vertraut. Dann fiel endgültig der Groschen.

„Dr. Hartman, ja ist denn das die Möglichkeit? So eine Freude! Wie geht es Ihnen?"

„Danke, Louise … Und Sie arbeiten immer noch für den alten Spinner?"

„Aber ja! Die paar Jährchen werde ich auch noch überstehen … Was kann ich für Sie tun?"

Die altgediente und so verlässliche Ordinationsassistentin lachte übers ganze Gesicht. Oftmals hatte sie in den letzten Jahren die Dispute zwischen ihrem Chef, Dr. Brown und Dr. Hartman vermisst, zwar nicht immer angenehme, aber doch äußerst belebende und manchmal durchaus amüsante Facetten des hier meistens so gemächlich und höhepunktsarm dahinplätschernden Lebens.

„Ich brauche dringend Ihren Chef!"

„Moment, Dr. Hartman, ich verbinde ..."

Louise verständigte ihren Boss: „Dr. Hartman ist dran; soll ich durchstellen?"

„Bitte wer?"

Ungläubig schüttelte Harold Abbott den Kopf.

„Jake Hartman, Herr Doktor ..."

„DER Jack Hartman?"

„Genau dieser ..."

„Und was will er, um Himmels willen?"

„Keine Ahnung, fragen Sie ihn doch selbst!"

„Na schön, stellen Sie durch Louise!"

„Dr. Abbott ..., ja bitte?"

„Hi Hell, schön Sie zu hören!"

„Ganz meinerseits, Jake. Wo sind Sie denn verschollen? Immer noch an der Sonnenseite sesshaft? ... Habe endlos lange nichts mehr von Ihrer bedauernswerten Existenz gehört. Sitzt die Enttäuschung wegen Nina immer noch tief oder haben Sie sie mit Ihrem legendären Drogenmix ausradiert?"

„Sehr komisch, Hell ..., ich sehe, Sie haben noch immer nichts von Ihrem hintergründigen und zumeist unpassenden Humor verloren. Aber, ganz im Ernst, ich benötige Andy Browns Telefonnummer ..."

„Wozu denn das? Wollen Sie schon wieder um Nina kämpfen? Mann, lassen Sie das, dazu ist es zehn Jahre zu spät! Und lassen Sie den alten Idioten in Ruhe seine Schädel aufbohren, solange er dazu noch halbwegs fähig ist. Ich habe erst kürzlich vernommen, dass er auch schon allerhand Blödsinn anstellt, den dann seine Assistenten ausbügeln müssen."

„Hell, es ist wichtig ..., es geht um einen Patienten ..."

„Ach so ..."

Sofort wurde Harold Abbott ernst. Er zog seinen Adressbuch hervor, suchte die Nummer der Browns in Chicago und teilte sie dem Kollegen mit.

„Danke, Hell; kommen Sie mich doch einmal mit Ihrer Familie besuchen! Und, so ganz nebenbei ..., wissen Sie etwas von Ephram Brown?"

„Der ist inzwischen längst mein Schwiegersohn ... Aber, was rede ich da, das geht Sie ja überhaupt nichts an! Was den Besuch bei Ihnen, werter Herr Kollege, betrifft – danke, kein vitaler Bedarf, L. A. ist mir viel zu heiß und zu laut. Auf Wiedersehen, war mir ein Volksfest ..."

Indigniert und gleichzeitig auch belustigt beendete Harold Abbott das sonderbare Gespräch und wandte sich kopfschüttelnd an seine Assistentin, die sich interessiert zu ihm gesellt hatte.

„Der nächste Patient bitte ..."

Jake blickte einigermaßen zufrieden auf die hingekritzelten Ziffern. Mehr konnte, mehr wollte er im Moment nicht tun. Dass allerdings Ephram Brown offenbar mit der bezaubernden Amy verheiratet war, störte seine Befindlichkeit und machte seine Überlegungen nicht unbedingt einfacher.

Er legte den Zettel mit der Telefonnummer zur Seite und begab sich in das Besprechungszimmer, wo ein Meeting mit den Therapeuten angesetzt war. Die Ablenkung kam ihm im Augenblick ganz recht.

„Stell dir vor, Dad, Daniel und ich, wir sind nun zusammen!"

Freudig erstattete Delia ihrem Vater telefonisch ihren allmonatlichen Kurzbericht.

„Hey, das freut mich aber! Wurde ja auch Zeit, Daniel ist so ein netter junger Mann. Wo seid ihr denn gerade?"

„In Wien, Dad!"

„In Wien? Oh, da sollte ich demnächst auch einmal hin. Die dortige Universität ersuchte mich, einen wissenschaftlichen Vortrag zu halten. Ist schon einige Zeit her ... Wie lange werdet ihr denn nun noch in Österreich bleiben?"

„Doch noch einige Zeit; die Recherchen sind hier sehr ergiebig."

„Das wäre doch ganz toll, wenn uns der Zufall gerade dort zusammentreffen lassen würde."

„Ja, denke ich auch; wir behalten das im Auge … Also, bis dann!"

„Bis dann, Süße!"

Delia schmunzelte. Den liebevollen Kosenamen hatte sie für ihren Dad trotz ihres Alters immer noch behalten.

Andy Brown lehnte sich in seinem Lehnstuhl zurück und sah freundlich lächelnd zu seiner Frau, die neben ihm auf dem Sofa hingegossen lag und in ein Buch vertieft war.

„War das Delia?"

„Ja, Liebes … Stell dir vor, unsere beiden Helden haben es endlich geschafft."

„Was denn, sind sie mit den Recherchen fertig?"

„Aber keineswegs; sie sind nun tatsächlich ein Paar!"

„Na endlich, dem Herrgott sei es gedankt!"

Nina blickte auf und legte das Buch zur Seite. Vom ersten Kennenlernen weg, das schon einige Jahre zurücklag, hatte man den jungen Wissenschafter gemocht und Delia immer gut zugeredet – doch erfolglos. Die manchmal etwas starrsinnige junge Frau hatte immer abgewunken. Beruf und Privatleben wolle sie nicht miteinander verschmelzen. Da solle immer eine strenge Trennung her. Freundschaft akzeptiere sie, mehr jedoch nicht …

„Was mag denn in die beiden gefahren sein?"

„Sie sind in Wien, Nina …"

„Ach so, dann wundert mich gar nichts."

War Paris die Stadt der Erotik, so war Wien die Stadt der Liebe; das war Nina aus einschlägiger Literatur hinlänglich bekannt, doch tatsächlich besucht hatte sie beide Metropolen noch nie.

„Apropos Wien … Du weißt doch, dass ich dort einen Vortrag halten sollte. Das wäre doch etwas, wenn wir beide nach Europa fliegen würden und das Berufliche mit einem Treffen mit Delia und Daniel verbinden würden!"

„Au ja, das wäre natürlich fantastisch!"
„Gut, gleich morgen werde ich meinen Leuten am Institut Bescheid sagen. Die sollen sich um die ganze Sache kümmern und alles in die Wege leiten."
Zufrieden rieb sich Andy die Hände. Nina erhob sich, trat zu ihrem Ehemann, strich ihm zärtlich über sein weißes Haar, beugte sich zu ihm hinunter und küsste ihn.
Andy liebte diese zärtliche Geste. Genüsslich streckte er sich auf seinem bequemen Lehnstuhl aus und schloss genießerisch die Augen. Ein Vortrag in Wien, ja, das wäre schon etwas ganz Besonderes; die Wiener Schule der Medizin: in aller Welt in aller Munde ...

Andy hatte schon viele Vorträge gehalten, an Universitäten, an Instituten, für Wissenschaftssendungen in TV und Radio, doch die wichtigsten waren ihm immer jene gewesen, die vor niedergelassenen Kollegen stattgefunden hatten, vor jenen Kämpfern an vorderster Front, die Andy immer besonders bewundert und wertgeschätzt hatte. Und gerade diese kamen selten aus freien Stücken, sondern zumeist aus Gründen der staatlich verordneten Fortbildung, die sie alle miteinander vital für die erfolgreiche Zertifizierung ihrer Praxen und ihrer Fachtätigkeiten benötigten.

Oftmals taten ihm gerade die Kollegen leid. Direkt von der Praxis weg, nach einem anstrengenden, fordernden und so verantwortungsvollen Arbeitstag, an dem sie nicht nur den mannigfaltigen Leiden, sondern auch den Begehrlichkeiten der Patienten ausgesetzt und zudem mit dem ständigen Kampf um die Kostenerstattung eines durch und durch maroden, ja insuffizienten Sozialsystems konfrontiert waren, nun auch noch Hochwissenschaftliches, für die tägliche Praxis möglicherweise Irrelevantes auf nüchternen Magen vorgesetzt zu bekommen, das mochte wohl wirklich nicht gerade erbaulich sein.

Oftmals hatte er beobachtet, wie Kollegen einfach eingeschlummert waren oder mit müden, leeren, uninteressierten Augen dagesessen waren und abwesend die ganze Prozedur über sich ergehen hatten lassen. Genauso oft hatte das Knurren der diversen Mägen die mehr oder weniger aufmerksame Stille im Vortragssaal übertönt.

Dann aber wartete zumeist die längst herbeigesehnte Erlösung: das von der pharmazeutischen Industrie gesponserte gemeinsame Buffet oder Abendessen.

Andy streckte sich erneut. Er schüttelte diese Gedanken von sich ab und öffnete wieder seine Augen. Jeder Mensch ist seines eigenen Glückes Schmied und in der sozialen Welt hingen heutzutage am Himmel weiß Gott keine Geigen.

Der Professor seufzte kurz auf, erhob sich und schenkte sich ein Glas Cognac ein. Bedächtig kehrte er wieder zu seinem Stuhl zurück und zwinkerte gütig seiner Frau zu.

„Also, Bright, ich bin immer noch stinksauer auf dich!"

Auf der Hauptstraße von Everwood war Harold Abbott zufällig auf seinen Sohn gestoßen, der aus dem Rathaus kommend in Richtung seiner Wohnung hetzte.

„Tut mir leid, Dad! Ich konnte nicht anders."

„Selbstverständlich hättest du gekonnt, wenn du auch nur einen Funken Familiengeist besitzen würdest! Aber das kann man ja von dir nicht verlangen. Nimm dir ein Beispiel an deiner Mutter! Niemals hätte sie gegen mich und meine Anliegen entschieden!"

„Hat sie immer wieder, nur war sie vielleicht dir gegenüber geschickter als ich. Sie war deine durchsetzungsfähige Frau und nicht dein Sohn, den du lange Zeit für einen unfähigen Trottel gehalten hast, und sie hatte weit weniger Verantwortung. Damals war Everwood ein Kaff, ein Ort am A. der Welt. Heute ist es eine blühende Stadt, ein Touristenmagnet, eine Stätte voller Möglichkeiten, wenn man diese auch zu sehen bereit ist. Aber das kann man ja von einem alternden und gänzlich unaufgeschlossenen Ehrgeizbündel nicht erwarten."

Brights Miene verfinsterte sich. Er war für Everwood genauso verantwortlich wie der Vater für seine Patienten. Das musste dieser endlich einsehen und anerkennen!

Gegen die sonstigen Gepflogenheiten hatte sein Telefonat mit Hannah auch nicht wirklich Essentielles gebracht. Immer wieder hatte die herausragende Psychologin Antworten auf Brights berufliche Probleme parat. Diesmal hatte ihm die Freundin – wahrscheinlich aus Dankbarkeit seinem Vater gegenüber – allerdings lediglich empfohlen, dem alten Herrn einige Zeit lang aus dem Weg zu gehen; er würde sich schon beruhigen …

„So sprichst du nicht mit deinem Vater!"

Erbost über die frechen Äußerungen seines Erstgeborenen wandte sich Harold Abbott ab und ließ den jungen Bürgermeister vor den Augen der spöttisch lächelnden Passanten einfach stehen. Diesem blieb der Mund offen stehen. Eine öffentliche Demütigung durch seinen Vater war das Letzte, was er derzeit brauchen konnte. Wie ein Lauffeuer würde sich das Ereignis durch die Stadt verbreiten. Um Schadensbegrenzung bemüht, setzte der Kommunalpolitiker eine freundliche Miene auf, schüttelte einigen vorbeikommenden Bürgern verbindlich die Hand und setzte seinen Weg nach Hause fort.

Harold Abbott schäumte vor Wut.

Das müsste er sich von seinem Sohn nicht ins Gesicht sagen lassen!

„Mein, Gott, Harold, mach uns doch nicht alle lächerlich! Du regst dich wieder einmal völlig unnötig auf."

Ausgleichend versuchte Rose Abbott auf ihren Ehemann und dessen Seelenfrieden einzuwirken.

„Der Junge macht doch nur seinen Job – und den macht er bislang sehr gut!"

„Keineswegs, er ist ein Ignorant! Typisch, dass du wieder einmal hinter ihm stehst!"

Rose kannte ihren Mann lange genug, um zu wissen, wann sie den Mund halten sollte. Sie schwieg und eilte in die Küche, wo Lilly gerade intensiv den Kühlschrank nach essbaren Süßspeisen untersuchte.

„Ach Mädchen, stopf doch nicht immer süßes Zeug in dich hinein! So etwas Ungesundes …"

Lilly stellte ihr Unterfangen ein und warf der Mutter einen reumütigen Blick zu. Im Prinzip hatte sie es gut getroffen. Obgleich die Eltern was ihr Alter betraf durchaus auch ihre Großeltern hätten sein können, war sie von jeher verständnisvoll behandelt worden und es war noch gar nicht lange her, da hatten sie Tabula Rasa gemacht und ihr berichtet, sie sei eigentlich ein Adoptivkind. Lilly hatte diese Eröffnung gefasst zur Kenntnis genommen; an ihrer Liebe zu Harold und Rose hatte das nichts geändert. Und auch die Tatsache, dass sie demnach auch mit Amy und Bright gar nicht blutsverwandt sei, war ihr egal.

Lilly, die Zwölfjährige, genoss ihr Leben hier in der Kleinstadt, war als Arzttöchterchen und als Nachzügler anerkannt und beliebt. Was wollte sie mehr?

Harold jedoch konnte sich nicht beruhigen. Es war schon gar nicht mehr die Tatsache, im Gemeinderat überstimmt worden zu sein, was ihn aufbrachte, es waren die Worte des Sohnes, die ihm so zu denken gaben. Hatte Bright gar recht? War er Neuem nicht mehr aufgeschlossen genug? Saß er zu sehr auf dem Althergebrachten? War seine Eitelkeit unerträglich geworden?

Er seufzte und lagerte seine Beine hoch …

„Rose! Du kannst dir gar nicht vorstellen, wer heute bei mir angerufen hat …"

Auf der Suche nach Ablenkung fiel dem Arzt das heutige Telefongespräch ein.

„Wer denn? …"

Interessiert und dankbar über den offensichtlichen Sinneswandel ihres Ehegemahls kam Rose aus der Küche herbeigetrabt.

„Du musst übrigens etwas tun; die Kleine isst nur mehr Süßigkeiten!"

„Ja, Rose …, Jake Hartman …"

„Wer, was?"

Rose war verwirrt.

„Jake Hartman hat angerufen … Du weißt schon …, unser alter Kollege von früher …, der junge Spinner, der unsere alte Praxis gemietet hatte."

„Was, der? Den gibt es auch noch? Was wollte er denn?"
„Er wollte Andy Browns Telefonnummer … wegen eines Patienten. Komisch, nicht wahr? Warum hat er sie nicht im Internet gesucht? Über unseren hoch geschätzten Andy gibt es Zehntausende von Seiten …"
„Keine Ahnung, Harold …, vielleicht war ihm das zu mühsam und er hatte deine Nummer irgendwo parat?"
„Kann sein …"
Harold seufzte nochmals tief, machte eine abschätzige Handbewegung, stand auf und folgte seiner Frau in die Küche, um dem Töchterlein eine medizinische Standpauke in Sachen ungesunder Ernährung zu halten.

„Und du möchtest tatsächlich wieder arbeiten, Amy?"
„Ich denke schon. Wir können uns ja wieder ein Kindermädchen organisieren; ich könnte wieder zu Hause meine Kolumnen und Artikel schreiben. Immerhin gehen nunmehr beide Kids in die Schule, da habe ich wirklich längerfristig die nötige Ruhe. Ephram, die Arbeit fehlt mir einfach und oftmals komme ich mir so unnötig vor!"
„Aber Amy, Liebes, das stimmt doch nicht! Wie kommst du auf die Idee, unnötig zu sein?"
„Denk doch einmal an meine Mum. Die war auch lange Jahre Bürgermeisterin, während wir Kinder und Jugendliche waren, und sie hatte bei Gott mehr Sitzungen, als ich in meinem Job haben würde. Ephram, jetzt hätte ich noch die Chance, später vielleicht nicht mehr."
Ephram nickte. Vielleicht hatte seine Frau recht. Nur der Gedanke an ein neues Kindermädchen gefiel ihm nicht sonderlich. Auch wenn schon viele Jahre nicht mehr darüber geredet worden war, so war die Existenz seines Sohnes mit Madison, dem ehemaligen Kindermädchen Delias, fest in seinem Hinterkopf verankert. Nahezu alles hatte er ihr verziehen, nur eines bislang nicht: „Vater unbekannt" …

„Du denkst an Madison, stimmt's?"
Amy lächelte. Sie kannte ihren Mann besser, als jener glaubte.
„Woher weißt du?"
„Keine Ahnung; weibliche Intuition …"
Ephram zog seine geliebte Frau an sich und schwieg geraume Zeit.
„O. k.! Dann machen wir es so."
„Du bist also einverstanden, Ephram?"
„Vollinhaltlich …"
„Und du stehst auch dazu und hinter mir?"
„Natürlich!"
Ein tiefer Seufzer der Erleichterung entfuhr der schönen klugen Frau. Sie stand auf und rief nach den Kindern.
„Seid ihr endlich umgezogen? Wir wollen los!"
Lächelnd betrachtete Ephram seine resolute Gattin. Ihr Glück war für ihn das oberste Gebot seines Daseins.

3

Die Nacht war kalt und finster. Kein Stern, der Peter den Weg hätte weisen können, funkelte durch das dichte Gewölk. Er befand sich in Rufweite der Durchzugsstraße in etwas unwegsamem, gebirgigem Gelände. Mühsam tastete er sich voran, stolperte und fiel auf etwas Hartes.

„Scheiße ..."

Er rappelte sich auf. Schwer ging sein Atem. Er war es von daheim nicht gewöhnt, sich abseits von Betonwegen oder Sand fortzubewegen.

Mit der Zeit konnte der Junge allerdings gewisse Geländeformen oder Baumgruppen ausnehmen. Dort, die paar Bäume oder Sträucher könnten unter Umständen brauchbaren Schutz abgeben, und zu weit von der Straße wollte er sich nicht entfernen. Tatsächlich, der Grasboden unter dem Blätterdach schien einigermaßen bequem zu sein. Peter entzündete sein Feuerzeug, das er immer mit sich führte, und versuchte so die Umgebung zu erkunden. Ein leichter Wind wehte vom Westen her und machte dieses Unterfangen immer wieder zunichte. Der Junge gab auf, zumal er sich nach jedem vergeblichen Versuch wiederum an die Dunkelheit gewöhnen musste. Er ließ den Rucksack von seinen Schultern gleiten und setzte sich neben ihn in das weiche Gras. Er entnahm ihm eine Wasserflasche und einen Schokoriegel und begann sich zu stärken. Er aß langsam und nippte nur sparsam an seinem Getränk. Es müsste über Nacht wohl ausreichen.

Peter dachte nach; vor seinem geistigen Auge ließ er den ganzen durchlebten Tag an sich vorbeigleiten. Am frühen Morgen hatte er noch die Therapiesitzung besucht, sodann seinen Laptop, wärmende Kleidung und ein mageres Päckchen mit Dollarnoten, sein Notgeld, das er von zu Hause mitbekommen hatte, zusammengepackt – alles Dinge, die er für sein Unterfangen brauchen würde. Unter dem Vorwand, aus einem extern des Therapiezentrums gelegenen Supermarkt ein paar Kleinigkeiten besorgen zu müssen, hatte er sich einen Passierschein ausstellen lassen, was auch problemlos gelungen war. Kein Portier, keine Security hatte Verdacht geschöpft, als der junge Mann mit einem Rucksack ausgestattet das in sich abgeschlossene Gelände verlassen hatte wollen; ein Blick auf das zum Ausgang legitimierende Dokument und die Begründung hatten ausgereicht. Anstandslos hatte sich der Absperrungsbalken gehoben.

Am gestrigen späten Nachmittag hatte der Junge in den Bemühungen, seine leibliche Mutter ausfindig zu machen, einen ersten entscheidenden Durchbruch geschafft. Bei einem seiner zahllosen Versuche, telefonisch Informationen aus einem der Krankenhäuser Denvers zu erhalten, hatte er unglaubliches Glück gehabt. Eine ältere Bedienstete, die er nach endlosem Nachfragen zufällig an die Strippe bekommen hatte, hatte geglaubt sich an eine Madison Kerner erinnern zu können, die vor über fünfzehn Jahren ihr Neugeborenes zur Adoption freigegeben hatte. Das Schicksal und die Verzweiflung der jungen Mutter hatten auf sie derart nachhaltigen Eindruck gemacht, dass ihr das damalige Geschehen auch jetzt, so viele Jahre später, noch durchaus präsent war. So hatte sie auch eine einigermaßen brauchbare Beschreibung Madisons abgeben können und sie hatte sich auch entsinnen zu können geglaubt, dass die junge Mutter nach New York zu ihrem Bruder hatte ziehen wollen.

Tausendmal hatte Peter sich bedankt; einen George Kerner hatte er daraufhin im Internet gefunden; Wohnort: Village, New York City …

Nach dem Verlassen des Therapiezentrums hatte Peter tatsächlich den Supermarkt besucht. Es waren allerdings nicht Kleinigkeiten oder Naschzeug, sondern handfestes Essbares und Wasserflaschen, die er besorgt hatte.

Recht rasch hatte er dann den Bereich der Highways Richtung Osten erreicht und auch einen Truck aufgegabelt, dessen Fahrer ihn bis hierher, in die Gebirgsregionen des Westens, mitgenommen hatte.

Spät war es geworden und kalt; der Junge streifte alle verfügbaren Kleidungsstücke über, legte den Kopf müde auf seinen Rucksack und verstaute seine Hände in den Taschen seiner Jacke.

Überall raschelte es, fremdartige Geräusche waren zu hören. Die nachtaktiven Tiere hatten ihr „Tagewerk" begonnen ...
Ein paar Mal schrak der Junge auf, letztlich siegte jedoch dessen bleierne Müdigkeit und ließ ihn in einen tiefen traumlosen Schlaf fallen.

Im Therapiezentrum in L. A. standen die Zeichen auf Sturm. Jake Hartman hatte die Meldung erhalten, dass Peter Walkley nicht zur nachmittäglichen Sitzung erschienen war. Unverzüglich hatte man sein Zimmer visitiert, hatte die Spuren seiner Flucht gefunden und die Polizei verständigt. Die Exekutivbeamten hatten lapidar gemeint, sie könnten erst nach weiteren vierundzwanzig Stunden etwas Sinnvolles unternehmen, was allerdings auch nicht viel brächte, da sich der Gesuchte zu diesem Zeitpunkt entweder ohnehin zu Hause oder längst in einem anderen Bundesstaat befinden und sich so die Suche wesentlich schwieriger gestalten würde – zumal der Betreffende ja auch nichts Kriminelles angestellt hätte.

„Mr. Walkley, Ihr Sohn ist getürmt ..."
Panisch klang Jake Hartmans Stimme.
„Wissen Sie Näheres?"
„Nein ... Um Gottes willen, was hat der Junge vor?"
„Mr. Walkley, ich befürchte tatsächlich, dass Ihr Sohn Bescheid weiß und seine leibliche Mutter suchen will. Wo bewahren Sie die betreffenden einschlägigen Dokumente auf?"
„Das weiß sicher meine Frau ..., ich rufe Sie sofort zurück."

In San Francisco, im Hause der Walkleys, stand man Kopf, durchsuchte verzweifelt sämtliche Aktenordner und Dokumentenmappen, bewarf sich gegenseitig mit Vorwürfen, die letztlich mit Arthur Walkleys Aussage: „... was habe ich nicht alles für dieses Rabenkind getan! Alles, was er wollte, hat er bekommen, dann baut er doch lauter Mist, stellt uns vor der Polizei bloß! Aber ich sage dir, ich wollte ihn eigentlich nie ..., du hast mich damals breitgeklopft ... Alles ist nur deine Schuld! Was kann ich dafür, dass du keine eigenen Kinder bekommen konntest; an mir lag es ja nie ...", ihren Höhepunkt fanden.

Eve Walkley erstarrte. Wortlos langte sie nach ihrem Mantel, nahm die Handtasche, rannte aus dem Haus und knallte die Türe hinter sich zu.

Arthur Walkley schrie ihr nach, sie solle doch zurückkommen, doch seine Frau war bereits außer Sicht- und Hörweite.

Außer sich vor Wut und Verzweiflung lief der Mann hinauf in Peters Zimmer, schlug auf den Computer ein, warf das Keyboard zu Boden, öffnete den Musikschrank und wühlte darin herum, zerriss wahllos Notenblätter und zerwühlte das Bett seines Adoptivsohnes. Er verwüstete dessen Schreibtisch und stieß unterhalb der Unterlage auf etliche Blätter Papier – die gesuchten Dokumente.

Er ergriff sie, raste die Treppen hinunter und warf sie zu jenem Schmierpapier, das zum Entzünden des Feuers im offenen Kamin bestimmt war.

Noch immer außer sich griff Arthur Walkley zum Telefon: „Dr. Hartman ..., ja, Sie hatten recht, der Junge wusste davon ... Behelligen Sie mich bitte nie wieder, meine Frau ist nämlich ..."

Unvermutet brach der Mann ab. Jake Hartman vernahm ein Röcheln in der Leitung, dann einen dumpfen Fall, dann erstarb die Verbindung.

Geistesgegenwärtig verständigte der Arzt die Rettung in San Francisco und wies sie an, ohne Verzug zur Adresse der Walkleys zu fahren, es handle sich um einen absoluten Notfall.

Der Morgen graute, Peter erwachte und rieb sich schlaftrunken die Augen. Er erhob seinen Kopf von seinem unbequemen Polster. Die morgendliche Kälte war in all seine Glieder gefahren. Er streckte sich und versuchte aufzustehen. Alles tat weh; so unterließ er sein Vorhaben und setzte sich auf. Langsam waren Einzelheiten der mächtigen Gebirgszüge auszunehmen, die ringsherum aufragten. Wolkenfetzen zogen herum, legten sich um die zum Teil noch schneebedeckten Gipfel; kalter Wind zog von den Höhen herab.

In sicherer Entfernung, jedoch leicht zu erreichen, erspähte Peter den Highway, der sich durch das Hochland schlängelte, und die Motoren der ersten vorbeiziehenden Trucks wurden hörbar.

Der Junge sammelte seine schmerzenden Knochen zusammen, packte sein Zeug, trank den Rest seines mitgeführten Wassers, warf achtlos die Flasche weg und stolperte Richtung Highway, wo sich auch recht bald jener Rastplatz fand, an dem für den gestrigen Tag die Reise zu Ende gewesen war.

Peter bemerkte zwei mächtige Lastwagen …

Ein Trucker befand sich außerhalb seines Fahrzeuges und wärmte am Rande des Parkplatzes mit einem Spirituskocher Kaffee.

Peter trat zu ihm.

„Wohin geht's?"

„Chicago; willst du mit, Junge? Kaffee?"

„Nein danke …, aber mitfahren, das wäre echt nett."

Peter lehnte kopfschüttelnd das Angebot des anderen auf Stärkung ab; das Gebräu sah nicht wirklich einladend oder vertrauenerweckend aus.

Er ließ sich an einem Randstein nieder und wartete, bis der Trucker sein Frühstück beendet hatte. Der Junge verspürte quälenden Hunger; er entnahm seinem Rucksack den letzten Riegel und verspeiste ihn.

„Los geht's! Komm, mein Junge …"

Peter erhob sich und sprang in den Truck hinein …

„Und wohin soll's gehen? Bist wohl durchgebrannt …"

Grinsend blickte der Trucker seinen jugendlichen Beifahrer aus den Augenwinkeln heraus an.

„Ja, nein; irgendwie schon ..."

In kurzen Worten berichtete Peter dem Vertrauen einflößenden Mittvierziger, dessen Cockpit mit einer Unzahl an Fotos von Frau und Kindern austapeziert war, von seiner Geschichte und seinem Vorhaben.

„Also nach New York willst du, deine wirkliche Mum suchen? Junge, wissen deine Leute Bescheid? Nein? Das ist nicht gut ..."

Der Mann runzelte die Stirn und brummte in seinen dunkelbraunen Dreitagebart. Er schaltete das Funkgerät ein.

„Hey Charlie, Buzz kriecht übers Gebirge, haha!"

Peter verstand kein Wort ...

„Du fährst doch morgen weg in den Müll? Habe blinden Passagier, haha. Nimmst du ihn mit?"

„Jep, alter Knabe ..."

Zischend und knacksend tönte die Stimme eines anderen Truckers aus dem kleinen Lautsprecher, der sich neben den Armaturen befand.

„Alles klar, mein Junge ..., wie heißt du übrigens? Peter? Also gut, Peter, in zwei bis drei Tagen bist du im Big Apple. In Kansas City steigst du zu Charlie um!"

„Danke, Buzz, richtig?"

„Ist schon o. k.! Aber warte, so einfach kommst du mir nicht davon. Wir rufen deine Eltern an. Hast du kein Handy? Nein? Zu teuer geworden, was? Also, Nummer?"

„Muss das sein?"

„Willst du gleich hier aussteigen?"

Buzz fackelte nicht lange und nahm den Fuß vom Gaspedal.

„Nein!"

„Dachte ich mir ..."

Kleinlaut gab Peter die Telefonnummer seiner Eltern preis. Buzz wählte; achtmal läutete es, dann meldete sich der Anrufbeantworter. Peter nahm das Mikro in die Hand und verkündete seinen Standort und seine Absichten.

„... seid mir bitte nicht böse, ich musste das tun."

Peter gab das Mikro zurück und schwieg. In Gedanken versunken betrachtete er die Landschaft, die gleichmäßig an ihm vorbeizog, lauschte dem ruhigen Brummen des starken Motors, der ihn stetig immer weiter nach Osten bringen würde, näher zu seinem Ziel, näher zu all seinen Fragen.

Ratlos saß Jake Hartman an seinem Schreibtisch. Er nahm das vor ihm liegende Protokoll der Causa Walkley zur Hand und eilte in das Büro seines Bruders hinüber.
„Los, zeichne sie gegen! Und hast du schon eine interne Untersuchung des Vorfalls angeordnet? Wenn der Fall an die Öffentlichkeit dringt, sind wir und unser Ruf erledigt."
Irritiert unterbreitete Jake seinem Bruder das Papier. Dieser sah zuerst Jake an, dann den computergeschriebenen Zettel, schüttelte den Kopf, faltete das Blatt und steckte es in den elektrischen Aktenvernichter.
„Der Patient war nie hier, ist das klar, Jake? Das Gespräch ist hiermit beendet …"
„Aber die Polizei weiß Bescheid!"
„Quatsch, die haben nichts unternommen, da ist nichts aktenkundig. Den Namen Peter Walkley gibt es und gab es bei uns nicht. Alles Nötige werde ich veranlassen. Sonst noch etwas?"
„Das meinst du nicht ernst?"
„Doch, mein Lieber, und wie! Sei froh und glücklich, dass über alles, was du früher an Mist gebaut hast, Gras gewachsen ist. Ich habe kein Interesse daran, das durch eine unachtsame Blödheit wieder abmähen zu lassen. Du bist medizinischer Leiter, alles andere lass meine Sorge sein."
Brian, der kaufmännische Boss und Steuerberater, stand von seinem Schreibtisch auf, geleitete seinen Bruder zur Türe und gab ihm einen freundschaftlichen Klaps auf die rechte Schulter.
„Nimm es nicht tragisch, Brüderlein!"
Jake blickte sich um: „Du hast ja keine Ahnung …"

„Arthur, ich bin es ..."
Der Schwerkranke versuchte seine Augen zu öffnen, es misslang ...
„Eve ..."
Matt klang die Stimme des Ehemanns.
Eve Walkley strich Arthur über sein Haar, das innerhalb von wenigen Stunden schlohweiß geworden war, und beobachtete besorgt den Oszillator, der regelmäßig seinen Piepton von sich gab.
„Alles wird gut, Arthur ..."
Der Herzinfarktpatient nickte schwach.
„Hat sich der Junge ..."
„Ja, hat er ... Er ist nach New York unterwegs."
„Lassen wir ihn, Eve ..."
„Er hat sich entschuldigt ... aus einem Truck ..."

Nach einiger Zeit hatte sich die verletzte Frau beruhigt gehabt, war nach Hause zurückgekehrt, hatte Frieden schließen wollen, hatte das mit Blaulicht und Folgetonhorn herannahende Rettungsfahrzeug vernommen, war ins Haus gestürzt und hatte den leblosen Mann am Boden liegen gesehen. Sofort hatten die Sanitäter ihn reanimiert, Arthur in Windeseile in das Fahrzeug verladen; der Anrufbeantworter hatte geblinkt.

Eve hatte die Rettungskräfte gebeten loszufahren, sie selbst würde in einigen Minuten nachkommen.

Rasch hatte sie den AB abgehört, die Stimme ihres Jungen vernommen und dessen Absicht. Unverzüglich war sie in das Krankenhaus nachgefahren.

Arthur war erneut eingeschlafen. Nochmals beugte sich Eve über den Kranken; sein Atem war ruhig. Die zierliche braunhaarige Frau seufzte, küsste ihn zum Abschied und verließ das Intensivzimmer.

„Machen Sie sich keine Sorgen, Ihr Mann wird schon wieder ..."

Der diensthabende Arzt hatte den rundum verglasten Kontrollraum verlassen und trat auf die Frau zu, beruhigte sie guten Gewissens. Vorzüglich sei die Konstitution des Mannes.

„Danke!"

Eve verließ das Krankenhaus, stieg in ihr Auto und fuhr nach Hause.
Dort angekommen setzte sie sich an den Esstisch und ließ ihren Tränen freien Lauf.
Nach einigen Minuten beruhigte sie sich, nahm ein Taschentuch und trocknete ihre Augen.
Sie griff zum Telefon und wählte Jake Hartmans Nummer.
Der Arzt hob ab.
„Eve Walkley spricht …"
„Wer spricht?"
Rau klang die Stimme des Mannes; alle Verbindlichkeit, Freundlichkeit war aus ihr gewichen.
„Nie gehört …"
„Die Mutter von Peter!"
„Welcher Peter? Ich kenne keinen Peter. Sie müssen sich wohl in der Nummer geirrt haben."
„Aber …, Dr. Hartman …, es geht um den Jungen, der getürmt ist!"
„Bei uns kann so etwas nicht passieren. Sie müssen sich irren. Ich kenne keinen Peter Walkley."
„Aber … mein Mann liegt nun mit einem Herzinfarkt im Spital! Arthur Walkley …"
„Das tut mir leid für Sie, aber ich kenne Ihren Mann nicht. Auf Wiedersehen …"
Die Verbindung wurde unterbrochen.
Versteinert saß Eve da und stierte auf den Hörer, den sie noch immer in der Hand hielt.
Langsam legte sie auf …

„Na bitte, gut gemacht!"
Jake warf Brian einen vernichtenden Blick zu. Keine Sekunde war er in den letzten Stunden ohne Aufsicht gewesen. Entweder war der Bruder selbst anwesend oder dieser hatte ihm gleichsam einen seiner Assistenten zur Seite gestellt.

„Du bist ein guter Mensch, Jake; viel zu gut für diese Welt."
Brian führte sein Whiskyglas zum Mund und leerte den Inhalt in einem Zug.

Einmal sah Jake dem Bruder noch ins Gesicht; jener lächelte böse und süffisant. Jake konnte diesen Blick nicht mehr ertragen, drückte den Mann zur Seite und wollte aus seinem Büro eilen. Dieser hielt ihn zurück ...

„Oh nein, mein Lieber, du gehst nicht weg! Niemals könnte ich es ertragen, wenn du wieder Blödsinn anstellst."

Jake gehorchte, musste gehorchen, musste sich dem Alkoholkranken fügen.

Dieser hatte sich trotz seiner Sucht, seiner Krankheit, nichts zuschulden kommen lassen, er selbst leider schon. Eine Interaktion von Suchtmitteln und Medikamenten, die er selbst unachtsamerweise verordnet hatte, hatte zum Beispiel einen Patienten, einen bekannten Künstler aus Beverly Hills, ehemals das Leben gekostet. Und immer wieder hatte ihm der Bruder aus der Klemme geholfen, ihn gedeckt, seine ausgezeichneten Kontakte zu amtlichen Stellen genutzt.

Er ging zurück, nahm auf seinem Stuhl Platz, drehte ihn um seine Achse und blickte schweigend zum Fenster hinaus.

„So passt die Sache ... Ich gehe jetzt in mein Büro, aber ich warne dich, ich lasse dich nicht aus den Augen!"

Prüfenden Blicks verließ Brian das Sprechzimmer seines Bruders.

Der Abend wurde später und später; noch immer saß Jake auf seinem Drehstuhl und starrte auf L. A. hinunter. Er hatte die Sonne unter- und die vielen Lichter angehen sehen. Im Raum selbst war es finster geblieben und auch Brian löschte in seinem Zimmer das Licht. Er nahm die Videoüberwachungsanlage in Betrieb und legte die Telefonanlage still.

Jake hörte den Bruder an der Türe klopfen ...

„Gute Nacht! Du solltest hierbleiben ..."

Ohne eine Antwort abzuwarten, verließ Brian die Therapieräumlichkeiten, versperrte die Türen und entsicherte die Alarmanlage. Die roten Punkte begannen zu wandern ...

Dr. Jake Hartman knipste seine Schreibtischlampe an, er erhob sich und schritt zu einem versteckten und versperrten Schränkchen, welches nur ihm zugänglich war und dessen Existenz er Brian immer verheimlicht hatte.

Instinktiv hatte es Jake gewusst, dass er es einmal benötigen würde. Er entriegelte dessen Türe, nahm ein Handy, eine original verschlossene Flasche Grappa und eine Schachtel Schmerzmittel heraus und verschloss es wieder.

Er kehrte zu seiner Ausgangsposition zurück und löschte das Licht. Seine Augen wanderten mit den rot leuchtenden Punkten mit, welche die Alarmanlage an die Wände warf. Sie suchten einen ruhenden Punkt und fanden ihn nicht.

Jake zitterte. Er entnahm der Schachtel einige Pillen, führte sie zum Mund und ließ die Hand wieder sinken. Schwer ging sein Atem. Er öffnete die Schnapsflasche, roch daran, führte sie zum Mund und ließ auch diese wieder sinken; er stellte sie zurück auf seinen Schreibtisch und fingerte in den Unterlagen herum, die dort verstreut herumlagen. Zitternd kramte er herum und brachte ein kleines Zettelchen zum Vorschein.

Jake riss es an sich, nahm das Handy und wählte rasch die Nummer, die dort hingekritzelt war.

„Dr. Brown …, hallo?"
Schweigen.
„Andy, sind Sie es?"
„Ja …, wer spricht?"
Erneutes Schweigen …, es knackste in der Leitung …
„Jake …, Jake Hartman …"
„Wer?"
„Jake Hartman … Ephrams Sohn weiß Bescheid, er sucht … seine Mutter …; bitte … helfen Sie mir …"

Andy Brown runzelte die Stirn und legte den Hörer auf.

Nina wendete sich von ihrem Buch ab und sah ihrem Ehemann in die Augen.

„Wer war denn das, Liebling?"

„Wenn ich das so genau wüsste! Er sagte, er sei Jake Hartman ..., ich glaube jedoch, da treibt jemand einen neckischen Scherz mit uns."

„Jake!?"

Nina schüttelte den Kopf.

„Das ist doch unmöglich! Was hat Jake mit uns zu tun?"

„Gar nichts, aber er sagte ... Ach was, so ein Blödsinn!"

Andy machte eine abschätzige Handbewegung und nahm bei seiner Frau auf dem Sofa Platz. Er hob seine Rechte, führte sie zur Nase und begann sie mit Daumen und Zeigefinger zu reiben; sodann strich er sich langsam über seinen weißhaarigen Bart, ballte die Hand zur Faust und stützte seinen Kopf darauf.

„Was ist, Andy?"

Der blonden Frau waren die ungewöhnlichen Bewegungen ihres Mannes nicht entgangen.

„Ach nichts ..."

„Andy!"

Nina rückte ein wenig näher zu ihrem Mann hin und strich ihm übers Haar.

Die Sekunden verstrichen; niemand sprach ein Wort. Nur das Klicken der antiken Wanduhr war zu hören, deren Pendel sich gleichmäßig hin- und herbewegte.

Die Zeit ...

Sollte sie ihn einholen?

„Nina ..."

Andys Stimme klang belegt; er räusperte sich und wendete sich seiner Frau zu.

„Du weißt doch noch von Ephrams Geschichte mit Madison?"

„Ja klar ..., und?"

„Jake, oder wer auch immer, sagte, dass Ephrams Sohn auf der Suche nach seiner Mutter sei und dass er, Jake, Hilfe benötige. Die Stimme könnte allerdings passen ..."

Nina zuckte zusammen. Dieses so heikle Thema war seit jeher in den Mantel des Schweigens gehüllt. In der Familie, unter Freunden, auch in Everwood bei den Abbotts sprach man darüber nicht. Dieses Kapitel war einer unseligen Vergangenheit zugeordnet worden, einer schwierigen Phase, die man nicht hervorholen und schon gar nicht diskutieren wollte.

„Und was hältst du davon, Andy?"

„Ich weiß es nicht."

Andy Brown rieb sich die Augen und wischte mit der Linken vor seinem Gesicht durch die Luft, als wollte er einen bösen Traum verscheuchen.

„Und wenn es Jake wäre, woher hätte er meine Nummer? Weißt du was, Nina, vergessen wir die Sache einfach. Derlei Fakes kommen immer wieder vor …"

„Und du willst der Sache wirklich nicht nachgehen?"

Nina schüttelte den Kopf und blieb skeptisch.

„Wozu? Warum sollte man einem Phantom nachjagen?"

„Willst du nicht wenigstens bei den Abbotts nachfragen, ob die etwas wissen?"

„Die Abbotts? Warum sollten ausgerechnet die … Entschuldige, aber das ist der dümmste Gedanke überhaupt!"

„Dann ruf doch zumindest Ephram an …"

„Ephram? Der ist der Letzte, den ich jetzt rebellisch machen möchte. Er ist glücklich verheiratet, hat zwei liebe Kinder; den möchte ich da nicht mit reinziehen."

„Er ist aber so und so drinnen, das muss dir schon klar sein! Oder willst du deinen alten Fehler jetzt ein zweites Mal begehen?"

„Wir wissen doch gar nichts, Nina. Auf Verdacht hin mache ich da sicher nichts."

„Andy, du musst aber etwas unternehmen …"

„Wegen Jake aber wirklich nicht!"

„Es geht auch nicht um Jake, es geht um dein Enkelkind, das du nicht einmal kennst!"

Das Argument hatte gesessen.

Andy Brown stand auf, langte zaghaft nach dem Telefon und wählte die Nummer der Abbotts in Everwood …

„Hallo Rose, entschuldige die Störung zu so später Stunde; ist Harold noch wach?"

„Kein Problem, Andy, aber ich befürchte, mein lieber Ehemann ist schon in Morpheus Armen."

„Schade, aber vielleicht kannst du mir weiterhelfen."

„Und womit? Etwas Medizinisch-Fachliches wird es ja wohl nicht sein?"

Rose Abbott lächelte ins Telefon. Sie war zwar etwas verwundert, dass der alte Freund und Verwandte zu so später Stunde anrief, doch mutmaßte sie dahinter eine gewisse Wichtigkeit.

„Nein, nein, keineswegs ... Es mag vielleicht etwas komisch klingen, aber ich hatte zuvor einen eigenwilligen Anruf von Jake Hartman."

„Das nimmt mich nicht Wunder, Andy! Er hat heute Nachmittag Harold angerufen und sich nach deiner Nummer erkundigt."

„Interessant ..."

Andy Brown setzte sich.

„Und was wollte er von dir?"

„Hilfe ..."

„Hilfe wobei?"

„Keine Ahnung! Erfreulich klang es aber nicht ... Jedenfalls danke ich dir."

„Kein Problem; soll Harold dich morgen kontaktieren?"

„Ist vorderhand nicht notwendig; ich melde mich wieder ..."

Andy brach das Gespräch ab und wendete sich Nina zu. Diese sah ihn stirnrunzelnd an.

„Warum hast du nicht die ganze Wahrheit gesagt?"

„Ich weiß es nicht ..."

Der Chirurg erhob sich, ging in den Garten hinunter und ließ seine Frau im Haus zurück.

Jake Hartmans Büro war verwüstet. Überall lagen Aktenordner, Karteien und andere Unterlagen herum; es roch nach Alkohol,

Urin und Erbrochenem. Die leere Grappaflasche hatte sich wie durch Zauberhand verselbstständigt, rollte an die Schreibtischkante, fiel zu Boden und zerschellte; die Medikamente waren verschwunden. Inmitten des Chaos lag Jakes geheimes Handy, das Display war zerschlagen …

Jake selbst saß regungslos vornübergebeugt auf seinem Stuhl. Sein Kopf lag auf der durchnässten Schreibtischunterlage, schlaff hing sein rechter Arm hinab.

Rastlos wanderten die roten Punkte der Alarmanlage …

4

„Raus, mein Junge!"
Lachend öffnete Charlie, der Trucker, die Beifahrertüre und stieß dem schlafenden Peter leicht in die Rippen. Dieser schreckte auf.
„Wo sind wir?"
Schlaftrunken rieb sich der Junge die Augen.
„Am Ziel, mein Freund, am Ziel ..."
Peter blickte sich um. Rund herum erblickte er Truck an Truck, Container an Container. Es stank nach Hafen und nach öligem, verschmutztem Meerwasser.
Der Junge packte seinen Rucksack und sprang auf den Asphaltboden hinunter.
Mit Worten des Dankes verabschiedete er sich von Charlie.
„Gerne geschehen, mein Junge. Jetzt musst du dich allerdings alleine durchschlagen."
„Ist klar."
„Hast du noch Geld?"
Peter betrachtete das schon ein wenig geschrumpfte Päckchen Dollarnoten.
„Aber ja, wird schon reichen!"
Nochmals hob der Junge die Hand zum Gruß und strebte zwischen den parkenden Trucks vorbei den riesigen Lagerhallen entgegen.
Alles hatte wie am Schnürchen geklappt. In Kansas City war er zu Charlie in dessen LKW umgestiegen. Zwei Tage später war man in New York ...
Die ganze Fahrt war ein Abenteuer gewesen. Peter hatte einen anderen Teil der Welt kennengelernt, eine raue Welt, abseits von Komfort und behütetem Leben, aber auch von Starallüren und

spießigem Bürgertum. Diese Welt war so gänzlich anders, aber bei allen markigen Sprüchen herzlich und hilfsbereit, philosophisch und über alle Maßen menschlich.

Mit all den Erfahrungen, den guten Ratschlägen der erwachsenen Männer ausgestattet marschierte Peter endlose Straßenzüge mit wachsendem Verkehr entlang, an deren Ende er New York City vermutete. Hie und da nahm er einen öffentlichen Bus; die Verbauung wurde dichter. In seinem Kopf hatte er die genaue Adresse seines leiblichen Onkels …

Hin und wieder fragte er Passanten danach, die jedoch keine Ahnung hatten und ihn nur mitleidig anstarrten.

Peter gab nicht auf; die Fahrt hatte ihn gestärkt, hatte ihm Selbstbewusstsein gegeben, und die Beharrlichkeit sollte sich lohnen. Bei einer jungen Frau hatte er Glück, sie konnte die Adresse zuordnen und ihm halbwegs den Weg weisen. Doch Peter ging auf Nummer sicher. In einem schäbigen kleinen Supermarkt erstand er einen vergilbten, aber kostengünstigen Plan von New York City. Den Beschreibungen der jungen Frau gemäß hatte er bald die noble Adresse lokalisiert.

Mit Metro, Bus und auch zu Fuß erreichte der Junge nach schier endloser Zeit sein heiß ersehntes Ziel, ein hübsches großes Appartementhaus in wunderschöner Lage. Klopfenden Herzens näherte er sich der Gegensprechanlage des Gebäudes und studierte die Namen. Und rasch fand er den Gesuchten …

Sein Zeigefinger zitterte ein wenig, als er sich anschickte, den Messingknopf zu betätigen. Ein wenig Mut noch; Peter atmete kräftig durch. Jetzt oder nie …

Ein Summen bestätigte die Funktionstüchtigkeit der Anlage.

Kurz danach meldete sich eine Frauenstimme.

„Ja bitte?"

„Ist Mr. Kerner zu Hause?"

Heiser vor Nervosität klang Peters Stimme.

„Nein, was wollen Sie?"

„Ich heiße Peter, Peter Walkley. Ich komme aus San Francisco und suche meine wirkliche Mutter, Madison Kerner."

Peter schluckte ...

Die Gegensprechanlage verstummte. Die Frau hatte den Hörer aufgelegt. Peter läutete nochmals. Vergebens; der Messinglautsprecher gab keinen Ton von sich.

Fassungslos blickte der Junge zu Boden, betrachtete widerwillig seine verschmutzte Kleidung, sein ungepflegtes, von der langen Reise verwahrlost wirkendes Äußeres. Verzweiflung mischte sich hinzu. Er trottete die wenigen Meter hin zu einer gepflegten Grünfläche, auf der Parkbänke standen. Er ließ sich auf einer jener metallenen Sitzgelegenheiten nieder, von denen aus man das Haus detailgenau beobachten konnte.

Eine Balkontür öffnete sich. Schemenhaft war hinter blütenweißen Gardinen eine Frauengestalt zu erkennen, die kurz hinausblickte, unverzüglich wieder verschwand und die Türe hinter sich schloss.

Peter sah auf seine Uhr. 18.00 Uhr. Es war Mittwoch. Wenn sein Onkel werktätig wäre, was er angesichts des noblen Wohnviertels annehmen musste, so würde er wohl demnächst nach Hause kommen, schloss der Junge.

Er nahm seinen Rucksack zur Hand, verstaute die Straßenkarte darin und nahm seinen Laptop heraus. Er wollte das Gerät hochfahren, doch der leere Akku versagte ihm diesen Dienst. Mit einem leisen Fluch klappte er den Deckel wieder zu und packte das elektronische Gerät wieder ein.

Erneut öffnete sich die Balkontüre und wieder wurde zwischen den Gardinen die schemenhafte Gestalt sichtbar. Und ebenso schnell verschwand sie wieder.

Der blonde Junge wartete ...

Er betrachtete die Autos – schicke Fahrzeuge mittlerer Größe, aber auch schnittige Kleinwägen, die in unregelmäßigen Abständen nacheinander die Parkflächen erreichten, die an die Grünanlage angrenzend asphaltiert und markiert waren. Genau prüfte er sämtliche männliche Personen, die aus den Wägen ausstiegen, auf das Appartementhaus zugingen und altersmäßig einigermaßen passen könnten. Vor zehn Jahren wären hier wohl eine Unzahl an Luxuskarossen gestanden. Die große Rezession hatte einfach die Welt verändert.

Eine brünette Frau mittleren Alters näherte sich, trat auf ihn zu.

„Worauf wartest du? Wen suchst du, junger Mann?"

„Woher wissen Sie …"

Peter war überrascht. Er gab seine lässig-bequeme Sitzposition auf und richtete sich kerzengerade auf.

„Ich pflege hier schon ewige Zeiten die Gartenanlagen und habe dich schon einige Zeit lang beobachtet."

„Ach, kennen Sie einen Mr. Kerner?"

„Kerner, Kerner …"

Die Frau runzelte nachdenklich die Stirn und fixierte einen kleinen rostigen Fleck auf der Parkbank, dann hellte sich ihr Gesicht auf.

Aufs Äußerste gespannt verfolgte Peter ihre Mimik.

„Warte, ich glaube, das ist ein Ehepaar Mitte dreißig; lebt hier sehr zurückgezogen; der Mann kommt immer um diese Zeit nach Hause. Da steht ja sein Auto …"

Die Frau hob ihre Hand und wies auf einen schwarzen Wagen, der ein wenig abseits der Gartenanlage abgestellt stand. Peter sprang auf, eilte hin und befühlte die Motorhaube. Sie war heiß …

Der Junge ballte die Faust.

„Verdammt, jetzt habe ich ihn verpasst!"

Mit diesem kurzen Satz auf den Lippen wollte sich der blonde Junge wieder der Frau zuwenden, die sich jedoch schon wieder entfernt und in einem anderen Bereich der Gartenanlage begonnen hatte Unkraut zu jäten.

Erneut begab sich der Junge zur Eingangstüre des Hauses, drückte erneut auf den Messingknopf der Gegensprechanlage und erneut blieb sie stumm.

Im Zurückgehen warf Peter einen Blick hinauf zum betreffenden Balkon, wo sich ein männliches Wesen eingefunden hatte und böse zu ihm heruntersah.

„Verschwinde", zischte der Mann herunter, „oder ich hole die Polizei!"

„Entschuldigung, aber ich will gar nichts von Ihnen; ich suche ja nur meine Mutter, Madison Kerner."

„Versuch es in der ‚Camel Bar' bei der 59sten, in Queens, vielleicht hast du Glück und sie hat gerade keine Kundschaft."
Hämisch lächelnd zog sich der Mann zurück.
„Und jetzt verschwinde!"
Wütend knallte er die Balkontüre hinter sich zu, die Vorhänge schlossen sich.

Der Abend dämmerte.
Madison Kerner schob die Rollläden der kleinen Bar in die Höhe und schloss die Türe auf. Es stank nach Alkohol und Rauch. Angeekelt wandte sie sich um; schon wieder hatte ihr Chef vergessen heute im Morgengrauen, nachdem der letzte Gast das Lokal verlassen hatte, die Fenster zu öffnen und für Frischluft zu sorgen.

Widerwillig trat sie ein, durchquerte den Raum, stolperte über einen Sessel, der des Nachts offenbar nicht an seinem gewohnten Platz zu stehen gekommen war, ging an der Bar vorbei in die kleine Küche, die den Gastraum vom Separee trennte.

Sie öffnete das Küchenfenster und warf einen Blick in den winzigen, finsteren und von Tauben- und Rattenkot verschmutzten Hinterhof.

Angewidert wendete sie sich ab, trat zur Spüle und nahm einen Lappen zur Hand. Sie drehte am Wasserhahn; wie immer kam zischend und spuckend rostiges Wasser aus dem uralten Rohr. Die blonde Frau bückte sich, kramte unter der Spüle ihre Schürze hervor, band sie um, strich ihr Haar nach hinten und steckte es mit einer Klammer fest. Sie griff nach dem Spülmittel, wusch den nach altem Öl stinkenden Lappen, reinigte notdürftig die kunststoffbeschichtete Arbeitsplatte und den alten Gasherd. Erneut trat sie zur Spüle, reinigte wiederum den Lappen und begab sich zur Bar, wo noch deutliche Spuren von eingetrockneten Rändern zu sehen waren, welche die diversen Gläser dort hinterlassen hatten.

Ihren Chef verfluchend reinigte sie auch diese, bemerkte ähnliche Relikte auf den Tischchen im Lokal und sorgte auch dort für die nötige Ordnung. Sie schob die Barhocker zur Seite, nahm einen Besen, kehrte die dort auf dem Boden herumliegenden Servietten, Bierkapseln und Zigarettenstummel zusammen, tat desgleichen im Gastraum und fegte das Ganze bei der Türe hinaus auf den Gehsteig, über die Gehsteigkante hinunter zu einem in unmittelbarer Nähe befindlichen Kanaldeckel, in dessen Öffnungen der Unrat unverzüglich verschwand.

Madison streckte sich; sie stellte den Besen zur Seite, nahm die Klammer aus ihrem Haar und lockerte es. Sie blickte sich auf der Straße um, wo nach der Hektik der Rush-Hour schon ein wenig die Ruhe eingekehrt war. Vom La Guardia Airport her dröhnte der Motorenlärm von abfliegenden und landenden Maschinen. Madison war dieses andauernde Hintergrundgeräusch gewohnt; sie hörte es gar nicht mehr.

Die blonde Frau ging die paar Schritte hin zur 59sten und lugte ums Eck. Hier herrschte noch dichter Abendverkehr. Madison spazierte wieder zurück zur „Camel Bar", aus der noch immer die unangenehmen Dünste und Gerüche der letzten Nacht drangen.

„Guten Abend, Madison ... und gute Geschäfte!"

Grinsend schloss der dickliche Besitzer des Nachbargeschäftes, eines Tabak- und Zeitschriftenladens, seine Pforten, zündete sich eine fette Zigarre an und trabte langsam an der Blonden vorbei in Richtung Hauptstraße. Er hatte mit den Getränken dieser Bar, aber auch mit Madisons Talenten schon so manche Erfahrung gemacht.

Er wandte sich noch einmal um, setzte erneut ein süffisantlasziges Grinsen auf und hob die Hand zum Gruß.

„Keinen Drink zum Feierabend, Joey?"

„Nein, heute nicht ..."

Mit einer ablehnenden Handbewegung wehrte der Dicke ab und stieß dabei fast mit einem jungen blonden Burschen zusammen, der auf dem Gehsteig der 59sten dahergewandert gekommen war und neugierig-suchend in die Seitenstraße hereinlugte.

„So pass doch auf, Bengel!"

„Entschuldigen Sie!"

„Hmm ..."

Der Besitzer des Tabakgeschäftes ließ die Sache auf sich beruhen, bog um die Straßenecke und war verschwunden.

Dem Jungen war der Schreck in die Glieder gefahren. Er blieb abrupt stehen, verzog irritiert den Mund und schüttelte den Kopf. Aus den Augenwinkeln heraus erblickte er das Schild des Lokals, auf dem ein stilisiertes rotbraunes Kamel zu sehen war.

Madison beobachtete das sonderbare Schauspiel von der Türe der Bar aus. Inzwischen war es so dunkel geworden, dass durch das grelle Licht der Straßenlampen auf der 59sten von Madisons Sichtwinkel aus nur mehr die Silhouette des mittelgroßen jungen Mannes zu erkennen war.

Dieser näherte sich, intensiv und konzentriert seine Umgebung wahrnehmend und beobachtend. Unvermittelt trat er zu ihr ...

„Entschuldigen Sie, ich suche eine Madison Kerner ..."

Madison runzelte die Stirn; so junge Gäste war man nicht gewohnt, zumal für diese Altersklasse ohnehin der Besuch in einer Bar verboten gewesen wäre.

Sie musterte den blond gelockten Jungen und betrachtete kurz sein Gesicht im matten Schein der schwachen Lampe, die den Eingang zur Bar ein wenig erhellen sollte.

Sie bemerkte den Wulst über seinen Augen und seine markante Mundpartie. Sie erstarrte ...

„Das bin ich ... und ... wer bist du? Was willst du von mir?"

Mühevoll, stockend klang das.

Der Junge schwieg; dann traten Tränen in seine Augen. Er ergriff die Hand seiner Mutter und drückte sie fest. Dann umschlang er die Frau und drückte sein Gesicht an ihre Wangen.

Auch Madison brachte kein Wort über die Lippen; sie begann zu schluchzen. Ungezügelt flossen nun ihre Tränen, jene Tränen des Glücks, die sie schon seit vielen Jahren nicht mehr hatte vergießen können.

5

Brummend stand Harold Abbott in seinem Badezimmer und betrachtete sich im Spiegel. Verdrießlich befühlte der Mediziner sein Haar, das in den vergangenen Jahren immer spärlicher geworden war, und verzog verärgert seinen Mund, um den sich mit der Zeit tiefe Falten gebildet hatten. Er zog sich seinen Morgenmantel über, verließ den Sanitärraum und stieg die Treppen hinab auf den Flur, wo Lilly gerade ihre Jacke anlegte, bereit für die Schule, bereit für den Schulbus.

Ein Lächeln begann den Mund des Arztes zu umspielen; mit einem Kuss verabschiedete er sein kleines Mädchen, das durchaus seine Enkeltochter hätte sein können.

„Auf Wiedersehen, Daddy!"

Mit wehenden Haaren lief das zierliche blonde Ding die Stiegen hinunter, durch den gepflegten Vorgarten und auf die Straße hinaus, wo der Schulbus gerade hupend eingetroffen war.

Harold winkte seiner Tochter nach, griff nach der auf den Stufen liegenden Tageszeitung des Städtchens, die immer noch tagtäglich erschien und den neuesten Klatsch aus der Gemeinde in Windeseile verbreitete.

Auch der jahrzehntelange Herausgeber des Blattes war in der Zwischenzeit sehr in die Jahre gekommen. Trotz der Unterstützung durch einen seiner Neffen unterliefen ihm immer wieder haarsträubende Fehler, die ihm aber die treue Leserschaft gerne und augenzwinkernd verzieh. Sogar die Touristen lasen sie gerne, betrachteten sie als willkommene Unterhaltung beim Frühstück im Hotel.

Harold schlurfte ins Haus zurück und trabte in die Küche, wo Rose seiner harrte.

„Guten Morgen, Schatz, hast du gut geruht?"
Freundlich klang ihre Stimme, doch er fühlte einen gewissen Unterton, der ihm nicht sonderlich behagte.
„Hast du eigentlich Andy schon zurückgerufen?"
Genau das hatte Harold erwartet. Zu früher Stunde mit irgendeinem offenbar belanglosen Unsinn konfrontiert zu werden, war ihm ebenso ein Gräuel wie ein unnötiges Telefongespräch mit dem fernen Chicago. Bei aller Wertschätzung des Kollegen, angeheirateten Verwandten und Freundes, das musste er nicht unbedingt haben, es störte seine ohnehin im Moment noch sehr labilen Kreise, war ja der Konflikt mit Bright noch lange nicht beendet oder ausgestanden.
„Weißt du, Rose, ich werde das, sofern es meine kostbare Zeit erlaubt, im Laufe des Tages nachholen. So dringlich scheint die ganze Sache ja wohl nicht zu sein."
Rose nickte zustimmend und servierte dampfenden Kaffee.
„Vergiss es nur nicht, Harold!"
„Schon gut; können wir das jetzt auf sich beruhen lassen?"
Rose nickte abermals und schwieg. Sie kannte ihren Mann zu gut, um dieses Thema nochmals zu erwähnen.
Geschickt wechselte sie das Thema ...
„Hast du heute viele Patienten vorbestellt?"
„Mittelprächtig, mittelprächtig ...", Harolds Miene entspannte sich, „... aber man weiß nie, wie viele Touristen und Gäste angespült werden."
Harold lachte über seinen eigenen Ausdruck, der ihm besonders witzig erschien, knabberte genussvoll an seinem Morgengebäck und leerte beschwingt seine Kaffeetasse.

Auch in Chicago war der Morgen hereingebrochen. Schlaflos hatte Andy Brown die Nacht verbracht, hatte sich von einer Seite seiner Bettstatt auf die andere gewälzt. Oftmals war er aufgestanden, war in die Küche gegangen, hatte ein paar Schlucke Wasser getrunken.

Den ganzen letzten Abend lang war seine Frau bitterböse auf ihn gewesen, hatte kein Wort mit ihm gewechselt. Es sei dessen Halbwahrheit Rose gegenüber, die sie so krank mache, hatte sie ihm unverblümt mehrmals ins Gesicht gesagt.

Entgegen ihrer sonstigen Gepflogenheiten hatte Nina sodann statt im gemeinsamen Bett auf dem Sofa draußen im Wohnzimmer genächtigt.

Andy jedenfalls sah die Sache ganz anders.

Für ihn war das keine Lüge, keine Unwahrheit gewesen, sondern lediglich ein Verschweigen eines noch völlig nebulosen und unklaren Umstandes, mit dem man keineswegs jemanden belasten sollte, zumal die Sache letzten Endes auch niemand anderen etwas anging, geschweige denn von vitalem Interesse wäre.

Und trotzdem hatte sich bei ihm eine gewaltige innere Unruhe breitgemacht, die ihm den Schlaf geraubt, ihn die ganze Nacht beschäftigt hatte.

Schlechtes Gewissen stieg in ihm hoch; er schob es weg, doch es kehrte wieder.

Sollten Jake Hartmans Aussagen der Wahrheit entsprechen, was wäre dann?

Sollte der Junge tatsächlich seine Mutter aufspüren, so würde es wohl nicht lange dauern, bis die Frage nach dem unbekannten Vater aufs Tapet käme. Wie würde Madison reagieren? Gesetzt den Fall, sie würde Ephram kontaktieren – nicht auszudenken, was dann wohl geschehen würde! Natürlich würde sich sein Sohn verpflichtet fühlen. Und was würde Amy dazu sagen? Wie würden die Abbotts die ganze Sache aufnehmen? Andy Browns Gedanken drehten sich im Kreis …

Er seufzte tief, begab sich zum Wandschrank seines Schlafzimmers, entnahm ihm ein blaues Hemd, einen frisch aufgebügelten Anzug und eine Krawatte. Bedächtig kleidete er sich an und trat ins Wohnzimmer hinaus. Es war verwaist.

Auf dem Sofa lagen noch Decke und Polster herum, Relikte der Schlafstätte seiner Frau.

Andy sah sich kurz um, schritt durch die offen stehende Flügeltüre auf den Flur hinaus und blickte in die Küche hinein, aus der der Duft frischen Kaffees drang. Nina lehnte am Küchentisch und schlürfte geräuschvoll an ihrer Tasse.

„Guten Morgen, Liebling!"

Nina schwieg und stellte ihre Tasse ab. Sie hob ihren Blick und sah ihrem Ehemann indifferent in die Augen.

„Mehr hast du mir nicht zu sagen?"

Die attraktive Frau mittleren Alters nahm ihre Tasse, wendete sich ab, trat zur Arbeitsfläche der geräumigen Küche, auf der die Kanne mit dem dampfenden Getränk stand, und schenkte sich nach.

„Und ich, bekomme ich keinen?"

Andy wich der Frage seiner Frau aus, holte von sich aus seine eigene, bunt getupfte Henkeltasse hervor und hielt sie Nina vor die Nase.

„Bornierter, blöder, unverbesserlicher Doktor! Wirst du denn nie vernünftig? Hast du immer noch nicht begriffen – oder besser gesagt längst wieder vergessen – dass man nicht alle Dinge aktiv beeinflussen oder steuern kann; manche Dinge haben eine eigene Dynamik, folgen eigenen Gesetzen, lassen sich nicht beeinflussen und schon gar nicht rückgängig machen. Schenk den Abbotts reinen Wein ein, überlass ihnen die Entscheidung, was sie tun wollen, lass die Dinge auf dich zukommen und quäle dich nicht herum so wie heute Nacht! Du brauchst gar nicht glauben, dass ich deine Zustände nicht mitbekommen habe. So, und jetzt geh auf dein Institut und wirke Wunder ..."

Andy Brown sah seiner resoluten Frau kurz, aber fest in die Augen. Dann nickte er, stellte seine leere Tasse auf den Tisch, drehte sich um, ergriff im Vorbeigehen seinen Mantel und verließ eiligen Schritts sein Haus.

„Guten Morgen, Dr. Brown!"

„Morgen, Scott ..."

Der verdiente Assistenzarzt nahm verwundert Andys leichten Mantel entgegen und hängte ihn auf einen Haken im Sekretariat des Instituts. So brummig und kurz angebunden war sein Chef selten. Und auch für die Sekretärin hatte dieser kein einziges lobendes oder auch nur freundliches Wort übrig. Ohne weitere Direktiven wanderte der berühmte Universitätsprofessor in seine Gemächer und schloss geräuschvoll die Türe hinter sich.

Die Anwesenden tauschten unsichere Blicke aus.

„Dr. Brown, Herr Professor! Ich habe Neuigkeiten, was Ihre Europareise betrifft."

Rasch hatte sich Scott gefangen, eilte seinem Boss nach und flüsterte an die Adresse der Sekretärin: „Vielleicht hilft es etwas …"

Die Türe öffnete sich einen Spalt und Andy streckte den Kopf heraus.

„Worum geht es?"

„Um den Flug, die Unterkunft und Ihren Vortrag."

„Ich weiß von keinem Flug …"

Verächtlich brummte Andy in seinen rauschenden Bart.

„Der Flug nach Wien, Herr Professor!"

Andy runzelte die Stirn und kniff die Augen zusammen.

„Ach so, ja, richtig! Hatte ich ganz vergessen! Sehr gut, Scott, können wir das später besprechen? Ich habe im Moment keine Zeit dafür."

„Selbstverständlich, Herr Professor."

Die Türe schloss sich wieder und Scott zog sich erleichtert an seinen Arbeitsplatz auf der anderen Seite des Sekretariats zurück, wo sich stapelweise Operationsprotokolle und Studienblätter befanden.

Andy trat an sein Fenster und sah ins Freie hinaus. Die Morgensonne kitzelte ihn in der Nase. Er musste niesen, zog ein Stofftaschentuch aus seiner Hosentasche und schnäuzte sich. Nachdenklich und in sich gekehrt faltete er das Tuch zusammen und schob es an seinen angestammten Platz zurück. Er kehrte an seinen Schreibtisch zurück, überflog flüchtig das Tagesprogramm und stellte einigermaßen erleichtert fest, dass erst für den Nachmittag die erste Operation, bei der seine persönliche Anwesenheit notwendig wäre, angesetzt war.

Er schielte zur Telefonanlage. Ob Nina nicht doch recht hatte?

Im Lautsprecher oberhalb der Türe knackte es; Andy fuhr zusammen.

„Herr Professor, ein Dr. Abbott möchte Sie sprechen. Soll ich durchstellen?"

Unangenehm kreischend klang die Stimme der Sekretärin.

„Ja, Lydia, stellen Sie durch!"

Andy atmete tief durch und hob den Hörer ab.

„Dr. Brown?"

„Andy? Harold spricht! Ich hoffe, ich störe dich nicht!"

„Aber nein, keineswegs; nett, dass du dich meldest!"

Andy schlug einen höchst verbindlichen Ton an. Seine Stimme sollte keineswegs verändert, besorgt oder aufgeregt klingen.

„Du hattest also auch Kontakt mit unserem alten Freund?"

„Ja, es war höchst seltsam ..."

„Das kann ich bestätigen, obwohl er bei seinem Anruf in meiner Praxis durchaus aufgekratzt und leutselig klang. Er interessierte sich aber komischerweise auch für Amy und Ephram. Eigenwillig, nicht?"

„Wohl wahr!"

Immer wieder strich Andy nervös über seinen Bart.

„Rose sagte, er wollte Hilfe von dir?"

„Das ist richtig! Ich konnte nur nicht verstehen, wobei und warum; die Verbindung riss ab."

„Ich mochte den Typen zwar nie, doch irgendwie bin ich beunruhigt. Irgendetwas stört mich gewaltig."

Harolds Stimme klang plötzlich ernst und der so typische Sarkasmus war verschwunden.

„Und – was sollen wir tun?"

„Ich denke, vorerst gar nichts. Ein vital bedrohliches Ereignis wird es schon nicht sein. Jake wird sich schon wieder melden."

Andys zweiter Telefonanschluss begann zu blinken.

„Einen Augenblick, Harold, ich habe auf der anderen Leitung ein offenbar dringendes Gespräch, das mir von meiner Sekretärin direkt durchgestellt wurde. Ich rufe dich unverzüglich zurück."

„Kein Problem, Andy!"

Dr. Brown drückte auf den blinkenden Knopf.

„Ja bitte?"
„Entschuldigen Sie die Störung, Dr. Brown; Kriminalpolizei Los Angeles. Wir müssen Sie dringend sprechen."
„Selbstverständlich; worum geht es denn?"
„Wir ermitteln in einem rätselhaften Todesfall. Kannten Sie einen Dr. Jake Hartman?"
„Ja natürlich; er war vor vielen Jahren mein Kollege als Allgemeinmediziner in Everwood, Colorado. Was ist mit ihm?"
Andy wurde bleich. „Er ist tot…, vermutlich Selbstmord mit Medikamenten und hochprozentigem Alkohol."
„Um Himmels willen …"
Andy unterbrach und schluckte.
„Und wie kann gerade ich Ihnen helfen?"
„Nach Abschluss der Untersuchungen und diversen Recherchen vor Ort, die sich im Therapiezentrum des Betreffenden wegen der schlechten Kooperation mit seinem Bruder recht langwierig gestaltet hatten, fanden wir ein, laut Aussagen des Bruders, geheimes Handy des Toten. Die Untersuchung der Sim-Karte ergab, dass Sie der letzte Mensch waren, mit dem er Kontakt hatte. Was wollte der Mann von Ihnen?"
„Er bat mich um Hilfe …"
„Sonst nichts? Sie wissen nicht, in welcher Sache? Kam Ihnen das nicht auffällig vor?"
„Nein, nicht unbedingt … Dr. Hartman war seit jeher ein eigenwilliger Patron. Und vergessen Sie nicht, es ist über zwölf Jahre her seit unserem letzten Kontakt."
„Haben Sie vielen Dank, Dr. Brown. Wir dürfen uns wieder melden, wenn wir Ihre Mitarbeit benötigen?"
„Selbstverständlich …"
Andy legte den Hörer auf und sank in sich zusammen.
Das erste Mal in seinem Leben hatte er das Wohl seiner Familie vor seine Berufung, seine Pflicht als Arzt gestellt. Wenn er selbst aktiv geworden wäre, seinem Beruf und seiner Erfahrung gemäß reagiert hätte, wäre möglicherweise ein Menschenleben gerettet worden.

6

„Mach doch nicht so toll!"
Nikki saß auf der Schaukel im Vorgarten ihres Elternhauses; immer wieder musste sie der große Bruder anschubsen. Mit der Zeit trieb er es allerdings ein wenig zu wild. Wie eine Rakete flog das Mädchen durch die Gegend; auf und ab, auf und ab.

Harry war die ganze Sache eigentlich zu dumm; er hätte weit Besseres zu tun, wie etwa mit seinen Schulfreunden Fußball spielen zu gehen. Doch die Mutter hatte ihn angewiesen ein halbes Stündchen die kleine Schwester zu beschäftigen, zumal sie selbst einen Gesprächstermin in der Redaktion jenes Magazins hatte, für das sie früher ihre Beiträge geschrieben hatte.

Wieder schob der Bub kräftig an und wieder flog seine Schwester durch die Gegend.

„Aus, Harry …, ich mag nicht mehr …, das ist mir zu wild!"

Doch der Junge hörte nicht; noch kräftiger schubste er an …

Mit einem lauten Knall schloss sich eine Autotüre, die Hintertüre eines Taxis; Amy sprang heraus und lief schnurstracks in ihren Garten.

„Ja bist du wahnsinnig? Harry, was treibst du da? Keine Minute kann man euch zwei alleine lassen! Ich hätte es wissen müssen …"

„Ich kann aber nichts dafür!"

Weinerlich klang Nikkis Stimme.

Amy nahm die Rechtfertigung ihrer Tochter gar nicht wahr. Sie packte Harry beim Hemdsärmel, zog ihn zu sich und verpasste ihm eine kräftige Ohrfeige.

„So etwas machst du mir nicht mehr, mein Freund!"

Wutentbrannt sah Amy ihrem Sohn in die Augen. Unverzüglich fing jener zu heulen an; dicke Tränen flossen über seine Wangen.

„Nie wieder pass ich auf Nikki auf!" Schluchzend und beleidigt drehte sich der Junge weg und lief ins Haus hinein.

Amy hob ihre Tochter von der Schaukel.

„Ist alles o. k.?"

„Ja, geht schon ..."

Sie nahm ihre Kleine bei der Hand und setzte sich mit ihr in die Hollywoodschaukel, die sich unweit der Kinderspielgeräte befand.

Nikki drückte sich an ihre Mutter.

„Die Jungs sind alle so blöd!"

Amy nickte.

„Ja, manchmal ..."

Schmunzelnd erinnerte sie sich an ihre eigenen Erlebnisse mit dem älteren Bruder, an all die Streiche, die er ihr gespielt, an alle Frechheiten, die dieser von sich gegeben hatte.

Doch sogleich wurde sie ernst. Das Gespräch im Verlagshaus, das sich leider nicht innerhalb der Schulzeit der Kinder hatte vereinbaren lassen, war gut gewesen, aussichtsreich und vielversprechend.

Wenn sie allerdings dann die Unvernunft der Kinder zu Gesicht bekam, eine daraus resultierende Notwendigkeit einer laufenden Aufsicht ortete, dann wurde sie äußerst skeptisch. Sie hatte ihre mütterlichen Pflichten verletzt, daran bestand kein Zweifel, und kalt lief es ihr den Rücken hinunter.

Gottlob war nichts passiert. Nie hätte sie es sich verziehen, wenn da ein Unglück geschehen wäre.

Nachdenklich nahm sie Nikki zur Seite und trabte ins Haus hinein, wo Harry schmollend auf der Sitzbank des Wohnzimmers saß und, die Hände vor der Brust verschränkt, in das Fernsehgerät glotzte.

„So, und du entschuldigst dich jetzt bei deiner Schwester."

Mit sanfter Gewalt drehte Amy den Kopf ihres Sohnes vom Fernseher weg zur Seite, um ihn zu einem direkten Blick auf das Mädchen zu zwingen.

Harry murmelte etwas Unverständliches in sich hinein, was etwa so wie „...schuldige" klang.

„Na also; und jetzt vertragt euch wieder!"

Amy ließ es gut sein. Nikki setzte sich in einiger Distanz zu ihrem Bruder auf die Bank und blickte wie dieser in das Fernsehgerät, wo soeben ein uralter Trickfilm lief.

„Der ist so blöd", maunzte Nikki, „ich will etwas anderes sehen!"

Das Mädchen langte zur Fernbedienung und wollte den Sender wechseln.

„Lass das!"

Harry sah seine Schwester bitterböse an und boxte sie leicht in die Rippen, worauf das Mädchen erneut zu weinen begann.

„Aus jetzt!"

Amy wurde das Treiben zu bunt.

„Rauf auf eure Zimmer und ich möchte keinen Mucks mehr hören! Habt ihr verstanden?"

Fuchsteufelswild hatte sich Amy vor dem Fernsehgerät aufgebaut und wies mit der ausgestreckten Rechten nach oben.

Beide Kinder sprangen auf und setzten zu einem Sprint an; der Tonfall der Mutter klang gefährlich.

„Gehen, nicht laufen! Im Haus wird nicht herumgerannt!"

Sofort verlangsamten die Kinder ihren Schritt und trabten in den Stock hinauf.

Amy stöhnte auf, blickte den beiden Streithähnen stirnrunzelnd nach, begab sich in die Küche und stellte Kaffee zu; Ephram würde demnächst nach Hause kommen.

Sie schüttelte den Kopf. Wieder einmal würden die Alltäglichkeiten die Kinder betreffend das ihr im Moment Wichtige, die Aussicht auf eine erneute berufliche Tätigkeit überlagern und infrage stellen.

Delia saß mit Daniel am Ufer der Donau unweit des hübschen alten Städtchens Grein. Nach den herrlichen und für ihre Beziehung so richtungsweisenden Tagen in Wien waren sie in ihr Stammquartier in Mauthausen zurückgekehrt.

Ein freier Tag hatte mit wunderschönem Frühlingswetter gelockt.

Sie hatten sich Räder ausgeliehen, ihre Laptops eingepackt und waren von Mauthausen weg den Radweg stromabwärts die etwa dreißig Kilometer durch das Machland hierhergefahren. Beschleunigt durch günstigen Rückenwind hatten sie recht rasch ihr Ziel erreicht.

Beide waren in ihre Arbeit vertieft, fanden aber sehr wohl die Zeit, sich hin und wieder gegenseitig verliebte Blicke zuzuwerfen oder den dichten Schiffsverkehr auf dem breiten Gewässer zu beobachten.

„Unglaublich, was da alles auf dem Wasser transportiert wird."

Kopfschüttelnd sah Delia ihren Freund an.

„Man hat mir erzählt, dass aufgrund der hierzulande enormen Treibstoffpreise immer mehr Firmen auf den Transport zu Wasser umgestiegen sind. Die traditionellen LKW-Frächter hatten zwar das Nachsehen, mussten sich letztlich jedoch anpassen. Viele haben auf Schiffe umgestellt. Eine ähnliche Entwicklung haben wir ja auch bei uns in den Staaten."

Delia nickte. Die Lage des Stroms im zentralen Europa mit den vier Metropolen und den vielen Staaten, die an ihm lagen, von ihm miteinander verbunden wurden, war dafür ja optimal geeignet.

Delia streckte sich genussvoll und gähnte.

„Bist du müde, Schätzchen?"

„Na ja, es geht …"

Spitzbübisch lächelte die junge Frau ihren Freund an.

„In den letzten Tagen haben wir ja nicht besonders viel geschlafen."

Und auch Daniel setzte ein breites Grinsen auf.

Die beiden hatten ihre neue Beziehung bislang reiflich ausgekostet. Kaum hatten sie eine freie Minute ausgelassen, in der sie nicht ihre körperliche Nähe genossen und ausgelebt hatten.

Natürlich waren die direkten Auswirkungen auf ihre gemeinsame Arbeit ein wenig spürbar. Sie waren nicht ganz so bei der Sache wie gewohnt. Vor allem aber störte die beiden die andauernd notwendige Auseinandersetzung mit den unfassbaren Gräueltaten, welche die nationalsozialistische Herrschaft verübt hatte, weil sie die romantischen Komponenten ihres Zusammenseins immer ein wenig überschattete.

Daniel blinzelte in die Sonne; der leichte Westwind hatte sich gelegt, war nur mehr als leises Lüftchen wahrnehmbar. Zärtlich umfasste der Rotschopf seine Freundin ...

„Nicht, Daniel, lass das jetzt; wir haben noch Etliches aufzuarbeiten."

Kichernd gebot Delia ihrem Geliebten Einhalt.

Dieser fügte sich ins Unvermeidliche, war gleichzeitig jedoch auch dankbar für die vernunftbegabte Freundin, ohne deren Weitblick und Organisationstalent die letzten Tage in Zusammenhang mit ihrer gemeinsamen Tätigkeit reichlich dürftig ausgefallen wären.

Bedächtig zog er seine Hand weg, die unter Delias Sweater auf ihrer zarten Taille zu ruhen gekommen war, und wendete sich seufzend den nicht sehr aufbauenden Aufzeichnungen zu, die sein Laptop unbarmherzig schwarz auf weiß anzeigte.

„Eigentlich eigenartig, dass sich mein Dad nicht mehr gerührt hat. Er wollte doch Bescheid geben, ob und wann er nach Wien kommen würde. Das sieht ihm gar nicht ähnlich. So wie ich ihn kenne, müsste er doch schon längst Gott und die Welt in Bewegung gesetzt haben, um die Sache so rasch als möglich unter Dach und Fach zu bringen."

Delia setzte eine bekümmerte Miene auf und starrte auf die Tastatur ihres elektronischen Geräts.

„Mach dir keine Sorgen. Er wird sich schon melden."

Daniel versuchte seine Freundin zu beruhigen, doch auch ihm kam das eingedenk der Kenntnis von Professor Browns wahrscheinlichem diesbezüglichem Aktivitätslevel ein wenig seltsam vor. Wie gerne würde er doch seine Tochter endlich wiedersehen wollen!

„Außerdem, du weißt ja nicht, was ihm möglicherweise im Spital dazwischengekommen ist, wie viele Wunder er wieder vollbringen muss."

Daniel lächelte milde und strich seiner verzagt wirkenden Delia zärtlich über die Wangen.

„Wirst schon recht haben ... Er würde sich doch so über unser Glück freuen, meinst du nicht?"

Daniel nickte.

Seufzend klappte Delia ihren Laptop zu und zog aus ihrer Umhängetasche eine Jacke hervor. Der Wind, der die Donau entlangstrich, hatte wieder zugelegt und dem herrlichen Frühlingstag ein wenig die Wärme genommen.

Sie legte das Kleidungsstück an und erhob sich.

„Wir sollten schön langsam zurückfahren. Der Weg ist ganz schön weit und, wie es scheint, haben wir nun Gegenwind."

„Und stromaufwärts geht es auch", ergänzte Daniel.

„Also, dann nichts wie los!"

Die braunhaarige junge Frau hatte ihre gute Laune wieder einigermaßen gefunden und bestieg ihr Rad. Ihr Freund tat desgleichen. Einträchtig trat man die Fahrt zurück nach Mauthausen, zu ihrem gemeinsamen Quartier, an.

„Nur schön langsam ..."

Immer wieder musste der behandelnde Oberarzt seinen ungeduldigen Patienten zur Mäßigung aufrufen. Obzwar er nicht unbedingt ein Hüne war, hatte Arthur Walkley tatsächlich die Konstitution eines Bären.

Rasch hatte er die Intensivstation verlassen können. Ohne Rücksicht auf seine gerade erst überstandene Herzattacke krebste der Mann nun nahezu ununterbrochen auf der kardiologischen Station herum, wollte dies und das wissen, störte unbeabsichtigt die Abläufe; in der Auffassung des medizinischen Personals mischte sich Bewunderung mit Kopfschütteln und Verständnislosigkeit.

„Ich fühle mich aber ganz wohl! Und meine beruflichen Tätigkeiten warten auf mich. Ich muss bald wieder fit werden." Stereotyp wiederholte er immer wieder diese Worte.

Und auch Eve musste immer einschreiten und ihren Mann zur Räson bringen. Über Peter und dessen Verbleib wurde seit dem unseligen Vorfall kein Wort gewechselt. Der Mann solle sich nicht schon wieder aufregen müssen.

Sie selbst hatte natürlich, soweit es für sie möglich war, Erkundigungen in Zusammenhang mit Madison eingezogen, hatte mit ihren Mitteln und ihrer Lebenserfahrung, die naturgemäß effizienter waren als die ihres Adoptivsohnes, über verschiedene Ämter und staatliche Stellen herausbekommen, dass die betreffende Person in einer New Yorker Bar werktätig gemeldet wäre. Allein mit diesen Informationen wollte sie Arthur nicht quälen, in seiner Rekonvaleszenz nicht stören. Ihr Mann solle sich nur wieder schnell erholen.

Und sie selbst hatte sich eine Frist gesetzt, eine Frist von einer Woche, die sie Peter gewähren wollte, ohne dass sie aktiv etwas unternehmen würde.

„Lass ihn!" – das waren Arthurs letzte Worte in Zusammenhang mit seinem Adoptivsohn gewesen. Es schien nun, als hätte er ihn vergessen, verdrängt. Der Junge schien für ihn nicht mehr zu existieren.

Was jedoch Eve besonders störte, war die eigenwillige und nicht nachvollziehbare Reaktion Jake Hartmans. Auch für ihn hatte ja Peter niemals existiert.

Mit dem amtlichen Bescheid, dass der Junge in die Entzugsanstalt müsse, war sie auf die Polizeistation gegangen, hatte von ihrem Telefonat berichtet, in welchem ihr Jake Hartmans Institut empfohlen worden war, hatte sämtliche diesbezügliche Aufzeichnungen mitgeführt. Ohne Erfolg. Die Exekutivorgane zeigten sich zwar mitfühlend, doch nicht sonderlich kooperativ. Ob sie, Eve, nun eine Abgängigkeitsanzeige machen wolle, war sie gefragt worden. Mit der Aussage, sie wisse ja, wohin der Junge unterwegs sei, war auch dieser Strohhalm weg gewesen.

Man hatte nur mehr mit den Achseln gezuckt.

Eve fuhr vom Krankenhaus Richtung nach Hause und parkte zwischendurch vor einem Supermarkt ihren Wagen, um Lebensmittel zu erstehen. An der Kassa legte sie die Waren auf das Förderband, blickte auf die Regale mit den Schnäppchen, unter denen sich die Zeitungsständer befanden. Wahllos ergriff sie ein Tagblatt und legte es dazu. Während die Kundinnen vor ihr vom Kassenpersonal bedient wurden, schlug sie die Zeitung auf, blätterte weitgehend interesselos darin herum und plötzlich schreckte sie auf.

Im Chronikteil des Bundesstaates bemerkte sie den Namen Dr. Jake Hartmans in großen Lettern samt Foto. Hastig las sie die darunterstehenden Zeilen, die vom plötzlichen, zwar suizidverdächtigen, letztlich aber doch völlig unklaren Ableben des Drogentherapeuten berichteten.

Die Polizei in L. A. stehe vor einem Rätsel ...

Die blonde Frau schlug die Zeitung rasch wieder zu, tippte mit ihren Fingerspitzen nervös auf dem Förderband herum, warf die Waren achtlos in eine Plastiktüte, klemmte die Zeitung zwischen Körper und Ellenbogen, nestelte mit ihrer Kreditkarte herum und traf nach einigen Bemühungen endlich in den Schlitz des Lesegerätes.

Nach Ertönen des Bestätigungssignals riss sie die Karte aus dem Gerät heraus, warf sie zu den Waren in die Tüte und eilte schleunigst davon.

In ihrem Hirn hämmerte es. Irgendetwas stimmte hier nicht; ganz und gar nicht ...

„So mach doch, Scott!"

Ungewöhnlich heftig schnauzte Andy Brown seinen tüchtigen Assistenzarzt an, der es gewagt hatte, mit der Übergabe eines Tupfers wenige Zehntelsekunden länger als normal gebraucht zu haben.

„Blödes Aneurisma! Möchte bloß wissen, wofür ich hier stehe; das kann doch wirklich jeder andere halbwegs fähige Chirurg auch ..."

Selten, nein bisher noch gar nie, hatte man von Professor Brown perioperativ derartig abschätzige, fehlende Konzentration und Motivation signalisierende Worte gehört. Die Mitglieder des Operationsteams warfen einander fragende Blicke zu.

„Die Patientin wollte aber unbedingt von Ihnen operiert werden, Herr Professor!"

Scott beugte sich zu seinem Chef hinüber und versuchte unter seiner Maske einen verständnisvollen Blick aufzusetzen.

„Na schön …"

Die Operation verlief erwartungsgemäß ohne Komplikationen.

„Den Rest macht ihr, Leute!"

Unvermittelt und auch nicht seiner gewohnten Genauigkeit und seinem normalen Verhalten entsprechend trat der Professor vom OP-Tisch zurück, entledigte sich seiner blutigen Handschuhe und seiner Maske und verließ, ohne ein weiteres Wort zu verlieren, den Operationsbereich.

Andy Brown öffnete die Schleuse und verließ den antiseptischen Bereich. Er wendete sich dem Waschraum zu, trat zum Spültisch, entnahm dem Seifenspender ein wenig Schaum, wusch Hände und Gesicht. Der Professor blickte auf und betrachtete sein Ebenbild in dem an der Wand befindlichen Spiegel. Fahl und gleichzeitig grell war der Schein der Neonröhren, die den Waschraum erhellten. Er vertiefte die Furchen, welche die Jahre in das Gesicht des Alternden gegraben hatten. Aus dem Spiegel blickte ihm ein Gesicht entgegen, das Andy nicht mehr erkannte. Das war nicht er selbst, konnte und durfte das nicht sein! Sein Leben schien alle Steuerbarkeit verloren zu haben, alles schien ihm zu entgleiten. Die blauen Augen, die ihm entgegenblickten, hatten alle Energie, allen Glanz verloren, blickten ihn selbst ratlos an. Er hatte viele Fehler in seinem Leben begangen, hatte sich, seine Berufung, seine Karriere über alles gestellt, hatte über viele Jahre hindurch seine eigenen Kinder nicht gekannt, seine erste Frau vernachlässigt, war jener Mensch gewesen, dessen Ego es vermocht hatte, alles im Leben nach seinem Willen steuern zu können.

Mühsam hatte er versucht diese seine Fehler, die Fehleinschätzungen seines Lebens, wiedergutzumachen, hatte seinen Sohn wiedergewonnen, wiedergefunden, und jetzt schien alles zu zerbrechen, schien ihn all das wieder einzuholen. Er fühlte sich in sich selbst gefangen und sah keinen Ausweg aus dieser Situation. Er fühlte eine Spirale, die sich zu drehen begonnen hatte und unaufhaltsam zu seinem endgültigen Scheitern führen würde?

Andys Gedanken drehten sich im Kreis. Woher um Himmels willen hätte Jake Hartman Ephrams Sohn, sein Enkelkind, kennen sollen? Was hätte dieser mit der Drogenszene zu tun?

Wie sollte er seinen Sohn, seine Schwiegertochter, seine beiden jüngeren Enkelkinder vor dem beschützen, was da offenbar unaufhaltsam auf sie zukommen würde.

Und – wie konnte er es als Arzt vor sich selbst verantworten, für Jake Hartman, den Menschen, den Kollegen, nichts getan zu haben?

Er wendete seinen Kopf in Richtung Schleuse, warf einen flüchtigen Blick durch die großen Glasfenster hin auf sein Team, das weiterhin ruhig und konzentriert an der Finalisierung der Operation arbeitete, eines Eingriffs, den er selbst eigentlich bis zum Ende hin hätte durchführen und leiten sollen …

„Und wenn wir die ganze Bude hier auf den Kopf stellen, wir werden etwas finden!"

Wütend schlug der leitende Kriminalbeamte auf den verwaisten Schreibtisch Jake Hartmans. Brian Hartman war in der Türe erschienen. Sein Gesichtsausdruck war indifferent …

„Würden Sie bitte ein wenig leiser sein, meine Herren? Das ist hier eine Art Krankenhaus."

„Dann sagen Sie mir, welchen Grund Ihr Bruder hatte, sich das Leben zu nehmen."

„Das habe ich Ihnen schon hunderttausend Mal gesagt. Mein Bruder war leider sehr labil. Die schlimmen Fälle, mit denen er tagtäglich zu tun hatte, haben ihn einfach überfordert."

„Das nehme ich Ihnen zum hunderttausendsten Mal nicht ab! Ihr Bruder war als DER Drogentherapeut in unserem Land bekannt und geschätzt. Warum sollte gerade er so etwas tun? Die Sache stinkt zum Himmel!"

„Ja, glauben Sie nicht auch, dass man mit all den Drogen Erfahrung haben muss, um die bedauernswerten Betroffenen zu verstehen, Officer?"

Bedauern vortäuschend zuckte Brian Hartman mit den Achseln und blickte seinem erzürnten Gesprächspartner kalt in die Augen. Er hatte nun nichts mehr zu verlieren. Das Corpus Delicti, sein Bruder, hatte sich selbst das Leben genommen; er würde als Märtyrer in die Geschichte der Drogentherapie eingehen; daraus resultierend würden die Therapiezentren noch größeren Zulauf bekommen. Prinzipiell lief alles für ihn …

„Ich möchte noch einmal Ihr eigenes Büro sehen … Kommt, Leute!"

Der Kriminalbeamte hatte Brians eindeutige Suggestivfrage übergangen und kommandierte sein Team ab.

„Selbstverständlich, meine Herren."

Der kaufmännische Leiter trat von der Bürotüre seines verstorbenen Bruders hinaus auf den Flur, machte für die Polizisten Platz und wies ihnen höflich den Weg – ein paar wenige Schritte weiter zu seiner Arbeitsstätte.

Nachdenklich schüttelte ein Beamter seinen Kopf. „Wenn ich bloß wüsste, was Dr. Hartman zu nachtschlafender Zeit in seinem Büro zu tun hatte – noch dazu bei abgeschaltetem Telefon – und eingeschalteter Alarmanlage. Das passt nicht zusammen. Und – wozu hat der Mann ein geheimes Handy?"

„Da kommen wir schon noch dahinter …"

Der Chef der Truppe hatte die leisen fragenden Worte aufgeschnappt und trat kräftigen Schritts in Brian Hartmans Büro ein. Er wusste zwar nicht genau, was er suchte, er war jedoch überzeugt davon, etwas zu finden.

Unschlüssig blickte er sich in dem ultramodernen, gewaltigen, sonnendurchfluteten Raum um, doch er fand nichts, was irgendwie von Interesse sein könnte.

Chief Norman trat an den Schreibtisch, der sich völlig staubfrei, glänzend, mustergültig aufgeräumt präsentierte. Er ging um ihn herum, drehte sich um und blickte zum Fenster hinaus. Vielleicht brächte ihn der Blick auf Hollywood auf weiterführende Gedanken. Da war doch früher einmal etwas gewesen …

Norman verknotete in seinen Gedanken ein Taschentuch. In der Dienststelle müsste er unbedingt noch uralte Protokolle und Akten über Jake Hartman anfordern, Schriftstücke, über die Dank des kometenhaften Aufstiegs und fachlichen Erfolges des Mannes längst das Gras gewachsen war.

Langsam drehte sich der Beamte wieder um; zufällig blieb sein Blick am Aktenvernichter hängen.

Seine Mannschaft war, wie schon während der letzten Tage auch, mit erneutem Lokalaugenschein beschäftigt; Brian Hartman beobachtete das Szenario aus einiger Entfernung, ungerührt und, wie immer, desinteressiert.

Norman bückte sich und spähte in den Auffangkorb des elektrischen Gerätes hinein. Es schien völlig leer zu sein …

Trotzdem gab das helle Licht der Frühlingssonne einen dünnen Papierstreifen preis, der offenbar im Zuge der Entleerung vergessen worden oder im Schneidewerk hängen geblieben war.

Von allen anderen Beteiligten ungesehen nahm der Beamte das Stück Papier an sich und verstaute es in seiner Hosentasche.

„Meine Herren, wir gehen! Sie, Mr. Hartman, hören von uns …"

Grußlos verließ das Team die Räumlichkeiten und ließ Jakes Bruder alleine zurück.

Dieser schloss die gepolsterte Bürotüre, schritt bedächtig zum Schreibtisch und ließ sich auf seinen bequemen Chefsessel fallen. Er langte nach dem Telefonhörer und wählte die Klappe seines Sekretariats …

„Miss Molly, haben Sie die Vorstellungstermine der Aspiranten für die ärztliche Leitung schon organisiert? Ja? Fein. Sie wissen ja, das Anforderungsprofil ist minimal, Loyalität ist für mich das Entscheidende … Gut!"

Brian lehnte sich zurück, atmete tief durch und schloss die Augen.

※

Chief Norman saß an einem Schreibtisch inmitten seiner Dienststelle, umgeben von seiner Mannschaft, die atemlos jede Regung ihres gestrengen Vorgesetzten beobachtete. Der Exekutivbeamte hielt den dünnen Papierstreifen in Händen, den er in Brian Hartmans Büro gefunden hatte, und wendete ihn hin und her. Was wollte ihm das Stückchen Papier mitteilen? Norman war ein erfahrener, ein hochgradig routinierter Beamter, ausgestattet mit dem Feingefühl für exakte Arbeit, logisch und zugleich intuitiv denkend. Der Fall, den er zu bearbeiten hatte, war höchst bemerkenswert, brisant und hatte politisch wie auch fachlich einigen Staub aufgewirbelt. Also, Vorsicht wäre allemal angebracht ...

Schon längst hätte er die Sache zu den Akten gelegt, sich dem Druck der übergeordneten Dienststellen und der Öffentlichkeit in L. A. gebeugt, wenn nicht, ja wenn es nicht Brian Hartman gegeben hätte, den undurchsichtigen, den unwilligen und unkooperativen Heuchler, den Meister der Vertuschung. So viel hatte der Beamte jedenfalls bei seinen letzten Recherchen bezüglich der Vergangenheit des Brüderpaares und der überstürzten Flucht des Arztes in einen anderen Bundesstaat, nach Everwood, Colorado, herausgefunden.

Erneut griff er zu einer Lupe und schüttelte den Kopf. Nein, das reichte nicht aus ...

Er legte den Papierstreifen in den Scanner. Brummend tat dieser seine Arbeit.

Warum war Dr. Hartman noch im Büro, warum die Alarmanlage eingeschaltet gewesen, warum hatte Brian Hartman die Telefonanlage ausgeschaltet, warum gab es einen geheimen Tresor des ärztlichen Leiters? Was hatte dieser noch alles am Kerbholz oder zu befürchten gehabt?

Anerkennend nickte der Chef jenem Beamten zu, der in Hartmans Büro leise diese Erkenntnisse zusammengefasst hatte.

Norman zoomte das Computerbild heran. Einige Buchstaben wurden sichtbar, doch ließen sie jegliche Zusammenhänge miteinander vermissen. Der Polizist verknüpfte das Dokument mit jenem sündhaft teuer gewesenen Spezialprogramm der Exekutive, welches imstande war, in Dokumentfragmenten logische Verbindungen zu finden und diese damit zu ergänzen.

Unruhig, ungehalten und ungeduldig klopfte er auf seinen Schreibtisch ...

„Verdammtes Ding, mach schon ..."

Ein Piepton signalisierte das Ende des Auftrags.

Rasch erhoben sich alle Beamten und scharten sich um den Bildschirm ihres Chefs.

„Nicht viel, oder? Was meinst du, Computerclown?"

Norman wendete sich um, erhob sich und wies auf einen seiner Männer, der sich dezent im Hintergrund hielt.

„Jetzt kannst du berühmt werden!"

Gehorsam trat der Angesprochene, ein junger, etwas schmächtiger Brillenträger, hervor, bahnte sich einen Weg mitten durch die Kollegenschaft und nahm am Tisch seines Chefs Platz.

Einige Sekunden dachte er schweigend nach, dann flogen seine Finger über die Tastatur.

„Na bitte ..."

Zufrieden zeigte der Beamte auf einige Worte beziehungsweise deren Fragmente und richtete sich nicht ohne Stolz auf:

„Pet... Wal... ohne Ko... entf... unt...ng ..."

„Was soll ich damit?"

Böse sah Norman seinen Mitarbeiter an.

Der junge Beamte zuckte mit den Achseln.

„Mehr ist nicht drinnen ..., ist doch ohnehin ganz passabel!"

Norman seufzte und schloss die Augen.

„Dann erklär mir das einmal, du Klugscheißer!"

„Also, ich glaube, da hat sich ein Peter Wal... aus dem Staub gemacht. Die Kontrolle hat versagt, man, vielleicht der gute Dr. Hartman, wollte eine interne Untersuchung. Brian wollte das nicht, wollte die Sache in gewohnter Manier vertuschen und hat den Akt verschwinden lassen."

„So ein Schwachsinn, Computerclown, deine Fantasien sind zum Haareraufen! Du musst noch viel lernen …"
Norman lachte zynisch auf und brüllte in den Nebenraum: „Eine Vermisstenliste der letzten Woche bitte!"
Sekunden später war die Liste auf seinem Bildschirm zu sehen. Und wo, bitte, gibt es hier auch nur annähernd einen Peter Wal…?"
Streng blickte Norman in die Runde.
„… seht ihr einen Menschen dieses Namens?"
Schweigen.
„Na bitte …"
Der Chief setzte sich wieder auf seinen Stuhl, wies mit einer kleinen Geste seinen jungen Computerspezialisten an aus seinen Augen zu verschwinden und vergrub sein Gesicht in beiden Händen.

„Und deine Band ist wirklich so erfolgreich?"
„Ja, wir mischen die Szene ganz kräftig auf."
Stolz sah Madison ihren Sohn von der Seite her an, als die beiden gemeinsam durch den Central Park marschierten. Unweigerlich wurden da Erinnerungen an die eigene Zeit als aktive Sängerin wach …
Dankbar dachte Madison an ihren Chef; zwei Tage hatte er ihr dienstfrei gegeben, hatte gegenüber Peter einzig und allein ihre Tüchtigkeit als Bardame, als Kellnerin, hervorgehoben, hatte alles andere, das in ihrem derzeitigen Leben bei Gott nicht so glanzvoll war, unter den Tisch gekehrt, nicht erwähnt.
Der Junge jedoch blieb die ganze Zeit recht einsilbig.
Madison bemühte sich redlich Peter ein wenig kennenzulernen, doch dieses Unterfangen gestaltete sich äußerst schwierig.
Nur bruchstückhaft kamen Informationen über seine Lippen. Über die Fahrt hierher, mit den Truckern, hatte er berichtet, über die seltsamen und unverständlichen Erlebnisse mit Madisons Bruder und über die Musik.

In Zusammenhang mit seiner Kindheit und seinem Leben in San Francisco jedoch war ihm nicht viel zu entlocken. Zumeist schweigend liefen die beiden durch die Stadt. Madison bemühte sich, dem Jungen New York zu zeigen. Peter erschien nicht sehr interessiert und eher introvertiert. Die Carnegy Hall allerdings brachte den Jungen zum Staunen. Da leuchteten seine Augen, da schien er plötzlich gänzlich bei der Sache zu sein.

Madison nutzte diese wenigen Augenblicke der Öffnung, um ein wenig in die Gedanken- und Gefühlswelt ihres Sohnes einzudringen, doch sie scheiterte zumeist. Sie hatte wenig Ahnung von den Lebensweisen an der Westküste und von der dortigen Jugendkultur. So waren es immer nur Bruchstücke, winzige Puzzlesteine, die sie einfach nicht zusammensetzen konnte.

Letztlich landete jeder Versuch eines Gesprächs bei der Musik, der offenbar einzigen Gemeinsamkeit von Mutter und Sohn.

Hier im Central-Park gab sich der Junge noch verschlossener, woran nicht einmal der herrliche Sonnenschein und die Wärme etwas hatten ändern können.

Plötzlich drehte sich Peter zu seiner Mutter um und blickte scharf in ihre blauen Augen:

„Warum hast du mich eigentlich nicht haben wollen und einfach weggegeben? Wer ist mein Dad?"

Madison zuckte nahezu unmerklich zusammen und blickte einen Augenblick zu Boden; die Frage hatte sie schon seit geraumer Zeit erwartet, befürchtet.

Lange Sekunden schwieg sie ...

Sie räusperte sich, langte in ihre Handtasche und zog ein Päckchen Zigaretten heraus. Sie hielt dem Jungen die geöffnete Packung hin:

„Magst du? ... Setzen wir uns ein Weilchen auf eine Bank ..."

Peter griff zu und entzog seiner Hosentasche jenes Feuerzeug, das ihm schon oftmals gute Dienste geleistet hatte; er gab der Mutter Feuer und entzündete auch seinen Glimmstängel.

Und wieder musste Madison einen jener scharfen und fordernden Blicke hinnehmen, die sie schon an Ephram so fasziniert hatten. Und wie schon so häufig in den letzten Stunden und Tagen frappierte die Frau die Ähnlichkeit des Jungen mit seinem Vater.

Die blonde Frau wich dem Blick des Sohnes aus. Sie wies auf eine Parkbank, die im Schatten einer mächtigen Linde stand.

„Komm, setzen wir uns dorthin."

Hastig und nervös zog Madison an ihrer Zigarette, steuerte auf die Sitzgelegenheit zu und nahm auf deren äußerster Holzkante Platz.

Peter blieb stehen.

Er beobachtete jede Regung, jede Bewegung seiner leiblichen Mutter.

„Es ist wichtig für mich ..."

„Warum, mein Junge? Warum jetzt? Sechzehn Jahre lang hattest dukein Problem damit."

„Woher willst du das wissen? Beantworte meine Frage; ich will dich nicht umsonst gesucht haben!"

„Das ist also der einzige Grund, warum du zu mir gekommen bist?"

Madisons Mundwinkel sanken herab.

„Es war ein Hauptgrund ... Glaubst du, es macht Freude, in einem amtlichen Dokument lesen zu müssen, dass der eigene Vater unbekannt ist?"

„Aber – du hast doch einen Vater, daheim in San Francisco. War der nicht immer gut zu dir?"

Erneut wich Madison aus ...

„Darum geht es nicht. Es geht nicht um San Francisco; es geht nicht um meine Adoptiveltern, es geht um das, was ich bin und warum ich so bin, ein Musiker, ein Spinner, ein Träumer, ein ... Schwuler, der es hasst, von Mädchen angegriffen und ekstatisch bejubelt zu werden. Und dann auch noch die Drogenszene – mich hat es auch erwischt ..."

„Ein Schwuler?"

Madison richtete sich kerzengerade auf und musterte den Jungen einige Sekundenbruchteile lang.

„Bist du dir da ganz sicher?"

„Ja, nein, ich weiß es nicht ..., ich weiß nur, dass ich mich am wohlsten fühle, wenn ich mit den Jungs in der Band spielen kann, hinter meinem Keyboard versteckt, geschützt ..."

Erneut räusperte sich die Frau, ließ den Zigarettenstummel zu Boden fallen, trat die Glut aus, hob ihn auf und warf ihn in einen neben der Bank stehenden öffentlichen Mülleimer.

„Das heißt aber noch lange nichts ..., das ist noch lange kein Grund ... In deinem Alter sind die Gefühle oft zwiespältig, da gibt es jede Menge Zweifel an allem und an jedem. Das ist ganz normal. Du bist sehr früh zum ‚kleinen Star' geworden. Da ist es ganz natürlich, dass man sich schützen will. Ich weiß aus meiner Zeit mit der Band, wie das ist, wenn man von Leuten bejubelt wird, die man nicht kennt und vielleicht auch nicht riechen kann. Und auch der Weg zu den Drogen ist dann nicht weit. Man muss nur wieder davon wegkommen."

Peter sah seine Mutter zweifelnd an, trat gedankenverloren seine Zigarette aus und nahm neben der Mittdreißigerin Platz.

„Meinst du?"

„Ja, natürlich, Junge. Zieh da keine voreiligen Schlüsse ..., du schaffst das!"

Madison wunderte sich über sich selbst. Viele Jahre lang hatte sie sich mit dem Slang und den untergriffigen Bemerkungen der Barbesucher und Freier abgeben müssen; hatte fast vergessen, dass sie ehemals ein kluger und umsichtiger Mensch gewesen war, mit Highschoolabschluss und Collegeerfahrung. Alles hatte ihr letztlich Andy Brown genommen ...

„Woran denkst du, Mum?"

Peter waren die Zehntelsekunden nicht entgangen, in denen abgrundtiefer Hass in den Augen der Mutter aufgeblitzt war.

„Ach nichts ..."

„Sagst du mir jetzt, wer mein Dad ist? Ich habe auch meine Seele vor dir ausgekotzt."

„Er ist Musiker wie du; reicht dir das?"

„Nein."

„Muss es aber."

Langsam erhob sich der Junge. Ohne einen weiteren Blick auf Madison zu werfen, ging er davon und beschleunigte sukzessive seine Schritte.

Die blonde Frau sprang auf und schickte sich an, dem Jungen zu folgen.

„Ephram …, Ephram!"

In höchster Verzweiflung schrie ihm Madison den Namen nach.

Ohne sich noch einmal umzusehen, hob Peter die Hand und machte eine verächtliche Bewegung.

Abrupt blieb Madison stehen und sah dem Jungen nach, der langsam im Einheitsbrei der Masse Mensch verschwand.

7

„Bitte anschnallen, wir starten in wenigen Minuten!"
Gehorsam leistete Amy den Anweisungen des Flugpersonals Folge; sie stellte die Lehne ihres Sitzes gerade und legte den Gurt um. Angespannt fuhr sich die blonde Dame durch ihr Haar und atmete tief durch.
„Fehlt Ihnen etwas, gnädige Frau?"
Fürsorglich besorgt wandte sich ihr Sitznachbar, ein dunkelhaariger Mittdreißiger in blauem Geschäftsanzug, an sie.
„Aber nein …, danke vielmals …, es ist alles o. k. …" – eine Aussage, die nicht so ganz den Tatsachen entsprach.

Nervös nestelte sie an ihrer Halskette herum, an jenem schlichten Schmuckstück, dass ihr Ephram vor vielen, vielen Jahren einmal als Symbol für die Unendlichkeit und Unzerstörbarkeit ihrer Beziehung, ihrer Liebe geschenkt hatte, ein Schmuckstück, dass sie immer dann zu tragen pflegte, wenn sie trotz seiner physischen Abwesenheit die Unterstützung, die Nähe ihres geliebten Mannes brauchte.

Seit gestern Vormittag hatten sich wahrlich die Dinge überschlagen. Ihr alter und auch zukünftiger Chefredakteur hatte sich ganz plötzlich und überraschend bei ihr gemeldet und ihr das Angebot gemacht, zu Recherchen in einer sehr heiklen Angelegenheit nach L. A. zu reisen. Irgendwie hatte er sich aber telefonisch recht bedeckt gehalten. Er hatte bloß lapidar gemeint, die Wiedereinsteigerin könnte in dem konkreten Fall viel an Material für einen brennend heißen Artikel finden, der ihr sehr weiterhelfen würde; alles andere erführe sie per Internet.

Tatsächlich waren alsbaldigst Informationen und Zeitungsausschnitte hereingekommen, die alle mit dem rätselhaften Ableben des Jake Hartman zu tun hatten.

Amy war betroffen ...

Kurzfristig hatte sie sogar überlegt den Auftrag wegen Befangenheit abzulehnen, doch sowohl Ephram als auch ihre Eltern, aber auch der Chefredakteur, der ja aufgrund ihres Naheverhältnisses zu und der genauen Kenntnisse über Everwood gerade sie für diese Mission ausgewählt hatte, hatten ihr gut zugeredet und Überzeugungsarbeit geleistet, wie wichtig denn so ein Anfang und wie ideal sie für diesen geeignet wäre. Zudem hatte ihr Vater Interesse daran, in dieser sensiblen Angelegenheit mehr zu erfahren, war er ja selbst mit dem Betreffenden noch in dessen letzten Lebensstunden in Kontakt gestanden. Und Andy hatte sich entgegen seines diesbezüglichen Versprechens nicht mehr bei ihm gemeldet.

Rose hatte sich sofort bereit erklärt, für ein paar Tage die Betreuung der Kinder in der schulfreien Zeit zu übernehmen und auch Ephram hatte nichts dagegen gehabt, die Schwiegermutter kurzfristig im Hause zu haben, schätzte er doch sehr deren Kochkünste. Einzig die Tatsache, dass Harold nun mit seinem Töchterchen alleine zu Hause bleiben würde, störte Rose ein wenig, lag doch nahe, dass in der Zwischenzeit der Ehemann Lilly ein wenig zu sehr verwöhnen könnte.

Dieser hatte, laut glaubwürdiger Aussage der Mutter, natürlich sogleich die Redaktion des „Everwooder Tagblatts" verständigt und den erneuten Einstieg seiner Tochter ins Berufsleben – noch dazu mit so einem heiklen Thema – verkündet, was unverzüglich dazu geführt hatte, dass die Sache um den noch allseits gut bekannten Jake Hartman in allen möglichen Färbungen und Facetten im ganzen Gebirgsstädtchen in aller Munde war und im Nu nahezu legendenhafte Auswüchse annahm.

Amy schüttelte den Kopf; der Vater war geschwätzig wie eh und je, das dürfte sich wohl niemals ändern ...

Was sie bloß erwarten würde? Sie hatte Jake in guter Erinnerung behalten; nie hatte er ihr irgendetwas Böses getan oder war ihr irgendwie zu nahe getreten. Das Einzige, was sie tatsächlich wusste, war sein Rückfall in die Drogensucht. Da dürfte sie etwa in ihrem ersten Studienjahr gewesen sein.

Nina hatte ihr damals davon berichtet; oder war es Ephram gewesen, der die einschlägigen Informationen von Nina empfangen hatte? Sei es, wie es sei; je länger die kluge Frau darüber nachdachte, desto unklarer wurde ihr ein Motiv für ein suizidales Verhalten des Mannes. Ja, es hatte die Zeit gegeben, in der sich Nina zwischen Jake und ihrem Schwiegervater hatte entscheiden müssen. Tatsächlich gewählt hatte sie letztendlich Andy Brown. Aber das war ein gutes Jahrzehnt her. Damit könnte das wohl wirklich nichts mehr zu tun haben. Das Wenige, das man in Colorado vom weiteren Leben des Arztes noch mitbekommen hatte, war nur Gutes in Zusammenhang mit den Drogenzentren gewesen.

Amy lehnte sich in ihrem Sitz zurück und blickte aus dem kleinen Fensterchen der Großraummaschine hinunter auf die Küste von Kalifornien. Im Nu waren die zwei Stunden Flug vergangen. Die Maschine setzte zum Sinkflug an, eine Sache, die Amy höchst unangenehm war; ihr wurde immer ein wenig übel dabei und ihre Ohren verstopften sich regelmäßig. Andererseits war sie noch nie in L. A. gewesen. Die mutige und durchsetzungsfähige Frau lächelte in sich hinein; ihre große Bewährungsprobe stand bevor.

„Ich weiß, ich sollte nicht mehr operieren …"
„Darum geht es nicht, Herr Kollege; es geht um die Tatsache, dass Sie Ihr Team im Stich gelassen haben. Danken Sie Gott, dass nichts weiter passiert ist und die Patientin von den eigenwilligen Vorgängen nichts weiß!"
„Eure Spektabilität, es tut mir leid; ich hatte ein Blackout, wie es bei jedem Menschen einmal vorkommen kann. Andererseits kann ich mich gerade bei so einer Operation auf meine Mannschaft mehr als verlassen; immerhin habe ich nahezu alle ausgebildet!"
„Auch darum geht es nicht; begreifen Sie bitte, dass es ein unvertragbarer Zustand ist, wenn der honorige und allseits anerkannte Chef quasi zu völlig ungewohnter Unverlässlichkeit mutiert. Wie

glauben Sie, kann Ihr Team wieder zu Ihnen Vertrauen fassen? Verstehen Sie jetzt endlich, worum es tatsächlich geht?"

Andy Brown nickte und sah seinem Gegenüber, dem Dekan der medizinischen Fakultät der Universität Chicago, betreten ins Gesicht. Sehr rasch hatte sich sein Fehlverhalten bis in die höchsten Gremien der Universität herumgesprochen; so rasch, dass ihn nicht einmal der ihm sonst äußerst wohlgesonnene Dekan ungeschoren davonkommen lassen konnte oder man die Fakten unter den Tisch hätte kehren können.

„Kein Mensch zweifelt an Ihren Fähigkeiten als Wunder-Vollbringer; Ihre Taten sind weltweit anerkannt. Ihr größtes Plus war aber bislang Ihre integre Persönlichkeit, die Tatsache, dass man sich immer und überall auf Sie hatte verlassen können. Diese Eigenschaften haben Sie zu dem gemacht, der Sie letztlich geworden sind. Diese Ihre unumstrittenen außergewöhnlichen fachlichen Fähigkeiten konnten nur in Zusammenklang mit Ihrer Ihnen eigenen Persönlichkeitsstruktur entstehen und sich entfalten, sich in diese fast übermenschlich-meisterlichen Höhen erheben, die Sie auch immer mit Begeisterung an Ihre Studenten weitergegeben haben. Nun scheint mir aber ein wichtiger Teil Ihrer Persönlichkeit ein wenig abhandengekommen zu sein.

Ich mache mir Sorgen, Andy; die Universität, die Menschheit, die medizinische Fachwelt braucht Sie! Fangen Sie sich und das bitte rasch ...

Nie hätte ich mir gedacht, dass ich gerade Ihnen einmal so etwas an den Kopf werfen müsste."

Der Dekan blickte ihn ernst an. Andy nickte abermals und erhob sich langsam von seinem Stuhl im Sprechzimmer des Fakultätsvorstandes und damit direkten Vorgesetzten.

„Ich auch nicht ..."

Andy murmelte die paar wenigen Worte in sich hinein, runzelte ein paar Augenblicke die Stirn und blickte an seinem Chef vorbei auf das gewaltige Bildnis eines der hochgeehrten und verdienten Rektoren der Universität aus dem neunzehnten Jahrhundert, welches hinter dem Schreibtisch des Dekans an der Wand hing. Ein Mann mit Monokel, im Frack, mit unzähligen Dekorationen, mit Zylinder und Gehstock. Ähnliches könnte er sich wohl für die Zukunft abschminken ...

„Wie bitte?"

Der Dekan sah ihn verwundert an.

„Ach nichts ... Leben Sie wohl!"

Andy reichte seinem Chef die Rechte, wendete sich um und verließ gedemütigt das Zimmer. Dieser sah ihm kopfschüttelnd nach.

„Ach, Andy ..."

„Ja?"

Der Angesprochene wandte sich kurz um und fixierte die hohe Stirn des Dekans.

„Bevor ich es noch ganz vergesse: Was haben Sie um Himmels willen mit dem Drogenpapst, na, wie heißt er schnell ...", der Vorgesetzte kratzte sich hinter dem linken Ohr, „... Hartman, glaube ich, zu tun?"

„Wieso? Warum fragen Sie?"

„Polizeiquellen, Herr Kollege!"

Der Dekan setzte ein leichtes, ein amüsiertes Lächeln auf.

„Nein, im Ernst, ein Polizist aus L. A. hat mich kontaktiert und über Sie befragt. Sie können von Glück reden, dass das alles noch zu einem Zeitpunkt war, wo ich noch nichts von Ihrem Mist vernommen hatte. Ich hätte Sie dann bestimmt nicht mehr so hochgejubelt ... Alles in allem ein wenig viel für eine so kurze Zeitspanne, meinen Sie nicht? Ah ja, noch etwas: Wann reisen Sie nach Wien? Ich habe gehört, dass Ihre Leute schon alles für Sie vereinbart hatten, weil es ihnen so wichtig für Sie erschienen war. Und dann haben Sie sich plötzlich gar nicht mehr darum gekümmert. Was ist bloß los, Brown? Seien Sie sicher, ich werde Sie im Auge behalten!"

Das Lächeln war aus dem Gesicht des Dekans verschwunden; mürrisch rieb er sich den rechten Nasenflügel.

„Also, was ist mit Hartman?"

„Blöde Geschichte ..."

Andy berichtete dem Vorgesetzten kurz von den seltsamen Vorfällen und dem unklaren Ableben des ehemaligen Kollegen und Kontrahenten in Everwood.

„Und was haben Sie damit zu tun? Sie werden ja wohl nicht nach L. A. gereist sein und den Mann persönlich ins Jenseits befördert haben?"

„Nein; offenbar war der Mann nicht mehr ganz bei Sinnen. Ich weiß auch nicht, wie er gerade auf mich kam, bevor er sich offenbar mit einem letalen Mix entleibte."

„Aha … Na, halten Sie mich auf dem Laufenden!"

Andy Brown nickte, drehte sich erneut auf der Stelle um und verließ den Raum.

„Spielen wir noch ein bisschen Scrabble, Oma?"

„Na, wenn ihr wollt, gerne. Die Hausaufgaben sind ja alle gemacht …"

Rose saß mit den Kindern am Wohnzimmertisch im Haus der Kinder in Denver und hatte ihre Schutzbefohlenen um sich versammelt. Nikki und Harry liebten ihre Großmutter abgöttisch. Ihr gehorchten sie aufs Wort, es gab keinen Streit und keinen Zank.

Aus der Küche duftete es köstlich …

„Hoffentlich gibt es bald Essen!"

Harry lief das Wasser im Munde zusammen, wenn er an die feinen Dinge dachte, die sie beide zusammen mit der Großmutter und unter deren sachkundiger Anleitung am späten Nachmittag, nach der Schule, zusammengezaubert hatten.

Und auch Nikki spähte neugierig nach der Küchentüre.

„Na – diese Runde Scrabble müsst ihr schon noch aushalten!"

Schmunzelnd packte Rose die Blättchen mit den Buchstaben in das kleine Ledersäckchen und begann es kräftig zu schütteln.

Durch die offene Türe zum Flur erklang das Geräusch eines Schlüssels, der in das Haustürschloss geschoben wurde; es klickte …

„Nein!"

Nikki und Harry verdrehten die Augen und ließen ihre Köpfe auf die Tischplatte fallen.

„Gerade jetzt, wo es so spannend ist …"

„Ihr seid unmöglich, Kinder! Steht sofort auf und begrüßt euren Vater, wie es sich gehört!"

Sekunden später stand Ephram im Zimmer. Mit einem breiten Grinsen im Gesicht trat er auf die Schwiegermutter zu und umhalste sie; er umarmte seine Kinder und drückte sie an sich.

„Hallo zusammen! Darf ich mitspielen?"

„Natürlich!"

Rose zwinkerte dem Schwiegersohn zu, der sich genüsslich niedergelassen hatte und sich unverzüglich sein Pfeifchen stopfte.

„Du kannst es nicht lassen …"

Halb im Spaß, halb im Ernst stieß Rose dem Schwiegersohn ihren Ellenbogen in die Rippen.

„Lass mir doch bitte dieses eine Laster!"

Lächelnd blickte dieser um sich, sah in die vergnügten Augen seiner Kinder und sog den Duft der kulinarischen Köstlichkeiten ein, der sich aus der Küche kommend im ganzen Wohnzimmer verbreitet hatte.

„Weiß man schon etwas von Amy? Hat sie sich schon gemeldet?"

„Bislang nicht, aber sorg dich nicht, sie wird sicher noch beschäftigt sein!"

„Ja, wahrscheinlich."

Ephram lugte zwar immer wieder zum Telefon, nahm aber den Umstand nach außen hin noch gelassen zur Kenntnis.

Das Abendessen war zu aller Zufriedenheit verlaufen; die Kinder waren müdegespielt und zogen sich auf ihre Zimmer zurück.

„Ein Glas Wein, Mum?"

„Gerne."

Ephram erhob sich und schritt zu einem klimatisierten Holzschrank, in welchem er Köstlichkeiten der kalifornischen Weingüter aufzubewahren pflegte. Er entnahm ihm eine Flasche

Cabernet Sauvignon, dazu zwei passende bauchige Rotweingläser und einen Korkenzieher und kehrte zum Tisch zurück.

„Wollen wir uns nicht auf das Sofa begeben? Dort ist es bequemer."

„Ja, gleich …"

Rose stellte die restlichen schmutzigen Teller zusammen, legte das Besteck darauf und verschwand damit in der Küche. Ephram öffnete die Flasche, roch an dem Korken und ließ den edlen Rebensaft zufrieden in die Gläser gleiten.

„Wie geht es dir, Ephram, ist zwischen dir und Amy alles in Ordnung? Wie geht es mit den Kindern? Was gibt es an der Uni Neues?"

„Alles bestens, Mum, alles in bester Ordnung!"

„Du wirkst auch recht ausgeglichen."

„Bin ich auch …"

„Und – ehrlich – stört es dich gar nicht, dass Amy wieder arbeitet?"

„Nein, warum sollte mich das stören?"

„Na ja, die Kinder sind in einem blöden Alter und ich selbst kann auch nicht immer einspringen; bedenke, Ephram, Lilly ist knapp drei Jahre älter als Harry und in einem noch viel gefährlicheren Alter."

Ephram schwieg; er langte in die Tasche seines Jacketts, zog seine Pfeife hervor, führte sie kalt zum Mund und begann an deren Stiel zu kauen. Nachdenklich bewegte er sein Glas hin und her und beobachtete die kleinen Tröpfchen, die an dessen Innenwand haften geblieben waren, nun gemächlich und Schlieren ziehend nach unten glitten und sich wieder mit der roten Flüssigkeit verbanden.

Der Hausherr räusperte sich …

„Ich könnte die Anzahl meiner Privatstunden reduzieren. Jetzt, wo Amy wieder Geld nach Hause bringt, würden wir dieses Zusatzeinkommen sicher nicht mehr benötigen; ich hätte mehr Zeit für die Kinder."

„Wäre eine Möglichkeit, Ephram."

„Und außerdem: Auf einige faule und untalentierte Schülerinnen und Schüler könnte ich gut verzichten. Da ist ohnehin

Hopfen und Malz verloren. Da stehen nur stinkreiche Eltern dahinter, die unbedingt wollen, dass ihre Sprösslinge Klavierspielen lernen; letztlich eine Qual für beide Seiten."

Ephram seufzte, seine Miene entspannte sich aber sogleich. Er tat einen Schluck aus seinem Glas, erhob sich, schritt zur Verandatüre, öffnete sie und trat in die Dunkelheit hinaus.

Das Telefon schrillte.

„Das wird wohl Amy sein!"

Rasch lief Ephram zum Telefonkästchen und hob ab.

„Ach du bist es, Dad!"

Leichte Enttäuschung war da zu hören ...

„Möchtest du mit deiner Frau sprechen? Was ist los? Noch mal ..."

„Was ist los?"

Schnell war Rose herbeigelaufen und hatte ihrem Schwiegersohn den Hörer aus der Hand gerissen.

„Wer steht vor der Türe, Harold? Linda? Das gibt es ja nicht!"

„Wer, Tante Linda?"

Ephram zupfte seine Schwiegermutter kräftig am Ärmel.

„Ja, offenbar! Harold ist ganz aus dem Häuschen ..."

Rose riss sich los und wandte sich wieder dem Telefon zu.

„Brauchst du mich, Harold? ... Nein, nicht akut ..., ihr findet euch alleine zurecht ... Gut ..., grüß mir einstweilen deine Schwester!"

Rose legte den Hörer auf und schüttelte den Kopf.

„Warum macht sie das immer wieder? Jahrelang hört man nichts von ihr und dann steht sie völlig unangemeldet vor der Türe."

„Nimm es leicht, Schwiegermutter! Entspann dich ..."

Beruhigend strich Ephram Rose über die Schultern.

„Du hast leicht reden!"

Langsam ging die Sonne unter, es wurde dämmrig, dunkel …

Ziellos trottete Peter durch den Big Apple. Abgrundtiefe Enttäuschung hatte sich in seinem Gesicht breitgemacht. Er misstraute dieser Stadt und der großen Hoffnung, die sie ihm fälschlich in Aussicht gestellt hatte, nein, vielmehr hasste er sie. Inbrünstig bereute er es, die lange Fahrt hierher auf sich genommen zu haben.

Er hasste das Rumpeln der U-Bahnen und die grauen Massen, die sich unentwegt durch die Straßen bewegten, den gigantischen Verkehr; alles Dinge, die er von daheim, von Marion County, dem hübschen, ja fast mondänen Vorort nicht gewohnt war.

Und er hasste sich und auch den Umstand, dass er durch sein Herumstöbern jemals etwas über seine tatsächliche Herkunft erfahren hatte.

Und trotzdem müsste er noch einmal zurück nach Queens, in die Bar, in der Madison ihren Dienst versah, hatte er doch Rucksack wie Laptop dort deponiert und im Lager des benachbarten Tabakladens sein Notquartier aufgeschlagen.

All das war nicht sein Ding; die Stadt nicht, die Umgebung nicht, die Leute nicht …

Er sehnte sich nach den Bequemlichkeiten seiner Heimatstadt an der Westküste, er vermisste seine Adoptivmutter, ja sogar den wenig verständnisvollen Vater. Nie hatten sie ihm Böses getan, immer waren sie letztlich zu ihm gestanden. Erstmals bereute Peter sein Verhalten, seine Lebensweise, bereute die Sorgen, die er gerade den Leuten bereitet hatte, die es am allerbesten mit ihm gemeint hatten.

So rasch als möglich wollte er zurück nach Hause …

Peter richtete sich auf, sein Schritt wurde fester, beschleunigte sich. Er musste seine Sachen holen und zu Hause anrufen, seine Rückkehr ankündigen …

Er griff in seine Hosentasche, zog die Geldtasche hervor und wog den Inhalt ab; für ein einfaches Bahnticket nach Hause müsste es zur Not reichen …

Wie beim ersten Mal lugte Peter um die Ecke, um jene Ecke, hinter der sich die kleine Bar befand, um jene Ecke, hinter welcher

die Hoffnung auf Lösung seiner Probleme hätte liegen sollen. Enttäuschung war das Einzige, was nun übrig geblieben war.
Enttäuschung?
Erneut richtete sich Peter auf. Die Wahrheit kann nie enttäuschen, sie kann nur heranreifen, daran wachsen lassen. Ein bislang nicht gekanntes Gefühl stieg in dem Jungen empor. Er dachte an Madisons Worte, an die Worte seiner leiblichen Mutter, die ihn und seine Ängste sehr wohl verstanden hatte, nachfühlen hatte können.

Dankbarkeit stieg in ihm hoch; er fühlte, dass sich etwas Gravierendes in ihm und seinem Gefühlsleben geändert hatte. Anscheinend war er zum Mann herangereift.

Peter marschierte die wenigen Schritte hin zur Bar, deren Rollbalken sich gerade öffneten. Er grüßte höflich den Besitzer des Ladens, den Chef seiner Mutter.

„Ich komme mein Zeug holen."

„Ist recht, mein Junge, komm nur … War wohl nicht so ganz das Wahre, dein Trip hierher?"

„Wie man's nimmt!"

Der Barbesitzer schmunzelte. Er kannte Madison gut; er konnte sich wohl ausmalen, was in dem jungen Mann hier vorgehen mochte.

Er reichte ihm seinen Rucksack und die Laptoptasche. Peter packte sorgsam alles zusammen.

„Ist der Chef des Tabakladens noch da? Ich wollte mich für die Unterkunft bedanken."

„Ja, da sitzt er …"

Der Barbesitzer wies auf ein kleines Tischchen, welches ganz am Rande des Lokals stand und von der Straße her nicht einsehbar war.

Peter trat auf den dicklichen Mann zu, der eine junge Frau, fast noch ein Mädchen, auf seinem Schoß sitzen hatte. Vor ihm standen ein halb volles Bierglas und ein leeres Schnapsglas; im Aschenbecher glimmte eine dicke Zigarre, deren Rauchschwade langsam zur Decke stieg.

„Was willst du?"
Ungehalten fuhr der Mann den Störenfried an.
„Ich wollte mich nur bedanken …"
„Ach so …, ja richtig, du hast ja letzthin mein Lager bewacht …"
Hämisch grinsend blickte ihm der korpulente Mann ins Gesicht; hämisch und zynisch wie bei der ersten Begegnung. Er schob seine junge Begleiterin schroff zur Seite, langte in seine Sakkotasche, zog ein Päckchen Dollarscheine hervor und warf sie dem Jungen verächtlich zu.
„Da hast du! Die da", er rülpste und stieß dem Mädchen in die Rippen, „ist weit billiger und anspruchsloser als deine Mutter …"
Ohne ein weiteres Wort wendete sich der Mann wieder seiner Begleitung zu und griff ihr ungeniert unter den Rock.
Peter erstarrte …
„Was willst du noch? Verzieh dich endlich!"
Böse lugte der Mann zwischen den blondierten Haarsträhnen des Mädchens hervor. Der Barbesitzer erschien und zog den Jungen weg.
„So ist er nur, wenn er in weiblicher Begleitung und besoffen ist …"
Peters Erstarrung löste sich. Er entwendete sich dem Griff des Mannes, wie in Trance schulterte er seinen Rucksack. Das Bündel Banknoten hielt er fest umklammert.
Schweigend drehte er sich um und schickte sich an, so schnell als möglich das Lokal zu verlassen.
„Mach's gut, mein Junge!"
Der Barbesitzer war ihm gefolgt und klopfte ihm freundschaftlich auf die Schulter. Peter jedoch sah sich nicht mehr um, er trat auf die Straße hinaus. Eiskalte Wut stieg in ihm auf. Er erblickte das Kanalgitter am Straßenrand und knüllte das Päckchen Banknoten zusammen.
„Lass das, Peter …"
Madison war hinter ihn getreten und packte seine Hand …
„Du wirst es brauchen …"

„Nein, werde ich nicht."

Scharf blickte er seiner Mutter in die Augen.

„DU wirst es brauchen; es gehört dir. Die kleine Nutte da drinnen, deine Vertretung, ist angeblich billiger als du!"

Madison erschrak.

„Was, wer hat …"

„Vergiss es einfach; vergiss, dass ich jemals da war; ich werde das auch versuchen …"

Peter riss sich los, drückte seiner Mutter die zerknüllten Scheine in die Hand und entfernte sich rasch.

„Dieser Schweinehund! Vergiss nie, an allem ist nur dein Großvater schuld! Er war es, der wollte, dass ich aus Everwood weggehe, dass ich mich in Luft auflöse! Er ist schuld, dass das aus mir geworden ist! Ephram, dein Vater, sollte nie etwas von dir erfahren. Er hat es aber trotzdem, Peter, er weiß von dir!"

Panisch schreiend und weinend stand Madison vor der Türe des Lokals; sie hob die rechte Hand und warf mit aller Kraft das Banknotenbündel auf die Straße hinaus. Die Dollarscheine flogen durch die Luft, tanzten, segelten herab, landeten unter geparkten Autos oder wurden vom Abendwind davongetragen.

Madison krümmte sich und sackte zusammen; sie hielt sich kurz am Türrahmen fest, sank zu Boden, wo sie auf der Türstaffel sitzen blieb, und sie begrub ihr Gesicht in ihren Händen.

Zügig marschierte Peter dahin …

In seinem Hirn hämmerten Madisons Worte: Ephram und Großvater …

Am Zentralbahnhof blieb Peter abrupt stehen. Er erblickte eine Telefonzelle, betrat sie und wählte die Nummer seiner Eltern: „Ich komme mit der Bahn …"

8

„Ja sag mal, Andy, wieso kommst du denn heute so spät nach Hause? Hast du gar durchoperiert?"

Besorgt lief Nina in den Flur hinaus, als sie das Schlagen der Eingangstüre und die schweren Schritte ihres Ehemanns vernommen hatte.

„Entschuldige, es war wahrhaftig ein furchtbarer Tag …"

„Aber, Andy, du hattest doch vorgehabt, dich ein wenig mehr zu schonen, nicht mehr so viel im Operationssaal zu stehen!"

„Das ist es nicht …"

Andy trat näher, ging dann jedoch an seiner Frau vorbei, missachtete eine von ihr angebotene zärtliche Geste, marschierte schnurstracks in das Wohnzimmer und langte nach der bleikristallenen Karaffe mit altem französischem Cognac, die auf ihrem angestammten Platz in einer offenen Glasvitrine stand. Er nahm ein Glas und schenkte ein. Hastig trank er …

„Was ist es denn dann? Was Neues von Jake?"

Nina runzelte die Stirn. Sie kannte ihren Mann, glaubte ihn zu kennen, doch was sie momentan an ihm wahrnahm, war für sie Neuland. Nie zuvor hatte der ehrgeizige Mann eine Liebesbezeugung abgelehnt; nie zuvor hatte er so rasch zum Glas gegriffen.

„Nein …"

Andy seufzte, nahm sein Glas in die Hand, schenkte nach, ging in den Vorgarten hinaus und setzte sich auf einen der Sessel, die dort gemeinsam mit einem Holztischchen adrett platziert waren. Nina folgte ihm …

Langsam rückte sie einen der anderen Sessel zurecht und nahm ebenfalls Platz. Geraume Zeit schwieg das Ehepaar.

Andy starrte in die Dämmerung hinaus, welche die Stadt mit einem eigenartigen rötlichen Farbton überzog, der sich zusehends verdunkelte und ins Violette überging. Er hob den Blick gegen den Abendhimmel, wo sich unzählige Kondensstreifen kreuzten, sich verbreiterten und nach kurzer Zeit ins Nichts verschwanden.

Nina beobachtete jede Änderung an Andys Mimik aus den Augenwinkeln heraus; sie räusperte sich ...

„Willst du nicht den Mund aufmachen, Andy? So kenne ich dich gar nicht!"

„Um Gottes willen! Wien! Auf die geplante Reise habe ich ganz vergessen!"

Es schien, als würde dem Mediziner genau dieser Gedanke ganz recht kommen. Er sprang auf, ging ins Haus zurück und klemmte sich an das Telefon ...

„Hey Scott; alles o. k. bei euch? Fein ... Habt ihr wegen meines Vortrags schon etwas unternommen? Ja? Alles unter Dach und Fach? Fein – Wann soll es denn losgehen? In zwei Wochen? Sehr gut! Die Unterlagen liegen bei mir am Schreibtisch. Wunderbar – angenehmen Dienst noch ..."

Andy legte auf und kehrte in den Garten zurück, wo seine Frau auf ihn wartete und verständnislos den Kopf schüttelte.

„Wie konntest du bloß darauf vergessen? Wie konntest du Delia vergessen, deine Tochter? Aber gut; das Mädchen hat das Pech, immer unproblematisch gewesen zu sein. Ephram war dir ohnehin immer der Wichtigere."

„Da unterstellst du mir aber etwas ... Das stimmt nicht!"

Andy sah seine Frau scharf an, war sich aber durchaus dessen bewusst, dass die Feinfühlige wahrscheinlich, wie fast immer, recht hatte.

Er beließ es bei der halbherzigen Entgegnung ...

„Ich denke, du hast mitgehört ... In zwei Wochen geht es los."

„Ja – und willst du nicht Delia Bescheid sagen? Die beiden Turteltauben werden ja allerhand vorbereiten wollen und ewig werden sie auch nicht für uns Zeit haben. Da solltest du schon etwas tun, Andy!"

„Ja, morgen vielleicht ... Heute bin ich einfach zu müde, zu kaputt."

„Na schön!"

Nina wusste genau, dass sie mit Gewalt aus ihrem Ehemann nichts Grundlegendes herausbekommen würde. Die Erfahrung hatte ihr gezeigt, dass in diesem Zusammenhang Warten die beste Methode wäre.

Trotzdem war Nina zutiefst besorgt. Seit dem Vorfall mit Jakes Anruf und dem eigenwilligen Gespräch mit Harold vor etlichen Tagen hatte sich ihr Mann grundlegend verändert. Seine Stimmung schien auf dem Tiefpunkt; der redselige, gesellige Mensch war einsilbig geworden und durch nichts, aber auch gar nichts, aufzuheitern. Keine Information, keine Silbe über mögliche Vorgänge rund um die brisanten Themen war ihm zu entlocken.

Er schien um Jahre gealtert zu sein.

Das Telefon schrillte. Nina ging ins Haus und hob ab ...

„Wer bitte? Polizei Los Angeles? Sie wollen meinen Mann sprechen? In welcher Angelegenheit? Kann ich etwas ausrichten?"

Andy war hinter seine Frau getreten und wollte den Hörer übernehmen, was diese allerdings nicht zuließ. Schlaff sanken seine Arme herab.

Gespannt lauschte Nina den Worten der Exekutive. Ihre Miene wurde ernst, ihr Blick verfinsterte sich. Mit kurzen geflüsterten Dankesworten legte sie den Hörer auf die Gabel zurück.

„Warum hast du mir nichts davon gesagt, Andy? Hast du tatsächlich geglaubt, ich verkrafte nicht, dass Jake tot ist?"

„Das ist es nicht ..."

„Was dann, Andy? Sag es mir, sag es mir um Gottes willen!"

Nina drehte sich um, blickte ihrem Ehemann scharf in die Augen, packte ihn bei den Schultern und schüttelte ihn.

„Ich hätte ihm vielleicht helfen können und habe es nicht getan ..."

„Du gibst dir die Schuld? Bist du verrückt geworden?"

Verständnislos schüttelte Nina den Kopf und zog ihre Hände von Andys Schultern zurück.

„Ja, es scheint so ..."

„Die Polizei möchte übrigens einen schriftlichen Bericht, ein Gutachten in Zusammenhang mit dem ominösen Telefongespräch. Da wirst du um die ganze Wahrheit nicht herumkommen … Und jetzt … lass mich in Ruhe!"
Langsam machte Nina kehrt, zog sich in den Vorgarten zurück und schloss die Türe hinter sich.

Die Morgensonne blinzelte beim Fenster herein. Die Strahlen begleiteten den Postbeamten, der freundlich grüßend, aber eilig den Studienraum verließ.
„Eigenartig; was wollen die?"
Gespannt und nervös riss Delia den Umschlag des soeben per Einschreiben erhaltenen Schriftstücks der Colorado A & M auf, entnahm ihm das Schreiben, legte das Kuvert zur Seite und sah Daniel fragend und unsicher an.
„Na lies schon!"
Unangenehm berührt kratzte sich der Freund und Kollege am Hinterkopf, verzog missmutig seinen Mund und trat neben die junge Frau. Rasch überflog jene die Zeilen und atmete hörbar auf.
„Ich muss ein paar Tage zurück; die Universität möchte einen Zwischenbericht über unsere Recherchen. Ich kann es ihnen nicht verdenken, immerhin zahlen sie ja alles …"
„Und, was ist mit mir?"
Rasch nahm Daniel das Schreiben an sich, das ihm seine Freundin entgegenhielt.
„Von dir ist keine Rede, mich wollen sie persönlich sehen. Wahrscheinlich sind den Leuten zwei Flugtickets zu teuer."
„Schon möglich; das heißt, ich mache einstweilen hier weiter, oder?"
„Ja, wird wohl das Beste sein."
Mit gemischten Gefühlen las der junge Mann das Schreiben. Es war ihm nicht klar, ob er erleichtert oder besorgt sein sollte. Delia durchschaute die Gemütsverfassung ihres Freundes und nahm ihn bei der Hand.

„Mach dir keine Sorgen, mein Lieber, ich schaff das schon!"

„Ist ja klar; da habe ich keine Zweifel. Aber – wie kann ich dir bloß helfen?"

„Ganz einfach", Delia verzog ihren Mund zu einem hinterlistigen Lächeln und stupste ihren Freund mit dem Ellenbogen an, „für die kommenden Tage heißt es Arbeit, Arbeit und nichts als Arbeit! Wir waren fleißig, wir waren erfolgreich; das sollen die auch wissen. Komm …"

Delia hob selbstbewusst den Kopf, zog den Freund hin zu ihrer beider Schreibtisch und deutete auf das dort herrschende Chaos.

„Fein, nicht?"

Daniel nickte zustimmend, setzte sich auf seinen Stuhl und begann zögernd mit einer Sichtung des wirr herumliegenden Materials, also jener Dinge, die nicht oder nur teilweise als Dokumente elektronisch verarbeitet waren.

„Sehr brav, mein Lieber …"

Delia fuhr ihrem Freund liebevoll durchs Haar, setzte sich auf die Schreibtischkante und ließ das eine Bein neckisch hinunterbaumeln.

„Lass das, Delia, du lenkst mich ab! Wie soll ich hier Ordnung schaffen, wenn ich alles andere viel lieber täte als das hier …"

„Du tust mir so leid!"

Die Brünette lächelte verschmitzt, gab ihre verführerische Sitzposition auf, nahm artig auf ihrem Stuhl Platz, rollte mit ihm auf die andere Seite des Tisches und setzte ihre Brillen auf.

Die nächsten Stunden waren geprägt von hektischer Betriebsamkeit. Konzentriert arbeitete das Pärchen das Chaos auf. Delia füllte Seite um Seite mit Randbemerkungen in Zusammenhang mit der notwendigen Präsentation am honorigen Institut der Universität. Akribisch wurden die neuen Unterlagen gebündelt, in die bestehenden Ordner hineinsortiert, auf Delias Laptop wurde die notwendige Ordnung geschaffen und alles für den großen Augenblick bereit gemacht und aktualisiert.

Hin und wieder stöhnten die beiden abwechselnd, bedachten sich sodann mit einem aufmunternden Lächeln und gaben sich unverzüglich wieder der wissenschaftlichen Arbeit hin.

Es wurde Abend, die Nacht brach herein. Eine Fertigstellung der Präsentation lag allerdings noch in weiter Ferne. Die Konzentration ließ nach und allgemein machte sich quälender Hunger breit. Delia erhob sich von ihrer unbequemen Sitzgelegenheit und begann im Zimmer auf und ab zu wandern. Kopfschüttelnd betrachtete Daniel das untypische Verhalten der Freundin und Kollegin.

„Was ist los? Keine Lust mehr?"

„Nein …, ich musste nur gerade an meinen Dad und dessen angekündigten Besuch denken. Hoffentlich überschneidet sich das nicht …"

„Warum sollte es das tun? Er hat sich ja bislang nicht gerührt."

„Das ist ja das Problem. Ich sollte ihn anrufen, aber du weißt ja, wie teuer die Ferngespräche geworden sind. Und die müssen wir doch selbst berappen!"

Daniel nickte, stand ebenfalls auf, streckte sich und gesellte sich zu seiner Freundin.

„Du musst einmal eine Ausnahme machen, Delia. Ich weiß, ihr habt euch auf einen Monatsrhythmus geeinigt, aber das ist einfach wichtig!"

Delia nickte zwar, seufzte aber und dachte an die dadurch fällig werdende Abbuchung auf ihrem ohnehin schmalen Konto.

„Also los, Mädchen, tu etwas! Steh da nicht so ratlos herum; ergreife die Initiative!"

Daniel gab Delia einen aufmunternden Klaps auf ihr wohlgeformtes Hinterteil und sah ihr fest in ihre klugen braunen Augen, die derzeit allerdings ein wenig verzagt dreinblickten.

„Na schön …"

Die junge Frau verließ den Raum und tappte durch die Dunkelheit den kalten Gang entlang. Endlich fand sie den Lichtschalter und sie atmete auf. Obzwar sie keineswegs ängstlich besaitet war, hasste sie wider alle Vernunft dieses kurze Stück Wegs im Institutshaus des groß angelegten und so grauenerregenden, abstoßenden Gebäudekomplexes, der so vielen Menschen Tod und Verderben gebracht hatte.

Delia lief die Treppen hinunter in die kleine Vorhalle. Sie grüßte den Portier, der sich gerade auf den Heimweg machen wollte. Jener zog seine Kappe und wünschte der bereits gut bekannten jungen Frau gleichfalls einen schönen Abend.

Freundlich zwinkernd entbot der Angestellte auch noch einen schönen Gruß an Daniel, verließ die schmucklose Aula und schloss die Eingangstüre hinter sich.

Delia wendete sich der nun verwaisten Portierloge zu, in deren rechten Seitenecke sich eine öffentliche Telefonzelle befand. Sie betrat jene und wählte die Nummer ihres Vaters in Chicago.

Nina hob ab. Ihre Stimme klang überrascht und gleichzeitig kalt und abweisend. Kurz angebunden, ganz entgegen ihrer sonstigen Gewohnheit, immer unverzüglich einen mit Freude erfüllten Redeschwall loszulassen, erkundigte sie sich nach dem Wohlergehen des frisch gebackenen Pärchens. Ohne aber eine Antwort abzuwarten oder ein weiteres Wort zu verlieren, rief sie nach Andy, der alsbald herbeigetrabt kam und mit barscher Stimme die neuerliche Störung hinterfragte.

Delia wurde stutzig; diese Stimmlage des Vaters kannte sie seit vielen Jahren nicht mehr an ihm und erinnerte sie mit Schaudern an jene Zeit der ununterbrochenen lautstarken und bösartigen Auseinandersetzungen zwischen dem Vater und Ephram, die für sie selbst so prägend gewesen waren und denen sie oftmals völlig hilflos ausgeliefert gewesen war.

„Ja bitte?"

Eigenwillig, fast ängstlich klang der Vater, verunsichert und zutiefst misstrauisch.

„Ich bin es, Delia ..."

„Hallo, Süße!"

Mit einem Schlag war die ursprüngliche Missstimmung aus der väterlichen Stimmlage verschwunden ...

„Was gibt es denn so Wichtiges, dass du dich so ganz zwischendurch einmal meldest?"
Die Tochter schilderte ihrem Vater die geänderte Sachlage und ihre bevorstehende notwendige, kurzfristige Rückkehr in die Vereinigten Staaten.
„Das lässt sich aber gut vereinbaren. Ich muss in ungefähr zwei Wochen in Wien sein, da könnten wir uns ja in New York treffen und gemeinsam nach Europa fliegen."
„Gute Idee …"
Delia war ehrlich begeistert; einen Direktflug von Denver nach Wien gab es ohnehin nicht.
„Melde dich halt sofort, wenn du zu Hause bist!"
„Klar, mach ich."
Delia hatte das Telefonat aus Kostengründen bewusst kurz gehalten; es war aber lange genug gewesen, um der einfühlsamen jungen Frau eindeutig zu vermitteln, dass in der Heimat irgendetwas ganz und gar nicht stimmen dürfte.

Nachdenklich hängte sie den Hörer auf die Gabel, drückte gegen die Türe der alten Telefonzelle, die sich knarrend öffnete, und trat in den schon wieder stockdunklen Gang hinaus. Wiederum suchte sie den rötlich leuchtenden Knopf des Minutenlichts, fand einen solchen und stieg mit gesenktem Kopf ein paar Stiegen die Treppe hoch, fuhr sich nervös und geschafft durch ihr langes braunes Haar, wandte sich auf der Stelle um, lief zurück, strebte erneut der Telefonzelle zu und wählte die Nummer des Bruders in Denver.

Rose meldete sich …
Delia meinte entschuldigend sich offenbar verwählt zu haben, doch die Schwiegermutter des Bruders klärte rasch auf.
„Ich dachte, es wäre schon wieder Harold. Weißt du, Linda ist in die Heimat zurückgekehrt …"
„Ach so." Delia war reichlich verwirrt …
„Ja und was machst du bei Ephram?"
„Soll er dir selbst erklären; warte, er kommt schon …"
Der erfreut-überraschte Bruder berichtete in Telegrammstil von den Ereignissen der letzten Tage, von Harolds Sechzigstem,

von Amys neuem Job, was auch Roses Anwesenheit in seinem Hause erklären konnte, und auch ganz am Rande von Jake Hartmans plötzlichem und rätselhaftem Ableben.

Delia schüttelte betroffen den Kopf.

„Wie konnte es dazu kommen?"

„Das weiß keiner so genau, aber Amy ist da jetzt dran; sie wird das schon herausfinden."

„Sie soll vorsichtig sein, die Sache gefällt mir gar nicht!"

Eingedenk ihres umfangreichen Wissens über so manche Unfassbarkeiten politisch motivierter Willkür wuchs Delias Sorge, was der Bruder überhaupt nicht nachvollziehen konnte.

„Was soll denn schon Großes passieren?"

„Hoffen wir das Beste ... Übrigens, weißt du etwas von unserem Dad?"

„Nein, warum? Das letzte Mal habe ich ihn bei Harolds Festlichkeit gesehen, da war er ganz normal."

„Na ja, heute am Telefon war er reichlich seltsam."

„Das ist doch nichts wirklich Neues. War Dad nicht immer recht eigenartig?"

„Es war gänzlich anders, Ephram!"

„Mach dir keine Sorgen, er ist halt schon ein älterer Herr, da wird schon nichts sein. Keep cool, Schwesterherz! Was gibt es in Europa Neues?"

Nun war Delia am Zug, Bericht zu erstatten und ihren Besuch in der Heimat samt geplantem Treffen mit dem Vater anzukündigen.

Ephram hatte zwar keine Ahnung von den Absichten und Planungen seines Erzeugers, fand aber natürlich die Idee des gemeinsamen Flugs sehr vernünftig.

„Ich muss Schluss machen, Ephram ... Wir sehen uns zu Hause!"

Ein wenig, wenn auch nicht restlos beruhigt trat Delia den Rückweg zu ihrer Studienstätte an, wo sie ihren Freund am Schreibtisch inmitten aller Unterlagen tief schlafend vorfand. Ein Lächeln huschte über ihr Gesicht ...

Gleichförmig rauschte der Schnellzug dahin; eintönig klopften die Räder an den Schwellen, so eintönig, dass Peter immer wieder einnickte. Die lange Bahnfahrt war ermüdend und der junge Mann verspürte quälenden Hunger. Mit dem letzten Cent hatte er das Ticket bezahlen können, so war ihm nichts Essbares mehr vergönnt außer dem kärglichen Rest eines alten Muffins, den er noch in New York erstanden hatte. Wenigstens Wasser gab es im Zug gratis ...

Die ersten Stunden hatte sich Peter noch mit wenig vielversprechenden Internetrecherchen in Zusammenhang mit seinem unbekannten Vater beschäftigen können, dann hatte der Akku seines Laptops den Geist aufgegeben.

Einen halbwegs sinnvoll erscheinenden Hinweis hatte er allerdings finden können. Auf Seite fünfhundert der Zigtausend Treffer hatte Peter einen Ephram Brown entdeckt, auf einer uralten Seite mit Auszügen aus einer Diplomarbeit für eine Universität in Colorado; Thema: kontrapunktische Arbeit in der Wiener Klassik.

Eine Recherche über eine Familie Brown hatte sich jedoch bald erledigt. Browns gab es sogar in Colorado wie Sand am Meer und nach wenigen Minuten hatte das Flackern des Bildschirms das nahende Ende der Stromversorgung angekündigt. Mit einem letzten Piepton war es dann so weit gewesen: Nichts war mehr gegangen. Und auch die E-Mail, die er mit der Information über seine Ankunftszeit nach Hause hatte senden wollen, hatte sich somit erledigt.

Peter hatte sich verärgert über sich selbst auf die Lippen gebissen, mit einer heftigen Handbewegung das Gerät zugeklappt und es achtlos in seinen Rucksack geworfen.

Seither herrschte gähnende Langeweile. Die Leute, die Passagiere kamen und stiegen wieder aus, andere kamen und setzten sich zu ihm in sein Abteil; dann stand der Zug wieder stundenlang auf offener Strecke. Der Junge sah die sich verändernden Landschaften vorbeiziehen, Gebirge und Täler, Wiesen und Felder, alle Änderungen der Vegetation, Nacht und wieder Tag; an Schlaf war kaum zu denken, zu aufgewühlt hatten ihn die Ereignisse, die Erkenntnisse der letzten Tage.

Erst jetzt, fast schon am Ziel seiner Reise, begann sich Peter zu entspannen, wieder nickte er ein und endlich wurde ihm die Gnade tiefen Schlafs zuteil.

„Junge, wir sind da!"
Der Sitznachbar zu seiner Linken boxte Peter ein wenig in die Rippen; der Junge schreckte auf.

„Danke."
Peter packte sein Zeug zusammen und versuchte aufzustehen. Das lange Sitzen hatte jedoch seine Beine einrosten lassen, so war dieser Versuch erst nach wiederholter Bemühung von Erfolg gekrönt.

Mühsam wankte er zur Türe des Waggons, als der Zug gerade kreischend und quietschend in den Hauptbahnhof von San Francisco einfuhr, rasant seine Geschwindigkeit verlangsamte und schlussendlich ruckartig stehen blieb.

Peter öffnete die Türe und stieg – noch immer etwas unsicher – aus.

Suchend wanderten seine Augen den Bahnsteig entlang, doch niemand aus der Familie, weder Mutter noch Vater, waren zu erkennen.

Enttäuscht verzog der Junge seinen Mund, zuckte mit den Achseln und marschierte Richtung Abgang zur Bahnhofshalle. Hungrig, durstig und müde, wie er nun einmal war, schmeckte ihm die Aussicht, den weiten Weg vom Zentrum der Großstadt bis hinaus in die Vororte zu Fuß gehen zu müssen, recht wenig. Doch was half es, die Mutter konnte ja seine Ankunftszeit nicht wissen! Geld hatte er keines mehr, was auch ein Telefongespräch unmöglich machte, denn hilfsbereite Trucker wären hier in der Stadt wohl keine zu finden.

Ob die Eltern wohl sehr verärgert sein würden? Und wie hatte der Vater wohl reagiert? Diese Fragen zogen dem jungen Mann durch sein Gehirn und ließen ihn anfangs immer wieder seine Schritte verlangsamen. Er wusste jedoch, dass er da wohl durchmüsse.

Und schlimmer als die Erlebnisse in New York gewesen waren, könnte es hier, zu Hause, in der unmittelbaren Heimat, hier, wo er sich auskannte, wo er die Pazifikluft atmen konnte, auch nicht werden.

Blutrot strahlte die Golden Gate Bridge in der Abendsonne, was Peter ein besonderes Gefühl gab, das Gefühl, wieder daheim zu sein.

Trotz knurrenden Magens wurden mit zunehmender Länge des Marsches die Beine und die Lungen freier. Zügig wanderte der Junge hinaus Richtung Marion County.

Oftmals blickte er hinunter auf die Strände, auf das Meer, dachte zurück an die vielen Strandpartys, an die Exzesse, die dort stattgefunden hatten. All das schien ihm so unendlich lange her zu sein und er konnte sich dort auch nicht mehr wiederfinden. Alles in ihm hatte sich verändert ...

Die letzten Schritte; Peter klopfte; die Türe öffnete sich.

„Mein Junge!"

Außer sich vor Freude schloss Eve Walkley ihren Sohn in die Arme. Peter erwiderte den festen Druck, einige Minuten sprachen beide kein Wort. Schweigend gingen sie in die Küche, wo sich der Hungrige unverzüglich zum Kühlschrank begab und diesen nach Essbarem durchforstete.

„Na ja, irgendwie ausgezahlt hat es sich schon."

Schmatzend saß Peter mit seiner Mutter am Küchentisch und berichtete ungewöhnlich redselig von seinen Erlebnissen. Madisons Identität und Lebenswandel verschwieg er jedoch.

„Immerhin kenne ich nun den Vornamen meines leiblichen Vaters ... Apropos, wo ist denn Dad?"

Eve nahm diese Information schweigend zur Kenntnis, seufzte und erzählte vom Herzanfall ihres Gatten.

„Um Himmels willen, ich möchte sofort ins Krankenhaus!"

Peter warf sein Essbesteck hin, schluckte den letzten Bissen hinunter und sprang auf.

„Beruhige dich, es geht ihm schon ganz gut. Er weiß, dass du zurückkommst. Es würde genügen, wenn du ihn kurz anrufst."

Wie von einer Tarantel gestochen schoss Peter ins Wohnzimmer zum Telefon und durchsuchte mit zitternden Händen den vor ihm auf dem Kästchen liegenden Stapel Zettelchen mit den diversen Telefonnummern.

„Mum, hilf mir!"
Fürsorglich trat Eve Walkley hinter ihren Sohn und reichte ihm den betreffenden Zettel.
„Dad? Wie geht es dir? Bist du mir noch böse? … Es tut mir alles so leid!"
Bruchstückartig, abgehackt kamen die Worte über Peters Lippen.
„Ist schon recht, mein Junge, Hauptsache du bist wieder gesund zu Hause."
„Danke. Hoffentlich wirst du auch bald entlassen."
„Aber ja, demnächst komme ich heim."
Mit einem tiefen Seufzer der Erleichterung legte der Junge den Hörer auf die Gabel und wendete sich wieder seiner Mutter zu, die alle Aktivitäten ihres Adoptivsohnes intensiv beobachtete und aus dem Staunen gar nicht mehr herauskam. Unglaublich, wie sich der Junge verändert hatte, wie reif er plötzlich geworden war.

„Komm, setzen wir uns wieder in die Küche; ich habe dir auch noch einiges zu erzählen."
Gerne nahm Peter die Aufforderung seiner Mutter an, begab sich wieder an seinen Platz und setzte sein Mahl fort.
Einige Minuten lang beobachtete Eve wohlgefällig den Appetit ihres Sohnes; dann wurde sie ernst.
Sofort bemerkte Peter die Veränderung der Stimmungslage seiner Mutter und blickte auf.
„Du wolltest mir doch etwas erzählen?"
„Ja, stell dir vor, Jake Hartman ist tot. Selbstmord. Aber keiner glaubt so recht daran."
„Was?! Das gibt es ja nicht!"
Erneut ließ Peter sein Essbesteck aus der Hand fallen. Klirrend fiel es auf den Teller, sprang kurz auf und rutschte über die Hose des Jungen auf den Küchenboden hinunter, wo es geräuschvoll landete.

„Doch, aber das ist nicht alles. Man bestreitet im Therapiezentrum, dass du jemals dort gewesen wärest. Offenbar kann man es sich dort nicht leisten, dass jemand türmt. Man hat das einfach vertuscht. Die Sache hat ziemlichen Staub aufgewirbelt." Peter schüttelte verständnislos den Kopf und hob Messer und Gabel vom Boden auf.

„Was kann man da tun, Mum?"

„Na ja, man könnte eine Anzeige gegen das Institut machen und du könntest ein Protokoll über die Vorgänge schreiben."

„Wird gemacht."

Peter wollte sich erheben und auf sein Zimmer gehen, Eve hielt ihn jedoch zurück und wies den Jungen an sich wieder hinzusetzen.

„Warte noch ein wenig. Erstens, in deinem Zimmer herrscht das Chaos. Du wirst jede Menge Arbeit mit den Reparaturen an deiner Computeranlage und an deinem Keyboard haben. Sei deinem Dad nicht böse. Er hat sich in deinem Zimmer ausgetobt, als er von deiner Flucht erfuhr. Danach erlitt er seinen Herzanfall ... Sei ihm nicht böse ..."

„Schon klar, ich werde es wieder hinbekommen. Und was noch?"

Eve Walkley sah einige Sekunden zu Boden, stand auf, trat zur Spüle und hantierte mit einigen leeren Tellern herum.

„Warum hast du nicht mit uns oder mit mir über deine Entdeckung gesprochen? Wir hätten dir ja so viel helfen, dir alles erzählen können."

„Weiß nicht ..., ich dachte, ihr würdet kein Verständnis dafür haben, und so richtig vertraut habe ich euch auch nicht. Ihr hattet ja nie für die Musik und für meine anderen Probleme Verständnis."

Eve schwieg, drehte sich zu Peter um und nickte ...

„Wir werden wohl an unserem Zusammenleben in Zukunft allerhand ändern müssen, glaubst du nicht? Du bist ja nun wirklich kein Junge mehr."

„Meinst du?"

„Ja!"

Peters Mund begann ein hintergründiges Lächeln zu umspielen. Er erhob sich und trabte auf sein Zimmer hinauf.

„Da kann ich Ihnen jetzt aber leider nicht viel weiterhelfen ..." Freundlich und informativ hatte Chief Norman bislang alle Fragen Amys beantwortet. Er kannte das renommierte Journal, in dessen Diensten die attraktive Frau stand, er schätzte das unaufdringliche, aber doch bestimmte Auftreten seiner Gesprächspartnerin und er wollte überdies gegenüber der kritischen Öffentlichkeit einen kooperativen Eindruck erwecken, doch bei der Frage nach der im Raum stehenden Flucht eines Patienten, von der inzwischen alle munkelten, musste der Polizeioffizier passen.

„Das Material reicht noch nicht aus, um etwas Konkretes aussagen zu können ... Sie könnten mich aber morgen in das Therapiezentrum begleiten; ich muss nochmals dem Bruder des Verstorbenen auf den Zahn fühlen. Vielleicht sind Sie ihm sympathisch – was ich allerdings nicht glaube ..."

Amy bedankte sich höflich und schüttelte dem Beamten dankbar die Hand. Die Sache war verwirrend, ohne Zweifel. Sie hatte Jake als guten, als begeisterten Arzt kennen- und schätzen gelernt; es passte einfach einiges nicht zusammen.

Amy verließ das Dienstzimmer des Polizisten und begab sich in das Revier hinaus, wo Menschenansammlungen herumstanden, die ungeordnet, manchmal lautstark mit den diversen Beamten verhandelten.

Amy schüttelte den Kopf und zwängte sich zur Eingangstüre hin.

Vieles war in den letzten Stunden geschehen, vieles hatte sich ereignet.

Sofort nach ihrer Ankunft hatte sie mit dem Korrespondenten ihres Journals in L. A. ein hochinteressantes Meeting. Sie war demnach über das so sauber und clean scheinende Imperium der Brüder Hartman bestens informiert. So hatte sie sich anfangs über die Skepsis und über das tiefe Misstrauen gewundert, das die Exekutive der ganzen Angelegenheit gegenüber an den Tag legte. Die der Öffentlichkeit völlig unbekannten undurchsichtigen Machenschaften und die früheren oftmaligen Verschleierungen, aber auch die seltsamen Umstände um Jakes Ableben waren erst langsam im Gespräch mit dem Polizeioffizier offenbar geworden, was Amys Verwirrung nur noch verstärkte. Tatsache war, da passte wirklich allerhand nicht zusammen.

Amy warf einen Blick auf ihren schmalen braunen Aktenkoffer, in dem sich die diversen Mitschriften befanden. Gottlob, er war gut verschlossen, es könne nichts verloren gehen. Mühsam bahnte sich die Journalistin einen Weg durch das Getümmel, öffnete mit einem Seufzer der Erleichterung die Eingangstür zur Polizeistation inmitten des Zentrums von L. A. und trat auf die belebte Straße hinaus.

Chief Norman seufzte tief. So sympathisch ihm Amy Brown-Abbott auch war, so sehr er auch Verständnis für ernsthafte journalistische Arbeit hatte, so sehr störte ihn aber doch grundsätzlich die Medienarbeit. Er war Polizeioffizier im besten Sinn des Wortes, nicht geschaffen für die sensiblen Kontakte mit der Öffentlichkeit. Seine Stärke lag in den systematischen internen Tätigkeitsbereichen vor Ort.

Immer wieder waren ihm während des Gesprächs mit der Journalistin die Worte seines Computerfreaks durch den Kopf gegangen, jene zusammengefügten Informationsbruchstücke, die er selbst mit einem kurzen Handstreich vom Tisch gefegt hatte. Wenn der junge Mann nun doch recht gehabt hatte?

Norman klopfte mit dem rechten Zeigefinger auf den Schreibtisch und starrte auf seinen Bildschirm, wo ein grüner Punkt den Eingang einer Dienstmail aus San Francisco anzeigte. Er klickte das Symbol an, las die Zeilen aufmerksam und erstarrte.

„Er hatte doch recht!"

Ruckartig erhob sich der Offizier, riss die Türe seines Dienstzimmers auf und brüllte nach seinem Untergebenen.

„Computerclown – zu mir!"

Eilig erschien der Mitarbeiter und sah seinem Chef fragend ins Gesicht.

„Du hattest recht!"

Norman zog den Mann mit den dicken Brillengläsern in sein Zimmer hinein und knallte die Türe zu.

„Hier – schau dir das an!"

Er wies auf den Bildschirm.

„Anzeige einer Eve Walkley gegen das Therapiezentrum Hartman wegen Verletzung der Aufsichtspflicht dem minderjährigen Peter Walkley gegenüber ... Protokoll des Betroffenen im Anhang ..., na bitte!"

Stolz blickte der Mitarbeiter seinem Chef in die Augen.

„Nennen Sie mich bitte nie wieder Computerclown!"

„Ist schon gut; aber du wirst sicher auch wieder einmal Blödsinn anstellen. Die Bäume wachsen schon nicht in den Himmel."

Anerkennend lächelnd klopfte der sonst so gestrenge Offizier dem jungen Mann auf die Schultern.

„Na ja, jetzt haben wir ja Grund genug dem guten Brian erneut auf den Zahn zu fühlen."

Wieder öffnete Norman die Türe seines Zimmers, trat hinaus und ließ seinen Mitarbeiter allein zurück. Er blickte einige Male suchend um sich und wendete sich sodann der Koordinationsstelle zu.

„Die Lady, die vorhin bei mir war, ist anscheinend schon weg ..."

„Ja, Chef, ist aber keine zwei Minuten her!"

Der Polizist schob alle Wartenden zur Seite, ging zum Eingang des Reviers, steckte seinen Kopf bei der Eingangstüre hinaus und sah auf die Straße und den dort herrschenden Rummel hinaus. Von Amy war nichts mehr zu sehen.

„Mist, jetzt habe ich sie verpasst!"

„Also so geht das nicht, meine Liebe! Pack deine Sachen zusammen und verschwinde Aufnimmerwiedersehen! Die Polizei im Haus, das ist das Letzte, was ich brauchen kann. Und eine gewalttätige, verheulte Kellnerin ist auch nicht wirklich gut fürs Geschäft."

Bitterböse blickte der Barbesitzer Madison ins Gesicht und wies Richtung Türe.

„Wie kann man sich bloß so gehen lassen?"

„Bitte nicht, es tut mir wahnsinnig leid!"

Flehenden Blicks versuchte Madison ihren Chef umzustimmen, um ihr noch eine Chance zu geben; vergebens. Der sonst meist verständnisvolle und für die vielfachen Dienste der Angestellten dankbare Mann blieb in dieser Sache unerbittlich. Gewalt in dem ohnehin zwielichtigen und diesbezüglich auch sehr sensiblen Milieu konnte er nicht akzeptieren.

„Raus!"

Die junge Frau gab auf, schlurfte in die Küche, nahm ihre alte Schürze und andere kleine Habseligkeiten an sich und steckte sie in einen Plastiksack, kehrte wieder in den Gastraum zurück und verließ, ohne ihren Chef noch eines Blickes zu würdigen, das Lokal.

Draußen vor der Türe stand ein wenig abseits der Besitzer des Tabakgeschäftes, blickte halb wütend, halb hämisch der Entlassenen nach, lachte bösartig, tastete mit der Linken die kräftige rot-violette Schwellung unter seinem rechten Auge ab und warf mit der Rechten einen Zigarrenstummel in Richtung Kanalgitter, in welchem dieser unverzüglich verschwand. Unter dem daneben geparkten Auto lugte eine Zehn-Dollar-Note hervor. Mühsam bückte sich der Korpulente, zog den Schein hervor und steckte ihn zufrieden in die Hosentasche.

Er hatte die dramatischen Momente, die sich kurz zuvor vor der Türe abgespielt hatten, recht genau beobachten können, zumal sich seine weibliche Begleitung aufgrund der öffentlichen Anzüglichkeiten ein wenig von seinem Schoß zurückgezogen hatte.

Dann war es Schlag auf Schlag gegangen. Die völlig aufgelöste blonde Kellnerin war in das Lokal zurückgekehrt, hatte ihren Chef aufs Wüsteste beschimpft, was aber nicht das eigentliche

Problem gewesen wäre. Sich rechtfertigend hatte der Lokalbesitzer, noch nichts wirklich Böses ahnend, ihn, den Geschäftsnachbarn, als den eigentlich Schuldigen an dem Desaster bezeichnet, woraufhin die junge Frau gänzlich ausgerastet war und wild auf ihn einzuschlagen begonnen hatte. Ein Schlag auf das rechte Auge hatte dann punktgenau gesessen ...
Die Wunde war aufgeplatzt, hatte heftig zu bluten begonnen. Das war dann zu viel gewesen. Außer sich hatte er angedroht, eine polizeiliche Anzeige zu machen, wenn die blonde Bardame nicht unverzüglich entlassen werde. So war dem Lokalbesitzer nichts anderes übrig geblieben ...

Wie in Trance, mit gesenktem Kopf schlich Madison dahin. Nun hatte sie endgültig alles verloren. Ihr ohnehin wertloses Leben hatte den letzten Sinn verspielt. Und eigentlich war es ihr gleichgültig, dass sie gefeuert worden war. Sie dachte an Peter, an dessen Wut und dessen Demütigung auf offener Straße. Sie hörte zwar das Hupen der Autos, doch sie nahm es nicht wahr, sondern nur das bösartige Lachen des Mannes. Es verfolgte sie, tönte durch die Straßen, erschien wie ein Echo. Reflexartig hob die junge Frau ihre Hände und hielt sich die Ohren zu. Das Hupen, der Lärm verschwanden, das Lachen blieb, einsam, dominant.

Madison sperrte ihre Wohnungstüre auf, schleuderte den Plastiksack achtlos in eine Zimmerecke und warf sich auf ihr zerwühltes Bett.
Sie schloss die Augen; ihre Gedanken begannen sich im Kreis zu drehen, in dessen Zentrum die Worte „alles verloren" standen.
Abgrundtiefer Hass gegen sich und die ganze Welt stieg in ihr hoch, nahm zur Gänze Besitz von ihr, steigerte sich ins Unermessliche. Langsam erhob sie sich und schritt in die Küche. Sie langte in eine Küchenlade und zog eine kleine alte Pistole hervor, eine Waffe, die sie, seit sie alleine hier in diesem Drecknest lebte, immer zur Abschreckung von ungebetenen oder perversen Freiern griffbereit hatte. Sie führte sie an ihre Schläfe und drückte ab.

Es machte ein Mal klick. Erneut drückte sie ab; ein zweites Klick.

Madison lachte, böse, irre ...

Sie richtete die Pistole gegen den alten hässlichen Durchlauferhitzer und wieder drückte sie ab; klick.

Noch immer lachend öffnete sie das leere Magazin, griff in die Patronenschachtel, die ganz hinten in der Lade verwahrt stand, nahm sechs Patronen heraus, füllte das Magazin und legte die Waffe wieder an ihren ursprünglichen Platz zurück.

Hasserfüllt richtete sich die junge Frau auf ...

„Stell dir vor, Delia kommt kurz nach Hause!"
„Schön, das freut mich, Ephram! Und sonst ist bei euch alles in Ordnung?"
„Aber ja, deine Mutter ist die Beste. Die Kinder sind friedlich wie selten zuvor; alles funktioniert wie am Schnürchen, nur ..."
„Was nur?"
„Tante Linda ist in Everwood! Dein Vater steht Kopf."
„Kann ich mir vorstellen. Hoffentlich kommt er die paar Tage alleine zurecht. Morgen am Vormittag habe ich einen Termin im Therapieinstitut. Da müsste ich dann alle Informationen beisammenhaben. Und dann geht es ab nach Hause."
„Mach dir keinen zusätzlichen Stress, Amy! Wir kommen schon noch den einen oder anderen Tag zurecht."
„Wirklich?"
„Aber ja!"
Ephram sah kurz auf und erspähte seine Schwiegermutter, die bei der Wohnzimmertüre hereinlugte. Er zwinkerte ihr freundlich zu.
„Mum ist wirklich unersetzlich, glaube mir!"
Bewusst wiederholte der Hausherr seine Worte im Beisein der Schwiegermutter, die sich diese Anerkennung mehr als verdient hatte.
„Wie kommst du in deiner Arbeit weiter, mein Schatz?"

„Na ja – ist ja alles sehr interessant und spannend. Profundes werde ich aber wahrscheinlich erst morgen erfahren. Wenn alles gut geht, nehme ich dann gleich die Abendmaschine. Würdest du mich abholen?"

„Ja natürlich! Ich könnte die Kinder zum Flughafen mitnehmen und Mum könnte so endlich zu Harold und Linda nach Everwood zurückkehren."

Dankbar und zugleich ein wenig traurig sah Rose ihrem Schwiegersohn in die Augen. Sie hatte die Zeit hier in Denver durchaus genossen, war gar nicht so unglücklich gewesen, einmal einige Tage von zu Hause weg zu sein.

Immer wenn sie Ephram ansah, sah sie in ihm auch dessen Vater, jenen Menschen, der ihr vor langer Zeit mit einer riskanten Operation Leben und Gesundheit gerettet hatte, im Zuge deren er ihr das Krebsgeschwür aus ihrem Rückenmark entfernt hatte. Nie war es wieder aufgetaucht. Seither war und blieb sie in Remission.

„Na schön, mein Lieber, wir sehen uns also morgen."

„Ja, hoffentlich …, du fehlst mir, Amy …"

Ephram spürte das Lächeln seiner geliebten Frau und sendete einen Kuss durch die Telefonleitung.

„Und viel Glück! Sei nicht aufgeregt, wird schon alles klargehen."

„Aber ja …"

Ephram legte den Hörer auf die Gabel und blickte sich um. Rose hatte den Raum verlassen. Offenbar war sie nach oben gegangen, um nach den Kindern zu sehen, die sich den ganzen Abend lang tatsächlich mustergültig verhalten hatten und ohne großen Krach zu machen, auf ihren Zimmern spielten.

Oftmals hatte er die kluge Frau bewundert; wie sie als Everwoods Bürgermeisterin problemlos den ganzen Haushalt bewältigen, ihre beiden leiblichen Kinder großartig erziehen, immer für alle da sein hatte können und jetzt auch noch mit dem halbwüchsigen Adoptivkind klarkommen konnte, bei dessen Aufnahme in die Familie der Zufall, das Schicksal zu Hilfe gestanden war, war ja damals wegen ihrer Krebserkrankung eine offizielle Adoption jenes Drittweltkindes abgelehnt worden, das sie aus Gründen der

Nächsten- und Menschenliebe so gerne bei sich aufgenommen hätte, zumal ja die eigenen Kinder zu diesem Zeitpunkt schon aus dem Haus gewesen waren.

Harold hatte damals gegenüber den Behörden ihre Krebserkrankung heimlich und ohne sie darüber zu informieren unter den Tisch fallen lassen. Eine unachtsame Bemerkung Roses hatte den wahren Sachverhalt ans Licht gebracht und die Adoptionsbehörden hatten sofort Abstand genommen. Doch dann hatte Bright für alle völlig überraschend Lilly gefunden, den von seiner verzweifelten Mutter und Patientin ihres Ehemanns weggelegten Säugling, der in einer Wiege vor der Haustüre stehend leise vor sich hingequäkt hatte. Roses Wunsch nach erneuter Mutterschaft war in wundersamer Weise also nun doch in Erfüllung gegangen.

Ephram begab sich zum Musikschrank, legte eine CD mit Klassikern von Oscar Peterson ein und stopfte sich sein Pfeifchen.

Er trat auf die Veranda hinaus, vernahm die leise Stimme der Schwiegermutter, wie sie die Kinder freundlich, aber bestimmt ermahnte, auch ja auf gründliches Zähneputzen zu achten, und er lächelte still in sich hinein.

Bei Gott, er könnte mit seinem bisherigen Leben mehr als zufrieden sein.

Er zog einen Stuhl herbei, setzte sich und blickte in die Nacht hinaus. Es war ungewöhnlich lau für Denver zu dieser Jahreszeit. Trotzdem kroch langsam ein kalter, feuchter Hauch von den Steinplatten des Verandabodens hoch, welche die Frühjahrssonne nach dem kalten Winter noch nicht so recht hatte erwärmen können. Ephram fröstelte und er knöpfte sein blaues Jackett zu. Er zog an seiner Pfeife und blies den Rauch in die Höhe. Eine seltsame, nicht erklärbare Unruhe bemächtigte sich seiner. Er war immer ein Gefühlsmensch gewesen, ein Mensch mit einem sechsten Sinn. Er dachte an Amy und an Jake Hartman, an Kalifornien und die Westküste. Ein Mal hatte er diese besucht, ein einziges Mal, um sich zu vergewissern, dass sein Sohn, der zur Adoption freigegebene Säugling, in guten Händen wäre.

Viele Jahre lang hatte er sich mit diesem Kapitel seines Lebens nicht mehr auseinandergesetzt, alles verdrängt, doch der Gedanke an Jake Hartman, an Everwood und an die ganzen Ereignisse dieser Zeit, seiner beiden letzten Highschooljahre, ließen Erinnerungen in ihm heraufsteigen, die ihm plötzlich gar nicht behagen wollten. War er doch damals zu Jake gegangen, um sich auf Geschlechtskrankheiten untersuchen zu lassen, bevor es zum ersten sexuellen Kontakt zwischen ihm und der völlig unerfahrenen Amy gekommen war, was tatsächlich zu dieser Zeit wie ein großes gemeinsames Ziel im Raum gestanden war.

Und es war letztlich genau zu dem Zeitpunkt dazugekommen, als Madison von ihm hochschwanger gewesen war und er keine Ahnung von diesem Umstand gehabt hatte. Ebenso ahnungslos war er von der Tatsache gewesen, dass sein eigener Vater die Fäden gezogen und das Mädchen zum Verschweigen und zum Wegzug aus Everwood gedrängt hatte.

Ihn fröstelte erneut und es lief ihm kalt den Rücken hinunter.

Er hatte Madison verziehen und auch dem Vater, der zwar grundsätzlich falsch, aber letztlich in guter Absicht und zum Schutz seines vom Verlust der Mutter ohnehin schwer gezeichneten Sohnes gehandelt hatte. Dass das Mädchen allerdings zusätzlich auch noch Ephrams Vaterschaft verleugnet hatte und das ominöse „Vater unbekannt" auf den diversen Dokumenten vermerken hatte lassen, dieser Stachel des Misstrauens und des Unverständnisses saß trotz allem noch immer tief, zumal die damaligen so negativen, rundum so frustrierenden Umstände ja letzten Endes zum völligen Abbruch seiner so aussichtsreichen Pianistenkarriere geführt hatten.

Ephram zuckte mit den Achseln und schob die Gedanken von sich. Aus Rücksichtnahme auf Frau und Familie sollten diese recht rasch wieder dorthin zurückkehren, wo sie so lange versteckt und gut aufgehoben gewesen waren; irgendwo in den Hinterkopf, ins unergründliche Unterbewusstsein …

„Interessant, interessant ..."
Dr. Harold Abbott machte gute Miene zum bösen Spiel. Unentwegt redete die Schwester, berichtete von Ereignissen, von Erlebnissen, die er sich Kraft der Tatsache, dass er den Schwarzen Kontinent damals, vor vielen Jahren, mit seiner Frau ohnehin bereist hatte, durchaus vorstellen konnte, was die ganze Unterhaltung recht mühsam gestaltete. So begnügte er sich mit einigen mehr oder weniger höflichen Einwürfen und banalen Fragestellungen.

Ganz anders jedoch verhielt sich Lilly. Sie hing an den Lippen ihrer bislang kaum bekannten Tante, lauschte mit Hochspannung jeder Erzählung, jedem Bericht, so als wolle sie alles in sich aufsaugen und dann in der kleinstädtischen Schule mit ihrem umfangreichen Wissen prahlen.

Harold war es durchaus recht; solange Linda redete, war das ansonsten so springlebendige Mädchen ruhig und quatschte nicht überall altklug dazwischen.

„Und wie sieht es dort momentan politisch aus?"

Harold setzte sich in seinem Lehnstuhl zurecht, schlug die Beine übereinander und verschränkte seine Arme vor der Brust.

„Was soll ich sagen? Das ist nicht recht durchsichtig. Man weiß nie, wie man dran ist. Und oft spielen dann religiöse Konflikte auch noch eine Rolle, die sich mit den sozialen mischen. Überall gibt es nur mehr Extreme. Die Linken sind Vandalen; sie hassen Dinge, Sachen, Material. Die extremen Rechten sind allerdings noch schlimmer; sie hassen den Menschen an sich ..."

Linda verzog ihre Miene und blickte betrübt drein.

„Das wird sich auch nicht so leicht ändern lassen. Und es ist auch ein Grund, warum ich nach Hause gekommen bin. Ich bin mit der Zeit zu alt, zu verbraucht, es ist mir oftmals bereits zu gefährlich. Irgendwann muss man sich zur Ruhe setzen. Und ‚Ärzte ohne Grenzen' zahlt eine ganz brauchbare Rente ..."

„Ja, ja, die Politik ..."

Weise klingend tönten die nichtssagenden Worte aus Harolds Mund.

Er unterbrach seinen Gedankengang und schielte zu Linda hin, die in asketischer Position, im Türkensitz auf dem Sofa saß.

„Jetzt haben wir dich ja wohl endgültig in unserer Mitte. Sag bloß, du willst bei uns leben? Na ja, Brights altes Zimmer wäre ja frei."

„Nein, Harry, lieb von dir, aber ich möchte euch keineswegs zur Last fallen. Ich suche mir eine kleine Wohnung; das reicht mir völlig."

„Aber Tante Linda, wir hätten doch Platz genug in unserem Haus! Es ist uns ohnehin zu groß, stimmt's, Daddy?"

Lilly hatte bislang aufmerksam und schweigsam dem Gespräch der beiden Erwachsenen zugehört, mischte sich nun plötzlich ein und sah ihrem Vater fragend, bittend in die Augen.

„Ja, ja, natürlich ..."

Harold setzte sich auf; sein Rücken versteifte sich. Einige Zeit lang verwandelte er sich in den hölzernen Kleiderbügel, als der er zumindest bei seiner eigenen Mutter, aber auch bei vielen anderen Bürgern des Städtchens verschrien gewesen war.

Erst das zunehmende Alter, aber auch die langjährige Zusammenarbeit mit Andy Brown hatten ihn etwas lockerer werden lassen.

Er dachte an die unangenehmen Konsequenzen, wenn Schwester, Frau und Tochter mit ihm unter einem Dach leben würden. Niemals würde er seine ach so geliebte Ruhe haben, immer würde eines der weiblichen Wesen nerven und an ihm herumnörgeln. Und er könnte sich sicher sein, dass seine Frau, der herzensgute, der jederzeit hilfsbereite Mensch, sofort zustimmen würde, dass die Schwester bei ihnen einzöge.

Andererseits wäre Linda vielleicht ein ganz guter Puffer bei seinen Problemen mit Bright, der ihm in den letzten Tagen völlig aus dem Weg gegangen war. Vielleicht könnte ihr Weitblick, ihre weitreichenden Erfahrungen aus der Zeit ihrer Wanderschaft in diesem Zusammenhang einiges bewirken; alles Dinge, die ihm selbst nicht zu eigen waren, hatte ihm doch das Kleinstädtische die Erlangung dieses Horizonts immer verwehrt.

Und auch ihr Einfluss auf das Töchterchen könnte sich recht positiv auswirken.

Harold war unsicher; trotzdem gab er seine steife Haltung auf, lehnte sich wieder ein wenig in seinen Lehnstuhl zurück und blickte einige Sekunden lang in das flackernde Feuerchen des offenen Kamins, das lustig vor sich hinknisterte und prasselte.

„Na ja, die nächste Zeit bleibst du auf jeden Fall bei uns. Wir werden abwarten, bis Rose zurückkommt, und dann alles Weitere besprechen."

Zufrieden lehnte sich Harold noch ein wenig weiter zurück und prüfte den Sitz seines Krawattenknopfs.

„Fein, Daddy!"

„Danke, Harry!"

Lilly war aufgesprungen und hatte den Vater umhalst und auch Linda erhob sich und strich dem Bruder liebevoll über die Schulter.

„Ist doch selbstverständlich, Linda ... Schön, dass du wieder da bist! Lilly, hilf deiner Tante mit dem Gepäck – äh, dem Rucksack – und führe sie auf ihr Zimmer hinauf. Wir sehen uns später ..."

Lilly nahm ihre Tante bei der Hand und geleitete sie in den Flur hinaus, wo ungeordnet ihr Gepäck herumstand.

„Wie geht es eigentlich Andy Brown?"

Linda war in der Türe stehen geblieben und hatte sich noch einmal zu ihrem Bruder umgedreht.

„Ach, dem alten Spinner geht es ausgezeichnet. Mach dir aber keine Hoffnungen; der alte Junge lebt in Chicago, arbeitet dort wieder als Chirurg und ist mit Nina verheiratet. Das müsstest du allerdings schon alles wissen. Diese Konstellation war ja schon beim Begräbnis unserer Mutter so gegeben."

Harold kicherte; amüsiert erinnerte er sich an die kurze, aber heftige Liaison zwischen Andy und Linda, die dann allerdings nach dem Bekanntwerden der HIV-Infektion der Schwester recht rasch auch wieder beendet gewesen war.

„Ja, richtig, hatte ich ganz vergessen."

Lindas Lippen verzogen sich zu einem bittersüßen Lächeln. Sie wendete sich wieder ihrer Nichte zu und verließ das Wohnzimmer.

Harold stand auf, marschierte in die Küche und durchsuchte den Kühlschrank kopfschüttelnd nach essbaren Vorräten.

„Das muss einer einmal miterlebt haben ... Seltsam – der Spinner hat sich wegen der Sache mit Jake auch nicht mehr gerührt. Na ja – wird sich erledigt haben."

Harold nahm eine Packung in Zellophan eingeschweißte Frischwurst zur Hand, wendete sie zweifelnd hin und her, betrachtete das bereits seit geraumer Zeit verstrichene Ablaufdatum, machte eine abfällige Bewegung und warf das Paket ungeöffnet in den Mülleimer.

Und wieder lachte die Frühlingssonne über Ostösterreich, brachte das Gelb der Rapsfelder zum Leuchten. Hier herinnen in der Abflughalle des Flughafens merkte man jedoch nichts vom Duft der blühenden Bäume und Sträucher; hier regierten das Surren der Klimaanlage, das Durcheinanderreden, das oft nervöse Trippeln der vielen, vielen Menschen, die auf ihre Abfertigung warteten.

„Mach's gut, mein Liebes ..., und komm bald zurück!"

Zärtlich strich Daniel seiner Freundin über die Hüften und küsste sie liebevoll.

„Aber ja, ich schaff das schon, mach dir um mich keine Sorgen."

Ein ums andere Mal musste Delia ihren Freund beruhigen, ihn davon überzeugen, dass sie ihn nicht lange alleine in der Fremde zurücklassen werde.

„Du kennst doch schon so viele Leute, da wird dir sicher nicht langweilig."

„Nein, darum geht es nicht ... Du wirst mir einfach fehlen!"

Delia lächelte und entzog Daniel sanft ihre Hand.

„Ich muss jetzt wirklich. Der dritte Aufruf wird gleich kommen. Ich melde mich!"

„Ich weiß …"

Daniel ließ es geschehen. Er blickte der hübschen Brünetten nach, wie sie mutig durch das Gate schritt, sich noch einmal umdrehte und ihm zuwinkte. Dann war sie nach wenigen Augenblicken verschwunden.

Der rotblonde junge Mann hielt kurz inne, dann machte er kehrt und schritt die langen Gänge des Flughafens Wien-Schwechat entlang in Richtung „Cat", jener Schnellverbindung, mit der man in knapp einer Viertelstunde das Wiener Stadtzentrum und anschließend wiederum mit öffentlichen Verkehrsmitteln in ebenso kurzer Zeit den Hauptbahnhof und jenen Regionalzug erreichen konnte, der ihn wieder zurück nach Oberösterreich, zu seiner Studienstätte, bringen würde.

Rasch war in den letzten Tagen alles gegangen. Alle notwendigen Unterlagen waren aufbereitet worden, einige Nachtschichten notwendig gewesen. Letztlich war man davon überzeugt gewesen, bislang mehr als nur gute Arbeit geleistet zu haben.

Zuerst hatte man Delia eine gewisse Nervosität angemerkt. Je länger, je intensiver man gearbeitet hatte, desto ruhiger, besonnener, mutiger war die junge Frau geworden, was sich auch bei Daniel positiv bemerkbar gemacht hatte.

Auch er war nun ruhiger geworden.

Gemeinsam hatte man die offiziellen Seiten unterschrieben; Daniel hatte beim Packen geholfen. Gemeinsam war man nach Wien zum Flughafen gefahren, war gemeinsam noch einmal alles Relevante durchgegangen.

Letztlich war man einhellig davon überzeugt gewesen, dass bestimmt nichts schiefgehen würde.

Nur jetzt, beim Abschied, hatte Daniel ganz kurz die Kontrolle über sich verloren.

Er war nervös gewesen, hatte ein wenig gestottert und er hatte Delia bewundert, ihren Mut, ihr forsches Auftreten, ihre Konsequenz in allen Belangen.

Nachdenklich trabte Daniel dahin. Die Präsenz der Freundin fehlte ihm schon nach wenigen Minuten. Erstmals wurde ihm so richtig klar, wie sehr er sich in die hübsche Dunkelhaarige verliebt hatte, wie sehr sie beide doch zusammengeschweißt waren.

Daniel riss sich am Riemen. Er richtete sich auf, fuhr sich mit der Rechten durch seinen rotblonden Schopf und durchsuchte seine Jacke nach den Fahrausweisen, die sich ordnungsgemäß an Ort und Stelle befanden.

Er rückte seine Brille zurecht und begann zunehmend interessiert das geschäftige Treiben auf einem der zentralen Flughäfen Mitteleuropas zu beobachten.

Zügig marschierte er nun dahin, vorbei an den Läden mit der europäischen Haute Couture, den Geschäften mit den berühmten Wiener Bonbons, den vielen Cafés und Bars, welche alle bunt gemischt die schier endlosen Gänge säumten, und in Kürze hatte er den Abgang zum „Cat" erreicht. Rasch war dieser eingetroffen und auch wieder abgefahren, brachte den jungen Mann direkt in die City hinein.

Wieder schritt er durch die Stadt, wieder bewunderte er die prachtvollen Bauten, wollte reflexartig jenes öffentliche Verkehrsmittel wählen, das ihn mit Delia damals, beim ersten gemeinsamen Besuch der Donaumetropole, hinaus in die Wienerwaldbezirke, in die Nähe ihrer kleinen Pension, gebracht hatte, doch er blieb abrupt stehen und sah sich alleine ...

Traurig nahm er seinen Schritt wieder auf und wendete sich der U-Bahn zu, die ihn zum Hauptbahnhof bringen würde. Er musste zurück in das schauderhafte Gemäuer, das nur zu zweit halbwegs erträglich war. Und langsam begann er Delia zu beneiden; sie hatte zumindest in die Heimat fliegen können.

„Dankeschön ..."

Mit einem freundlichen Lächeln auf den Lippen hatte Amy den Fahrpreis bezahlt und die Quittung entgegengenommen. Sie stieg aus dem Taxi und wurde unverzüglich von einem Organ der

Security an der Einfahrt zum Therapiezentrum der Hartmans unter die Lupe genommen.

Die Vormittagssonne schien und tauchte das ganze Gelände, das mächtige Zentralgebäude, aber auch die vielen auf einem sanften Hügel verteilten ultramodernen, durchaus geschmackvollen Pavillons, in ein mildes Licht.

Der Uniformierte trat an die blonde Frau heran und fragte bestimmt nach ihrer Identität und ihren Absichten, da erschien auch schon ein Polizeifahrzeug, dem Chief Norman mit seinem Team entstieg.

„Lassen Sie die Dame in Ruhe! Sie gehört zu mir!"

Unverzüglich zog sich das Wachorgan von Amy zurück, grüßte verbindlich und begab sich in seinen rundum verglasten Wachraum, wo er sich am Fernmeldepult zu schaffen machte und offenbar ohne zeitlichen Verzug die Ankunft der Polizei meldete.

Chief Norman trat grüßend zu Amy und zog sie an ihrer Jacke ein wenig zur Seite.

„Ich habe Sie gestern leider nicht mehr erwischt."

Undeutlich zischte der Polizist durch den rechten Mundwinkel.

„Bitte?"

Amy runzelte etwas verwirrt die Stirn.

„Sie waren keine zwei Minuten weg, da habe ich eine interessante Mail bekommen."

„Und zwar?"

„Keine Einzelheiten … Sagt Ihnen der Name Walkley etwas?"

Amy kniff die Augenbrauen zusammen und dachte angestrengt nach.

„Walkley – keine Ahnung; nie gehört."

Sie atmete tief durch, griff sich ans Kinn und blickte zu Boden.

„Warten Sie …"

Die blonde Frau wurde unsicher. Etwas in ihr sagte ihr, dass sie diesen Namen schon irgendwann gehört hatte. Sie konnte allerdings nirgendwo einen Zusammenhang finden.

Überrascht und scharf sah ihr Chief Norman in die Augen. Er hatte ihr Zögern sehr wohl bemerkt.

„Nein, woher sollte ich den Namen kennen?"

„Macht nichts; habe ich auch nicht wirklich angenommen." Normans Blick verlor an Schärfe.

„Sie werden den Betreffenden gleich kennenlernen. Warten wir noch ein wenig."

„Haben Sie noch Wünsche? Kommt noch jemand?"

Erneut trat der Beamte des Wachdienstes auf die Personengruppe zu. Ihm gefiel deren Ausharren gar nicht, zumal die Meldung an die Chefetage bereits erfolgt war.

Norman schwieg und erteilte dem Mann wortlos mit einem kurzen Wink ein Zeichen, er solle nicht stören und sich wieder auf seinen Posten zurückziehen.

Ungeduldig trat er von einem Bein auf das andere.

„Ich hasse Unpünktlichkeit!"

Amy wollte zustimmend antworten, da traf sie der Blick eines Beamten der Crew, der nur bedeuten konnte, dass es im Sinne aller Anwesenden wohl besser sein würde, den Mund zu halten.

Minutenlang schwieg die Gruppe. Ein Beamter nestelte an seinen Uniformknöpfen herum, ein anderer hatte seine Dienstkappe abgenommen und fixierte deren silbernes Emblem, ein Dritter lehnte gelangweilt an einer Mauer und blickte ins Leere.

Amy fröstelte; sie knöpfte ihre Kostümjacke zur Gänze zu und beobachtete einigermaßen befremdet den Polizeioffizier, der sich von ihr wieder entfernt hatte, nun etwas abseits der Gruppe stand und säuerlich auf den Absperrungsbalken starrte, der das private Gelände von den öffentlichen Verkehrsflächen trennte.

Sie verschränkte ihre Arme vor der Brust, riss ihren Blick von Chief Norman los und ließ ihn über die Gruppe hinweg bis hin zu einem Supermarkt schweifen, der vielleicht hundert Meter von ihnen entfernt lag.

Ein wenig nervös strich sie sich ihr langes dunkelblondes Haar hinter die Ohren und suchte erneut und wiederum ergebnislos ihr Gehirn nach dem Namen Walkley ab, da bog ein Taxi um die Ecke und hielt in der Nähe der in Schweigen verharrenden Personengruppe.

Dem Fahrzeug entstiegen eine zierliche dunkelhaarige Frau und ein mittelgroßer blonder Junge.

Chief Norman setzte sich in Bewegung, trat zu den Neuankömmlingen hin, grüßte und stellte sich vor. Sodann nahm er die beiden zur Seite und geleitete sie zu der wartenden Gruppe.

Interessiert beobachtete Amy das Geschehen.

Die Dame, die Dunkelhaarige, sagte ihr gar nichts, der junge Mann allerdings kam ihr bekannt vor. Erneut kramte sie in ihrem Gedächtnis ...

„Darf ich vorstellen: Mrs. und Peter Walkley aus San Francisco."

Höflich kamen dem Polizeioffizier die Worte über die Lippen.

Walkley, San Francisco, der so markante Junge mit dem ausgeprägten Wulst auf der Stirn, mit den ausdrucksstarken blauen Augen ...

Amys braune Augen weiteten sich; sie erstarrte.

Fieberhaft arbeitete ihr Gehirn, ihr Mund trocknete aus, sie schluckte mehrmals.

„Los, gehen wir ... Hallo, auch Sie sind gemeint!"

Chief Norman warf der zur Salzsäule erstarrten Frau einen überraschten, einen sonderbaren Blick zu.

Wie in Trance setzte sich die Angesprochene in Bewegung, hielt sich im Hintergrund und beobachtete das markante, ein wenig eigenwillige Gangbild des Jungen, der einige Meter vor ihr die nunmehr weit geöffnete Schranke passiert hatte, womit auch die letzten Zweifel zerstreut waren. Der Junge, der da vor ihr in Richtung Zentralgebäude marschierte, konnte nur der uneheliche Sohn ihres Mannes sein.

Erneut atmete die blonde Frau tief durch und versuchte sich zu entspannen, gleichgültig und zugleich an der eigentlichen Sache interessiert dreinzublicken, für Chief Norman und dessen geschultes Auge keinerlei Verdachtsmomente zu liefern.

Dieser war jedoch mit den beiden aus San Francisco Angereisten intensiv ins Gespräch vertieft, was Amy mit einiger Erleichterung zur Kenntnis nehmen konnte.

Nach kurzer Zeit hatte die Gruppe den Haupteingang des Zentralgebäudes erreicht, wo sie von Brian Hartman persönlich empfangen wurde.

„Bitte kommen Sie weiter in mein Büro."
Weltmännisch höflich wies der kaufmännische Leiter des Institutes den Weg.

„Danke, nicht nötig, wir kennen den Weg bereits."
Mit einem desinteressierten Achselzucken nahm Brian Hartman die schroffen Worte des Polizeioffiziers zur Kenntnis und schloss sich ganz hinten, hinter Amy, der Gruppe an, die alsbald die angesprochenen Räumlichkeiten erreichte und eintrat.

Ephrams Ehefrau hielt sich auch hier ganz bewusst im Hintergrund, lehnte sich an den Rahmen der Bürotüre und beobachtete schweigend das Geschehen um sich herum. Ihre Gefühlswelt war in Aufruhr; sie kämpfte mit sich und mit ihrer Fassung.

Und sie war glücklich darüber, dass man sie völlig außer Acht ließ, sich nicht um sie kümmerte, sie nicht mit ihrem Namen ansprach, zumal sie ja auch den Wissensstand des Jungen nicht abschätzen konnte.

Stimmengewirr, das Protokoll von Peter Walkley, die mitgeführten Unterlagen von Mrs. Walkley, die vergeblichen Rechtfertigungsversuche des Brian Hartman, die vorläufige Verhaftung des Mannes, dessen Telefonat mit seinem Anwalt und dessen Verweigerung aller Aussagen – all das zog letztlich an Amy vorbei. Auch Normans Hinweis auf ein noch ausständiges Protokoll eines mit dem Verstorbenen bekannten Universitätsprofessors aus Chicago, das man nun wahrscheinlich ohnehin nicht mehr benötigen würde, blieb bei ihr ohne nachhaltige Kenntnisnahme und Wirkung.

Alles erschien ihr belanglos, unwichtig. Wie durch den Nebel sah sie Chief Norman auf sich zukommen ...

„Nun, haben Sie alle gewünschten Informationen? Ich hoffe, Sie machen eine gute Story daraus."

Amy fühlte, wie sie ganz automatisch nickte, fühlte ihren Arm, der sich ausstreckte, um dem Offizier die Hand zum Abschied zu reichen.

„Ich gratuliere, Mr. Norman ..., auf Wiedersehen."

Leise, heiser kamen Amy die freundlich gemeinten Worte über die Lippen.

„Danke ... Fehlt Ihnen etwas? Sie sehen mitgenommen aus ... Na ja, Sie dürften noch nicht so häufig bei Gegenüberstellungen und Festnahmen dabei gewesen sein."

Der Polizist nickte zufrieden, drehte sich zackig auf dem linken Absatz um und wendete sich wieder dem Team und seinen Amtshandlungen zu.

Amy warf noch einen letzten kurzen Blick auf den blonden Jungen, der an der Seite seiner Adoptivmutter schweigend dastand, dann drehte sie sich langsam um und verließ Brian Hartmans Büro, stieg die wenigen Treppen hinunter in das prächtige Foyer des Institutes, grüßte flüchtig das dort arbeitende Empfangspersonal und schritt völlig in sich gekehrt in den sonnendurchfluteten Frühlingstag hinaus.

Andy Brown saß missmutig in seinem Dienstzimmer und kritzelte auf einem Blatt Papier herum. Er schrieb ein paar Worte, strich sie wieder durch, malte Buchstaben aus, manche dick, manche dünn.

„Verdammtes Protokoll ..."

Er packte das Blatt, knüllte es zusammen, warf es achtlos in einen Mülleimer, nahm ein neues zur Hand und legte es vor sich auf seinen Schreibtisch. Erneut griff er nach einem Kugelschreiber und stupste das Pendel einer stilisierten, nicht funktionsfähigen Uhr an, die als Briefbeschwerer auf der anderen Seite des Tisches stand.

Nina hatte sie ihm vor Jahren geschenkt, seine Ehefrau, die in den letzten Tagen aus Wut und Enttäuschung über sein Verhalten, über seine Unwahrheiten und Halbwahrheiten kaum ein Wort gesprochen hatte. Ja sogar den Trip nach Wien hatte sie schon absagen und zu Hause bleiben wollen.

Andy wusste sich keinen Rat, längst hatte er die Kontrolle über sich und über die Dinge verloren, die sich um ihn herum abspielten und zusammenbrauen mochten.

Er spielte seinen Part, gab sich allerdings bei seiner Arbeit, bei seinen Mitarbeitern, bei seinem Chef keine Blöße mehr, was aber auch nicht Wunder nahm, zog man ihn ja nur mehr dann als leitenden Operateur hinzu, wenn es unbedingt verlangt war.

Dr. Brown versuchte sich zu konzentrieren; seine Gedanken in Zusammenhang mit dem Telefonat mit Jake Hartman zu ordnen, zu Papier zu bringen.

Das Telefon piepte und ließ ihn zusammenzucken.

„Die Kripo L. A., Herr Professor …"

Erneut zuckte Andy zusammen.

„Stellen Sie bitte durch … Ja, Brown? Aha, Protokoll nicht mehr nötig, sehr gut … Der Fall dürfte also abgeschlossen sein …, danke …"

Andy seufzte erleichtert und schickte sich an den Hörer vom Ohr zu nehmen, da schnarrte die Stimme Chief Normans weiter:

„Ach, eine Frage noch, kennen Sie zufällig eine Mrs. Brown-Abbott? Nur wegen des Namens und Colorado …"

„Warum?"

Andy presste den Hörer an sein rechtes Ohr und setzte sich stocksteif auf.

„Nur so, sie hatte für ihr Journal Recherchearbeiten in dem konkreten Fall durchzuführen. Wir hatten ein nettes Gespräch; sie war dabei, als wir im Büro Hartman amtshandelten."

Andy stockte der Atem. Einige Augenblicke schwieg er.

„Hallo, Herr Professor, sind Sie noch dran?"

„Ja, ja, selbstverständlich; wie war Ihre Frage? Ich bin zurzeit sehr beschäftigt."

„Vergessen Sie das Ganze, ist nicht so wichtig. Entschuldigen Sie die Störung, auf Wiedersehen." Chief Norman hatte aufgelegt ...

Andy nahm das unbeschriebene Blatt, das vor ihm auf dem Tisch lag, zur Hand und legte es wieder auf den Papierstapel zurück. Er stand auf und trat zum Fenster. Nachdenklich blickte er hinaus. Über den großen Seen hatte sich eine Wolkenwand gebildet, die sich rasch auf die Millionenstadt zubewegte. Er fixierte die scharf gezeichneten Linien der Front und die grauweißen Ballen, die sich in den darunterliegenden Luftschichten wesentlich langsamer bewegten.

War das ein Zeichen? Wo befand er sich in dieser Okklusion? Wo war da sein Platz, seine Position?

Was hatte Amy mit der Sache zu tun? Seit wann war sie wieder journalistisch tätig?

Andy war ahnungslos wie immer; die Zeit, jene längst überwunden geglaubte Zeit, hatte ihn nun offenbar gänzlich eingeholt.

„Darf ich Ihnen behilflich sein, Lady?"

Höflich, beflissen stand der Hotelportier neben Amy in der Lobby und blickte auf ihr Gepäck.

„Gerne, danke. Das Taxi sollte gleich kommen."

Während eines langen Spaziergangs durch das Zentrum von L. A. hatte die blonde Frau wieder halbwegs ihre Fassung erlangt. Nach und nach war es ihr gelungen, die nötige Ordnung in ihrem Kopf, aber auch in ihrer Gefühlswelt wiederherzustellen.

Punkt für Punkt hatte Amy Brown-Abbott alles abgewogen.

Sie hatte ihren Stiefsohn gesehen, ihren Stiefsohn und dessen Mutter, jenen jungen Mann, an dem ihre erste tiefe Beziehung zu Ephram zu Brüche gegangen war. So wie ihr jetziger Schwiegervater und auch der eigene Vater hatte sie über die Existenz dieses Menschen Bescheid gewusst und Ephram angesichts des so wichtigen Termins am Julliard-College darüber im Unklaren gelassen.

Sie hatte sich allerdings damals nachträglich verplappert, ohne es zu wollen, ihr Wissen preisgegeben. Ephrams Enttäuschung und Wut hatten dazu geführt, dass ihm der Besuch bei seinem Sohn, zu sehen, wo dieser denn eigentlich untergebracht wäre, wichtiger gewesen war als die Beziehung zu ihr.

Ein Mal schon hatte sie also eine Unterlassung, eine Unwahrheit Ephram gegenüber, jenem Mann, der die Wahrheit über alles schätzte, weil diese zwar möglicherweise unangenehm, aber niemals verletzend sein würde, zutiefst bereut.

Trotzdem beschloss Amy sich diesbezüglich in Schweigen zu hüllen. Erneut würde sich ihr so pflichtbewusster Ehemann seinem Sohn gegenüber verpflichtet fühlen, obwohl nicht einmal die geringste Notwendigkeit dafür bestehen dürfte.

Allerdings kannte sie ihren Mann …

Andererseits war ihr klar: Den publizistischen Beitrag, ihren Auftrag, würde sie niemals veröffentlichen lassen, nicht einmal finalisieren, nicht einmal schreiben.

Die gesammelten Unterlagen sollten für immer verschwinden.

Sie dachte an ihre Kinder, ihre eigenen Kinder, die sie vernachlässigen würde, die sie aber gerade in ihrem Alter mehr als dringend bräuchten.

Mit der festen Absicht, ihre Pläne in Hinblick einer weiteren journalistischen Tätigkeit zumindest einmal mittelfristig hintanstellen zu wollen, drückte sie dem Portier ihren Zimmerschlüssel samt einer Zehn-Dollar-Note in die Hand und rückte ihre Gepäckstücke zusammen.

Der Mann nahm sie auf; gemeinsam schritt man aus der Lobby hinaus auf den Vorplatz des Hotels, wo schon der bestellte Wagen wartete.

Und wieder verstopften sich Amys Ohren, in ihrem Kopf klopfte es; der Sinkflug auf Denver war in vollem Gange.

Sie sah zum Fensterchen hinaus. Die Lichter der Stadt wurden stärker, schön langsam wurden in der ausgehenden Dämmerung

Gebäude ausnehmbar. Die Maschine setzte zur Landung an, holpernd raste das Flugzeug auf der Landepiste dahin. Laut heulten die Düsen auf; die Maschine bremste, rollte nur mehr, stand.

Einmal noch holte die blonde Frau tief Luft, hielt den Atem an, wollte damit den Druck ausgleichen.

Erfolglos …

Amy resignierte; sie öffnete die Sicherheitsgurte, erhob sich, nahm ihren Aktenkoffer und stieg gemeinsam mit den anderen Fluggästen die Gangway hinab. Mit jedem Schritt wurde ihre Sehnsucht nach Mann und Kindern größer, aber auch ihre Unsicherheit. Was sollte sie tatsächlich erzählen, was sollte sie für sich behalten?

Würde der sensible Ephram sie durchschauen oder würde sie ihren Zustand hinter dem Stress der letzten Tage verbergen, ihn damit erklären können?

Amy betrat das Flughafengebäude, schritt die Gänge entlang hin zur Gepäckhalle, suchte das passende Förderband und wartete, bis es sich langsam in Bewegung setzte und die ersten Koffer sichtbar wurden.

Lärm, Trubel, jede Menge Menschen, die wartend herumstanden, sich lautstark unterhielten – die hübsche Frau hatte keinen Blick und kein Ohr dafür. Ihr Kopf schmerzte, wie benebelt stand sie da. Sie wollte nur schnell ihren Koffer und nach Hause.

„Amy, Amy!!!"

Ungläubig wendete sich die Angesprochene um, blickte suchend um sich.

Augenblicke später lag sie in Delias Armen, drückte die Schwägerin an sich. Dicke Tränen der Wiedersehensfreude liefen ihr die Wangen hinunter.

Gleichförmig lief das Förderband, führte die Gepäckstücke mit sich. Sie wurden weniger und weniger. Die Halle leerte sich; nur noch ein Koffer, Amys Gepäckstück, drehte sich einsam im Kreis, verschwand hinter einem dunkelbraunen Vorhang, tauchte wieder auf und entzog sich erneut den Blicken.

Amy war es gleichgültig.

Minutenlang standen die beiden Frauen da, umhalsten sich ein ums andere Mal.

Delia fand als Erste ihre Fassung wieder.

„Los, Amy, pack dein Zeug, lass uns hinausgehen!"

Amy nickte und nahm ihren Koffer, der gerade wieder an ihr vorbeizog.

Gemeinsam schritten sie durch die Schleuse hinaus in die Wartehalle.

9

„Verdammt …"

Peter legte den Schraubenzieher zur Seite und stöhnte. Arthur Walkley stand neben seinem Sohn, blickte auf die schwer mitgenommenen sündhaft teuren elektronischen Geräte in Peters Zimmer und machte ein bekümmertes Gesicht.

„Tut mir leid, mein Junge. Ich war so wütend … Kann man da etwas retten?"

„Aber ja, Dad …, wird nur einen ganzen Haufen Zeit kosten."

„Soll ich dir einen Techniker holen?"

„Nein, das schaffe ich schon alleine."

Peter streifte seinen Vater mit einem Seitenblick und verzog belustigt seinen Mund.

„Jetzt habe ich aber einiges bei dir gut, ja?"

„Natürlich!"

Arthur richtete seinen Morgenrock zurecht, nahm an Peters Schreibtisch Platz und schlug die Beine übereinander.

Dankbar beobachtete er den emsig werkenden Sohn. Er war dankbar für dessen gesunde Rückkehr, dankbar für seine eigene so rasche Genesung.

„Ich will dich ja nicht stören, aber wie war es denn eigentlich in New York?"

„Furchtbar; mein ganzes Leben will ich nie mehr dorthin."

„Wirklich?"

Arthur schluckte, setzte erneut zum Reden an, brach ab und schwieg.

Peter spürte die Neugier, den verständlichen Wissensdurst des Vaters. Er drehte sich zu ihm hin und sah ihm fest in die Augen.

„Bitte nicht … Nur so viel: Ich weiß jetzt zumindest, woher ich meine Begabung habe."

Arthur nickte.

„Also Musiker, ja?"

„Ja."

Peter wendete sich wieder seiner Tätigkeit zu und räusperte sich.

„Mein leiblicher Vater ist offenbar Musiker, die Mutter hat früher bloß in einer Band gesungen."

„Aha, und was macht sie jetzt? Auf deine Mutter und mich hat sie damals trotz ihrer Verzweiflung einen sehr sympathischen, einen sehr netten, verantwortungsvollen Eindruck gemacht."

Peter runzelte die Stirn und wendete sich erneut dem Vater zu.

„Ihr kennt sie?"

„Ja natürlich ... Wir hatten sie im Krankenhaus kennengelernt."

Der junge Mann senkte seinen Blick und schwieg einige Sekunden.

Arthur erhob sich, trat hin zu seinem Sohn und nahm ihn liebevoll bei den Schultern.

„Ist schon gut. Wir müssen darüber nicht reden. Wir können aber jederzeit reden, wenn du es irgendwann einmal willst. Ich bin immer für dich da."

„Danke Dad! Übrigens: Er weiß von meiner Existenz ..."

„Wer?"

„Mein leiblicher Vater ... und auch mein Großvater."

„Ach ja? Und möchtest du die beiden kennenlernen?"

Peter schüttelte den Kopf, entzog sich dem sanften Griff seines Adoptivvaters und trabte in Richtung Zimmertüre, die sich langsam von außen öffnete.

Eve lugte herein.

Beide, Eve wie Peter, erschraken, erholten sich aber rasch und fingen zu lachen an.

Binnen weniger Augenblicke erstarb Eve das Lachen auf den Lippen. Sie erblickte ihren Mann, der, statt das Bett zu hüten, mitten im Zimmer des Sohnes stand.

„Das hätte ich mir denken können! So etwas Unverantwortliches! Arthur, bitte, ab in dein Bett! Hast du vergessen, was der

Arzt bei deiner Entlassung aus dem Krankenhaus gesagt hat? Schonung, Schonung, Schonung …"

„Nimm es doch nicht so genau, ich schone mich ja ohnehin. Ich werde doch noch ein paar Worte mit Peter reden dürfen …"

„Mum, Dad war ganz ruhig und hat sich überhaupt nicht aufgeregt. Sei nicht so streng mit ihm."

Eves Blick wanderte von Arthur zu Peter und wieder zurück; ihre Miene entspannte sich.

„Na schön, ihr beiden. Dann lasse ich euch wieder allein."

„Nein, Mum, bleib bitte da. Wir haben noch allerhand zu besprechen."

Peter zog die Mutter zur Türe herein. Überrascht ließ sich Arthur erneut auf Peters Schreibtischsessel nieder. Eve ging zum Bett und setzte sich auf dessen Kante.

„Mir ist in den vergangenen Tagen einiges klar geworden …"

Ruhig begann der Junge, und überzeugend …

„Ich werde die Band einige Zeit lang aufgeben und möchte stattdessen ernsthaften Klavierunterricht nehmen. Würdet ihr damit einverstanden sein?"

Eve Walkley sprang auf, sah ihrem Mann den Bruchteil einer Sekunde in die Augen, trat auf Peter zu und nahm dessen Rechte.

„Aber natürlich! Ich glaube, dass du das sehr ernst meinst. Was sagst du dazu, Arthur, können wir einen guten Lehrer organisieren?"

„Sicher, sicher …"

Auch Arthur erhob sich; angestrengt dachte er nach.

„Auf meiner Bank liegen immer wieder Listen mit Angeboten namhafter Pianisten auf. Bitte, Peter, habe noch ein paar Tage Geduld, bis ich wieder ganz auf dem Damm bin."

„Aber klar, Dad! Weißt du, wie lange ich noch mit dem kaputten Zeug hier brauchen werde?"

Lächelnd deutete Peter auf seine elektronischen Instrumente.

Erneut blickte Arthur reumütig auf die Relikte seines Wutanfalls und nickte.

„Ziemlich lange …"

„Genau. Aber noch etwas: Muss ich eigentlich nochmals in eine Therapie?"
Arthur zog die Schultern hoch und Eve schüttelte den Kopf. Die beiden sahen einander unschlüssig an.
„Wir werden das unverzüglich klären."
„Danke, Dad und Mum! So, und jetzt lasst mich bitte weitermachen..."

Abendliche Kühle lag über Denver. Sorgsam packte Ephram die Gepäckstücke in den Kofferraum seines Wagens und öffnete Frau und Schwester höflich die Autotüren. Harry und Nikki sprangen erst um Amy, dann um Delia herum und kletterten letztlich zu der Tante in den Fonds des Wagens.

Nach der ersten großen freudigen Begrüßung war nun allgemeines Schweigen ausgebrochen. Die Damen wirkten ein wenig erschöpft und die Kinder verfolgten aufmerksam die Fahrt durch die nächtlich erleuchtete Stadt.

Ephram wiederum war gelöst und heiter. Glücklich und zufrieden zog er an seiner Pfeife und manövrierte sein Fahrzeug gekonnt und elegant durch den Straßenverkehr.

„Die paar Tage bleibst du aber schon bei uns, Delia? Deine Wohnung wird ja gänzlich verstaubt sein. Außerdem hast du ja nichts zu Essen zu Hause."

Ephram sah seiner Schwester durch den Rückspiegel in die Augen.

„Oh, das wäre nett. Ich bleibe ja wirklich nur ganz kurz... Ich hoffe, du hast nichts dagegen, Amy."

„Aber nein, Delia, ganz und gar nicht. Fühle dich bei uns ganz wie zu Hause..."

Amy seufzte ganz leise; erleichtert. Nicht dass sie ihren Mann bewusst hintergehen oder im Ungewissen lassen wollte, sie war einfach nur froh über den Zeitgewinn, den ihr die überraschende Anwesenheit der Schwägerin wohl bringen dürfte.

Eine knappe halbe Stunde später hatte man das Haus der Browns erreicht. Ephram trug die Koffer in den Flur und wies die Kinder an, die Tante ins Gästezimmer zu geleiten. Sodann trabte er in die Küche, wo die Schwiegermutter vor ihrer Abfahrt nach Everwood allerlei Leckereien für einen späten Imbiss vorbereitet hatte. Vorsichtig trug er die hübsch garnierten Platten mit Kanapees, kleinen Brötchen und süßem Konfekt ins Wohnzimmer und stellte Gläser zurecht.

„Oh fein! Hat das Grandma hergerichtet?"

Harry und Nikki kamen ins Zimmer hereingesprungen und wollten sich unverzüglich über die Köstlichkeiten hermachen, doch der Vater gebot ihnen Einhalt.

„Wartet ein wenig, bis eure Mum und Tante Delia da sind."

„Na schön …" Beleidigt setzte sich Harry auf das Sofa und verschränkte die Arme vor der Brust.

„Ich hab aber Hunger!"

„Ich auch!"

Nikki gesellte sich zum Bruder und starrte sehnsüchtig zu den köstlich aussehenden Platten hin, deren Duft sich durch das Zimmer zog.

Ephram lächelte milde vor sich hin, verstaute seine Pfeife und marschierte in den Flur hinaus.

„Amy, Delia, wo seid ihr?"

„Komme schon!"

Delia schloss die Türe zum Gästezimmer hinter sich, trat auf den Bruder zu, der rufend mitten im Flur stand, und strich zärtlich über dessen Schultern.

„Ich auch …"

Amy kam die Treppen herunter, trat zwischen die beiden Geschwister und nahm sie bei den Hüften.

„Ich freue mich so, wieder zu Hause zu sein! Und du, Delia, bist ja noch hübscher geworden."

Liebevoll strich Amy der Schwägerin durch ihr brünettes Haar.

„Europa scheint dir gutzutun. Das dürfte wohl in der Familie liegen."

Ephrams Ehefrau dachte an dessen spontanen Trip nach Europa, dessen Flucht vor dem verhassten Vater und vor ihr selbst, weit weg auf den fernen Kontinent und sie lächelte hintergründig. Gemeinsam betrat das Trio das Wohnzimmer und ertappte Nikki, wie sie sich gerade unauffällig an einer Wurstplatte zu schaffen machte.

„Aus, Nikki!"
Die Angesprochene konnte sich nicht rechtfertigen, zu voll war ihr Mund.

Schuldbewussten Blicks zog sie sich wieder in die Nähe ihres Bruders zurück, der schadenfroh und hämisch grinste.

„So, jetzt wird gegessen!"
Auffordernd klatschte Ephram in die Hände, füllte Wein- und Saftgläser und reichte sie den Anwesenden. Die Kinder verschlangen, was in ihre Mägen hineinging, und auch Delias Appetit war beachtlich. Einzig Amy schien appetitlos und gehemmt. Wortkarg nippte sie an ihrem Glas, nahm anstandshalber ein wenig von da und dort, liebevoll strich sie über die Köpfe der Kinder, die auf ihren Oberschenkeln zum Sitzen gekommen waren.

Delia erzählte von ihren Erlebnissen und von ihrer neuen Liebe, von ihrer Arbeit und den Eindrücken aus Zentraleuropa.

„Also Wien ist mehr als eine Reise wert, das sage ich euch. Unser Dad kann sich wirklich sehr darauf freuen. Aber, Amy, wie war es bei dir, was hast du herausgefunden? Du bist ja so schweigsam ..."

Die Angesprochene zuckte nahezu unmerklich zusammen, nahm ihr Glas zur Hand, nippte vorsichtig daran und stellte es an den ursprünglichen Platz zurück.

„Ja, Mum, bist du schon berühmt?"
Nikki boxte ihre Mutter ungeduldig in die Rippen und auch Ephram näherte sich seiner Frau, setzte sich auf die Lehne des Sofas und wartete gespannt.

„Na ja, so berauschend war die ganze Sache nicht. Ich fühle mich da nun doch irgendwie befangen."

Im Telegrammstil berichtete Amy von ihren Erlebnissen, von der Polizeiarbeit und auch von Brian Hartman, dessen zwielichtige Machenschaften und nötigenden Aktivitäten Jake, den Bruder und ärztlichen Leiter, letztlich in den Freitod getrieben hatten. Und sie berichtete von dem Jungen, der getürmt war, ohne dass es jemandem aufgefallen wäre, also von dem eigentlichen Corpus Delicti.

Den Namen des Jungen behielt sie jedoch für sich.

„Ich denke, aus der ganzen Story wird nichts, die ist einfach noch viel zu dünn, das interessiert niemanden. Viel Lärm um nichts ...
Ich werde den Chefredakteur anrufen und ihn davon unterrichten. Vielleicht gibt er mir ein anderes Betätigungsfeld hier vor Ort. Ich möchte einfach nicht mehr so lange von zu Hause weg sein ..."

Zärtlich strich sie ihren Kindern, die sich fest an sie gekuschelt hatten, über die Schultern.

„Ich möchte das einfach nicht ..."

„So?"

Ephram war überrascht. So ohne Begeisterung, so ohne Elan und Energie kannte er seine sonst so resolute und durchsetzungsfähige Frau gar nicht; und auch Delia blickte erstaunt drein.

„Da war doch etwas, Amy?"

Der Ehemann kannte seine Frau besser als irgendjemand anderes auf dieser Welt; er konnte aus ihren Blicken lesen, die müde, unsicher und verzagt wirkten.

„Nein, nein, da war gar nichts ... Ich bin einfach total geschafft."

„Du musst tun, was du für richtig hältst. Zuerst solltest du dich aber von dem ganzen Stress erholen. Vielleicht denkst du dann anders."

Ephram setzte sich kerzengerade auf, nahm sein Weinglas, trank die Neige und sah seiner Frau ein weiteres Mal prüfend in die Augen.

„Ja, vielleicht ..."

Nachdenklich strich Amy ihre Haare hinter die Ohren.

„Vielleicht sollten wir zu Bett gehen; wir hatten alle einen harten Tag und für mich wird es morgen auch nicht leichter. Ihr wisst ja – die Präsentation ..."

Geraume Zeit hatte Delia geschwiegen und das Szenario um sich herum beobachtet. Und auch ihr kam Amys Verhalten ein wenig merkwürdig vor.

Ephram nickte zustimmend.

„Ich bringe die Kinder ins Bett. Gute Nacht, Delia."

Amy erhob sich, nahm Nikki und Harry bei den Händen und verließ das Wohnzimmer.

Delia trat zum Tisch und schickte sich an, die leeren Platten zusammenzustellen.

„Lass das, ich kümmere mich schon darum. Ruh dich aus, du hast es mehr als nötig."

Ephram gebot seiner Schwester Einhalt und zog sie sanft vom Tisch zurück.

Dankbar nahm Delia das Angebot des Bruders an, wünschte ebenfalls eine gute Nacht und verließ ihrerseits das Wohnzimmer.

Nachdenklich nahm Ephram das Geschirr auf und trug es in die Küche. Er öffnete die Oberlichten der Fenster, um Frischluft in die Räume zu lassen, knipste die Lichter aus und stieg langsam die Treppe zu den Schlafräumen hoch.

Der Tag graute. Noch war es ruhig im Big Apple, noch hatte das Rauschen, das Raunen, die Hintergrundmusik der Großstadt nicht eingesetzt. Ebenso still war es in dem schäbigen Hinterhof, den niemals auch nur ein Sonnenstrahl erreichte. Nur das leise Pfeifen einiger Ratten, die zwischen dem achtlos weggeworfenen Müll ihr Unwesen trieben, war zu hören.

Madison Kerner erwachte; sie setzte sich auf, drehte ihren Kopf ein wenig zur Seite und erblickte die Silhouette eines Schlafenden, der leise vor sich hin schnarchend sich im Umwenden begriffen war. Die blonde Frau schob ihre Decke weg, erhob sich und tastete sich im Dämmerlicht zum geschlossenen Fenster hin. Die Luft im Raum war geschwängert von billigem Parfum und After Shave, von Schweiß und anderen Ausdünstungen des menschlichen Körpers.

Ihr wurde übel. Rasch öffnete sie das Fenster und streckte den Kopf in die morgendliche Kühle hinaus. Das tat wohl ...

Die Tage seit ihrer fristlosen Entlassung hatte sie damit verbracht, ihr Stammklientel zusammenzuhalten. Die meisten der Freier, die alten Stammkunden, hatten zu ihr gehalten, hatten sich nicht von der üblen Nachrede im Umfeld der „Camel Bar" anstecken lassen. Ihnen hatte die Kellnerin leidgetan. Sie hatten deren heftige Reaktion, deren unkontrolliertes Ausrasten angesichts des besonderen Erlebnisses und der besonderen Umstände durchaus verstanden, hätten möglicherweise ähnlich gehandelt und waren mit der deutlich sichtbaren Entstellung des allseits unbeliebten Trafikanten recht zufrieden.

Madison holte tief Luft, drehte sich um, bewegte sich in Richtung des anderen Fensters und öffnete auch dieses. Sie schritt zurück zu ihrem Bett, setzte sich auf dessen Kante und knipste die Nachttischlampe an.

Langsam kam in den Körper des Schlafenden Bewegung.

„Hey, Greg, wach auf! Du musst nach Hause. Was glaubst du, was dir deine Frau erzählen wird?"

Madison rüttelte den Erwachenden und sprach ruhig auf ihn ein.

„Verdammte Scheiße! Wieso hast du mich einschlafen lassen?"

Der Mann sprang auf und tastete nach seiner Unterwäsche.

„Mach doch mehr Licht! In der finsteren Bude sieht man ja die Hand vor den Augen nicht ... Ach lass es, ist ohnehin schon egal. Die Katastrophe zu Hause ist mir ohnehin schon sicher."

Hektisch fuhr Greg in Hemd und Hose, band notdürftig seinen Schlips um und warf seine Jacke über die rechte Schulter. Er langte in seine Hosentasche, holte seine Geldtasche hervor und entnahm ihr einige Banknoten, die er auf den Nachttisch knallte.

„Hier!"

Hastig und grußlos eilte der Mann auf den Flur und dann bei der Türe hinaus auf den finsteren Gang. Madison vernahm ihn diesen entlanglaufen, die Treppe hinunterspringen und über den Hinterhof eilen. Die Haustüre knarrte, die Schritte wurden leiser, entfernten sich; es wurde still.

Madison nahm die Geldscheine, zählte sie und steckte sie in die Lade des Nachttischchens.

Inzwischen war es fast hell geworden. Einige Vögel hatten sich in den Hinterhof verirrt; ihr Zwitschern hatte das nächtliche Pfeifen der Nager abgelöst. Im Hintergrund begann die Stadt lebendig zu werden.

Madison erhob sich, schüttelte das Bettzeug aus und machte sich an den Relikten der vergangenen Nacht zu schaffen. Auf dem Tisch, der sich in einer Ecke des Zimmers befand, standen ein paar leere Gläser herum, einige Bierflaschen und eine Wodkaflasche. Sie nahm die Leergebinde und wollte sie in die Küche tragen, da fiel ihr Blick auf einen Zeitungsausschnitt, der sich offenbar aus der Rocktasche eines Kunden verselbstständigt hatte und zu Boden gefallen war.

Die blonde Frau bückte sich, hob ihn auf und wollte ihn mitsamt den Gläsern in die Küche tragen und entsorgen, da blieb ihr Blick auf den Lettern haften und sie erstarrte.

„Wir wünschen Prof. Andrew Brown alles erdenklich Gute für seine wissenschaftlichen Vorträge in Wien und sind überzeugt davon, dass er unsere hochgeehrte Universität Chicago und deren herausragende Leistungen auf dem Gebiet der Neurochirurgie würdig in Europa vertreten wird. Sein Abflug nach Wien ist für den späten Vormittag des 20. Mai geplant ..."

Überrascht schüttelte Madison den Kopf, legte das Stück Papier zur Seite, warf einen Blick auf den Kalender, der als einziger Schmuck die kahlen Wände des Zimmers zierte, und ließ die Ereignisse der vergangenen Nacht Revue passieren.

Zuerst war sie mit Charlie aus gewesen, dann hatte Douglas sie mit zu sich nach Hause genommen, da dessen Frau auf Geschäftsreise war. Und dann hatte sie in der kleinen Bar gleich um die Ecke Greg aufgegabelt.

Von den ersten beiden Männern wusste sie nicht sehr viel, außer dass sie ununterbrochen Zoff mit den Ehefrauen und Charlie zusätzlich auch noch mit einer behinderten Tochter hatten. Einzig von Greg wusste sie, dass dieser in einer PR-Agentur beschäftigt war. Vielleicht hatte er den Auftrag erhalten, eine Lobeshymne auf diese Universität zu verfassen und in einem offenbar wissenschaftlichen Journal zu veröffentlichen.

Sorgsam legte sie das Papier zur Seite …

10

Man schrieb den fünfzehnten Mai ...
Heftige Regen- und zum Teil auch Graupelschauer prasselten auf Everwood nieder. Es herrschte derartig katastrophales Wetter, dass offenbar nicht einmal ehrlich kranke Patienten den Weg zu Dr. Abbotts Praxis fanden. Unaufhörlich klingelte das Telefon; ein Terminstorno reihte sich an das andere.
Einsam saß der Arzt in seiner Ordination und sah missmutig in die Waschküche hinaus. Er verstand die Welt nicht mehr. Die ortsansässige Bevölkerung war wirklich abgehärtet, war doch auch noch ganz andere Wetterkapriolen gewohnt. Man fand nichts Ungewöhnliches daran, dass man im Winter oft tagelang eingeschneit war, trotzte oft unglaublicher Eiseskälte. Nichts hielt im Normalfall die Bürger der Stadt davon ab, ihr Haus zu verlassen, und wäre es nur eines nachbarschaftlichen Tratsches wegen.
Harold drehte sich gelangweilt mit seinem Stuhl hin und her, erhob sich und begab sich zu Louise in das Wartezimmer hinaus.
„Ich denke, Sie können sich diesen Tag freinehmen, Louise. Da tut sich heute nichts mehr. Eigenartig – sonst stört die Leute so ein Wetter auch nicht."

„Fein, Herr Doktor, da kann ich ja auch beim Spatenstich für die neue Kuranstalt dabei sein!"
Dankbar sah die Assistentin ihren Chef an ...
Harold Abbott schluckte. Das war also der wahre Grund für die vielen Absagen: Hintergehen wollte man ihn, einfach hintergehen, spionieren, ausforschen, für die Zukunft vorbauen!
„Kommando zurück, meine Liebe! Tag der Administration ist hiermit verordnet. Sie gehen dort nicht hin ..."

„Ja, aber ich könnte Ihnen ja dann alles berichten!"
„Interessiert mich nicht! Befriedigen Sie Ihre Neugier mit dem Sortieren von Befunden aller Art, Louise."
Die Assistentin seufzte laut und biss sich auf die Lippen. Sie nickte letztlich gehorsam und Harold strebte wütend seiner Räumlichkeit entgegen.
„Da wird wahrscheinlich auch wieder so ein idiotisches Fest gefeiert werden …"
Zornig verschwand der Mediziner und knallte die Ordinationstüre zu.
Er setzte sich ans Telefon und wählte die Nummer des Rathauses.
„Hier Doktor Abbott; den Bürgermeister bitte …"
„Tut mir leid, Mr. Abbott ist nicht in seinem Büro. Er hat ja den Spatenstich durchzuführen und das Fest zu eröffnen!"
„Dachte ich mir!"
Harold Abbott warf den Hörer auf die Gabel.
„So ein Verräter …"
Der Arzt lehnte sich zurück und rieb sich die Augen. Was hatte er in seiner langen Dienstzeit als Allgemeinmediziner doch Gutes für das Städtchen geleistet! Und womit würde es ihm nun gedankt? Mit Untreue …
Immer wieder war es so gewesen. Als damals Andy Brown in die Stadt gekommen war, waren die Patienten scharenweise zu dem Menschen gerannt, der gratis behandelt hatte, wofür ja gegebenenfalls noch Verständnis aufzubringen war.
In Scharen waren sie wiedergekommen, als man Andy bei einem Dorffest beim lautstarken Zwiegespräch mit seiner verstorbenen Frau ertappt hatte.
Dann war Jake Hartman in die Stadt gekommen, hatte sich in Harolds alter Praxis eingemietet und wieder waren die Leute weg gewesen, hatten sich dessen Wellnesstherapien und kosmetischen Eingriffen hingegeben.
Und wieder waren sie geläutert zurückgekommen …
Harold stutzte. In der letzten Zeit stolperte man häufig über Jake und Andy.

Ersteren gab es nicht mehr, und es war in dieser traurigen Sache genauso schnell ruhig geworden, wie man sich wenige Tage zuvor den Mund darüber zerrissen hatte. Und Zweiterer hatte sich nicht mehr gerührt; seltsam, aber Harold hatte im Moment wirklich andere Sorgen.

Wie schon viel früher, in dessen Jugendzeit, wo er selten für ihn Verständnis gehabt hatte, fühlte er seinen eigenen Sohn als Gegner heranwachsen.

Er stand auf, nahm Mantel und Regenschirm und eilte auf die Straße hinaus. Louise sah ihrem Chef nach und schüttelte verständnislos den Kopf.

Tapfer kämpfte sich Harold durch den sintflutartigen Regen, schritt bergan Richtung der neuen Siedlungs- und Hotelanlage, in deren Zentrum das neue Institut entstehen sollte. Der Wind peitschte ihm die schweren Tropfen ins Gesicht, drehte seinen Schirm um. Da stand er unvermittelt vor einem großen Zelt, an dem der Sturm rüttelte und zerrte. Die Planen schlugen, es roch nach Glühwein und Bäckerei, nach heißen Würsten und nach verschüttetem Bier.

Harold betrat das Festgelände.

„Oh, Mr. Kinkel, die Magenverstimmung scheint ja schon viel besser zu sein! Mrs. Grabs, schön Sie zu sehen! Habe ich Ihnen nicht erst gestern ein Krankheitsattest für Ihren Dienstgeber geschrieben? Ja, ja, die Wunderheilungen von Everwood! Was tätet ihr alle ohne euren guten alten Hausarzt ..."

Hastig kauten die zynisch Angesprochenen die Bissen, die sich gerade in ihren vollen Mündern befanden, schluckten sie rasch hinunter und blickten betreten zu Boden.

„Hätten Sie sich auch nicht gedacht, mich hier zu treffen ..."

Indigniert richtete sich Dr. Abbott auf, strafte die anderen geschwätzig herumstehenden Leute mit Nichtachtung und marschierte direkt auf seinen Sohn zu, der gerade mit einem Pappbecher Bier zwei fremden Leuten zuprostete.

„Dieser Schluck möge dir im Halse stecken bleiben!"

Böse, mit gallbitterer Miene trat Harold Abbott auf Bright zu.

„Dad, hör auf! Darf ich dich mit deinen neuen Kollegen bekannt machen? Ich denke, eine Aussprache täte gut, vielleicht könnt ihr euch miteinander arrangieren."
Sprach's und verschwand in der Menschenmenge.
Verwundert blickten die beiden Unbekannten dem Davoneilenden nach und wendeten sich Harold zu.
„Ach, Sie sind der alteingesessene Kollege? Wir haben schon so viel Gutes über Sie gehört."
„Lassen Sie die Schmeicheleien, damit kommen Sie bei mir nicht weit."
Dr. Abbott sah den beiden Kollegen scharf in die Augen, richtete seinen Blick auf einen Bauplan, der vor den beiden auf einem Tisch lag, und studierte ihn kurz und wortlos.
„Wird ja ein nettes Imperium, nicht?"
„Aber nein ..."
Geschmeichelt sahen die beiden Herren einander in die Augen.
„Keine Bange, wir knabbern mit Sicherheit nicht an Ihrem Klientel!"
„Die Botschaft hör ich wohl ..."
Prüfend blickte Dr. Abbott in die Runde, zog einen der beiden Kollegen am Ärmel zur Seite und wies mit ausgestreckter Hand auf einige Gruppen von Leuten, die sich angeregt unterhielten und vor allem dem Gerstensaft fleißig zusprachen.
„Ich sehe auf einen Blick zumindest zehn Leute, die ich gestern krankgeschrieben habe. Wissen Sie, wie peinlich das ist? Aber das kann ja nur einem niedergelassenen Allgemeinmediziner und Hausarzt passieren. Ihr Fachärzte habt ja mit solchen Kinkerlitzchen nichts zu tun. Ihr steht ja über den Dingen. Der Hausarzt, und nur der Hausarzt, ist das Mädchen für alles, der endlos dienende Frontsoldat, über den alle anderen Stellen in dem verdammten System letztlich auch noch herziehen können."
Harold machte kehrt. Das ganze Szenario nervte ihn. Gereizt hob er die Rechte zum Gruß, machte gleichzeitig eine abfällige Handbewegung, verschwand, ohne ein weiteres Wort zu verlieren, und ließ die beiden Kollegen quasi im Regen stehen.

„Seltsamer Kauz …"

Wie ein letzter Mohikaner schritt Dr. Harold Abbott dahin, einer der wenigen noch verbliebenen Vertreter einer aussterbenden Rasse; Dr. Harold Abbott, der klassische, idealistische Hausarzt, der das Wohl seiner Patienten über alles stellte, dessen hohes ethisches Standesdenken sein Leben und Schaffen beherrschte und dessen Existenzberechtigung nun schon seit Längerem scheibchenweise von den ausufernden Freiheiten des privaten Gesundheitsmarktes, aber auch von den strengen Reglementierungen und dem Sparstift der gesetzlichen Versicherungen infrage gestellt und sukzessive ausradiert werden sollte.

Das Tiefdruckgebiet, der heftige Regen hatten auch vor Denver nicht haltgemacht. Über Nacht war das Hundewetter hereingebrochen.

Ephram stand in der Küche und schlürfte seinen Kaffee.

Schon vor einer guten Stunde war Delia zur Colorado A & M aufgebrochen und vor wenigen Minuten war auch Amy verschwunden, um die Kinder zur Schule zu bringen.

Schweigsam war der gestrige späte Abend verlaufen. Lange Zeit hatte Amy unter der Dusche verbracht, war dann wortlos im Schlafzimmer erschienen und hatte sich unverzüglich unter die Bettdecke begeben. Zu Ephrams Verwunderung hatte die attraktive Frau auch alle zärtlichen Annäherungsversuche abgelehnt, was einigermaßen ungewöhnlich war. Normalerweise war sie die Erste, die Tonangebende, die zum Kuscheln in Ephrams Bett gekrochen kam.

Ein flüchtiger Gute-Nacht-Kuss war das Einzige, wozu sich Amy gestern hatte hinreißen lassen.

Sekunden später hatte ihr ruhiges Atmen bereits tiefen Schlaf angezeigt.

Ephram hatte die Müdigkeit seiner Ehefrau erkannt und akzeptiert. Trotzdem war da etwas gewesen, was ihn lange Zeit des Schlafs beraubt hatte.

Er kannte seine Frau zu gut, um nicht zu wissen, dass da irgendetwas im Busch wäre, irgendetwas Einschneidendes passiert sein müsste.

Möglicherweise hatten die sensible Frau die ganzen Ereignisse um Jake Hartman einfach zu sehr mitgenommen und man müsste ihr Zeit geben, das alles zu verdauen, zu verarbeiten. Mit den Gedanken an die vielen gemeinsamen zumeist so positiven Erlebnisse war Ephram letztlich aber doch eingeschlafen.

Ganz anders waren die letzten Stunden gewesen. Vom Aufstehen weg war Amy gesprächig wie sonst auch immer gewesen, hatte sich um das Wohl aller gekümmert, hatte Frühstück gemacht, die Kinder für die Schule ausgestattet, Delia Mut zugesprochen.

Erneut nahm Ephram die Kaffeetasse zur Hand und blickte auf die Küchenuhr, die ihm anzeigte, er hätte noch einige Minuten Zeit, bevor er sein Tagwerk beginnen sollte.

Er griff in seine Jackentasche, holte seine Pfeife heraus und ließ sie wieder an den ursprünglichen Platz zurückgleiten. Seltsam; er hatte keine Lust zu rauchen ...

Stattdessen verließ er die Küche, betrat den Flur, streifte aus Unachtsamkeit das dort befindliche Ablagekästchen und entdeckte in jener kleinen Schale, die mitten auf dem Möbelstück stand und wo man gefundene oder irgendwo aufgelesene Kleinigkeiten hinzulegen pflegte, Amys Halsschmuck, den Unendlichkeit symbolisierenden Ring an der zierlichen Kette. Ephram wusste, dass seine Frau genau diesen immer dann trug, wenn sie seinen Beistand am Notwendigsten hatte. Nach den traurigen Ereignissen vor langen Jahren in New York, nach der Erkenntnis seiner Vaterschaft, nach dem Vertrauensverlust an die Menschheit und an seine heutige Frau selbst, hatte jene ihm das Schmuckstück wieder zurückgegeben. Erst zur Hochzeit hatte Ephram seiner Frau die Kette erneut um den Hals gelegt.

Der Musikprofessor griff nach dem Ring, drehte ihn hin und her, wartete darauf, dass er ihm irgendetwas mitteilen würde, doch es kam nichts; er blieb still.

Ephram legte das Kleinod wieder hin, wunderte sich jedoch gleichzeitig über die Tatsache, dass es Amy so achtlos in die „Schale der Minderwertigkeiten" gelegt hatte, pflegte sie doch im Allgemeinen ihr wichtige Dinge in einer eigenen Schatulle aufzubewahren.
War dies das Zeichen?
Unsinn. Ephram packte seinen Mantel, den Schirm und die Autoschlüssel und verließ rasch das Haus.
Durch den Regen lief er in die Garage, setzte sich hinter das Steuer und wartete.
Wenige Minuten später sah er im Rückspiegel seine Frau am Garagentor vorbeieilen. Eigenartig, dass sie das offene Tor nicht bemerkt hatte ...
Er wartete noch ein Weilchen, dann startete er den Wagen und fuhr davon.

Inzwischen hatte sich Amy ihres durchnässten Mantels entledigt und machte sich nun in ihrem Arbeitszimmer am Inhalt ihres Aktenköfferchens zu schaffen. Nervös langte sie hinein und zog die ganzen Mitschriften und Protokolle heraus. Sie überflog die diversen Inhalte, denen sie ab dem Zeitpunkt des Lokalaugenscheins und der Verhaftung Brian Hartmans nichts mehr hinzugefügt hatte, und sie beließ es dabei.
Die Journalistin nahm einen schmalen Heftordner zur Hand, ließ das ganze Material darin verschwinden und legte ihn in eine der Schreibtischladen.
Sie griff zum Telefon, wählte die Nummer der Redaktion und teilte dieser mit, dass sie den Auftrag mangels für die Öffentlichkeit interessanter und auch relevanter Details zurücklegen müsse. Außerdem fühle sie sich mehr denn je zuvor durch ihre frühere Bekanntschaft mit Jake Hartman befangen.
„Das ist aber gar nicht gut, Frau Kollegin!"
„Ich weiß; was soll ich tun ..."
„Es wirft kein gutes Licht auf Ihre Fähigkeiten, wenn Sie unter emotionaler Belastung klein beigeben. Die lange Zeit Ihrer Abwesenheit aus dem Job hat Ihnen doch nicht gutgetan."

Amy schwieg ...

„Wir melden uns wieder bei Ihnen, wenn wir etwas Geeignetes für Sie haben."

„Danke ..."

Amy legte auf. Wahrscheinlich würde sich die Redaktion nie wieder bei ihr melden. Im Moment war ihr dies allerdings auch völlig gleichgültig.

Sie stand auf und schritt, vorbei an Ephrams Klavier und Computer, zum Fenster. Lange blickte sie in das bleierne Grau des Regentags hinaus. Ihre ohnehin gedrückte Stimmung sank weiter.

Was sollte sie tun? Welche Möglichkeiten hätte sie?

Gesetzt den Fall, sie würde ihrem Ehemann reinen Wein einschenken, wie würde er reagieren? In jedem Fall würde er sich natürlich verpflichtet fühlen. Wer weiß, vielleicht wäre Peter ebenso musikalisch begabt wie seine leiblichen Eltern, dann wäre selbstverständlich Ephram der große Förderer, zumal sich zurzeit bei Harry oder Nikki derlei Talente nicht unbedingt zeigten.

Und es musste ihr auch klar sein, dass für den Ehemann das Produkt aus seiner ersten großen Liebe trotz des jahrelangen familieninternen Totschweigens keineswegs vergessen, sondern nur verdrängt war.

Alles, was jahrelang so gänzlich normal, so reibungslos und positiv abgelaufen war, würde in Unordnung kommen, wäre im schlimmsten Fall völlig gefährdet.

Natürlich würde das Kapitel Madison neu aufgeschlagen werden, ein Kapitel mit dem Ephram letzten Endes nie restlos befriedigend abgeschlossen hatte.

Amy hakte geistig dieses Szenario ab.

Wie würde denn das wohl so klingen: Stell dir vor, Ephram, ich habe deinen Sohn kennengelernt.

Wenn sie nun jedoch weiterhin den Mantel des Schweigens über die ganze Angelegenheit breiten würde, wie hoch wäre wohl die Wahrscheinlichkeit, dass Ephram jemals davon erfahren würde? Der Gedanke an dessen zufälliges Zusammentreffen mit Madison in New York ließ ihr allerdings kalte Schauer den Rücken hinabrinnen.

Solch seltsame, solch unwahrscheinliche Zufälle, die völlig unvorprogrammiert, unvorhergesehen passierten, könnte es immer geben, ohne dass man auch nur den geringsten Einfluss darauf haben könnte.

Amy kannte ihre Wesensart, sie kannte sich und ihr Temperament. Wie leicht könnte ihr irgendwann in einer läppischen Diskussion ein dummes Wort über die Lippen kommen! Ephram war klug. Sofort würde er nachbohren und das wär's dann wohl gewesen – was ja nichts grundsätzlich Neues wäre. All das hatte sie ja schon erlebt.

Nur, es gäbe da keinen Mittelweg und Warten wäre ein Risiko …

Amy schluckte, atmete einmal tief durch und ging zum Schreibtisch zurück. Erneut griff sie zum Telefonhörer, überlegte kurz und legte ihn wieder auf die Gabel zurück.

Und wieder stand sie auf, ging in die Küche, trat zur Spüle, drehte an einem Wasserhahn und füllte sich ein Glas mit Wasser. Hastig trank sie und kehrte wieder an den Schreibtisch zurück. Mit zitternder Hand schlug sie das Telefonregister auf, suchte die Nummer Andy Browns, wählte, unterbrach und legte wieder auf.

Sie schlug das Telefonregister zu und blickte hinaus in das Grau des niederprasselnden Regens.

In Chicago, in der Ehe der Browns wehten weiterhin die Flaggen auf Halbmast. Nina war trotz ihrer großen Liebe zu Andy nicht bereit, auf diesen zuzugehen, ihm sein Schweigen, seine Halbwahrheiten, sein unmögliches Verhalten zu verzeihen. In den letzten Tagen hatte sie sich immer weiter zurückgezogen, hatte kaum mehr ein Wort mit ihrem Ehemann gewechselt, hatte lediglich gemeint, sie würde nicht mit nach Wien reisen, da sie ein wenig Abstand brauche.

Nina war sogar das eine oder andere Mal nahe daran gewesen, von sich aus den Stiefsohn in Denver anzurufen und ihn über die diversen Sachverhalte aufzuklären. Im letzten Moment hatte sie aber dann der Mut verlassen; das Risiko, sich damit gegen die Intentionen des Mannes zu stellen, war ihr dann doch zu groß, zumal Andys Verhalten keinerlei äußere Zeichen für geplante Maßnahmen zeigte. Er wollte die Reise hinter sich bringen, die Tochter wiedersehen; alles andere schien für den alternden Professor hintangestellt. Nina vermutete dahinter das Warten auf ein Wunder, auf eine seltsame und nicht vorherprogrammierbare Fügung des Schicksals, die den Unheil bringenden Verlauf der letzten Wochen durchbrechen und das Ungemach von der Familie und deren so sensiblem Gleichgewicht fernhalten könnte.

Die attraktive blonde Frau hatte auch kurz mit dem Gedanken gespielt, Delia zu informieren, die sich sofort nach ihrer Ankunft in der Heimat telefonisch gemeldet und mit dem Vater den Termin des Treffpunktes am Flughafen zum gemeinsamen Abflug nach Wien vereinbart und bestätigt hatte. Die junge Lehrbeauftragte schien jedoch so mit sich selbst und der anstehenden Präsentation beschäftigt gewesen zu sein, dass Nina den Mund gehalten und der Stieftochter stattdessen alles Glück der Welt gewünscht hatte.

Letztlich fand sich Nina, die reife Spätfünfzigerin, in einem stabilen, jedoch negierenden Zustand wieder: Mochte der Spinner tun, was er wollte, er sollte sich selbst aus seinem unerfreulichen Zustand herausmanövrieren. Oft und oft hatte sie ihm bei all seinen familiären Problemen geholfen, in diesem so heiklen Fall sah sie sich dazu allerdings außerstande.

Irgendwann müsste sich ja alles bereinigen, alles lösen, müsste der Mann wieder zur Besinnung kommen; dann würde er mit Sicherheit seine Verfehlungen ihr gegenüber einsehen und sie um Verzeihung bitten. Und alles würde wieder seinen gewohnten Lauf gehen.

Andy Brown hingegen sah sich in sich selbst gefesselt. Seine Untätigkeit hatte ihn in die innere Isolation getrieben. Und tatsächlich schien ihm die bevorstehende Reise nichts anderes als eine

Art Flucht vor dem außer Kontrolle geratenen Krebsgeschwür zu sein, das sich in Person des Peter Walkley in seine Familie hineinzufressen schien und ihr wahrscheinlich in absehbarer Zeit den Atem nehmen würde.

Immer wieder versuchte er den Rückzug, die Verdrängung, den Mechanismus, der ihm schon seit jeher gute Dienste geleistet hatte, doch es funktionierte nicht. Zu stark waren die Angst, das schlechte Gewissen und die Verselbstständigung jener dagegen ankämpfenden selbstherrlichen Wesenszüge, die ihm schon früher beinahe das Genick gebrochen hätten.

Laut und herrisch schrillte das Telefon, unterbrach die Gedanken des Arztes.

„Ihre Schwiegertochter ist dran!"
„Danke, Molly …"
„Amy! Was kann ich für dich tun?"
Andy versuchte locker und gelöst zu wirken.
„Was gibt es Neues im schönen Denver? Danke, dass ihr Delia so freundlich aufgenommen habt."
„Ist doch selbstverständlich, Dad …"
„Gut! Und wie geht es den Kindern?"
„Alles bestens."
Amy unterbrach und schwieg. Es war ein vielsagendes Schweigen …
„Was ist denn los, sag schon! Ohne besonderen Grund würdest du mich ja nicht in meinem Dienstzimmer anrufen. Hast du Probleme mit Ephram?"
Andy runzelte die Stirn und räusperte sich.
„Nein! Ich glaube, ich habe deinen Rat notwendig.
„Und zwar?"
„Wusstest du eigentlich, dass ich wieder in meinem alten Job tätig geworden bin?"
„In gewisser Weise, ja."
„In gewisser Weise?"
„Die Polizei von L. A. hat mir von einer Journalistin, einer Mrs. Brown-Abbott, berichtet …"

„Was hast du um Himmels willen mit der ganzen Sache zu tun, Dad?"

Heiser, ungläubig, stockend klang Amys Stimme. Dunkel stieg allerdings die schwache Erinnerung an die beiläufige Erwähnung eines Chirurgen aus Chicago anlässlich der Verhaftung des Brian Hartman in ihr hoch.

„Damit warst du gemeint? Du hattest etwas zu protokollieren?"

„Ja, Amy ..."

Einige Sekunden lang schwieg Andy, doch es war ihm klar, dass er nun die ganze Wahrheit von sich geben müsste, ohne Wenn und Aber; als seine letzte Chance; gegenüber seiner Schwiegertochter; als lebensnotwendige Hilfe für sich selbst und für sie.

„Was ich dir jetzt erzähle, bleibt bitte unter uns."

Andy schluckte, schwieg erneut einige Augenblicke und begann von Jake Hartmans Anruf und seiner unterlassenen Hilfeleistung zu berichten – Worte, die nur schwer über seine Lippen kamen, ihn als Arzt und Menschen diskreditierten. Wie Blei lag all das auf seinen Schultern.

„Ich möchte jetzt nicht den Richter spielen, Dad, aber warum hast du nichts unternommen?"

„Ich weiß es nicht! Wahrscheinlich nahm ich die ganze Sache nicht für bare Münze."

„Und da war bestimmt keine nachträgliche Eifersucht dabei?"

„Nein, Blödsinn, das ist doch viel zu lange her ..."

Stille.

„Ja, und was weißt du sonst noch, Dad?"

„Ich weiß, dass Ephrams und Madisons Sohn über die Tatsache, ein Adoptivkind zu sein, Bescheid weiß. Das hat mir Jake in dem Telefonat berichtet, in dessen offenbar letztem Kontakt zur Außenwelt, bevor er ..., na ja, du weißt schon ..."

„Und ich, ich habe den jungen Mann sogar persönlich kennengel..."

Mitten im Satz brach Amy ab, erschrak heftig, wurde sich der Tragweite des soeben Gehörten erst richtig bewusst.

„Was hast du gerade gesagt? Er weiß Bescheid?"

„Ja …, noch schlimmer, angeblich hatte er vor, nach seiner leiblichen Mutter zu suchen …"

Stille. Amy schwieg entsetzt. Die Mitteilung raubte ihr den Atem.

„Weiß Ephram?"

„Nein! Er hat nicht die leiseste Ahnung davon, Dad. Ich bin mir aber sicher, dass er fühlt, dass da irgendetwas nicht stimmt. Delias Besuch puffert das derzeit zwar ab, aber auch sie wittert garantiert etwas. Bislang konnte ich allerdings Jakes Tod als Grund für meine Unsicherheit und Missstimmung vorschieben."

„Dann belassen wir es bitte dabei, Amy."

Ein wenig erleichtert klang Andys Stimme.

„Dir ist aber schon klar, Dad, dass uns Ähnliches schon ein Mal sehr schlecht bekommen ist? Beschützen zu wollen funktioniert nicht immer."

„Ich weiß", Andy Brown seufzte tief „andererseits kann ich mir nicht vorstellen, dass du ganz bewusst dich und deine Familie einer massiven Gefahr aussetzen willst. Du kennst doch Ephrams Pflichtgefühl, Amy."

„Natürlich, aber es geht nun einmal um Ephrams Sohn, auch wenn wir seine Existenz immer verdrängen …"

„Das stimmt nur bedingt, Amy. Tatsache ist, dass der Junge rechtskräftig zur Adoption freigegeben wurde und der Fall dadurch juristisch völlig klar liegt."

Andy Brown räusperte sich, stützte seinen Kopf mit seiner rechten Hand und presste den Telefonhörer an sein linkes Ohr.

„Nun …, gehen wir davon aus, dass er Madison nicht gefunden hat."

„Wie kannst du dir da so sicher sein, Dad? Der Junge schien mir keineswegs dumm zu sein. Und so ganz nebenbei: Würdest du selbst jemals vergessen können, dass es einen leiblichen Nachkommen von dir gibt, den du gar nicht kennst, nicht kennen kannst, weil du als Vater nirgendwo aufscheinst?"

„Keine Ahnung, Amy. Aber Madison aufzuspüren scheint mir ein ähnliches Unterfangen zu sein wie eine Stecknadel in einem Heuhaufen finden zu wollen."

„Zufälle gibt es immer wieder." Denk einfach nur daran, unter welchen Umständen sich Madison und Ephram damals zufällig in New York getroffen haben."

Und wieder einmal lief es Amy kalt den Rücken hinunter.

„Und wenn schon! Madison hätte die Identität des unbekannten Vaters sicher nicht preisgegeben."

„Das kannst du so nicht abhaken, Dad. Kennst du deren derzeitige Lebensumstände? Vielleicht käme ihr ein Druckmittel durchaus gelegen."

„Male nicht den Teufel an die Wand, Amy!"

„Ich gehe bei solchen Dingen immer von einem Worst-Case-Szenario aus. So ein Problem kann man nicht blauäugig sehen, da kann es kein Wunschdenken geben, sonst fällt man umso tiefer."

„Du bist so weise, Amy."

„Ich bin nicht weise, ich bin fix und fertig, glaube mir, Dad."

„Ja, ja, das kann ich sehr gut verstehen. Tröste dich, mir geht es auch nicht besser. Bei mir hängt wegen der ganzen Sache der Haussegen mehr als schief."

„Weiß Nina Bescheid?"

„Ja, aber sie hält dicht, ist zuverlässig und unternimmt bislang nichts; wer weiß, wie lange noch ..."

„Und meine Eltern in Everwood, was wissen die?"

„Die wissen nur über Jake Bescheid."

„Ist klar, Dad! Mein Vater hat das typischerweise wieder einmal an die große Glocke gehängt; wie ein Waschweib."

Amy schüttelte den Kopf; sie nahm ein Taschentuch zur Hand und schnäuzte sich.

„Bitte entschuldige ..."

„Kein Problem."

Andys Körperhaltung entkrampfte sich; er lehnte sich in seinem Sessel zurück und strich über seinen weißen Bart.

„Tatsache ist: Was wir auch tun, es ist letzten Endes falsch, Dad!"

„Sieht so aus ..."

„Also können wir vorerst nur einmal hoffen und beten und wissen, dass wir nichts wissen. Reagieren statt kontrollieren ..."

„Ja, Amy! Hältst du mich gegebenenfalls auf dem Laufenden?"
„Selbstverständlich! Mach's gut in Europa!"
„Danke! Auf Wiedersehen."
Andy legte den Hörer auf. Er erhob sich und begann im Zimmer auf und ab zu gehen. Es klopfte an seiner Türe. Scott lugte herein.
„Die Reisedokumente, Herr Professor."
„Danke, Scott!"
Dr. Brown nahm die umfangreiche Kunststoffhülle entgegen, nickte dem verdienten Mitarbeiter zu und warf sie achtlos auf seinen Schreibtisch.

II

Atemlose Spannung herrschte im prall gefüllten Konzertsaal im Zentrum von San Francisco. Hoch konzentriert saß Kyle Hunter am gewaltigen Steinway-Konzertflügel. Jener Einsatz, den er am meisten liebte, am meisten schätzte, stand bevor: der geniale Übergang von c-Moll ins strahlende C-Dur im Finale des 3. Beethoven'schen Klavierkonzerts, der Übergang zur mitreißenden Coda.

Drei Mal hatte sich bislang das Rondothema im schicksalhaften c-Moll präsentiert, hatte dem Finalsatz und dem gesamten Konzert quasi den Grundcharakter der fünften Symphonie verpasst.

Ein kurzer Blick zum Dirigenten …

Kyles Finger liefen dahin, endlose Läufe; die letzte Kadenz; das geniale Thema der Coda; das Fortissimo ganz zum Schluss; die gewaltigen Schläge …

Sekundenlang war es totenstill im Saal, dann brandete Jubel auf. Die Zuhörer sprangen von ihren Sitzen auf, frenetisch feierten sie den neuen Star am Pianistenhimmel.

„Bravo, bravo!"

Peter Walkley war auf seinen Sitz gestiegen, applaudierte mit erhobenen Armen, schrie seine Begeisterung zur Bühne hin, wo sich Kyle ein ums andere Mal verbeugte, zum Dirigenten trat und sich beim Orchester bedankte.

„Na, mein Sohn, habe ich dir zu viel versprochen?"

„Nein, Dad! Er spielt wirklich unglaublich. Und er gibt tatsächlich Privatstunden?"

„Ja – zumindest hat das sein Manager behauptet."

Langsam ebbte der Jubel ab und die Musiker zogen sich von der Orchesterbühne zurück.

Arthur Walkley blickte auf seine Armbanduhr und mahnte zur Eile. In zehn Minuten sollten sie in der kleinen Cocktailbar unweit der Konzerthalle sein, wo ein kurzer Termin mit Kyle Hunter geplant war.

Peter war nervös; aufgeregt. Mit klassischer Musik hatte er nicht sehr viel Erfahrung und das, was der Pianist da hingezaubert hatte, lag weit außerhalb seiner Reichweite.

Diese Schwächen, die Mängel auf diesem Gebiet hatte natürlich auch Arthur trotz seines mangelnden Musikverständnisses geortet und seine Bemühungen in diese Richtung gelenkt.

„Und sie haben wirklich am Julliard studiert, Mr. Hunter?"

„Ja, aber – Junge, sag doch bitte Kyle zu mir!"

„Danke, gerne …"

Peter war perplex, damit hatte er nicht gerechnet.

Das Gespräch gestaltete sich äußerst angenehm. Kyle verwies allerdings immer wieder auf den großen Fleiß, der trotz aller Begabung für eine Karriere als Pianist notwendig wäre.

„Das sagte auch schon Ephram Brown zu mir, ohne dessen Hilfe ich niemals auf das Julliard gekommen wäre."

Dankbar dachte der Starpianist an seinen ehemaligen Lehrer im Provinzstädtchen. Lange hatten die beiden Kontakt gehalten, einzig in den letzten Jahren war da ein wenig Ruhe eingekehrt, was aber mit Sicherheit daran lag, dass Kyle überall auf der Welt unterwegs war und so kaum Zeit oder Möglichkeiten hatte, mit dem alten Mentor und Freund Telefonate zu führen.

Seltsam; der junge Bursche kam ihm so vertraut vor; warum kam ihm bei all den tausenden Menschen, die er mehr oder weniger gut kannte, hier und jetzt, im Gespräch mit diesem Jungen, gerade Ephram Brown in den Sinn?

„Ephram Brown?"
    Peter runzelte die Stirn.
    „Ja, Ephram Brown aus Everwood; kennst du ihn, Peter? Zur Zeit ist er, so glaube ich, Professor an der Colorado A & M."
    „Nein, nein …, schon o. k.!"

„Gut, dann sehen wir uns übermorgen zu deiner ersten Stunde. Da kommt dann ans Licht, was du tatsächlich draufhast!"

„Ja, danke! Ich freue mich schon ..."

„Ist o. k.!"

Kyle gab dem Jungen einen leichten Klaps auf die Schulter, verließ die Bar und trat auf die Straße hinaus. Vor dem Lokal stand wartend ein Mann, der nun rasch auf den jungen Pianisten zuging und ihn liebevoll umarmte. Kyle antwortete auf diese Geste mit einem Kuss; er ergriff die linke Hand des Mannes; gemeinsam, Hand in Hand, bewegte man sich einer gediegenen schwarzen Limousine zu.

Früh, mit fünfzehn und mit Ephram Browns tatkräftiger Mithilfe, hatte sich der hochbegabte Jungpianist geoutet, war nach New York gezogen, hatte dort als Jüngster seines Faches eine beträchtliche Anzahl an Menschen getroffen, die mit ähnlichen Veranlagungen gesegnet waren und die das frühe Outing des Kollegen bewundert hatten. Für Kyle war seine Homosexualität eine Selbstverständlichkeit, für die man sich keineswegs genieren oder die man ununterbrochen kritisch hinterfragen müsste. Es war einfach so ...

Diese Lockerheit hatte ihm für das Studium unendlich viel gebracht, hatte es ihn in Rekordzeit absolvieren lassen; und das Glück war ihm bislang stets zur Seite gestanden und hatte sich quasi für seine verkorkste, vaterlose Jugend revanchiert.

Mit zwanzig, vor bald sieben Jahren, hatte Kyle seinen Manager kennen- und lieben gelernt. Bis heute waren die beiden unzertrennlich, waren immer durch dick und dünn gegangen, wohnten gemeinsam in San Francisco und bedeuteten füreinander die Welt.

Schweigsam saß Peter im Fonds des väterlichen Wagens, welchen dieser zügig Richtung Marion County chauffierte.

Noch immer war der Junge von seinem ersten klassischen Konzerterlebnis aufgewühlt und erstarb innerlich vor Bewunderung für den Pianisten. War es schicksalhafte Fügung oder war es bloß Zufall, dass er in den letzten Tagen und Wochen gleichsam laufend über den Namen Ephram Brown stolperte? Jedenfalls zweifelte er nicht mehr daran, dass dieser Mensch, diese Person, sein leiblicher Vater sein müsste. Mit jedem Wort, das über ihn gesprochen wurde, das jenen als Musterbild eines hilfreichen und hoch angesehenen Menschen zeichnete, stieg Peters Interesse.

Arthur war die eigenwillige Reaktion seines Adoptivsohnes auf die Erwähnung des Namens Ephram Brown hin keineswegs entgangen, doch hielt er sich bedeckt und zog es vor zu schweigen. Peter hatte ihm ja zugesichert, er würde mit ihm reden, wenn er die Zeit für gekommen hielt.

Indes war man zu Hause angekommen ...

Mit Enthusiasmus hatte Peter seiner Mutter von dem so einschneidenden Erlebnis berichtet und von der großen Chance, bei einem absoluten Star Privatstunden zu erhalten.

Gleichsam im Gegenzug unterbreitete ihm seine Mutter ein Schreiben der Behörden, in welchem man von einer weiteren Drogentherapie Abstand nahm.

Die Sache war demnach erledigt; Peter atmete erleichtert auf.

Es hielt ihn allerdings nicht lange bei seinen Eltern. Rasch stürmte er in sein Zimmer hinauf, fuhr den Computer hoch, überprüfte die Anschlüsse an den nun endgültig wiederhergestellten und funktionstüchtigen elektronischen Geräten und des Keyboards. Peter durchforstete das Internet nach einer Partitur des soeben gehörten Konzerts, wurde alsbald fündig und druckte das Rondo, den dritten Satz, aus.

Konzentriert studierte der Junge einige Minuten lang die Notenblätter und legte sie zur Seite.

Er stellte sein Keyboard auf lautlos, schaltete die MIDI-Funktion ein, sammelte sich einige Sekunden und begann zu spielen.

Rasch baute sich auf dem Bildschirm ein Notenblatt auf, Note fügte sich an Note, Harmonie an Harmonie.
Der junge Musiker war in Trance. Und auch er erreichte die Coda, das strahlende C-Dur, und auch er konnte sich der davon ausgehenden Faszination nicht entziehen.
Schluss, Ende …
Peters Hände glitten von den Tasten hinab, ruhten einige Sekunden lang in seinem Schoß.
Er erhob sich, trat zum Drucker und beobachtete in atemloser Spannung die Blätter, die das elektronische Gerät in rascher Folge ausspuckte.
Blatt für Blatt verglich er sie mit der Partitur. Natürlich, da und dort waren Fehler, doch Kadenz wie Coda, die waren perfekt!

Müde und betrunken stolperte Bright Abbott in seine Diensträume im Rathaus von Everwood. Er hielt sich den Kopf, ließ sich auf die bequeme Sitzgruppe fallen, die in einer Ecke des geräumigen Büros stand und lagerte mühsam seine Beine auf dem dazugehörigen Couchtisch. Immer wieder trank er bei den vielen offiziellen Ereignissen, denen er amtsbedingt beiwohnen musste, kräftig über den Durst. Jeder wollte mit dem bekanntermaßen trinkfesten Bürgermeister einen Umtrunk, jeder erhoffte sich dadurch im Bedarfsfall einen gewissen Vorteil. Doch die Menschen des Städtchens waren da offenbar etwas voreilig in ihren Hoffnungen, wusste der Bürgermeister oftmals gar nicht mehr, mit wem er das eine oder andere Glas geleert und wer ihn eigentlich dazu eingeladen hatte.

Im Allgemeinen zog sich Bright dadurch aus der Affäre, dass er gleich verteilt gönnerhaft handelte, also niemanden direkt bevorzugte. Bei wichtigen Entscheidungen, den Tourismus oder das Soziale betreffend, ließ es sich so allerdings nicht handeln. Und das wusste der Bürgermeister sehr wohl. Da konnte er sich allein mit Leutseligkeit nicht aus der Affäre ziehen.

Jedenfalls litt er unentwegt unter dem Maß, das seine Mutter als so lang gediente Bürgermeisterin gesetzt hatte und dem bislang niemand auch nur annähernd gleichgekommen war. Bright wollte sich dies zwar nicht wirklich eingestehen, doch es hing wie ein Schatten über seinen Amtsgeschäften, verfolgte ihn und leitete ihn, obwohl ihm heutzutage ein professioneller Gemeinderat zur Seite stand, der keineswegs mehr mit der lockeren, offenen Geschäftsordnung in seiner Kindheit und Jugend, während der Amtsperioden der Mutter, zu vergleichen war und demnach auch der Vergleich, das Maß überall hinkte.

Bei der Bevölkerung war Bright als leicht lenkbarer Kumpel durchaus beliebt, wenn auch nicht sehr geachtet. Zu sehr verfolgten ihn seine vielen Dummheiten aus der Jugend und die mangelnde Ausbildung, war er ja nur durch das kräftige Zutun der Mutter überhaupt in die Nähe des Bürgermeistersessels gekommen.

Dass er allerdings diesen letztlich wirklich erklimmen hatte können, war einzig und allein seiner langjährigen untadeligen Amtstätigkeit im Gemeinderat und als Sachreferent zu verdanken. Da hatte die Mutter dann in Personalfragen nichts mehr Maßgebliches mitzureden gehabt. Aber selbstverständlich hatte ihm sein Name geholfen, der in den vorherigen Generationen immer für Kontinuität und Ansehen gestanden hatte, ein Name, der kommunalpolitisch einfach nicht zu übergehen war.

Bright erhob sich, schob einen kleinen Vorhang zur Seite, hinter dem sich ein Waschbecken befand. Er nahm ein weißes Handtuch, benetzte es mit kaltem Wasser, legte es auf seine Stirn und kehrte wieder in seine Ausgangsposition zurück.

Und wieder verfluchte er sich, hatte er doch so gut wie alles Trinkbare und Alkoholische bunt gemischt in sich hineingeleert. Dabei war letztlich ja alles erfolgreich gewesen. Der Spatenstich für die Grundlage der sozial- und gesundheitspolitischen Belebung des neuen Stadtteils war vollzogen und alle waren letztlich zufrieden.

Bis auf einen, der eigene Vater ...

Wahrscheinlich war es eine Flucht gewesen, eine Flucht vor der herrischen Autorität, der Unberechenbarkeit des Dr. Harold

Abbott, die ihn zu all den Gruppen und Grüppchen von Leuten, von Bürgern des Städtchens, hatte hingetrieben, wo er sich vor dessen Wut und dessen Starrsinn verstecken konnte.

Der Ärger mit dem Vater hatte lange Tradition. Niemals war dieser mit seinen Ambitionen, mit seinen beruflichen Zielen, aber auch mit seinem lockeren, ja oft abwertenden Benehmen dem weiblichen Geschlecht gegenüber einverstanden gewesen. Immer wieder hatte der Vater von ihm eine akademische Karriere gefordert. Immer wieder war ihm auch in letzter Zeit vorgeworfen worden, ohne seine Mutter wäre er gar nichts, hätte er nicht den Funken einer Chance.

Zwar hatte der Vater letzten Endes brummend und knurrend seinen politischen Werdegang zur Kenntnis genommen, wenn auch nicht akzeptiert, bei jeder Kleinigkeit aber, die dem Senior gegen den Strich ging, brachen die Wunden der vielen Enttäuschungen auf, die Dr. Harold Abbott immer noch schmerzend verspürte.

Immer wieder hatte Bright gedankenloserweise und hormongesteuert Mist gebaut, bis er sich unsterblich in Hennah, das hübsche, jedoch streng gläubige und vorehelichen Sex grundsätzlich ablehnende Mädchen aus Minnesota, verliebt hatte, die ihm die Augen bezüglich der wahren Werte von Beziehungen geöffnet hatte. In den Jahren, wo Bright während ihres Studiums an der Colorado A & M noch intensiveren Kontakt zu ihr hatte, war alles leichter gewesen. Seine Seelenfreundin hatte es wie kaum jemand anderer verstanden zu vermitteln, ihm das notwendige Selbstvertrauen dem Vater gegenüber aufzubauen, doch in den letzten Jahren hatte die viel beschäftigte Psychologin weniger Zeit gehabt, sich um Bright und um dessen familiäre Probleme zu kümmern, zumal sie überdies in ihre Heimat Minnesota zurückgekehrt war.

Bright spürte das jeden Tag, jede Sekunde. Er vermisste Hannah, ihren Trost und Zuspruch, aber auch ihre guten Ratschläge. Sie war sein Rückgrat gewesen, das ihm nun sukzessive verloren gegangen war. Diese so innige Beziehung war auch der Grund dafür, dass Bright sich bislang trotz vielfacher Gelegenheiten nicht binden wollte und das Singledasein bevorzugte.

Es klopfte an der Türe ...

„Einen Augenblick!"

Belegt klang Brights Stimme. Er stand auf, entfernte das nasse Tuch von seiner Stirn, warf es in eine Zimmerecke, tappte zur Türe und öffnete sie.

„Tante Linda! Was machst du denn hier?"

Schweigend schob Linda den jungen Bürgermeister zur Seite und schritt in dessen Amtsräume hinein. Sie blickte sich um und entdeckte das nasse Tuch auf dem Boden liegen.

Sie hob es auf, hängte es an einen Haken neben dem Waschbecken, drehte sich um und blieb in der Zimmermitte stehen.

„Hat dich mein Dad geschickt?"

Bright schluckte, ging an seiner Tante vorbei und setzte sich an seinen massiven Schreibtisch. Dort fühlte er sich vor möglichen verbalen Angriffen sicher.

„Nein, mein Lieber! Ich mache keine Botendienste ..."

Ein mildes Lächeln begann ihren Mund zu umspielen.

„Die paar wenigen Worte mit deiner Mutter haben ausgereicht, um zu wissen, wie der Hase läuft. Bright, ich werde dir jetzt etwas erzählen. Darf ich mich setzen?"

Bright nickte und wies auf einen bequemen Stuhl, der neben seinem Schreibtisch stand.

Linda nahm Platz, atmete einmal tief durch, schwieg ein paar Augenblicke und musterte kurz ihren Neffen in seinem angeschlagenen Zustand.

„Ich verstehe dich, Bright, ich verstehe deine Probleme durchaus."

Bedächtig begann die Tante zu sprechen.

Linda berichtete von den sozialen und politischen Problemen in Schwarzafrika, die sich hierzulande niemand wirklich vorstellen konnte.

„All das, was du hier erlebst, sind Kinkerlitzchen, winzige Kleinigkeiten, die letztlich keine Rolle spielen. Bright, es gibt

Schlimmeres, als einen starrsinnigen Vater, glaube mir! Du fühlst dich hier in deinem eigenen Minidrama eingeengt, kontrolliert und ausgespielt. Das ist aber dann nicht mehr so, wenn du den Wald mitsamt den Bäumen zu sehen gelernt, wenn du einmal wirklich haarsträubende Ungerechtigkeiten und soziale Katastrophen miterlebt hast. Bright, dann siehst du das Leben anders, wertvoller, offener! Der erste Schritt dorthin ist die Toleranz, die Menschlichkeit. Geh auf deinen Vater zu, setz dich mit ihm auseinander, versuche zu erkennen, warum er genau diese manchmal so undurchschaubaren Grundsätze hat. Und erklär ihm deine Beweggründe, jene Gründe, warum du so und nicht anders handeln musstest. Ich bin davon überzeugt, dass ihr beiden die ganze Sache auf die Reihe bekommen werdet. Ich kenne meinen Bruder. Im Grunde meint er es nur gut, doch auch er muss sich Sorgen machen. Lilly ist zwölf, da hat er noch geraume Zeit für einen Teenager zu sorgen."

„Das mag schon sein, aber glaubst du nicht, dass er sich das früher hätte überlegen müssen, Tante Linda? Als die kleine Lilly ins Haus kam, war er ja auch schon bald fünfzig. Auch er hätte absehen müssen, dass sich die Dinge rasant ändern würden. Normalerweise könnte er sich in wenigen Jahren zur Ruhe setzen. So muss er eben in einem Umfeld weiterschuften, in dem es nicht mehr so leicht geht wie früher, in dem er einfach immer mehr Konkurrenz bekommt. Und wenn du älter und verbraucht bist, steckst du das erst recht nicht mehr so problemlos weg. So unverständig bin ich auch wieder nicht, Tante Linda."

„Schon richtig, Bright. Mir ist auch klar, dass die Zeit mit der kleinen Lilly für dich nicht ganz leicht war und sich da möglicherweise einiges an Aggressionen aufgestaut hat. Immerhin bist du ja zu dieser Zeit alleine auf dich gestellt in Everwood geblieben, während Amy gemeinsam mit Ephram in Denver studierte. Die Unterstützung deiner Schwester hattest du nicht; dir ging es da ähnlich wie deinem Vater, nachdem ich aus Everwood weggezogen bin und ich ihn damit quasi im Stich gelassen hatte. Du weißt ja, wie lange er mir das nicht verziehen hat."

Der junge Bürgermeister schwieg, senkte seinen Blick, griff nach einem Kugelschreiber, der sich neben der ledernen Schreibtischunterlage befand, und begann auf einem Zettel herumzukritzeln.

„Es mag schon sein, dass da etwas Wahres dran ist. Der Kontakt mit Amy ist schon lange nicht der beste. Ephram war nach Colins Tod lange Zeit mein bester Freund, doch auch das ist längst Vergangenheit. Die beiden sind längst ein glückliches Paar und haben Kinder, haben ganz andere Interessen als ich."

„Du scheinst mir recht einsam zu sein, Bright."

„Nein, Tante Linda, das bin ich nicht. Ich habe doch tagtäglich mit weiß Gott wie vielen Menschen zu tun!"

„Und sind das Menschen, die dich mögen, die zu dir halten?"

Wieder schwieg Bright, ließ den Kugelschreiber auf den Schreibtisch fallen und griff sich stöhnend an die Stirn.

„Natürlich nicht, das ist eben mein Job."

„Jetzt verstehst du, wie es deinem Vater geht. Auch er hat tagtäglich mit vielen verschiedenen Menschen zu tun. Du siehst also, in den Berufen mit hoher Verantwortung bist du immer einsam. So ist das Leben. Auch ich habe das lange Jahre durchgemacht."

Bright blickte auf und sah Linda dankbar in die Augen.

„O. k., ich werde deinen Rat befolgen und demnächst mit Dad ein Glas Wein trinken gehen. Vielleicht wird er da etwas lockerer."

„Es geht gar nicht darum, ob er nun locker ist oder nicht, es geht um das grundsätzliche Zugehen aufeinander, um den Willen, miteinander, als engste Verwandte, sinnvoll zu kommunizieren, einen gemeinsamen Weg zu finden und endlich das nötige Vertrauen aufzubauen."

Linda lächelte. Sie erhob sich, trat zu ihrem Neffen, strich ihm über seine Wange und verließ die Amtsräume.

Wieder war ein arbeitsreicher, jedoch sehr einsamer Tag zu Ende.

Daniel fuhr seinen Computer herunter.

Seine geliebte Freundin fehlte ihm unendlich. Wie jeden Tag seit ihrer Abreise stand er nach getaner Arbeit von seinem Platz auf, lief ein paar Minuten im Studienzimmer herum, aß lustlos im Stehen ein paar Bissen, begab sich anschließend in seinen Wohnraum und schaltete das portable TV-Gerät ein. Während des Tages ging es noch, da waren die Kollegen aus aller Herren Länder zugegen und recherchierten wie er selbst. Da gab es das eine oder andere interessante Gespräch, die eine oder andere Diskussion. Jetzt, am Abend, hatte sich alles geleert. Die Leute waren auswärts essen gegangen oder in ihre Unterkunft gefahren. Aus Kostengründen hatte er sich gemeinsam mit Delia dafür entschieden, die Wohnmöglichkeiten hier vor Ort zu nutzen, was in trauter Zweisamkeit bestimmt kein Problem war. Alleine in den tristen Gemäuern zu sein, um die der Wind pfiff, war allerdings nicht unbedingt erfreulich. Nicht dass Daniel ängstlich gewesen wäre, nein, das war es nicht, aber das mulmige, beengende Gefühl, das oftmals die Kehle zuschnürte, das konnte der junge Mann nicht abschütteln. Und er sehnte Delia herbei, sehnte sich nach einer telegrafischen Mitteilung, die ihre Rückkehr ankündigte.

In den letzten Jahren hatte man sich verstärkt wieder auf die althergebrachten postalischen Transportmittel besonnen, zumal nach der schlimmen Rezession vor etwa zehn Jahren viele Märkte, auch die der Mobiltelefonie und die Bereiche um die KFZ- und die Flugbranche sowie der Sektor der nicht erneuerbaren Energie, nach der die Nachfrage in sich zusammengesunken war, zusammengebrochen waren. Die Bankenlandschaft hatte nach dem Zusammenbruch vieler Weltbanken ein völlig neues Gesicht bekommen. Jahrelang hatten Heerscharen an Arbeitslosen das Bild der Städte geprägt; bürgerkriegsartige Zustände hatten vielerorts geherrscht; Hungernde, Verwahrloste hatten sich zu Banden zusammengerottet, die in Geschäfte eingebrochen waren, um Essbares zu ergattern. Bedrohlich hatte sich genau jenes Bild einer politischen Situation abgezeichnet, über welches sie beide nun zu recherchieren hatten. Eine Wiederholung der Zeit vor dem Zweiten Weltkrieg war in greifbare Nähe gerückt. Doch die internationale Staatengemeinschaft, allen voran die EU, hatte im letzten Moment die Zeichen der Zeit erkannt, reagiert und das Ärgste verhindert, hatte Unmengen an finanziellen Mitteln in die Wirtschaft gepumpt und so einen Hauch an Konjunktur erzeugt, Gelder in Umlauf gebracht, wie sie in der Zwischenkriegszeit nicht in ausreichendem Maße vorhanden gewesen waren, was letzten Endes den gravierenden Unterschied und damit das Ausbleiben totalitärer Systeme ausgemacht hatte. Langsam war der Motor der Wirtschaft wieder in Fahrt gekommen, doch gewisse Produktgruppen waren teuer geblieben und man verzichtete demnach weitgehend darauf. Handys fand man nur mehr selten und wenn, dann hauptsächlich nur mehr professionell genutzt. Das Flugzeug bestieg man nur mehr bei absoluter Notwendigkeit, doch der Luxus, der während der Flüge in den Maschinen nun herrschte, erinnerte an die 60er und 70er Jahre des vergangenen Jahrhunderts und rechtfertigte in gewissem Maße den hohen Flugpreis.

In Europa war es das öffentliche Verkehrsnetz, das vorrangig ausgebaut worden war. Das Schienennetz war dicht und auf absolute Hochgeschwindigkeit ausgerichtet, was in den eher kleinräumigen Strukturen der alten Welt das Flugzeug mehr als ersetzen konnte. In den Vereinigten Staaten war dies allerdings nicht so leicht möglich gewesen. Dort stützte der Staat die Preise und machte dieses Verkehrsmittel auch für den Normalverbraucher erschwinglich.

Und auch die Schifffahrt auf den großen Strömen hatte einen bedeutenden Aufschwung genommen, was Delia und Daniel ja anlässlich ihres Ausflugs an die Donau mit großem Erstaunen zur Kenntnis nehmen hatten dürfen.

Daniel schaltete das Fernsehgerät aus; er blickte auf die Uhr und stöhnte. Erst zehn Uhr …

Der junge Mann starrte in die Dunkelheit. Wie es wohl Delia ginge? Ob sie mit der Präsentation Erfolg hatte? Daniel zweifelte keinen Augenblick daran; er vertraute der Umsicht der Freundin, deren Klugheit und Durchsetzungsfähigkeit.

Bei einem Festchen der Studentenschaft an der Colorado A & M hatte man sich kennengelernt, viele Jahre zuvor. Er, Daniel, war neu an der Uni gewesen und die fürsorgliche Delia hatte sich seiner angenommen. Zusätzlich verband die beiden eine besondere Liebe zur Reiterei und zu Pferden. Eine tiefe Freundschaft unter Fach- und Sportkollegen war entstanden. Ernsthafte Absichten hatte man niemals gehabt. Lächelnd dachte Daniel an die Ängste und Befürchtungen, die das ganze männliche Geschlecht bei dem Gedanken an eine mögliche Liaison mit Delia hatte und an die wahrscheinliche und für die Männlichkeit nicht gerade verheißungsvolle Rollenverteilung in einer Beziehung mit ihr. Natürlich hatte das Mädchen die eine oder andere Beziehung mit vorwiegend älteren Studenten gehabt, doch ernsthaft war nichts gewesen und Daniel hatte stets mit Argusaugen auf das Wohlergehen seiner kollegialen Freundin geachtet, was jedoch auch ihn selbst nicht von dem einen oder anderen Techtelmechtel abgehalten hatte.

In ihrer beider Studienzeit war jedenfalls Schmalhans der Küchenmeister gewesen, erbarmungslos hatte die tiefe Wirtschaftsflaute zugeschlagen und die jungen Leute dahingehend geprägt, dass nunmehr, wo längst alles überstanden war, der Spargedanke wieder Einzug gehalten hatte und man nicht mehr sinnlos das Geld beim Fenster hinauswarf, sich nicht mehr dem blinden Konsumwahn hingab. Eine Vernunft hatte sich breitgemacht, breitmachen müssen, denn auf Pump zu leben, war über lange Zeit nahezu unmöglich geworden, zumal keine Bank die Überziehung eines Kontos geduldet hatte und private Kredite weitgehend unerschwinglich gewesen waren. Und trotz allem hatten die jungen Leute ihre Jugend genossen, obwohl ihnen das gemeinsame Reiten aus Kostengründen oftmals nicht möglich gewesen war. Ein eigenes Pferd zu haben und dieses einstellen, pflegen und füttern zu können, war illusorisch gewesen. So war als Notlösung nur ein Reitstallbesitzer übrig geblieben, mit dem man gut befreundet gewesen war und zu dem man dann und wann bettelnd hingehen hatte können und mit viel Glück einen gemeinsamen Ausritt zugesprochen bekommen hatte. Auch in diesem Wirtschaftsbereich hatte die Rezession erbarmungslos zugeschlagen und diesen durch die schwachen Umsätze an den Rand der Existenz geführt. Man hatte einfach andere Sorgen gehabt, andere Prämissen, die Wichtigkeiten hatten sich verschoben gehabt, für Luxus war nicht viel Platz gewesen.

Der historische Tag, an welchem Barack Obama zum Präsidenten der USA gewählt worden war, der unglaubliche Tag, der weltweit Zeichen und Signale gesetzt hatte, war bereits längst Geschichte. Unglaubliches hatte die Welt von dem ersten schwarzen Präsidenten erwartet, vieles hatte er umsetzten können, vieles nicht. Durch die Rezession hatte man allerdings trotz aller Bemühungen durchtauchen müssen. Zu schwerwiegend waren die haarsträubenden Fehler des unkontrollierten Neoliberalismus, des Spätkapitalismus gewesen, die Obama als Altlasten aufgebürdet bekommen hatte. Man hatte allerdings die schlimmen Zeiten positiver erlebt und empfunden. Immer hatte auf dem Horizont ein Schimmern zu sein geschienen, das Hoffnung gegeben hatte.

Das Signal der gegenseitigen Achtung und der Toleranz jedenfalls hatte weitergelebt, lebte immer noch. Es hatte nachhaltig die sozialen Gedanken und die Politik der Welt verändert, hatte den Rassenwahn und den ausufernden Nationalismus der Rechtsradikalen zurückgedrängt und den ganzen Globus für viele Dinge offener gemacht. Und man lebte nun bewusster, freudiger, bescheidener.

Oftmals hatte Daniel mit Delia deren Bruder und Amy besucht, in Zeiten, in denen die beiden noch keine Kinder gehabt hatten oder diese ganz klein gewesen waren. Man hatte sich bei Gesellschaftsspielen vergnügt. Ephram war junger Lektor gewesen, Amy hatte ihren journalistischen Job gehabt. So waren sie ganz gut durch die Flaute gekommen und hatten die beiden Studenten auch noch ein wenig durchfüttern können.

Auf die Ärzteschaft hatte sich die massive Wirtschaftskrise wenig ausgewirkt. Der Sozialstaat hatte zwar die Ausgaben gewaltig kürzen müssen, doch war das Heer an Arbeitslosen, die nahezu alle unter psychisch bedingten Problemen gelitten hatten, vor den Ordinationstüren gestanden. Es war die Masse gewesen, die halbwegs gute Einkünfte garantiert hatte, und es war eine wiederauferstandene Dankbarkeit den Medizinern gegenüber gewesen, welche deren Motivation kräftig ansteigen hatte lassen.

Die Leute hatten zwar nicht viel an privaten finanziellen Mitteln gebracht und die Kassen hatten noch weniger gezahlt als die ohnehin dürftigen früheren Honorare. Dafür waren viele Patienten wieder mit den Früchten aus dem eigenen Garten, mit Gemüse, mit dem schönsten Stück Fleisch eines selbst erlegten Wildbrets gekommen.

Oftmals hatte Amy erzählt, dass ihre Mutter kaum noch einkaufen gehen müsste, weil der Ehemann immer mit prall gefülltem Einkaufskorb voller Frischwaren nach Hause gekommen war. Doch damit war es schon seit Längerem wieder vorbei. Den Leuten ging es finanziell wieder besser und die Begehrlichkeiten feierten erneut fröhliche Urstände.

Daniel seufzte, schaltete den Fernseher wieder ein, zappte zur BBC, um eine der großartigen englischsprachigen Dokumentationen zu sehen, die um diese Uhrzeit zumeist über den Bildschirm flimmerten, doch er wurde enttäuscht. Der Sender brachte ein Interview zu den bevorstehenden Unterhauswahlen. Der junge Mann wählte den österreichischen Sender, den er zwar aufgrund der vielen guten Spielfilme sehr schätzte, mit dem er aber oftmals sprachliche Verständnisprobleme hatte.

Nach wenigen Minuten hatte er genug; dem anstrengenden Arbeitstag Tribut zollend warf er sich auf sein Bett.

Mit den Gedanken an seine geliebte Delia schlief er ein.

12

„Also, ‚Rhapsody in Blue', wie vereinbart! Jeder von Ihnen spielt ein Stück."

Ephram war in seinem Element. Er blickte in die Gesichter seiner Studenten, deren Begeisterung und Erregung augenscheinlich waren.

Verkrampft hielten sie die Notenblätter in den Händen.

„Ich sehe Notenblätter! Meine Damen und Herren, die brauchen wir doch nicht ..., bitte legen Sie die Dinger weg."

Forsch blickte der junge Professor in die Runde, sah fragende Gesichter, die immer länger wurden.

„Sie wollen doch alle Pianisten werden, stimmt's? Haben Sie jemals in der Öffentlichkeit einen Konzertpianisten nach Noten musizieren gesehen?"

Die Studenten schüttelten allesamt den Kopf.

„Na sehen Sie ..."

„Aber ..."

„Fragen, Einwände?"

Ephram sah jenem Studenten scharf in die Augen, der offenbar seine Meinung kundtun wollte. Dieser wurde noch eine Spur röter im Gesicht, blickte jedoch sofort zu Boden und hielt seine Noten noch krampfhafter fest als zuvor.

„Nein, nichts, Herr Professor."

Jener erhob sich von seinem Sessel, trat zu dem jungen Mann hin und streckte seine Rechte aus.

„Bitte geben Sie mir das Heft ..., Sie werden sich erleichtert fühlen."

Zweifelnd hob der Student seinen Blick; er lockerte seinen Griff und übergab Ephram die geforderten Unterlagen.

„Danke ..."

Der Professor kehrte an seinen ursprünglichen Platz zurück, drehte sich um und blickte noch einmal in die Runde.

„Alles bereit? Ja? Dann bitte ich um eine kurze Entspannungsübung. Fünfmal tief durchatmen … Sie, Herr Kollege", Ephram wies auf den noch immer zweifelnd dreinblickenden Studenten, „Sie spielen das Finale."

Jener nickte zaghaft.

Nach wenigen Sekunden erhob sich der Professor erneut und trat zum Flügel.

Atemlose Spannung baute sich auf, durchzog den ganzen Seminarraum; es herrschte absolute Ruhe.

„Miss Biggs, Sie beginnen!"

Ruhig gab Ephram die Reihenfolge bekannt.

„Nun denn, auf in den Kampf!"

Langsam erhob sich die angesprochene Rothaarige und setzte sich an das gewaltige Instrument.

Ephram nickte ihr aufmunternd zu und schloss die Augen. Sie begann.

Konzentriert verfolgte der Professor Phrasierung, Rhythmus und Technik, sog jedes noch so kleine Detail in sich auf. Unvermittelt hob er die rechte Hand.

„Der Nächste!"

In den vielen Jahren Erfahrung als ausübender Musiker und als Musikpädagoge hatte er sich sein System der Spannung und Entspannung angeeignet. Bewusst setzte er seine Studenten unter ungeheuren Druck, erzeugte bewusst eine Stresssituation.

Ganz absichtlich imitierte er die Realität des Konzertsaals, die Wirklichkeit des angestrebten Berufs seiner Studenten. Sein ganzes Wissen und Können setzte er ein, seine Feinfühligkeit, aber auch seine Strenge, die ihn an der ganzen Universität gefürchtet gemacht hatte. Andererseits wussten alle die Härte dieser Schule zu schätzen, war sie ja letzten Endes eine optimale Vorbereitung für das spätere Leben.

Das Finale nahte; ein letztes Mal hob Ephram die Hand. Wie von einer Tarantel gestochen sprang der zweifelnde Student auf und lief zum Klavier.

Immer noch mit geschlossenen Augen, beschwichtigend, beruhigend bewegte Ephram seine Hand.

„Ganz ruhig …"

Punktgenau setzte der junge Mann ein, spielte ein Finale wie aus einem Guss.

Die letzten gewaltigen Akkordfolgen.

Ende …

„Na sehen Sie …"

Ephram öffnete seine Augen und nickte dem Studenten wohlwollend zu.

„Ich habe Ihnen ja versprochen, Sie werden sich ohne Hilfsmittel wohler fühlen. Besprechung in fünf Minuten!"

Unruhe machte sich im Raum breit. Die versammelte Studentenschaft erhob sich von ihren Plätzen, tuschelte in kleinen Gruppen, analysierte oder schritt nervös im Zimmer auf und ab.

Ephram hatte an seinem Tisch Platz genommen. Er griff in die Innentasche seines Jacketts, holte einen vergoldeten Stift hervor und begann auf einigen losen Blättern Papier Notizen zu machen.

Immer wieder warfen ihm die Studenten verstohlene Blicke zu. Immerhin hinge von der heutigen Zensur ein Gutteil der Semesternote ab.

Pünktlich hatte der strenge Lehrer seine Notizen beendet und versammelte die kleine Gruppe um sich. Erneut stieg die Spannung; alles schwieg.

Ephram lehnte sich in seinem Sessel zurück, atmete einmal tief durch und sah in die gespannt und erwartungsvoll dreinblickende Runde.

„Sie haben das gut gemacht, meine Damen und Herren! Ich gratuliere!"

Ephrams Lob klang ehrlich; sein Mund verzog sich zu einem sanften Lächeln.

„Den Vogel hat jedoch unser Finalist abgeschossen. Das war eine lupenreine Eins."

Der Lehrer stand auf und zog den jungen Mann unter den neidischen Blicken seiner Kommilitonen zur Seite.

„Sie haben eine unglaubliche Begabung. Glauben Sie mehr an sich und legen Sie Ihre fürchterliche Nervosität ab, für die besteht nämlich keinerlei Grund."

„Danke …"

Erneut wurde der junge Mann krebsrot im Gesicht, zog sich unverzüglich zurück und tauchte in die Studentengruppe ein, wo er von der Kollegenschaft mit halbherzigem Schulterklopfen empfangen wurde.

Ephram schüttelte den Kopf.

Irgendwie sah er sich selbst in dem jungen Mann, sah seine eigene Unsicherheit, die ihn jahrelang in seinem Leben als aktiver Musiker begleitet hatte.

„Bitte noch um kurze Aufmerksamkeit! Nächste Woche geht es zurück in die Barockzeit; nehmen Sie alle Bachs ‚Wohltemperiertes Klavier' mit. Das haben Sie doch alle?"

Ephram schmunzelte, packte seine Notizzetteln in seine Tasche und entließ die Studenten in die Freiheit.

Er wendete seinen Kopf dem Fenster zu, sah hinaus und nahm die Sonne wahr, die nach den Regengüssen noch matt durch das noch dichte Gewölk blinzelte.

Er fuhr sich mit der Rechten durch sein braunes Haar und runzelte plötzlich die Stirn.

Auf Amy, auf die eigenwillige Stimmung daheim hatte er glatt vergessen.

„Ephram!"

Der Musiklehrer zuckte zusammen und sah zur Türe. In dieser war seine Schwester erschienen und winkte ihm zu. Er nahm seinen Aktenkoffer, lief Delia entgegen und nahm sie freudig in die Arme.

„Ist alles klargegangen mit deiner Präsentation, Süße?"

„Aber ja, Bruderherz, bislang schon. Das Dekanat ist schwer beeindruckt. Hattest du denn etwas anderes erwartet?"

Frech blickte ihm seine jüngere Schwester ins Gesicht und boxte ihn in die Rippen.

„Nein, wie könnte ich? Gratuliere!"

Ephrams Lippen verzogen sich zu einem fröhlichen Lächeln.

„Hast du Zeit? Gehen wir gemeinsam essen?"

„Gerne, Ephram." Einträchtig strebte das Geschwisterpaar der Mensa entgegen, wo man alsbald ein passendes Tischchen gefunden hatte. Ephram begab sich zur Theke, wählte ein Sandwich aus, trat zur automatischen Espressomaschine, warf einige Münzen ein, drückte auf eine Taste und beobachtete das Aufgussgetränk, wie es dampfend und duftend in die Tassen rann. Er belud ein Tablett und kehrte zu seiner Schwester zurück, die aufgrund des großen Andrangs im Lokal an dem Tischchen sitzen geblieben war.

Ephram stellte Teller und Tassen an ihren Platz, legte das Tablett auf einen freien Sessel und sah Delia fragend in die Augen.

„Was ist?"

Die Brünette runzelte die Stirn.

„Ist dir an Amy nichts aufgefallen, Delia?"

„Doch, schon. Sie war einfach komisch."

„Komisch? Na, das ist aber nett ausgedrückt. Ich verstehe nicht, wieso sie die Sache mit Jake so belastet. So nahe standen sich die beiden nun wirklich nicht."

„Ephram, ich sage dir, das ist es nicht ..."

„Was soll es sonst gewesen sein, Delia? Mit L. A. verbindet sie doch nichts Emotionales. Ich glaube, sie selbst war überhaupt erst das erste Mal dort."

„Keine Ahnung ..."

Delia zuckte ratlos mit den Achseln.

„Ist mit den Kindern etwas los? Vielleicht zweifelt sie nur an ihrer Belastbarkeit?"

„Delia, du weißt, Amy ist stark und sehr wohl belastbar."

„Hast du vergessen, wie lange sie nach Collins Tod Antidepressiva genommen hat?" Verwundert sah Delia ihrem Bruder in die Augen. „Kommt dir so etwas nicht in den Sinn, mein Lieber?"

„Nein, bislang nicht. Aber – deine Gedanken machen Sinn ..."

Ephram fixierte Delias Rechte, die offen auf dem Tischchen lag, und rieb sich die Stirn. Abwesend nahm er ein Brötchen und biss hinein.

Lange kaute er den Bissen, langte nach der Kaffeetasse und führte sie zum Mund.

Ohne getrunken zu haben, stellte er sie wieder ab.

„Du könntest tatsächlich recht haben. Dann ist das allerdings großteils meine Schuld, Delia. Ich habe viel zu viel und viel zu lange alles für selbstverständlich genommen. Amy war immer da, als perfekte Hausfrau und Mutter, hing der Kinder wegen ihren Job an den Nagel. Und mit der Wiederaufnahme ihres Wirkungsbereiches könnte sie wirklich überfordert sein."

„Selbstgeißelungen bringen nun auch nichts. Du solltest in diesem Zusammenhang einfach mit deiner Frau sprechen. Ich habe abends ohnedies hier an der Uni zu tun und komme erst spät zu euch nach Hause. Da habt ihr Zeit genug."

Ephram nickte; seine Schwester hatte recht. Hastig schlang er sein Sandwich hinunter, leerte die Kaffeetasse, nahm Jackett und Aktenkoffer, küsste die hübsche junge Frau flüchtig auf die Stirn und eilte davon.

Im Hause Brown in Denver war es ruhig geworden. So rasch als möglich war Ephram nach Hause gefahren, wo er von Amy in gewohnter Art liebevoll empfangen wurde. Wie üblich hatte man mit den Kindern scherzend und lachend zu Abend gegessen, hatte sich gemeinsam noch eine Episode einer neuen Familienserie angesehen. Danach hatten sich Nikki und Harry auf ihre Zimmer zurückgezogen.

Ephram hatte das Fernsehgerät abgedreht und stattdessen eine Tonkonserve mit Soulmusik bemüht.

Das Licht war schummrig und gedimmt. Fest kuschelte sich Amy an ihren Mann. Dieser strich ihr liebevoll über ihr golden glänzendes langes Haar und küsste es.

„Ephram, die Kinder schlafen noch nicht und Delia müsste ja auch bald kommen."

„Nein, Liebes, Delia kommt spät. Sie hat an der Uni zu tun."

Ephram spürte Amys Lächeln.

Wiederum strich er ihr übers Haar und ließ seine Linke an ihrer Taille ruhen.

„Was ist mit dir Amy? Hast du Probleme? Kann ich dir helfen?"
Ruhig sprach Ephram, besorgt ...
„Was sollte mir fehlen, mein Lieber?"
„Du warst gestern so eigenartig, so fremd."
„Ephram, ich war einfach geschafft und dann kam auch noch deine Schwester."
„Du hast die Halskette, die du so liebst, zu den Kinkerlitzchen sortiert. Das passt nicht, Amy."
„Habe ich das?"
Amy richtete sich ein wenig auf.
„Ja, hast du ..."
„Da siehst du, wie geschafft ich war."
Amy wendete sich ihrem Mann zu und grinste.
„Noch etwas, Amy. Nimmst du wieder Antidepressiva?"
Amy richtete sich vollends auf und schob Ephrams Hand von ihrer Taille weg.
„Spinnst du? Wie kommst du darauf? Wer hat dir diesen Floh ins Ohr gesetzt?"
„Niemand ..., ich dachte nur ..."
„Was dachtest du?"
Böse, ungehalten klangen Amys Worte.
„Offenbar nichts ..., bitte entschuldige."
„Schon gut ..."
Amy ließ sich wieder auf das Sofa in Ephrams Arme zurückfallen, suchte seine Rechte und legte sie wieder an ihre Taille.
Tief atmete sie durch und schloss die Augen.
Was mochte die Zukunft bringen ...

„Hast du kein echtes Klavier, Peter?"
Kyle war überrascht. Er sah sich im Zimmer seines neuen Schülers um, bemerkte sehr wohl das Keyboard und weiteres elektronisches Gerät, das überall herumstand, doch einen Flügel oder ein Pianino fand sich nirgends.
„So können wir leider nicht arbeiten ..."

Peter erschrak.

Rasch kramte er die Notenblätter hervor, die sein Computer unlängst ausgespuckt hatte, das Finale des 3. Beethoven'schen Konzerts und reichte sie dem Starpianisten.

Dieser überflog sie und legte sie zur Seite.

„Das ist ja schön und gut, aber es interessiert mich nicht. Ich zweifle nicht an deiner Musikalität, doch wie willst du etwas perfektionieren, wenn du das Instrument gar nicht besitzt oder kannst?"

„Kyle, das Keyboard hat den gleichen Anschlag wie ein Konzertflügel."

„Aber es ist keiner!"

Der Pianist wurde laut und ungehalten. Er erhob sich und trat zur Türe.

„Meine Zeit lasse ich mir nicht stehlen. Nächste Woche kommst du zu mir. Da steht ein Bösendorfer. Da kommt dann die Stunde der Wahrheit und wir werden sehen, was du tatsächlich technisch draufhast."

Kyle drehte sich um, verließ Peters Zimmer und ließ den verdutzten Jungen alleine zurück.

Dieser rief ihm nach und lief die Treppen hinunter. Zu spät – der Pianist hatte bereits das Haus verlassen.

Arthur Walkley kam herbeigeeilt. Er hatte die lauten Worte vernommen, die aus Peters Zimmer gedrungen waren.

„Was war denn los, mein Junge?"

„Ach, der Mann spinnt ja ..."

„Wieso?"

„Er behauptet steif und fest, ein Keyboard wäre mit einem richtigen Klavier nicht zu vergleichen."

„Und wenn er recht hat?"

Arthur runzelte die Stirn und rieb sich seine Nasenflügel.

„Leider kann ich dir da nicht weiterhelfen; wie du weißt, verstehe ich davon gar nichts. Ich konnte dir nur den Lehrer vermitteln."

„Ich weiß, Dad."

Bekümmert und unsicher blickte Peter zu Boden und biss sich auf die Unterlippe.

Schon immer hatte der Junge mit dem diesbezüglichen Unwissen seiner Adoptiveltern zu leben und demnach kaum fachliche Unterstützung genossen. In diesem Moment kam ihm das jedoch besonders schmerzlich zu Bewusstsein. Natürlich hatten sie ihm die elektronischen Geräte gekauft, hatten ihm letztlich dadurch ermöglicht, mit seiner Band erfolgreich zu sein, aber das tiefe Verständnis, eine Leidenschaft für die Materie konnten sie nicht aufbringen.

Autodidakt, allein durch seine Musikalität und seinen Fleiß, nur ein wenig unterstützt von einem allgemeinen weiterführenden Musikunterricht hatte Peter alles erlernen können. Sollte er gerade jetzt einen Punkt erreicht haben, wo nichts mehr weitergehen könnte?

Peter wandte sich um und stieg langsam die Treppen hinauf, ratlos blickte ihm sein Vater nach.

Der Junge warf sich auf sein Bett und langte nach dem Laptop. Er loggte sich im Internet ein und rief die Homepage der Colorado A & M auf. Nach kurzer Suche stieß Peter auf eine Seite, die den Lehrkörper betraf. Zaghaft betätigte er den Link zu Ephram Brown.

Nach wenigen Zehntelsekunden erschienen auf dem Bildschirm dessen Lebenslauf und beruflicher Werdegang. Atemlos las Peter: Studium hier an der Colorado A & M, Gastsemester am Julliard, New York, Publikationen, verheiratet, Fächer Kontrapunkt und Klavier-Vorbereitung Meisterklasse.

Peter scrollte weiter, bis Ephrams Porträt am Bildschirm erschien und er zuckte zusammen. Es erschien ihm, als blicke er sich selbst an, aus den gleichen hellblauen Augen wie den seinen, die unterhalb der gleichen markanten Stirn saßen.

Fieberhaft suchte Peter im Kontaktbereich nach einer Telefonnummer des Instituts und fand sie rasch. Eilig schrieb er sie auf einen Zettel und legte sie in die Lade seines Nachttischchens.

Wohl keiner außer Ephram Brown selbst würde ihm ernsthaft weiterhelfen können.

„Meine Lieben, ich danke euch!"
Delia hatte ihre Siebensachen zusammengepackt und stand umringt von Bruder, Schwägerin, Nikki und Harry im Flur des Hauses Brown in Denver.
„Nichts zu danken, Delia!"
Ein ums andere Mal umarmte Amy die Schwägerin, wünschte ihr alles Glück der Welt.
Und auch Nikki und Harry umhalsten ihre Tante, die sie in den wenigen Tagen ihrer Anwesenheit erst so richtig kennengelernt hatten. Ihnen tat es leid, dass man sie jetzt für lange Zeit wieder aus den Augen verlieren würde. Die Mutter mahnte nun allerdings zur Eile; die Schule wartete.
Ephram hob Delias Koffer, öffnete die Eingangstüre seines Hauses und marschierte zur Garage hinunter. Delia schulterte ihren Rucksack und folgte dem Bruder. Auf halbem Wege drehte sie sich noch einmal um und blickte winkend zu Amy und den Kindern zurück, die gerade eilig ihre Schulranzen aufnahmen. Und auch Amy winkte heftig und rief der Schwägerin einen allerletzten Abschiedsgruß zu.

Für Delia waren die vergangenen Tage höchst erfolgreich gewesen. Das Dekanat hatte ihre bisherige Arbeit für herausragend gehalten, wobei Delia bemüht gewesen war, die so hervorragende Zusammenarbeit mit Daniel herauszustreichen, was die Fakultät auch positiv zur Kenntnis genommen und ein gesondertes offizielles Anerkennungsschreiben an Daniel verfasst hatte.
Letzten Endes hatte man drei weitere Monate Studienzeit in Europa genehmigt, ausreichend, um das Publikationsprojekt abzuschließen.

Zufrieden und bereits sehnsüchtig an ihren Freund und ihre Rückkehr nach Europa denkend setzte sich Delia auf den Beifahrersitz und schloss die Türe.
„Alles klar?"
Sie bedachte Ephram mit einem Seitenblick, während dieser den Schlüssel in das Zündschloss steckte und den Wagen startete.

„Ja, natürlich …"
„Wirklich? Hast du die Sache mit Amy geklärt? Irgendwie schien sie mir wieder ganz die Alte zu sein, obwohl ich zugegebener Maßen sehr mit mir selbst beschäftigt war."
„Aber ja, Delia …"
Ephram lächelte und steckte seine Pfeife in den Mund.
„Zusätzlich hat sie mir glaubhaft versichert, dass sie keine Medikamente nimmt. Sie dürfte einfach mit der ganzen Sache überfordert gewesen sein. Du kennst sie doch! Seit wir die Kinder haben, wohnen zwei Seelen in ihrer Brust."
„Oh ja …"
Delia nickte verständnisvoll. Gut konnte sie sich an die vielen Diskussionen erinnern, die sie mit Amy und Ephram geführt hatten, als sie mit Daniel, dem Freund und Kollegen, in ihrer Studienzeit oftmals bei den Browns zu Besuch gewesen war und der Ausstieg der Schwägerin aus ihrem Job zur Debatte gestanden hatte.
„Und, freust du dich auf Europa? Kann ich durchaus verstehen; manchmal beneide ich dich. Nach Zentraleuropa bin ich ja leider nie vorgedrungen. Muss wirklich interessant sein …"
„Ist es, Ephram, doch vorrangig freue ich mich darauf, unseren Dad zu sehen."
„Glaube ich dir. Richte ihm Grüße von mir aus und wünsche ihm von mir alles Gute! Sage ihm, dass ich an ihn denken werde."
„Mach ich doch gerne. Ich freue mich sehr, dass ihr euch endlich so gut versteht."
„Weißt du, Delia, die wenigen Male im Jahr, die wir uns sehen, freuen wir uns darüber, dass wir uns sehen und uns geistig austauschen können. All das, was ich ihm früher vorgeworfen habe, habe ich ihm längst verziehen. Und heute, bei meinen eigenen Kindern, würde ich wahrscheinlich ähnlich handeln, wie er es tat: beschützen, was einem lieb und teuer ist. Der einzige Unterschied zu ihm ist, dass ich das niemals aus Selbstzweck, aus Gier nach Kontrolle oder als Halbgott in Weiß machen würde. Vielleicht tue ich ihm aber auch Unrecht, wer weiß?"
Erneut nickte Delia und seufzte.

„Ich hätte auch schon gerne Kinder, Ephram. Dafür beneide ich dich in letzter Zeit manchmal."

„Es ist aber nicht einfach; alles wird anders, alles stellt sich um; alles dreht sich um den Nachwuchs. Die Ehe wird zur Routine. Du läufst wie ein gut geöltes Uhrwerk, musst auf vieles verzichten. Die Kinder werden zum Mittelpunkt des Lebens. Und ehe du es dich versiehst, sind sie draußen, leben ihr eigenes Leben und du kannst nur mehr zusehen. Sie kommen dann bestenfalls noch freiwillig, wenn sie Hunger haben oder Geld brauchen."

Delia runzelte die Stirn.

„Glaubst du das wirklich?"

„Ja, absolut. Denke doch nur an mich! Ich bin nach Europa abgehauen, habe meinen ganzen Frust an unserem Dad abgeladen, der es ohnehin ohne unsere Mutter so schwer gehabt hat, bin dann nach meiner Rückkehr sofort aus- und bei Bright in die Besenkammer eingezogen. Zum Wäschewaschen und zum Hungerstillen war es allerdings zu Hause bei Dad gut genug. Ich war unfair; doch das erkennst du erst, wenn du selbst Kinder hast."

Ephram brach ab. Er legte den Blinker ein, verließ den Highway und fuhr in das Flughafengelände ein.

„So, da wären wir!"

Ephram stellte seinen Wagen im Halteverbotsbereich ab, sprang heraus und holte Delias Gepäck aus dem Kofferraum.

„Flott, flott, Süße! Du weißt, hier darf man nicht einmal eine Minute stehen bleiben!"

Lächelnd umarmte der Musiklehrer seine Schwester.

„Mach's gut, grüß Dad und weiterhin viel Erfolg!"

„Ja, dir auch!"

Delia wandte sich um und strebte mit wehenden Haaren der Abflughalle entgegen.

Einige Sekunden blickte ihr Ephram nach. Das rasche Näherkommen eines Exekutivorgans ließ ihn jedoch unverzüglich wieder in den Wagen springen und den Verbotsbereich verlassen.

Drohend, tadelnd hob der Beamte die Hand.

Ephram grinste, zog an seiner Pfeife und war nach wenigen Sekunden dessen Blicken entschwunden.

13

Es war früh am Morgen des 20. Mai.
Wie immer stand Madison in ihrer kleinen Küche und kochte Wasser für ihren Kaffee. Wie so häufig hatte sie erst wenige Minuten zuvor ihren letzten Freier der Wohnung verwiesen, nach Hause geschickt.

Blau stieg der Dunst ihrer Zigarette empor. Ein Luftzug bauschte die Gardinen des Küchenfensters, zerstob den Rauch. Gelangweilt blickte sie aus dem Fenster; nicht einmal der perverse Spanner von gegenüber war zu sehen.

Madison zuckte die Achseln und wendete sich wieder dem Topf am Herd zu, in welchem das heiße Wasser zu brodeln und zu blubbern begann. Sie langte nach der Dose mit Löskaffee, öffnete sie, nahm einen kleinen Löffel zur Hand und ließ damit das schwarzbraune Pulver in ihre Tasse rieseln. Vorsichtig nahm sie den Topf vom Herd und schüttete das kochend heiße Wasser hinzu. Das Getränk begann aufzuschäumen, stieg über den Tassenrand hinaus und begann sich über die alte Resopalplatte zu ergießen.

Fluchend stellte Madison den Topf auf den Herd zurück, nahm einen schmutzigen Lappen und wischte die Bescherung weg.

„Ein wunderbarer Tag …"

Verächtlich warf die blonde Frau das heiße, triefende Stück Stoff in die Spüle und setzte sich auf einen Hocker, der immer irgendwo herumzustehen pflegte.

Sie nippte an der Tasse und verbrannte sich die Lippen.

„Verdammt …"

Hass stieg in ihr hoch, Hass auf sich und auf ihr verpfuschtes Leben, dem sie nichts mehr Positives abgewinnen konnte. Immer wieder, wie eine endlose Leier, drehten sich die Bilder der vergangenen Tage und Wochen in ihrem Gehirn herum, die verachtenden Blicke Peters, die Geldscheine, die durch die Luft flogen, das gehässige Lachen des Tabakladenbesitzers und die barschen Worte ihres Chefs bei ihrer Entlassung.

Und immer wieder tauchten Andy Browns Worte auf, Worte, die sie schon lange vergessen geglaubt hatte und die jetzt mit einem Mal wieder völlig präsent geworden waren und an erschreckender Aktualität gewonnen hatten: „Du gehst …"

Wie richtig! Gehorsam war sie gegangen, hatte sich dem Dunstkreis der Familie Brown entzogen, hatte frühzeitig ihr Leben weggeschleudert, ohne Chance auf einen langfristig sinnvollen und ihrer wahren Talente würdigen Neubeginn. Alles hatte ihr Andy Brown genommen.

Immer wieder hatte sie in den letzten Tagen auf den Zeitungsausschnitt geblickt; mit jedem Mal war der Hass auf den Mann stärker geworden, füllte nun ihr Denken aus, ließ sie nicht zur Ruhe kommen. Und mit jedem Mal waren ihr die salbungsvollen Sätze irrationaler, unfairer, verlogener vorgekommen. Wenn doch die Menschen, die den Mann vergötterten, den Hut vor ihm zogen, vor ihm in Ehrfurcht verstarben und auf dem Bauch lagen, endlich die Wahrheit über ihn erfahren könnten, er würde sein ganzes restliches Leben Buße tun …

Madison ballte ihre Fäuste; sie fühlte sich machtlos.

Ihr Blick fiel auf die Küchenlade; reflexartig öffnete sie diese und griff hinein.

„Er wird es büßen …"

Einsam und nachdenklich schritt Andy Brown durch die endlosen Fluchten des New Yorker Flughafens. Er hatte keinen Blick für die Menschenansammlungen rund um sich herum. Er wollte nichts anderes, als seine Tochter sehen und so schnell wie möglich fort.

Nina hatte ihn noch zum Flughafen von Chicago begleitet, unterkühlt hatte man Abschied genommen. Und auch Sam war am Airport erschienen und hatte dem Stiefvater Glück gewünscht. Wie gerne wäre dieser doch nach New York mitgekommen, um seine Stiefschwester nach so langer Zeit endlich einmal wiederzusehen. Seine berufliche Verpflichtung hatte dies jedoch unmöglich gemacht.

Andy und Nina hatten dies letzten Endes mit Wohlwollen gesehen. Endlich schien der junge Mann wirklich erwachsen und vernünftig zu werden.

Wenige Stunden zuvor hatte man ihn, Andy, an der Universität verabschiedet, ihm Glück und Erfolg gewünscht. In einer kurzen Rede hatte er sich bedankt und seine große Verpflichtung seiner nun schon langjährigen wissenschaftlichen Heimstätte gegenüber bekundet.

Prüfend betrachtete Andy seinen großen Aktenkoffer, den er in der Linken mit sich führte. Hoffentlich hatte er nichts vergessen …

Er zuckte mit den Achseln; wenn schon, er vertraute auf seine Erfahrung und auf seine Fähigkeiten zur Improvisation.

Bedächtig schritt er weiter, lugte unter seinen buschigen weißen Augenbrauen hin und wieder zu den vielen bunt leuchtenden Anzeigetafeln und Wegweisern, die überall an allen Kreuzungen und Gabelungen der verschiedenen Gangfluchten befestigt waren, und er blickte auf seine Uhr.

Brummend stellte er fest, dass er noch etwas Zeit hätte, beschleunigte seinen Schritt und peilte ein kleines Café an, das mit vielen bunten Neonbuchstaben die Qualität seiner Produkte anpries.

„Alles beim Alten …"

Stirnrunzelnd nahm Andy Brown an einem leeren Tischchen Platz.

„Die belebte Konjunktur hat wieder voll zugeschlagen …"

„Wie meinen, der Herr?"

Ein untadelig gekleideter Kellner hatte sich seinem Platz genähert.

„Ach nichts, bringen Sie mir bitte einen kleinen Espresso."

„Selbstverständlich, der Herr."

„Danke ..."

Andy lehnte sich in dem unbequemen Sesselchen zurück, dessen Ergonomie seiner beachtlichen Körpergröße keineswegs entsprach.

Oftmals kam ihm die alte „neue Dankbarkeit" der Rezessionszeit in den Sinn, die ja auch vor dem Spitalsbereich nicht haltgemacht hatte, wo die Begehrlichkeiten der Patienten spürbar zurückgegangen waren, ohne dass die medizinische Versorgung deshalb schlechter geworden wäre. Im Gegenteil, mit den rückläufigen Ansprüchen waren die Leute a priori gesünder geworden, hatten gesünder gelebt, hatten sich gesünder ernährt und einfach wieder mehr Bewegung in frischer Luft gemacht.

Es war alles in allem ein recht befriedigendes Arbeiten gewesen.

Doch nun, wenige Jahre später, war alles wieder vergessen, vergraben, Vergangenheit. Die Rechtsanwälte hatten ebenso wieder Hochkonjunktur und verdienten sich an den Tausenden Prozessen gegen vermeintliche ärztliche Kunstfehler im Spitalsbereich goldene Nasen.

Gedankenverloren griff Andy Brown in seinen Hosensack, zog ein blütenweißes Taschentuch hervor, nahm seine Brillen ab und reinigte penibel die Gläser.

Zwinkernd rieb er sich die Augen und griff nach der Tasse, die ihm der Kellner gerade beflissen serviert hatte.

Andy nippte daran, stellte die Tasse wieder zurück und prüfte den Sitz seiner Krawatte.

Eine Art Nervosität, positive Nervosität, stieg in ihm hoch.

Er schob all die negativen Gedanken von sich. In wenigen Minuten wartete das Wiedersehen mit der Tochter auf ihn und es wartete ein großer Jet, der ihn weit weg von hier, weit weg von seinen Problemen, weit weg von einem gravierenden Fehler bringen würde. Und er dachte an Ephram und dessen Flucht nach Europa und es keimte in ihm das erste Mal volles Verständnis für dessen damalige Aktivität auf.

Rasch trank er seinen Kaffee aus, legte einige Münzen auf das kleine Aluminiumtablett, erhob sich, schritt eilig davon und erreichte bald darauf den richtigen Terminal.

Delia war in Eile. Ihr Flug von Denver nach New York hatte etwas Verspätung gehabt. Mit wehenden Haaren lief sie über das Flughafengelände.
Immer wieder blickte sie nervös auf ihre Armbanduhr. Ihr Herz pochte, ihr Atem ging schnell und stoßweise.
Endlich hatte auch sie den Terminal Richtung Europa erreicht ...
Von Weitem schon erblickte sie ihren Vater, der gerade dabei war, seinen Koffer auf das Förderband zu stellen.
Tief atmete sie durch; alles würde nun doch planmäßig funktionieren.
Sie nahm die Geschwindigkeit ihrer Schritte zurück, sammelte sich einige Sekunden und rief sodann schon aus einiger Entfernung in Richtung des Vaters, ein Versuch, den der hohe Lärmpegel allerdings zunichtemachte.
Aus den Augenwinkeln heraus bemerkte Delia eine blonde Frau, die versteckt und vom allgemeinen Trubel unbemerkt offenbar wartend hinter einer Säule stand.
Delia stutzte; die Frau kam ihr bekannt vor.
Die Brünette kramte in ihren Gehirnwindungen. Woher kannte sie bloß diese Frau?
Langsam griff jene in den Sack ihres Mantels und blickte kurz prüfend um sich. Einen kurzen Augenblick lang trafen sich die Blicke der beiden Frauen.
„Madison!!"
Überrascht ließ Delia ihren Koffer fallen und trat mit offenen Armen auf ihre ehemalige Babysitterin und beste Freundin zu.
„Was tust du hier?"
Ungerührt, unbeeindruckt zog die Hasserfüllte, Verzweifelte ihre kleine Pistole hervor und richtete sie auf Andy Brown.

Delia erschrak. Panisch packte sie das Handgelenk der Blonden, versuchte ihr die Waffe zu entreißen.

Umsonst ...

Ein Schuss löste sich, traf Andy Brown; knallend fiel dessen Aktenkoffer zu Boden.

Der Professor krümmte sich und sank in sich zusammen.

14

„Ich denke, das war's …"
Übermüdet und geschafft blickte der Leiter des Operationsteams in die Runde und streifte seine Handschuhe ab. Da standen sie und nickten, die Chirurgen des New Yorker Krankenhauses … An keinem waren die Ereignisse der letzten Stunden spurlos vorbeigegangen.

Mit dem Hubschrauber hatte man den weltbekannten Neurochirurgen Dr. Brown ins Krankenhaus gebracht, man hatte sich mit allen zur Verfügung stehenden medizinischen und technischen Mitteln um die schwerst verletzte linke Hand des Professors gekümmert.

„Er ist Linkshänder, nicht wahr?"
Bedauernd murmelte der plastische Chirurg in seine Maske.
„Na ja, operieren wird er wohl nicht mehr können."
„Nein, mit Sicherheit nicht. Professor Brown kann von Glück reden, wenn er das Schreiben wieder halbwegs erlernt."
Der Leiter des Teams strich sich über das Kinn. Er kannte den berühmten Kollegen noch von früher, aus dessen New Yorker Zeit, hatte das eine oder andere Mal als junger Arzt das Glück gehabt, mit ihm zusammenarbeiten zu dürfen.
„Furchtbar, was alles passieren kann … Weiß jemand über den Täter Bescheid?"
Die versammelte Ärzteschaft schüttelte die Köpfe.
Die Notsituation am Flughafen, die Tatsache, dass aufgrund der instabilen Situation und des hohen Blutverlustes des Getroffenen massiv die Zeit gedrängt hatte, all das war nicht dazu angetan gewesen, die näheren Umstände zu hinterfragen. Es hatte reagiert, operiert werden müssen so schnell als möglich.

Der Teamleiter warf einen letzten prüfenden Blick auf die elektronischen Kontrollgeräte im Operationsbereich. Alles war normal, im grünen Bereich.
Erneut nickte er seinen Kollegen zu.
„Gute Arbeit, Leute ... Verbinden!"
Er bedachte eine Operationsschwester mit einem Seitenblick, die sich daraufhin unverzüglich entfernte, ebenso rasch mit einem Stab Verbandsschwestern wieder zurückkehrte und mit jenen penibel den geforderten Verband anlegte.

„Er wird schon wieder ..., machen Sie sich keine Sorgen!"
Immer wieder redete der Psychologe auf Delia ein, die bleich und völlig verstört im Vorraum der Intensivstation saß und unverwandt durch die Glasscheibe blickte, hinter der der Vater aus der langen Narkose endlich wieder erwachen sollte.
Nur bruchstückhaft erinnerte sie sich an die vergangenen Stunden. Die Erinnerungen waren wie ein Mosaik, bei dem es nur ganz wenige Steine gab, die nicht zusammenzupassen schienen – ein Film mit vielen Lücken ...
Delia hatte aus der Nähe ganz leise den Schuss gehört, den Vater gesehen, der in sich zusammengebrochen war. Panisch war sie zu ihm gelaufen. In Windeseile hatte man die Flughafensanität gerufen, die binnen kürzester Frist eingetroffen war und sich um den Verletzten gekümmert, ihn unverzüglich ins Krankenhaus gebracht hatte.
Natürlich hatte Delia versucht die kopflos, ratlos Umherstehenden zur Verfolgung der Täterin zu bewegen, doch hatte man weder definitiv einen Schuss gehört, noch war klar gewesen, wer ihn abgegeben hatte und wen man eigentlich hätte verfolgen sollen.
So war Madison längst in der Masse der Menschen verschwunden gewesen.
Egal, man würde sie sicherlich alsbald ausfindig machen.
Der Vater war zurzeit wichtiger.

Die Polizei war erschienen, hatte Delias Aussage sowie Namen und Beschreibung der Täterin entgegengenommen, der Wartesaal war geräumt worden, das Szenario nachgestellt.

Und bald war klar gewesen, dass ohne Delias Anwesenheit am richtigen Ort zur richtigen Zeit und ohne deren Versuch, Madison die Waffe aus der Hand zu reißen, Andy Brown mit Sicherheit nicht mehr am Leben wäre.

Wenig später hatte man das ganze Flughafengelände gesperrt.

Fieberhaft war die Suche nach Madison gelaufen; Dutzende Sicherheitskräfte hatten das Gelände durchkämmt, jeden Winkel, jeden Raum; erfolglos. Die blonde Frau war Delias Beschreibung zum Trotz unauffindbar geblieben; eine Großfahndung war eingeleitet worden.

Und alsbald war die Presse erschienen, Kamerateams hatten sich eingestellt, Reporter belagerten das Krankenhaus, wollten ein ärztliches Bulletin über den Zustand des berühmten Mediziners, doch man hüllte sich in Schweigen. Noch war man nicht so weit. Die Leitung des Krankenhauses hatte den Medien einen Maulkorb erteilt und sie dringend ersucht sich bis zu einer allfälligen Pressekonferenz zu gedulden.

Und tatsächlich, der Bitte wurde nachgekommen, was auch einer Entwicklung während und nach der Rezessionszeit zu verdanken war. Die Medienlandschaft hatte sich verändert, man nahm trotz aller notwendigen Aktualität wieder etwas mehr Rücksicht auf den Menschen selbst und dessen Privatsphäre. Man hielt nicht mehr sehr viel von Skandalgeschichten. Verstärkt, in breiter Form hatte die Medienlandschaft bildende Aufgaben übernommen. Die Regenbogenpresse hatte weitgehend ausgedient. Neben der neuen Dankbarkeit war eine neue Vernunft entstanden, Überbewertungen waren relativiert, angepasst worden. Auch das Zeitalter der Megaevents war längst passé; die Wirtschaft der aufgeblähten Roten Riesen war in sich zusammengefallen, war kurzfristig zu einem Weißen Zwerg geworden und präsentierte sich nun wieder in überschaubaren Dimensionen.

Geduldig harrten die Medienvertreter in der großen Aula des Krankenhauses aus …

Unverwandt blickte Delia durch die Glasscheibe hinein zum Vater, versuchte bei jenem eine Änderung zu erspähen, doch dieser lag weiterhin regungslos in seinem Krankenbett. Der Psychologe hatte sich leise entfernt; Delia war allein. Es war ruhig in diesem abgeschirmten und schallisolierten Teil des Spitals. Einzig das leise Klicken des Sekundenzeigers einer großen weißen Uhr oberhalb der Eingangsschleuse war zu hören.
Alles Menschenmögliche hatte sie getan. Telefonisch hatte sie Nina verständigt und die geschockte Frau ersucht, sie möge die Information an die restliche Familie weitergeben, und sie hatte Daniel zu erreichen versucht, was allerdings nicht von Erfolg gekrönt gewesen war. Durch die Zeitverschiebung war es in Mitteleuropa bereits fortgeschrittener Abend und demnach war auch keines der Telefone des Kustodiats mehr besetzt gewesen.
Hin und wieder erhaschte sie den Blick des diensthabenden Intensivmediziners, der in seinem gläsernen Verschlag saß und konzentriert die Kontrollinstrumente überwachte; er zuckte nur leise mit den Achseln.

Andy Brown erwachte.
Sein Kopf schmerzte unerträglich.
Langsam versuchte er seine Augen zu öffnen. Grelles Licht ließ ihn rasch den Versuch beenden.
Was war geschehen? Wo befand er sich?
Erneut versuchte sich der Professor zu orientieren.
Verschwommen nahm er sein Krankenbett, die Überwachungsgeräte und die spiegelnden Glasscheiben wahr, die ihn vom Kontrollraum der Intensivstation trennten.
Und er bemerkte seine Linke, die an einem metallenen Gestell festgeschnürt hochgelagert und mit einem riesigen blütenweißen Verband versehen war.

Mühsam, millimeterweise versuchte er seinen Kopf zu bewegen, um die weitere Umgebung zu erkunden, doch rasch ließ er auch dies bleiben.

Neben seinem Kopf begannen auch der linke Arm und jede Menge anderer Körperregionen unsäglich zu schmerzen.

Er versuchte seinen rechten Arm zu heben, um auf sich aufmerksam zu machen, doch der Diensthabende hatte bereits Andy Browns Erwachen aus der Narkose bemerkt.

Langsam erhob sich dieser, warf der wartenden Delia einen zuversichtlichen Blick zu, deutete jedoch mit einer eindeutigen Handbewegung an, die junge Frau möge sich noch in Geduld üben.

Der Arzt trat an Andy Browns Bett und hantierte an einigen Schaltern und Knöpfen der vielen elektronischen Gerätschaften herum; Delia war aufgesprungen und presste ihr Gesicht gegen die gläsernen Scheiben.

„Was ist los?"

Mühsam, langsam, tonlos, mit geschlossenen Augen begann Andy Brown zu sprechen.

„Sie wurden angeschossen, Herr Kollege …"

„Wieso, wer, wo …?

Langsam öffnete Andy seine Augen und blickte dem Arzt, der sich prüfend über ihn gebeugt hatte, fragend ins Gesicht.

„Das soll Ihnen am besten Ihre Tochter erzählen."

Der Mediziner wandte sich um und winkte Delia herbei; er betätigte den Türöffner und die junge Frau trat herein.

„Bitte nicht zu lange …"

Strengen Blicks sah er Delia in die Augen und entfernte sich.

Jene setzte sich auf die Bettkante, küsste den Verletzten auf die Stirn und strich ihm über die Wangen.

„Hallo, Daddy, ich bin's, Delia …"

„Süße, was tust du hier und – wo bin ich?"

„Du bist in einem New Yorker Krankenhaus. Du wurdest an der linken Hand angeschossen; am Flughafen, dort, wo wir uns treffen wollten."

„Ach ja, richtig … Die Linke …, wie schlimm ist es?"

„Kann ich dir nicht sagen, ich bin kein Arzt. Du wurdest jedenfalls stundenlang operiert."

„Und weiß man, wer?"

Delia räusperte sich, schwieg einige Augenblicke und blickte traurig in die Augen des Vaters, die sich langsam öffneten.

„Madison …"

„Madison? Woher weißt du das?"

Delia runzelte die Stirn; die Frage des Vaters barg wenig Überraschung in sich.

„Ich entdeckte sie, sie zog die Waffe und richtete sie auf dich. Ich wollte ihr die Pistole entreißen, doch es war zu spät. Der Schuss ging los und traf dich … Wieso bist du eigentlich nicht verwundert?"

Andy schwieg; er senkte den Blick, der auf dem gewaltigen Verband an seiner linken Hand hängen blieb.

„Ich habe es gewusst …"

Tonlos murmelte Andy in seinen weißen Vollbart.

„Was hast du gewusst?"

Verständnislos schüttelte Delia den Kopf und ergriff die gesunde Hand des Vaters.

„Es ist fürs Erste genug, Miss Brown …"

Erneut war der diensthabende Arzt erschienen und legte seine Hand auf die Schulter der jungen Frau.

„Bitte gehen Sie jetzt; Ihr Vater braucht nun absolute Ruhe."

Delia gehorchte. Sie erhob sich von der Bettkante und tätschelte zum Abschied Andys Hand.

„Mach's gut, Daddy!"

Delia nickte dem Arzt zu und verließ verstört das Intensivzimmer.

Ephram war entnervt; der Tag und der ganze anstehende Verwaltungskram nahm kein Ende. Zusätzlich hätte er noch zwei Privatstunden zu halten.

Er hasste diese Tage, an denen er sich in das Dekanat begeben, Zeugnisse unterfertigen, Zensuren bestätigen und sonstigen in seinen Augen völlig unnötigen bürokratischen Nonsens durchführen musste.

Seufzend versuchte er einen Blick der Sekretärin des Dekanats zu erhaschen. Diese war jedoch mit ihren eigenen Dingen beschäftigt und hatte zusätzlich wenig Lust auf ein Gespräch mit dem jungen Dozenten, zumal sie genau über dessen ablehnende Haltung den Verwaltungsarbeiten gegenüber Bescheid wusste.

Ephram gab auf und widmete sich wieder seinen Agenden. Die letzte Unterschrift. Er bündelte alle Unterlagen, steckte sie in einen großen Umschlag, der mit seinem Namen versehen war, reichte ihn der Sekretärin, grüßte höflich und entfernte sich.

Das Telefon schrillte; die Sekretärin hob ab.

„Da haben Sie aber Glück; Dozent Brown ist noch in der Nähe. Warten Sie einen Augenblick."

Die grau melierte Dame mittleren Alters erhob sich, eilte auf den Gang hinaus und erspähte Ephram, der sich gerade anschickte, um die Ecke zu biegen.

„Dozent Brown, schnell, Telefon für Sie!"

Ephram sah sich überrascht um, seufzte, machte kehrt und blickte die Sekretärin im Vorbeigehen fragend an.

„Ein Peter Walkley ..."

„Peter Walkley? Nie gehört."

Ephram runzelte die Stirn und nahm den Hörer auf.

„Ja bitte?"

„Mein Name ist Peter Walkley, Sir."

„Freut mich – und was wollen Sie?"

„Ich weiß nicht, wie ich Ihnen das sagen soll ..."

Stockend, stotternd klang Peters Stimme.

„Ich, ich benötige Ihre Hilfe ..."

„Das sagen viele ... Also, was kann ich für Sie tun, junger Mann?"

Ephrams Gesicht verzog sich zu einem belustigten Grinsen. Immer wieder kam es vor, dass man von ihm Gönnertätigkeiten verlangte. Immer wieder gab es Verrückte, die davon überzeugt waren, er könne Wunder wirken und jedem Hinz und Kunz Zugang zu seiner Fachschaft vermitteln.

„Ich glaube ..., ich glaube Sie verstehen mich nicht."
Peters Stimme wurde noch um einen Deut verlegener.

„Dann spucken Sie endlich aus, was Sie wollen und stehlen Sie nicht meine Zeit!"
Ephrams belustigtes Grinsen verschwand, machte einem verärgerten Gesichtsausdruck Platz.

„Sie kannten doch eine Madison Kerner ..."
Ephram erstarrte; urplötzlich dämmerte ihm der Name Walkley. Er räusperte sich und schwieg ...
„... sie ist meine Mutter."

Dem Lehrbeauftragten rutschte der Telefonhörer aus der Hand; knallend fiel er auf den Schreibtisch. Mit großen Augen verfolgte die Sekretärin das Geschehen.

„Ist Ihnen nicht gut, Herr Dozent?"
Ephram schüttelte den Kopf, wies die Dame mit einer schroffen Handbewegung an, den Mund zu halten, und langte schweigend nach dem Hörer.

Ein Piepton war zu hören, die Leitung war unterbrochen.
Langsam legte Ephram den Hörer auf die Gabel zurück, er setzte sich, vergrub sein Gesicht in seinen Händen und wartete.

Erneut klingelte das Telefon. Ephram schreckte auf und griff hastig nach dem Fernsprecher.

„Colorado A&M, Fachschaft Musik, Ephram Brown spricht."
Tonlos klang die Stimme des Musiklehrers.
„Ephram!? So ein Glück!"
Panisch klang Ninas Stimme.
„Ephram, dein Dad liegt in New York im Krankenhaus! Er ist angeschossen worden! Komm, so rasch es geht!"
Ephram sprang auf ...
„Was ist passiert, wo liegt er, wie geht es ihm?"
„Er ist nicht in Lebensgefahr ... Ich erzähle dir alles, wenn du da bist ..."
Es klickte im Hörer; Nina hatte aufgelegt.

Ephram wurde schwindelig, er taumelte ein wenig und suchte einige Sekunden lang an der Kante des Schreibtisches Halt.

„Dozent Brown!"

Wie aus großer Entfernung kommend mutete die besorgte Stimme der Sekretärin an.

„Kann ich etwas für Sie tun?"

Der Angesprochene richtete sich auf und blickte der Graumelierten völlig verstört in die Augen.

„Ja, besorgen Sie mir ein Taxi, reservieren Sie ein Ticket für den nächsten Flug nach New York, rufen Sie meine Frau an und sagen Sie ihr bitte, dass mein Vater nach einer Schussverletzung im Spital liegt und ich deshalb sofort nach New York muss."

„Um Himmels willen! Ich sage sofort all Ihre Lehrveranstaltungen für die nächsten Tage ab."

Bestürzt und verständnisvoll nahm die Sekretärin den jungen Dozenten bei den Schultern; ließ diese jedoch sofort wieder los, klemmte sich hinter den Hörer und begann eifrig dessen Bitten nachzukommen.

Schweigend nahm Ephram seinen Mantel, verließ das Dienstzimmer und schritt wie in Trance die Gänge entlang, die Treppen hinab, hinaus in den Frühling.

„Mit wem sprichst du eigentlich, Peter?"

Mrs. Walkley war im Wohnzimmer erschienen.

Peter wurde rot im Gesicht und legte rasch den Hörer auf die Gabel.

„Ach nichts ..., hat sich schon erledigt ..."

„Geht es schon wieder um deinen Klavierunterricht?"

Sofort bemerkte die Mutter die Verlegenheit ihres Sohnes und sah ihn prüfend an.

„Lass dich von dem versponnenen Künstler nicht fertigmachen; du wirst schon deinen Weg finden."

Natürlich hatte auch Eve Walkley von Peters Problemen vernommen. In einer nächtlichen Krisensitzung hatte man bereits

Pläne für eine Umgestaltung eines Zimmers zu einem Musikraum, ausgestattet mit einem Konzertflügel, geschmiedet. Nichts sollte unversucht gelassen werden, um das Talent und die ernsthaften Ambitionen des Sohnes zu fördern und den notwendigen Anforderungen nachzukommen.

Eve und Arthur war klar geworden, wie sehr sie den Adoptivsohn unterschätzt hatten, wie kläglich sie trotz allen guten Willens als Eltern versagt hatten. Und natürlich war ihnen klar, wie sehr ihn das Treffen mit der leiblichen Mutter und die ganzen Erlebnisse der letzten Zeit geprägt hatten, wie schwierig für den Jungen der Verarbeitungsprozess sein müsste.

Kein weiteres Sterbenswörtchen hatte er bislang davon von sich gegeben und es war für die Eltern auch keine große Sicherheit und wenig Trost, dass Peter weiteren Kontakt mit seinen leiblichen Verwandten rundweg ablehnte.

Auch wenn es im Moment nicht unbedingt danach aussah, der Junge war und blieb ein Teenager, sprunghaft und unberechenbar; eine Kleinigkeit würde genügen und ihn in diesen seinen Absichten umstimmen.

Vorsicht war also angebracht.

Peter war es recht, dass die Mutter annahm, er hätte mit Kyle gesprochen. Er hatte nämlich wenig Lust, erneut familiäre Unruhe zu stiften.

Seltsam war es allerdings gewesen, die Stimme seines leiblichen Vaters zu hören, des bekannten Dozenten Brown, Sohn des berühmten Gehirnchirurgen.

Er trat vom Telefon weg, gab Eve ein Küsschen auf die Wange und langte nach der Fernbedienung des TV-Gerätes.

„Mach dir keine Sorgen, Mum!"

Peter wusste, dass er da ganz allein durchmüsste.

Eve seufzte, strich dem Jungen durch sein Haar, schritt zur Verandatüre und blickte gedankenverloren hinaus.

Peter ließ sich in die Sitzecke fallen, tippte auf eine Taste der Fernbedienung und legte sie beiseite. Die Nachrichten liefen; Peter gähnte und griff erneut danach.

„Eine letzte aktuelle Meldung aus New York: Der weltbekannte Gehirnchirurg Professor Andrew Brown wurde heute auf dem New Yorker Flughafen angeschossen und schwer verletzt."

Peter richtete sich auf ...

„Der Name der vermutlichen Täterin ist der Polizei bekannt. Sie ist derzeit flüchtig. Über den Gesundheitszustand des Professors ist derzeit noch nichts bekannt. In diesen Minuten ist eine diesbezügliche Pressekonferenz im Gange."

Der Junge schaltete das Fernsehgerät aus, stand auf und trat zu seiner Mutter an das Fenster.

„Was gibt's, mein Junge?"

„Hast du nicht gehört; gerade – in den Nachrichten?"

„Nein, ich war mit den Gedanken ganz woanders."

„Ein Professor Brown ist angeschossen worden, Mum!"

„Und – seit wann interessiert dich so etwas, Peter?"

„Der Mann ist mein leiblicher Großvater; und ich wette, ich weiß, wer die Täterin ist."

„Wer?"

Überrascht wendete sich Eve Walkley ihrem Sohn zu.

„Meine leibliche Mutter ... Du kannst dir gar nicht vorstellen, welchen Hass sie auf diesen Mann hatte!"

Eve nahm ihren Sohn bei der Hand.

„Möchtest du reden, Junge?"

„Ich weiß es nicht ..."

Everwood stand Kopf.

Binnen weniger Minuten nach der USA-weiten Ausstrahlung der Nachricht von Andy Browns Schicksal hatten Bestürzung und Fassungslosigkeit das kleine Städtchen erfasst.

Wie ein Lauffeuer hatte sich die Meldung verbreitet.

Ununterbrochen läutete bei den Abbotts das Telefon oder es kamen die Leute persönlich, klopften teils ehrlich Anteil nehmend, teils scheinheilig an die Türe, zerrissen sich, um weitere Informationen zu ergattern oder mit den Standardfloskeln –

arme Nina, arme Amy – ihrer Bestürzung Ausdruck zu verleihen.
Jeder wollte mehr als der andere wissen, um das nächste Gerücht in die Welt setzen zu können. So sehr sich in den letzten Jahren auch vieles an der Welt geändert hatte, so war eben genau das in der Kleinstadt unverändert geblieben. Jede Sensation wurde mit offenen Armen aufgenommen und wenn sie auch nur den oftmals langweiligen Alltag und den Tratsch mit Farbe beleben würde.
Auch in den Amtsräumen des Bürgermeisters ging es rund. Bright schloss sein Büro und fuhr zum Haus der Eltern. Allen Animositäten zum Trotz meinte er nun helfend oder ordnend für sie da sein zu müssen.
Er betrat den Flur, hörte Stimmengewirr aus dem Wohnzimmer und begab sich mit ernster Miene dorthin.
„Hallo zusammen! Ich wollte euch meine Unterstützung anbieten."
Ohne den Gruß zu erwidern, demonstrativ und indigniert blickte Harold Abbott zur Seite.
„Harold!"
Aufgebracht stieß Rose ihren Ehemann mit den Füßen an.
„Jetzt begrabt doch fürs Erste euren saudummen Streit! Ich glaube, wir haben nun wichtigere Probleme."
Dr. Abbott brummte etwas Unverständliches in sich hinein und wies den Ankömmling mit einer barschen Handbewegung an Platz zu nehmen.
„Also, was wisst ihr von der ganzen Sache? Wer kann das gewesen sein? Weiß Amy schon Bescheid?"
Neugierig blickte Bright in die Runde. Da saßen Linda und Lilly, seine Mutter und der Vater, der sein Gesicht immer noch von ihm abgewendet hatte.
„Na ja, nicht viel."
Rose sah bekümmert drein.
„Ich denke, mehr werden wir erst nach der Pressekonferenz wissen. Amy ist jedenfalls mit den Kindern hierher unterwegs, Ephram ist vermutlich auf dem Weg zum Flughafen und auch Nina müsste schon im Flugzeug nach New York sitzen. Von De-

lia wissen wir nichts, außer dass uns Amy erst gestern erzählt hat, sie wolle sich mit Andy in New York treffen und mit ihm gemeinsam nach Österreich fliegen."

„Österreich? Wo ist das überhaupt? In Afrika? Eine Bananenrepublik?"

Fragend blickte Bright seine Mutter an.

„Bist du eigentlich bescheuert?"

Lilly konnte sich ein belustigtes Lachen nicht verbeißen.

„Das ist in Mitteleuropa!"

„Na und, was geht mich das an? Also, was können wir tun?"

„Nicht viel, außer warten ..."

Harold brach sein Schweigen und wetzte nervös auf dem mächtigen Fernsehstuhl herum. Er sah auf seine Armbanduhr, dann wieder zum TV-Gerät. Entnervt trommelte er mit den Fingern auf die Lehne des Sessels.

„Jetzt müssten doch bald die nächsten Nachrichten kommen ..."

Gespannt sah er in die Gesichter der Anwesenden.

„Und auch Amy und die Kinder müssten ja bald da sein."

„Das glaube ich nicht, Harold."

Seufzend ließ Rose ihre Hände in den Schoß sinken.

„Ephram hat sicher ein Taxi zum Flughafen genommen. Dann hat er natürlich das Auto auf dem Universitätsgelände stehen gelassen. Und das müsste Amy erst holen. Wie könnte sie sonst nach Everwood fahren?"

„Auch wieder wahr ..."

Bright nickte und sah seine Tante an, die bisher eisern geschwiegen hatte.

Er musste an die kurze, aber heftige Liaison zwischen ihr und Andy Brown denken. Sie schien jedenfalls von allen am meisten betroffen zu sein.

„Aber bitte – wer tut gerade Andy Brown so etwas an? Er hat doch immer nur geholfen und auf seinem Gebiet Wunder gewirkt? Wer tut so etwas?"

Bright wiederholte sich und richtete seinen Blick erneut auf Linda, die kerzengerade dasaß und ins Leere sah.

„Ich weiß es nicht, Bright. Vielleicht ein Neider? Berühmte Menschen haben deren viele. Denk doch nur an deinen eigenen Vater, wie der sich unmöglich aufführte, als Andy nach Everwood gekommen war."

Linda bedachte zuerst Bright und dann Harold mit einem Seitenblick. Zweiterer schwieg zwar, machte aber eine abschätzige Handbewegung.

„In den Nachrichten sprachen sie allerdings von einer Täterin ..."

Lilly mischte sich ein; sie sprang auf und eilte zum Telefon, das sich erneut klingelnd bemerkbar machte.

„Eine Täterin? Vielleicht die Frau oder Tochter eines Patienten, den er verpfuscht hat ..."

„Bright!"

Rose schüttelte den Kopf und blickte ihren Sohn scharf an.

„Es mag ja sein, dass ihm in letzter Zeit das eine oder andere nicht so ganz programmgemäß gelaufen ist, aber das ist noch kein Grund von Pfusch zu sprechen!"

„Woher willst du das wissen, Rose?"

Harold hob für alle sichtbar seine Hand und deutete auf seine Finger.

„In seinem Alter macht man keine Gehirnchirurgie mehr. Aber der sture Bock hat es ja nie lassen können! Ich glaube schon, dass das Motiv für solch eine Gewalttat aus dieser Ecke kommt."

Alle Anwesenden blickten betreten zu Boden, da kehrte Lilly aufgeregt zurück.

„Dad oder Bright, ihr müsst Amy und die Kinder abholen. Sie stehen mit leerem Tank in Bolder. Wartet, da ist die Adresse."

„Ich übernehme das ..."

Bright sprang auf, nahm das Stückchen Papier an sich und legte seine Hand auf die rechte Schulter seines Vaters.

„Danke ..."

Harold wendete den Kopf kurz seinem Sohn zu; ein Anflug eines Lächelns huschte über sein Gesicht.

„Er ist wach …"

„Danke, Delia!"

Atemlos, ohne auch nur „Guten Tag" zu sagen, lief Nina an der Brünetten vorbei. Delia blickte ihr zwar ein wenig verwundert, jedoch auch verständnisvoll nach. Alle Erlebnisse, die Aufregungen, aber auch die unklaren Aussagen des Vaters machten ihr zu schaffen. Sie stellte ihren schweren Rucksack ab, setzte sich auf einen einsamen Stuhl, der in einem Winkel der Eingangshalle weitab von den Patientenströmen stand und sie schloss die Augen. Bleierne Müdigkeit überkam sie; sie nickte ein. Sekunden später war sie wieder wach. Ein eisiger Schrecken durchfuhr sie: Daniel …

Irgendwie müsste sie den Freund erreichen. Delia griff in den Rucksack und holte ihren Laptop hervor, öffnete ihn und begann zu tippen.

Inständig hoffte sie, dass sie den in Europa Weilenden mit einer E-Mail erreichen könnte. Doch das war nicht mehr so einfach wie noch vor etlichen Jahren und erinnerte vom Handling her stark an den Telex-Verkehr der 70er-Jahre. Nachdem vor der weltweiten Rezession ein Gutteil des Schriftverkehrs über das Medium E-Mail abgewickelt worden war, waren die öffentlichen, aber auch die privaten Zusteller nunmehr gewaltig unter Druck geraten. Andere lukrative Geschäftsfelder hatten sich in der Flaute nicht angeboten, so waren nur Kampfmaßnahmen als letztes Mittel gegen drastische Personalabbauten geblieben. Der Erfolg war: Wochenlang hatte es keine Postzustellung gegeben, was der gesamten maroden Wirtschaft erst recht einen erneuten Dämpfer versetzt hatte. Aufgrund der Flut an zusätzlichem Schriftverkehr war das WWW zusammengebrochen, gar nichts war mehr gegangen. Zähneknirschend hatte die Politik nachgegeben und den E-Mail-Verkehr mit gewaltigen Auflagen und auch Preisen versehen. So war es nun so, dass man vielleicht ein Mal pro Woche oder auch gar nicht die eingegangenen Mails zu checken pflegte.

Inständig hoffte Delia, der Freund würde in der Früh seine E-Mail-Account betrachten, was natürlich einigermaßen unwahrscheinlich war, zumal ihre Ankunft in Oberösterreich ja erst für den Vormittag MEZ geplant war.

Delia versuchte sich kurz zu halten; jeder unnötige Buchstabe würde zusätzlich Geld kosten, doch letztlich war es egal. Die Finanzen sollten im Moment wohl keine Rolle spielen.

Mit einem Stoßseufzer sendete sie das Mail ab und schloss das Gerät wieder.

In ihrem Gehirn arbeitete es …

Was hatte der Vater mit Madison zu tun? Warum war für ihn die ganze Sache nicht überraschend gekommen? Hatte er Kontakt zu ihr gehabt?

Erst als sie so ungefähr siebzehn Jahre alt gewesen war, hatte sie durch ihren Vater, schon längst in Chicago, von der Existenz eines Neffen erfahren, von Ephrams und Madisons Sohn und auch von den ganzen begleitenden Umständen.

Der Bruder selbst hatte ihr bislang trotz des langjährigen guten Kontakts in Denver nie etwas davon berichtet. Und auch Amy, die Vertraute, hatte diesbezüglich immer geschwiegen. War es Verleugnung oder nur eine Art Selbstschutz der Familie gegenüber? Delia wusste es nicht.

Plötzlich erinnerte sie sich an das merkwürdige Telefongespräch, das sie mit ihrem Vater von Europa aus geführt hatte. Was hatte der Senior schon damals gewusst? Was hatte er nicht erzählt, hatte ihn so belastet, dass er nicht davon berichten hatte können?

Es war eine der seltsamsten, aber auch wieder bemerkenswertesten Eigenschaften des Mannes, jene Dinge, die ihn besonders belasteten oder sich seinen Steuermechanismen entzogen, nicht oder viel zu spät vermitteln zu können.

Der Vater war ein herzensguter Mensch; so vielen Menschen hatte er geholfen, doch sich selbst gegenüber war er oft hilflos und seinen tiefen Gefühlen, Ängsten und Unsicherheiten ausgeliefert.

Mit Schaudern dachte Delia an den Sommer in Everwood, während dem sich der Vater nach der misslungenen Operation an Colin Hart monatelang in sein Haus zurückgezogen hatte, verachtet, gehasst von der Bevölkerung und von Amy, die allesamt den jungen Mann über alles geliebt hatten. Bei der ersten, der gelungenen Operation hatte man den Vater wie einen Helden gefeiert, nach der schiefgelaufenen hatte man sich prompt von ihm abgewendet. Den ganzen Sommer über hatte der Vater das Colin gegenüber gegebene Versprechen mit sich herumgeschleppt, dessen Bitte, man möge ihn sterben lassen, wenn bei der komplizierten Gehirnoperation etwas schiefgehen würde, das sein Leben in weiterer Folge nicht mehr lebenswert machen könnte. Die Komplikationen waren tatsächlich aufgetreten und der Chirurg hatte eine Entscheidung getroffen: Schluss, es brächte alles nichts mehr ...

Zu spät war er damit an die Öffentlichkeit gegangen; hatte qualvolle Monate verstreichen lassen, in denen er, sie, Delia, und Ephram den bösen und verachtenden Blicken der Bevölkerung ausgesetzt gewesen waren.

Delia seufzte und ließ ihren Blick durch die gewaltige Empfangshalle schweifen, beobachtete das rege Treiben, das Kommen und Gehen und die vielen mehr oder weniger geduldig Wartenden; das lenkte sie ein wenig ab.

Nina kam zurück. Suchend blickte sie um sich; sie erspähte die junge Frau, eilte zu ihr, rückte einen Stuhl zurecht und setzte sich zu ihr.

Die beiden Frauen umarmten einander.

„Entschuldige, Süße, dass ich dich nicht ordentlich begrüßt habe."

„Ist ja klar, macht doch nichts. Wie geht's ihm? Hast du schon mit den behandelnden Ärzten gesprochen?"

„Sie sagen, er werde schon wieder. Er brauche jetzt nur viel Ruhe. Aber operieren werde er nicht mehr können ..."

„Ja, Nina, das habe ich auch befürchtet. Wie ich weiß, wollte er das in alsbaldiger Zeit ohnehin aufgeben."

„Ja, das stimmt, Delia. Es hat in letzter Zeit so einige Pannen gegeben."

Delia nickte bekümmert und zog die Stiefmutter ein wenig näher an sich heran.

„Du weißt ja, dass offenbar Madison die Sache am Gewissen hat."

„Bitte!?"

Nina zuckte zusammen; sie nahm Delias Hand und drückte sie fest.

„Dann stimmt also die ganze Angelegenheit …"

„Welche, was?"

Überrascht und unsicher blickte Delia ihre Stiefmutter an, versuchte zumindest einen Blick zu erhaschen, was allerdings nicht gelang, denn dieser wanderte unruhig im Saal herum.

„Erzähl schon!"

„Süße, ich weiß nicht, ob ich das sollte. Es wäre eigentlich die Aufgabe deines Vaters."

„Hör auf mit dem Unsinn, Nina! Mir ist klar, dass schon einige Zeit etwas faul war, und nun möchte ich von dir wissen, was …"

Bestimmend, fordernd klang Delias Stimme.

„Seit dem Tod meiner leiblichen Mutter, seit unserer Übersiedlung nach Everwood, bist du wie eine echte Mutter zu mir gewesen. Verhalte dich bitte auch jetzt so!"

Nina nickte.

„Pass auf, im Telegrammstil: Dein Dad erhielt von Jake Hartman vor dessen Freitod einen Anruf mit der Bitte um Hilfe. Er ignorierte aber das Flehen, weil er es nicht für bare Münze gehalten hatte. Minuten später war Jake dann tot. Im gleichen Satz hatte Jake erzählt, Ephrams und Madisons Sohn würde über seine wahren Eltern Bescheid wissen und offenbar auf der Suche nach seiner Mutter sein. Wie es aussieht, hat er sie aufgespürt, vielleicht auch zu der Tat angestiftet.

Du kannst dir vorstellen, wie diese Offenbarung, aber auch die unterlassene Hilfestellung deinen Vater aus dem Gleichgewicht geworfen haben."

Delia nickte; das Wort blieb ihr im Halse stecken. Sie fuhr sich durch ihr langes brünettes Haar, entzog Nina ihre Hand, lehnte sich zurück und schloss die Augen.

Schweigend saßen die beiden Frauen minutenlang da, in Gedanken vertieft.

Nach geraumer Zeit hatte Delia ihre Fassung wiedererlangt und räusperte sich.

„Weiß Ephram Bescheid, Nina?"
„Nein."
„Und Amy?"
„Das weiß ich nicht."
„Nina!"
Delia erschrak und ergriff nun ihrerseits die Hand der Stiefmutter.
„Wusstest du, dass Amy in der Causa Hartman in L. A., also an Ort und Stelle, recherchiert hat?"
„Nein, ich hatte keine Ahnung."
„Ich war doch einige Tage in Denver …"
„Ja, ich weiß …"
„Amy hat sich nach ihrer Rückkehr extrem seltsam benommen, was wir alle dem Stress und dem Kapitel Jake zugeordnet haben. Sie hat auch, ohne einen konkreten Namen zu nennen, so ganz nebenbei von einem Jungen gesprochen, der in die Sache involviert gewesen war. Näheres hat sie uns aber auch nicht berichtet."
„Dann weiß sie Bescheid, Delia; das garantiere ich dir!"
„Wenn das so ist und Ephram letztlich der einzig Ahnungslose ist, dann frage bitte nicht …"
„Ja …"
Nina seufzte tief und rieb sich die Stirn.
„Und, was können wir beide tun?"
„Gar nichts, Süße, wir müssen den Dingen ihren Lauf lassen und dann gegebenenfalls schlichtend, moderierend einschreiten. Wir zwei schaffen das, das verspreche ich dir! Ich nehme ja an, dass Ephram schon hierher unterwegs ist."
„Denke ich auch … Vorschlag: Wir schauen noch bei Dad vorbei, hinterlassen für Ephram eine Nachricht und suchen dann für uns und für Ephram Zimmer in einem Hotel, das auch er kennt. Dort lasse ich dann auch meinen Flug umbuchen."
Delia schulterte ihren Rucksack, Nina zog ihren kleinen Caddy nach. Gemeinsam begaben sie sich zur Intensivstation und blickten durch das dicke Glas.

Andy Brown schlief fest, ruhig und rhythmisch blinkten die Geräte.

Delia sah Nina in die Augen, verzog ihren Mund zu einem bekümmerten Lächeln und schüttelte leise den Kopf.

Nina strich der Brünetten über das Haar.

„Komm, Süße, gehen wir …"

15

Heftige Turbulenzen ließen das Flugzeug rütteln und schütteln; ein Luftloch folgte dem anderen. Die Fluggäste stöhnten, so mancher Notbeutel wurde seiner Aufgabe gerecht; die mitreisenden Kinder weinten, schrien vor Angst, klammerten sich an ihre Eltern.

„Bald sind wir durch, ein paar Minuten noch Geduld." Beruhigend klang die Stimme des Kapitäns.

Ephram bekam das alles nicht mit. In Gedanken versunken saß er da und ließ den unruhigen Flug über sich ergehen.

Er hatte keine weiteren Informationen erhalten; alles war sehr schnell gegangen. Im Nu war das Taxi gekommen, hatte ihn zum Flughafen gebracht. Den erstbesten Flug nach New York hatte er gebucht, glücklicherweise dort noch einen Platz ergattert und auch nicht allzu lange warten müssen.

Er wähnte Delia beim Vater im Krankenhaus und sicher auch bereits Nina, was ihn ein wenig beruhigte. Angeschossen..., was hieße das im Klartext wirklich? Zumindest, dass er mit dem Leben davongekommen war.

Ephrams Gedanken sprangen hin und her, fanden keinen Sinn und keine Ordnung.

Peter Walkley, so hieß er also, sein Erstgeborener, jener Mensch, den er als Säugling in der Wippe im Sonnenschein vor einem hübschen Haus in San Francisco hatte liegen gesehen.

Hoffentlich wäre Amy mit seinen anderen zwei Kindern schon in Everwood...

Ach ja, nur die anderen zwei wären ja seine eigenen, Peter nicht mehr, der war ja zur Adoption freigegeben worden. Wie alt mochte er jetzt sein? Wahrscheinlich 16 Jahre, seiner tiefen Stimme nach zu schließen. Verdrängt, Jahre verdrängt hatte er dessen Existenz, verleugnet, totgeschwiegen.

Wer hatte auf den Vater geschossen? Warum? Was hatte er verbrochen? Er hatte doch nur geholfen, immer geholfen, immer seinen ärztlichen Willen durchgesetzt.
Ephram relativierte ...
Feinde, Neider?
Wie schwer war er verletzt worden?

Was wollte Peter von ihm, welche Hilfestellung?
Was war aus dessen Mutter, aus Madison, geworden?
Die Unsicherheit, die Unordnung und Sprunghaftigkeit seiner Gedanken peinigten ihn. Die Turbulenzen taten das Ihre dazu, sein Gesicht alt und aschfahl aussehen zu lassen.

Es wurde ruhiger, die Front war vorbei, man war durchgetaucht.
Langsam beruhigten sich die Fluggäste; die Angst war vergangen, es wurde wieder hell, die Sonne lugte durch die Fensterchen herein.
Alle atmeten auf ...

Wie er wohl aussehen würde, sein Sohn? Ob er Ähnlichkeit mit ihm hätte und auch musikalisch wäre?
Bei Nikki und Harry hatten seine diesbezüglichen Bemühungen nichts gefruchtet. Eigenartig, Amy war ja auch durchaus musikalisch und eine ausgezeichnete Tänzerin gewesen. Vielleicht würde das bei Nikki noch kommen ...
Bei Harry war offenbar eine Generation übersprungen worden. Harold, der Schwiegervater, war zwar hochgradig musikalisch interessiert, aber nach eigenen Aussagen hätte er niemals die Hände zur perfekten Erlernung eines Musikinstruments besessen, und Andy, der eigene Vater, war leider völlig unmusikalisch; nein ein wenig Gitarre konnte er spielen. Rose hatte mit Musik nichts am Hut und Julia, die eigene Mutter, war zwar immer

fördernd, aber letzten Endes auch nicht begnadet gewesen. Der Großvater war allerdings ein guter Pianist. Oft hatte er mit ihm zusammen gespielt.

Madison hatte auch dieses Talent gehabt ...

Ephram stöhnte auf. Was sollten all diese Gedanken? Er schob sie weg, doch sie kamen wieder. Warum hatte Peter gerade an der Universität, an seiner Lehrkanzel angerufen?

„Wir erreichen in Kürze New York City ..."

Ephram atmete auf; endlich hatten diese vollkommen sinnlosen Gedankenspiele ein Ende. Er stellte den Sitz gerade, nahm seine Pfeife aus dem Mantelsack, sog und kaute daran, was noch zusätzlich ein wenig beruhigte. Er nahm sein Tabaksäckchen zur Hand und lugte hinein. Na ja, berauschend war der Inhalt nicht.

Der Musikprofessor rieb sich nachdenklich die Nase ...

Letzten Endes wäre das eigentlich nicht wichtig, denn nicht einmal frische Unterwäsche oder einen Waschbeutel hatte er mit sich.

„Raus ihr zwei!"

Amy öffnete den Fonds von Brights Wagen; Nikki und Harry sprangen heraus und liefen auf das Haus der Abbotts zu. Sie blickte ihren Sprösslingen nach und zog ihren Bruder am Ärmel seines Jacketts zurück.

„Warte ein wenig, Bright ..."

Aus Rücksicht auf die Kinder hatte man die ganze Fahrt von Bolder bis nach Everwood die wichtigen, die erschreckenden und so aktuellen Themen tunlichst vermieden.

„Was ist tatsächlich passiert, was weiß man?"

„Nicht viel, Amy. Während wir unterwegs waren, hätte angeblich eine Pressekonferenz stattfinden sollen. Interessanterweise war in der ersten kurzen Berichterstattung von einer Täterin die Rede. Also, das verstehe ich nicht ...

Hat dir Ephram nicht Bescheid gesagt?"

„Nein; die Universität hat mich verständigt und mir mitgeteilt, das Ephram nach New York unterwegs sei, was ich sehr vernünftig und nachvollziehbar finde. Nur musste ich mit den Kindern das Auto von der Uni holen. Ein Glück, dass die Reserveschlüssel zu Hause waren und Ephram die Papiere seit einiger Zeit im Auto aufbewahrt. Allerdings habe ich bei der ganzen Aufregung vergessen auf die Tankuhr zu schauen."

Bright nickte und umfasste seine Schwester fürsorglich.

„Ist ja nichts passiert."

Amy blickte zum Haus der Eltern und vergewisserte sich, dass die Kinder bereits in Empfang genommen worden waren.

„Doch, Bright! Können wir reden?"

„Ja, klar ..."

„Ich hätte unter Umständen das Ärgste verhindern können."

„Wie das?"

Bright blieb vor Überraschung der Mund offen stehen.

In kurzen Worten berichtete Amy von ihrem Telefonat mit dem Schwiegervater, von dessen Wissen rund um Ephrams Sohn und von der Tatsache, dass sie den jungen Mann in L. A. persönlich kennengelernt hatte.

„Bright, wenn ich Ephram oder Delia Bescheid gegeben hätte, wäre von diesen Seiten vielleicht mehr Einfluss auf Andy Brown ausgeübt worden; vielleicht hätte er dann besser auf sich aufgepasst!"

„Was hat denn das alles mitsammen zu tun? Das ist doch ein aufgelegter Blödsinn, Amy!"

Energisch schüttelte Bright den Kopf.

„Du weißt doch gar nicht, wer geschossen hat."

„Das stimmt, und doch fühle ich mich schuldig."

„Warum? Weil du Ephram nichts gesagt hast? Das wäre aber auch die einzige Begründung ..."

„Andy Brown hatte Panik, das steht fest. Ich weiß nur nicht, ob er vor den familiären Konsequenzen seines hintangehaltenen Wissens oder vor der Tatsache, dass Ephrams Sohn Madison aufgespürt hatte, die größere Angst hatte."

„Du glaubst doch tatsächlich, Madison hat auf Andy geschossen? Du spinnst! Was hätte sie wohl für eine Begründung?"

„Immerhin duldete Andy Brown damals ihre Beziehung zu Ephram letzten Endes, obwohl der Junge damals erst knappe sechzehn und sie fast zwanzig Jahre alt war. Daraus entstand quasi als ‚Unfall' der völlig unerwünschte Nachwuchs. Wer weiß, aus welchen Gründen Andy Brown damals Madison tatsächlich wegschickte und aus Ephrams Umfeld verbannte. War es der vordergründige Schutz seines Sohnes oder vielmehr das Eingestehen des eigenen Fehlers, nämlich diese Beziehung geduldet zu haben ..."

„Ja, aber das ist doch schon ewig her!"

„Schon, aber stell dir vor, dein Sohn, den du erzwungen hergeben hast müssen, ist auf der Suche nach dir, findet dich und du bist letztlich machtlos, rechtlos, stehst einem Fremden gegenüber. Wer weiß, unter welchen Umständen Madison lebt! Laut Ephrams Aussage waren diese schon vor fünfzehn Jahren nicht gerade berauschend. Versetz dich einmal in eine solche Situation und wozu man da fähig sein könnte!"

„Kann ich nicht ..."

Nachdenklich schwieg Bright; er lockerte die Umarmung seiner Schwester und blickte zu Boden.

„Wo steckt ihr denn, Kinder? Es kommen gleich die neuen Nachrichten!"

Rose war in der Türe ihres Hauses erschienen und blickte suchend hinaus.

„Schon recht, wir kommen gleich ..."

„Ah, da seid ihr ja ... Ist alles in Ordnung?"

Harold Abbott sprang auf und küsste seine Tochter.

„Ihr kommt gerade recht."

Der Mediziner ließ sich rasch wieder nieder und blickte gebannt auf den flimmernden Bildschirm.

Mit einer flüchtigen Handbewegung zu ihren Kindern hin warf Amy ihrer Mutter einen vielsagenden Blick zu. Diese reagierte unverzüglich ...

„Ach, Lilly, würdest du mit Nikki und Harry hinauf auf dein Zimmer ein wenig spielen gehen?"

„Au fein!"

Nikki sprang auf und hüpfte auf einem Bein durch das Wohnzimmer der Abbotts.

Die Angesprochene verzog jedoch ihren Mund, starb sie doch schon vor Neugier, doch sie fügte sich. Sie fing Nikki ein, nahm Harry an der Hand und zog die beiden die Treppen empor.

„Was ist eigentlich los?"

Harry drehte sich noch einmal um und maulte vor sich hin.

„Was interessiert euch denn so?"

„Ach nichts, was so wirklich wichtig für euch ist ..."

Rose hob den Blick und winkte den drei Kindern zu.

„Geht nur schön spielen!"

Harry schnaubte ungläubig, entriss seiner jugendlichen Tante die Hand, wartete ein wenig und trabte sodann mit gesenktem Kopf missmutig den beiden Mädchen hinterher. Dieses Spiel mit den Gören und überhaupt die nervende weibliche Gesellschaft waren das Letzte, was er nun brauchen würde!

„Wir schalten nun nach New York mit Berichten von der Pressekonferenz."

Ein Kommentator meldete sich, berichtete in kurzen Worten von Andy Browns langwieriger Handoperation und vom wahrscheinlichen Ende seiner Karriere als weltberühmter Gehirnchirurg. Delias mutiges Einschreiten wurde mehr als lobend erwähnt. Als mutmaßliche Täterin wurde Madison Kerner namentlich genannt, die noch immer flüchtig wäre und demnach steckbrieflich gesucht würde.

Bright warf seiner Schwester einen Seitenblick zu und schwieg. Harold Abbott seufzte und strich sich mit der Rechten über sein Haar.

„Mir war schon immer klar, dass Delia eine tolle, eine mutige Frau ist, aber so etwas hatte ich ihr denn doch nicht zugetraut. Welch Glück im Unglück ..."

Rose hingegen schüttelte verständnislos den Kopf. Sie wusste zwar von Ephrams und Madisons Sohn, hatte aber kein Hintergrundwissen. Dieses hatte man ihr bislang immer verschwiegen.

„Warum hätte Madison so etwas tun sollen? Ich verstehe das nicht ... Was hatte sie um Gottes willen gegen Andy? Die beiden verstanden sich doch immer gut!"

Harold blickte hin zu seiner Frau und räusperte sich verlegen.

„Rose, du wusstest nicht, dass Andy sie aus Schutz für sich selbst und insbesondere für Ephram, für den die Teilnahme am Sommerprogramm des Julliard-College so wichtig gewesen wäre, aus Everwood wegschickte. Zudem hatte er ein schlechtes Gewissen, zumal er ja die Beziehung zwischen ihr und Ephram durchaus geduldet, wenn nicht sogar unterstützt hatte.

Egal, wofür sie sich hätte entschieden gehabt, Kind oder Abtreibung, Andy hätte für alles finanziell aufkommen wollen, doch sie lehnte es letztlich ab und ersuchte eindringlich den Kontakt mit ihr einzustellen."

„Und warum hat man mir das nie erzählt?"

Fragend und vorwurfsvoll blickte Rose ihrem Gatten in die Augen.

„Hat sich nicht ergeben, Rose, es tut mir leid!"

„Na schön, aber warum jetzt? Warum nach so vielen Jahren ..."

Erneut schüttelte Rose Abbott ihren Kopf und sah zu Boden. Sie ergriff die Fernbedienung und schaltete das TV-Gerät ab.

„Warum jetzt? ... Weil ihr leiblicher Sohn sie gesucht und aufgespürt hat."

Amy war aufgestanden, hatte sich in die Mitte des Zimmers gestellt und erzählte in kurzen Worten von ihren Erlebnissen in L.A., von ihrem Wissen um Peter Walkley, aber auch von ihrer diesbezüglichen Vereinbarung mit Andy Brown. Und sie berichtete auch von ihren Selbstvorwürfen und auch von denen des Opfers.

„Was!?"

Ruckartig sprangen Rose und Harold auf, traten zu ihrer Tochter hin und blickten sich fragend zu Bright und Linda um, die schweigend sitzen geblieben waren.

„Wusstet ihr davon?"

Bright nickte …

„Hat mir Amy gerade draußen im Telegrammstil berichtet."

„Und du Linda?"

„Ich hatte keine Ahnung. Woher denn auch? Ich war ja nicht da. Aber geht es denn eigentlich um uns? Herrgott, es geht doch letztlich um Ephram! Weiß er über all das Bescheid, Amy?"

„Nein, er ist ahnungslos …"

„Das ist ganz schlecht. Durch dein Schweigen hast du doch schon ein Mal deine Beziehung zu Ephram zerstört. Du hättest mit ihm reden, ihm reinen Wein einschenken müssen, damit er weiß, was unter Umständen auf ihn zukommen könnte. Stell dir vor, was jetzt mit hoher Wahrscheinlichkeit passieren wird: Ephram kommt nichts ahnend nach New York, denn die Informationen durch die Medien, die wir alle haben, wird er im Flugzeug nicht bekommen. Dort wird er mit allem konfrontiert und Andy wird mit Sicherheit Klartext reden und ihm auch von eurem dummen ‚Stillhalteabkommen' berichten."

Harold wiegte seinen Kopf hin und her und strich sich immer wieder nachdenklich über seine Wangen. Mit großer Skepsis und auch mit Schrecken dachte er an seinen Ratschlag, den er als in die Umstände um Madison Eingeweihter Andy Brown vor vielen Jahren gegeben hatte, nämlich gegenüber Ephram weiterhin stillzuschweigen. Nur waren seine Beweggründe damals nicht Andys Probleme mit seinem Sohn gewesen, sondern die Liebe seiner Tochter zu dem talentierten jungen Mann und deren Glück, das sie wahrlich verdient hatte. Harold Abbott biss sich auf die Unterlippe. Warum musste sich im Leben alles in irgendeiner Form wiederholen? Damals war bloß eine Verliebtheit an der Highschool, eine Liebelei unter Teenagern, gefährdet gewesen, nunmehr wäre ein ganzer Familienverband in Gefahr.

Amy versuchte verzweifelt einen Blick von Linda zu erhaschen. Diese saß jedoch in sich gekehrt da und rieb sich mit linkem Daumen und Zeigefinger die Nasenspitze.

„Ihr könnt nichts tun; ihr könnt nur den Dingen ihren Lauf lassen und darauf hoffen, dass es dem schwer kranken Andy im Krankenhaus gelingt, seinen Sohn zu besänftigen und davon zu überzeugen, dass alles nur einer Verkettung unglücklicher Umstände zu verdanken ist. So mache ich das häufig bei Problemen mit dem Stadtrat ..."

Auch Bright hatte sich nun vom Sofa erhoben, murmelte beiläufig die nichtssagenden Worte dahin und hob grüßend die Rechte.

„Ich muss los, Leute!"

„Ist klar! Danke, dass du hier warst und deine Schwester abgeholt hast."

Freundlich klopfte Harold seinem Sohn auf die Schultern.

„Ist schon in Ordnung, Dad, keine Ursache. Haltet mich auf dem Laufenden."

„Selbstverständlich."

Dankbar blickte Harold dem Davoneilenden nach, wendete sich jedoch sogleich wieder um. Rose hatte ihre Tochter in die Arme genommen und Linda war aufgestanden. Langsam schritt sie im Zimmer auf und ab.

Einige Sekunden lang betrachtete Harold das Geschehen.

„Ich gehe die Kinder holen ..."

Bedächtig stieg er die Treppen empor.

„Also hatte ich nun doch recht!"

Schockiert und traurig wendete sich Peter seiner Mutter zu, die versteinert neben ihm stand und fassungslos in das Fernsehgerät blickte.

Das konnte doch nicht dieselbe verantwortungsvolle junge Frau sein, die ihnen vor sechzehn Jahren den Säugling anvertraut

hatte; jenes hübsche, wenn auch verzweifelte Geschöpf, für das sie und auch ihr Ehemann unverzüglich Sympathie entwickelt hatten. Was mochte bloß in den vielen Jahren geschehen sein, die sie zu solch einer Wahnsinnstat getrieben hatten?
„Peter, wer ist diese Frau?"
Jener trat zum Fenster und blickte hinaus.
„Jetzt muss ich wohl …"
„Ja, mein Sohn, du solltest nun endlich reden."
Langsam drehte sich Peter um und lehnte sich mit dem Rücken an die Wand.
Einige Sekunden lang schwieg der Junge; unruhig, ziellos wanderte sein Blick durch den Raum.
„Sie ist Bardame, eigentlich Prostituierte …, völlig kaputt …"
Peters Stimme klang leise, zittrig, rau.
„Sie wollte es vor mir geheim halten und es kam dann doch ans Licht."
Immer schneller, nervöser schossen die Worte aus Peters Mund. Eingehend berichtete er der Mutter von den schrecklichen Ereignissen vor dem Lokal in Queens.
„Bitte sag davon nichts zu Dad …"
„Aber warum, mein Junge?"
Atemlos hatte die Mutter den Ausführungen des Jungen gelauscht und schüttelte ob dessen Bitte energisch den Kopf.
„Es ist mir ihm gegenüber peinlich. Bedenke nur, wer Dad ist, welchen Job er hat, wie mächtig und angesehen er ist! Wie kann er das verkraften, dass sein Sohn eigentlich der Sohn einer Hure ist?"
„Wenn du es verkraftest, wird es für ihn erst recht ein Leichtes sein."
„Und wer sagt, dass ich das tue, Mum? Ein Glück, dass ich zumindest dahinter gekommen bin, wer mein richtiger Vater ist; nun brauche ich mich nicht mehr ganz so mies zu fühlen."
„Und wer ist das bitte? In den Dokumenten stand ja …"
„… ‚Vater unbekannt', ich weiß."
Peter sah seine Mutter bekümmert an und ergänzte ihren Satz.

„Er ist Musikprofessor in Colorado."
„Und woher weißt du das?"
„Das hat SIE mir mitgeteilt und ich habe natürlich weiterrecherchiert. Und sie hat mir auch von dessen Vater berichtet, von ihrem abgrundtiefen Hass auf diese Person."
„Ja, aber warum verachtet sie den Mann so?"
„So genau weiß ich das nicht. Angeblich soll er letzten Endes schuld daran sein, dass sie im Big Apple versackt ist."
„Solltest du nicht die Polizei benachrichtigen, Junge? Vielleicht ist dein Wissen für die Leute wichtig."
„Gott behüte! So schnell möchte ich mit denen nicht wieder zu tun haben. Wenn sie etwas wissen wollen, werden sie sich schon melden."
Eve Walkley nickte verständnisvoll.
Im Schloss der Haustüre klickte es. Peter schrak auf und nahm die Mutter beim Handgelenk.
„Kein Wort zu Dad, bitte!"
Peter warf der Mutter einen letzten flehenden Blick zu.
Erneut nickte diese.
„Versprochen, Peter …"

16

„Hey, Nachbar! Hast du schon das Neueste gehört?"
Belustigt, mit der obligaten dicken Zigarre im Mund, stand der füllige Besitzer des Tabakladens in der Türe seines Geschäfts, als der Chef der „Camel Bar" gerade die Rollläden seines Lokals hochzog.

„Nein, was gibt's?"

Der Angesprochene unterbrach seine Aktivität und gesellte sich zu seinem Geschäftsnachbarn.

Dieser wies auf die noch immer sichtbaren Relikte seiner Gesichtsverletzung und grinste.

„Die alte Nutte kann es wirklich ganz gut."

„Wie meinst du das?"

Der Barbesitzer runzelte die Stirn und blickte sein Gegenüber fragend an.

„Na ja, heute hat sie angeblich einen Mann angeschossen."

„Was, wo? Das kann ich nicht glauben!"

„Doch, hier am Flughafen."

„Madison war niemals gewalttätig."

„Und was ist das hier?"

Nochmals wies der Fette auf die vernarbten Schrammen unter seinem Auge.

„Woher beziehst du deine Weisheit?"

Der Barbesitzer schluckte und schüttelte den Kopf.

„Aus dem Fernsehen; die haben sogar eine Pressekonferenz veranstaltet. Der Angeschossene ist angeblich eine Berühmtheit."

„Eine Berühmtheit?"

„Ja, ein bekannter Doktor aus Chicago. Sie ist übrigens flüchtig…"

„Madison?"

„Wer sonst, du Armleuchter!"

Noch immer kopfschüttelnd wendete sich der Barbesitzer ab, schritt zu seinem Lokal zurück und beendete schweigend sein ursprüngliches Vorhaben. Nachdenklich betrat er die Bar und rückte die Stühle zurecht. Er holte den Besen hervor und begann den Fliesenboden zu reinigen. All das hatte ja vorher Madison gemacht, brav, ohne darum gebeten zu werden, ordentlich und zuverlässig. Ein Anflug von schlechtem Gewissen keimte in ihm auf. Hätte er sie damals in ihrer Situation doch nicht auf der Stelle entlassen sollen? Er zog ein zerknülltes Taschentuch aus seinem Hosensack und wischte flüchtig über die Bar, wo die Dicke der Schmutzschicht sehr genau darauf hindeutete, dass hier schon einige Zeit jegliche ordnende Hand fehlte. Der Mann hatte einfach keinen Blick für solche Details. Er konnte Einkaufen und Verkaufen, die Leute zum Trinken animieren, das war es aber auch schon.

Seitdem Madison weg war, hatte die Frequenz des Lokals spürbar nachgelassen, der Umsatz war gesunken. Eine geeignete Nachfolgerin hatte sich bislang auch nicht gefunden.

Der Mann seufzte und schritt in die Küche, wo das schmutzige Geschirr stapelweise herumlag. Er öffnete das kleine Fenster in den Hinterhof und blickte hinaus.

Alles schien wie immer; nichts Ungewöhnliches war zu erkennen.

Der Mann schloss es wieder, drehte sich angewidert um und machte sich an dem ungustiösen Stapel zu schaffen. Ein leises Klopfen am Glas gebot ihm Einhalt.

Erneut öffnete er das Fenster, sah nochmals hinaus und erstarrte.

Auf dem kalten Betonboden des von Unrat starrenden Hinterhofs kauerte Madison; sie zitterte am ganzen Körper.

„Hilf mir, Chef! Bitte!"

Der Barbesitzer erlangte rasch seine Fassung wieder; er griff hinaus und zog die Frau hoch.

Ihr Gesicht war bleich und eingefallen. Kalter Schweiß stand ihr auf der Stirn. Unbemerkt und unbehelligt hatte sie das Flughafengelände verlassen können, hatte sich durch Nebenstraßen und kleine Gässchen durchgeschlagen, sinnlos, planlos, völlig verzweifelt. Die Pistole hatte sie in einen abgelegenen Müllcontainer geworfen. Keine Ahnung hatte sie gehabt, wohin sie sich hätte wenden können; nur eines hatte sie gewusst, in dem Moment gewusst, als sie Delia wiedererkannt und den Abzug der Waffe abgedrückt hatte: dass ihr ein unverzeihlicher Fehler unterlaufen war.

Letztlich hatte sie nur eine Rettung gesehen: die „Camel Bar" und ihren ehemaligen Chef. Sie war gelaufen, gestolpert, dahingeschlichen, wieder gelaufen, letztlich im Hinterhof der Bar gelandet.

„Ich habe Scheiße gebaut ..."
„Ich weiß ..."
„Woher weißt du?"
„Tut nichts zur Sache ... Zwäng dich hier rein und versperr dich im Bad des Separees. Seit du weg bist, steht es leer. Ich nehme an, die Bullen werden demnächst vor der Türe stehen. Ich lasse mir schon etwas einfallen. Nach Hause kannst du jedenfalls nicht. Hast du die Kanone noch?"

Madison schüttelte den Kopf und tat wie geheißen. Sie zwängte sich durch die Fensteröffnung, lief in das Bad und verschloss die Türe hinter sich.

Ratlos fuhr sich der Barbesitzer über die Stirn; er atmete ein paar Mal kräftig durch und eilte auf die Straße, in die aufkeimende Dämmerung hinaus. Er blickte nach rechts; der Tabakladen hatte bereits geschlossen; von dessen Besitzer war nichts mehr zu sehen. Er wendete seinen Kopf und spähte nach links, wo in Sichtweite auf der großen, hell erleuchteten Durchzugsstraße der dichte Abendverkehr dahinrollte.

Alles war ruhig.

Der mittelgroße, dunkelhaarige Mann zog sich in sein Lokal zurück und verschloss die Türe von innen. Er trat zur Bar und nestelte in einer Schublade herum.

„Verdammt, wo ist das Ding ..."

Er wühlte in Spielkarten, Pokerwürfeln und Kassenbelegen herum und zog letztendlich ein Pappschild hervor: „Geschlossen".

„Endlich …"
Der Barbesitzer hängte das Schild an die Eingangstüre, zog sich erneut hinter die Bar zurück, nahm ein Glas, füllte es zur Hälfte mit Whiskey und stürzte den Inhalt in einem Zug hinunter. Erneut griff er zur Flasche und schenkte kräftig ein. Er nahm das Glas zur Hand, schritt hinter der Bar vorbei in das Separee und klopfte an die Badezimmertüre.

„Ich bin es …, mach auf …, alles ist ruhig … Ich habe das ‚Geschlossen-Schild' ausgehängt."

Zögernd öffnete sich die Verriegelung der Türe und Madison lugte ängstlich hervor.

„Magst du?"
Der Lokalbesitzer hielt seiner ehemaligen Angestellten und Vertrauten das halb volle Glas hin.

„Danke …"
Madison ergriff das Glas und nahm einen Schluck.
„Das tut gut!"
„Nicht, dass du das verdient hättest, du blödes Stück … Wie kann man so einen Irrsinn anstellen? Das musst du mir erklären … Komm raus und setz dich."

Madison verließ das Bad, blickte prüfend nach links und nach rechts und nahm auf jenem nunmehr schon einige Zeit lang verwaisten Stuhl Platz, an welchem immer die Beinkleider der diversen Freier gehangen hatten.

Mit stockender Stimme begann Madison zu erzählen, berichtete über Dinge und Gefühle, die sie nie zuvor jemandem anderen vermittelt hatte, legte ihr ganzes verkorkstes Leben auf den Tisch.

„Als mich dann Peter gefunden hat und er letztlich dahintergekommen ist, was ich eigentlich bin und ich mich ohne Chance gesehen habe, ihm näherzukommen, und alles nur mehr entwürdigend und peinlich war, und als dann noch die Sache mit dem Fetten, die Schlägerei, die Entlassung dazukamen, da war mir letztlich alles egal. Ich wusste nur, Schuld an allem hat Dr. Brown. Ohne ihn wäre von Anfang weg alles anders gewesen, mein Leben wäre ganz anders verlaufen. Und dafür sollte er büßen. Mein Hass war schrecklich, ist immer schlimmer geworden."

Madison begann zu schluchzen.

„Aber ich weiß, dass ich das nie hätte tun dürfen ..., so bin ich nicht."

„Nein, bist du nicht", der Chef nickte und strich Madison übers Haar, „und das musst du jetzt beweisen. Geh zur Polizei, stell dich und lege alles so dar, wie du es mir soeben mitgeteilt hast. Mach es schnell, mach es, bevor sie dich hier finden, denn das werden sie mit Sicherheit."

Madison zuckte zusammen und schwieg. Zitternd führte sie das Glas zum Mund und trank die Neige aus.

„Kannst du mir etwas Geld für ein Taxi borgen?"

„Das brauchst du nicht. Ich fahr dich auf das nächste Wachzimmer, ich bleibe bei dir, wenn du mich brauchst."

„Ist o. k., danke!"

Madison erhob sich; dankbar umarmte sie ihren ehemaligen Chef und brach in lautes Weinen aus.

„Ich bin nicht so, nein ..., ich wollte das nicht ..."

Angstschauer liefen der blonden Frau den Rücken hinunter.

„Ist schon gut, alles wird gut ..."

Behutsam strich der Lokalbesitzer über Madisons Haar, über ihre Schultern.

Langsam beruhigte sich die Blonde. Sie nahm ein herumliegendes Tüchlein und trocknete ihr verweintes Gesicht.

Sie hob den Blick und sah ihrem ehemaligen Boss ernst und fest ins Gesicht.

„Komm, fahren wir los!"

„Danke, stimmt so!"

Hektisch drückte Ephram dem Taxilenker eine Geldnote in die Hand und sprang aus der gelben Limousine. Der Wind blies, fuhr in sein Haar. Fröstelnd schloss er die Knöpfe seines Mantels und stellte dessen Kragen auf. Zügig eilte er dem Portal des gewaltigen Krankenhauses entgegen; er betrat es, sah sich um und strebte dem Empfang zu. Es war früher Abend geworden; nur mehr schütter saßen die Wartenden auf ihren Stühlen, nur mehr vereinzelt holten Patienten oder Angehörige Informationen bei den Bediensteten ein. Polizeibeamte standen in einem der langen Gänge, die von der riesigen sechseckigen Empfangshalle sternförmig wegführten.

Ephram beschleunigte seine Schritte; er trat zu einer Dame, die am Auskunftsschalter saß und dem Neuankömmling einen uninteressierten Blick zuwarf.

„Womit kann ich Ihnen helfen?"

„Ephram Brown ..., ich möchte zu meinem Vater ..."

„Brown?"

Das Gesicht der Empfangsdame hellte sich auf.

„Warten Sie ..."

Sie erhob sich, trat zu einer Kollegin, flüsterte etwas Unverständliches und nahm einen Zettel entgegen.

Nervös trat Ephram von einem Fuß auf den anderen. Im Nu sah er sich einer Fülle von neugierigen Blicken ausgesetzt.

Die Dame am Empfang hatte sich wieder genähert; ihr Gesicht drückte ausgesuchte Freundlichkeit aus. Mit einer höflichen Handbewegung übergab sie dem Wartenden das Papier.

„Hier bitte, das soll ich Ihnen geben. Ihre Schwester war großartig ..."

Ephram runzelte die Stirn und überflog die Zeilen, die Delia und Nina für ihn verfasst hatten.

„Danke ..."

Ephram seufzte erleichtert auf.

„Sagen Sie mir nun bitte, wie ich meinen Vater finde?"

„Einen Augenblick!"

Ein Polizeibeamter hatte sich von hinten genähert und räusperte sich.

„Der Beamte bringt Sie zu ihm und wird Ihnen Näheres zur Kenntnis bringen."

Ephram wendete sich um, musterte Bruchteile von Sekunden die Uniform seines Gegenübers, stellte sich höflich vor und streckte dem Beamten seine Hand zum Gruße hin.

„Angenehm ..."

Der Polizist wies hin zu einer der Gangfluchten.

„Bitte folgen Sie mir, Mr. Brown."

Die beiden Männer durchquerten die Eingangshalle und schritten schweigend die zahllosen Ambulanzen entlang hin zu einer Liftgruppe.

„Sie kommen direkt aus Denver?"

Der Beamte brach als Erster die Stille.

„Ja, ganz recht. Was wollten Sie mir übrigens mitteilen?"

Ungehalten klangen Ephrams Worte.

„Zuerst das Positive: Ihr Vater ist über den Berg, doch mit der Hand schaut es schlimm aus. Er hatte übrigens Glück im Unglück. Wenn Ihre Schwester nicht gewesen wäre, wer weiß, ob ihn der Schuss nicht das Leben gekostet hätte."

„Na Gott sei Dank ..."

Ein kurzes Lächeln überflog Ephrams Gesicht, doch sofort wurde es wieder ernst.

„Weiß man etwas über den Täter?"

„Ja, eine Madison Kerner ist die wahrscheinliche Täterin. Sie ist flüchtig."

Mit einem Schlag fror Ephrams Miene ein. Er schluckte ein paar Mal und sah dem Beamten fassungslos in die Augen.

„Was haben Sie, ist Ihnen nicht gut? Wollen Sie sich setzen?"

Ephram schwieg; kein Wort brachte er über die Lippen.

„Kennen Sie die Frau?"

Der Musikprofessor schluckte erneut und nickte.

Die Lifttüre öffnete sich, die beiden Männer traten ein; der Polizeibeamte drückte einen Knopf. Der Lift setzte sich in Bewegung, legte an Geschwindigkeit zu.

Ephram stierte auf die Lichtpunkte, welche die Stockwerke anzeigten, alles verschwamm vor seinen Augen, die Worte des Polizeibeamten wirkten wie aus weiter Entfernung gesprochen.

Krampfhaft hielt er sich an einer Griffleiste fest, die in Bauchhöhe an der Liftkabine montiert war.

Erneut bemühte sich Ephram zu sprechen, doch es wurde letztlich nur ein leises Krächzen. Undeutlich nahm er wahr, wie der Beamte sein Funkgerät an sein Ohr legte. Die Liftkabine wurde größer und größer; gellend laut vernahm er noch die Worte: „Sie hat sich gestellt …", dann wurde es finster und still.

17

Ephram erwachte. Er spürte eine weiche Hand, die ihm das Gesicht streichelte. Mühsam öffnete er die Augen und erblickte seine Schwester, die sich mit sorgenvoller Miene über ihn gebeugt hatte. Er versuchte sich aufzusetzen und zu sprechen, doch Delia hielt ihn zurück und legte ihm ihren Zeigefinger auf den Mund.

„Warte noch ein wenig, bis du ganz wach bist …"

Ephram gehorchte und prüfte schweigend seine Umgebung, ein kahles Ambulanzzimmer, eine Infusionsflasche, deren Inhalt sich tropfenweise in eine seiner Venen entleerte. Sein Blick glitt seinen Körper entlang, der zur Gänze bekleidet war, glitt weiter über die Jeans und den blauen Pulli seiner Schwester, die am Rand seines Bettes saß, und kam beim Anblick ihres Gesichts zum Ruhen.

Der Wachgewordene räusperte sich.

„Was ist geschehen?"

Delia ergriff seine Hand und blickte bekümmert zu Boden.

„Du bist einfach zusammengeklappt, mein Lieber, mitten im Lift. Der Polizist, mit dem du unterwegs warst, hat dich hier hergebracht. Sofort haben sich die Ärzte um dich gekümmert. Sie meinten, es sei nicht so schlimm. Alles wäre angeblich etwas zu viel für dich gewesen."

„Wann war das?"

„Vor ungefähr einer Stunde …"

„Hast du Amy …"

„Nein, ich wollte zuerst abwarten. Ein Mediziner meinte, du würdest ohnehin bald wieder aufwachen."

„Gut, dann sorgt sie sich nicht unnötig …"

Erneut versuchte sich Ephram aufzusetzen und es gelang.

Er schob seine Beine zur Seite, ließ sie von der mit Kunststoff bespannten Liegestatt hinabbaumeln und rückte ein wenig hin zu seiner Schwester.

Nach und nach, zuerst schemenhaft, dann immer klarer, stiegen die Ereignisse der letzten Stunden sein Bewusstsein hoch. Er wendete sein Gesicht Delia zu und blickte ihr fragend in die Augen.

„Wie geht es unserem Dad?"

„Besser, er ist munter. Nina ist bei ihm."

Ephram nickte.

„Delia, wusstest du von …"

„… Madison?"

Der Gesichtsausdruck der Schwester wurde noch um einen Deut bekümmerter.

„Ja …"

In kurzen Worten schilderte die junge Frau die Ereignisse vom Flughafen.

„Aber woher hast denn du diese Information?"

„Von der Polizei, glaube ich. Das Letzte, woran ich mich noch erinnern kann, war, dass der Beamte meinte, Madison hätte sich freiwillig gestellt. Dann war für mich Sendepause."

Zärtlich strich Ephram seiner Schwester über den Rücken.

„Hast du toll gemacht, Süße. Ich bin stolz auf dich!"

Ein Lächeln begann seine Lippen zu umspielen.

Doch Delias Blick blieb bekümmert. Sie seufzte tief.

„Was hast du, Süße? Es kommt doch alles wieder in Ordnung."

Delia schwieg, betrachtete eingehend eine Naht ihrer Jeans und strich mit dem Nagel ihres rechten Zeigefingers darüber. Erneut hob sie ihren Blick und sah dem Bruder ernst in die Augen.

„Nicht so ganz …"

„Warum, wie meinst du das?"

Überrascht rückte Ephram ein wenig zur Seite und ergriff das Handgelenk seiner Schwester.

„Sag schon!"

„Er wusste alles."

„Was, wer?"
„Unser Dad."
Ephrams Augen weiteten sich vor Erstaunen und Überraschung.
„Er wusste von Peter, von Madison. Jake Hartman berichtete ihm vor seinem Tod davon und bat ihn um Hilfe. Dad ignorierte das Flehen. Er hätte das Ärgste verhindern können."
„Was hatte Jake damit zu tun?"
Verständnislos schüttelte Ephram seinen Kopf.
„Der Junge war bei ihm auf Drogenentzug und ist getürmt, um seine leibliche Mutter zu suchen."
„Warte, das ist doch die Story, in der Amy recherchierte!"
„So ist es. Erinnerst du dich, dass Amy von einem jungen Mann erzählte?"
Ephram nickte.
„Anscheinend war das Peter, dein Sohn. Offenbar ist er dir wie aus dem Gesicht geschnitten, sonst hätten ihn weder Jake noch Amy als solchen eingeschätzt."
„Das heißt also, Amy hat auch alles gewusst!"
„Scheint so ..."
Ephram ließ den Arm seiner Schwester los und versuchte aufzustehen. Er taumelte ein wenig, hielt sich an der Bettkante fest und blickte zur Türe des Ambulanzzimmers.
„Und Nina?"
„Teilweise ... Nimm es ihr nicht übel, sie hatte genug durchzustehen. Dad war angeblich völlig von der Rolle."
„Du brauchst niemanden in Schutz nehmen, Delia ..."
Ephram richtete sich zu voller Körpergröße auf. Seine Augen blitzten; seine Mimik verzerrte sich, drückte Wut und Hass aus.
„Nur dass du es weißt, Delia, jener junge Mann, mein Sohn, hat mich heute telefonisch zu erreichen versucht und um Hilfe gebeten."
Die Brünette zuckte zusammen; sie stand auf und nahm erneut die Hand des Bruders. Wütend widersetzte er sich Delias liebevoller Geste.
„Und was hast du gewusst?"

Aufs Äußerste erregt schrie Ephram seine Schwester an.
„Wenn du mich bestrafen willst, so tust du es bei der Falschen! Ich habe alles erst vor wenigen Stunden von Nina erfahren. Also lass das! Wenn du jemanden bestrafen willst, dann meinetwegen unseren Dad. Er meinte es vermutlich gut und wollte die Familie nicht gefährden."

„Vermutlich gut gemeint und schlecht gemacht, nicht gedacht; wie immer. Ich habe es jedenfalls endgültig satt, Delia, endgültig! Ich habe kein Interesse mehr daran, dass man mich oder meine Familie beschützen will und dabei nur Mist entsteht! Das kann ich selbst auch! Für mich ist das Thema restlos erledigt ..."

Ephram ergriff sein Jackett und zog es an; er nahm seinen Mantel und wendete sich der Türe zu.

„Hilfst du mir, einen Arzt aufzutreiben? Ich möchte hier schleunigst weg."

„Ephram, geh zu ihm, bitte!"

„Niemals! War ich nicht deutlich genug? Von mir aus kann er bleiben, wo der Pfeffer wächst! Wenn du mir nicht helfen willst, dann schaffe ich das auch alleine."

„Ephram ..."

Bittend, flehend klang das.

„Lass es, Delia, es bringt nichts. Mach's gut ..."

Ephram riss die Türe auf, eilte zum diensthabenden Ambulanzarzt und baute sich vor diesem auf.

„Mir geht es gut, Herr Doktor ..."

„Sind Sie sich sicher?"

„Ja – wer kann mir ein Taxi zum Flughafen organisieren?"

Ephram blickte auf seine Uhr.

„Eine Maschine nach Denver wird wohl heute noch abfliegen ..."

„Ja, bestimmt ..."

Stirnrunzelnd prüfte der Mediziner den Zustand des Mannes und zuckte resignierend mit den Achseln.

„Ich kann Sie nicht dazu zwingen, hierzubleiben; also gehen Sie mit Gott!"

„Danke."

Ephram drehte sich auf der Stelle um und eilte davon. Laut und böse hallten die schnellen Schritte in der leeren Gangflucht.

Delia war zu dem ernst dreinblickenden Arzt getreten und sah dem Bruder tieftraurig nach, dessen Silhouette immer kleiner wurde und letztlich gänzlich in den Gangfluchten verschwand.

„Danke, Delia!"
Langsam legte Amy den Telefonhörer auf die Gabel.
Panik stieg in ihr hoch. Sie drehte sich um und blickte verzagt zu ihrem Vater, der gespannt in seinem Lehnstuhl saß. Harold stand auf; dieses Gesicht seiner Tochter kannte er zu gut. Es verhieß nichts Gutes.
„Was ist los?"
„Ephram weiß alles ... Er ist schon wieder auf dem Weg zurück nach Hause. Er ist im Spital sogar kurz zusammengeklappt. Stell dir vor, Dad, nicht einmal sehen wollte er seinen Vater. Was soll ich bloß tun?"
Harold trat zu seiner Tochter und räusperte sich.
„Gehen wir ein wenig spazieren? Rose, du kümmerst dich bitte einstweilen um die Kinder."
Jene nickte und eilte in die Küche hinaus, wo Lilly, Harry und Nikki herumalberten und um die Wette Schokolade aßen.
Harold ergriff schweigend Amys Mantel und half seiner Tochter in das Kleidungsstück hinein. Er selbst zog eine Lederjacke über, öffnete die Haustüre und blickte in die Dunkelheit hinaus. Eine frische Brise wehte von den Bergen herunter.
„Komm!"
Höflich bot der Mediziner seiner hübschen Tochter den Arm an.
Gemeinsam schritten sie den Straßenzug entlang, schweigend, in Gedanken vertieft.
Sie erreichten die Hauptstraße, spazierten sie entlang, vorbei an der Praxis bis zum „Sam's", Ninas und Jakes ehemaligem Lo-

kal, das längst einen anderen Namen trug, doch im Volksmund immer noch so – oder auch noch „Mama Joy's", wie ganz früher – genannt wurde und noch immer ein beliebter Treffpunkt der ortsansässigen Bevölkerung war.

„Kaffee, Liebes?"

Harold wies auf das Lokal und verlangsamte seinen Schritt.

„Nein danke, Daddy! Ich möchte noch ein wenig gehen. Die frische Luft tut mir gut."

„Gerne …"

Die beiden marschierten weiter, noch immer schweigend, in sich gekehrt.

Harold räusperte sich und setzte zum Reden an.

„Lass gut sein, Dad! Du weißt ja erst die eine Hälfte. Delia hat mir erzählt, Ephrams Sohn hätte kürzlich mit seinem leiblichen Vater Kontakt aufgenommen."

Ein eisiger Schrecken durchfuhr den Mediziner, er versuchte ihn jedoch tunlichst vor seiner Tochter zu verbergen.

„Das war ja irgendwie zu erwarten und ist nicht weiter schlimm. Ephram wird schon das Richtige tun, glaubst du nicht?"

Beruhigend redete der Vater auf seine Tochter ein.

„Du hast ja keine Ahnung, in welchem Zustand er sich befindet! Laut Delias Aussagen war er außer sich."

„Was völlig verständlich ist. Amy, es liegt nun einzig und allein bei dir. Du bist seine Frau, ihr habt zwei wunderbare Kinder. Du musst ihm klarmachen, dass du dein Wissen nur zum Schutz seiner und deiner Familie hintangehalten hast. Und du musst aktiv werden, musst dich deinen Kindern noch mehr widmen, musst sie fördern, musst deinem Mann zeigen, wie wichtig die Familie für dich ist. Lass deine beruflichen Ambitionen mittelfristig sausen; momentan hat niemand etwas davon. Ich bin sicher, Ephram wird dir alles vergeben. Es wird zwar einige Zeit dauern, aber er liebt dich so sehr, er wird es tun, glaube mir. Und du wirst wahrscheinlich akzeptieren müssen, dass Ephram möglicherweise auch weiterhin in irgendeiner Form Kontakt zu seinem Sohn halten und ihn unterstützen will. Was wissen wir denn über den Knaben?"

„Gar nichts, außer dass er auf Drogen war, aus der Therapie getürmt ist und letztlich in der Fachschaft Musik angerufen hat, was aber nichts aussagen muss. Die Telefonnummer hat er sicher von der Website der Universität."

Harold Abbott nickte.

„Wahrscheinlich ... Jedenfalls können wir davon ausgehen, dass er Madison gefunden hat und sie ihm bezüglich seines unbekannten Vaters einen Tipp gegeben hat."

„Ja, scheint so. Aber das bringt mich jetzt auch nicht weiter."

Harold nickte erneut.

„Hör zu, am besten wird es sein, wenn du die Kinder noch ein oder zwei Tage bei uns lässt. In der Schule werden sie bestimmt nicht die Welt versäumen. Wir gehen nach Hause, fahren bei der nächsten Tankstelle vorbei, kaufen einen Kanister Benzin, machen dein Auto wieder flott. Du fährst alleine nach Hause, wartest auf deinen Mann und sprichst dich ausführlich mit ihm aus."

„Danke, Dad!"

„Ist schon gut ..."

Schweigend marschierten die beiden zum Hause der Abbotts zurück.

„Dad ..."

Auf der Treppe zur Veranda blieb Amy plötzlich stehen und ergriff die Hand ihres Vaters.

„Es wird doch zu einer Gerichtsverhandlung kommen. Was wird Ephram tun? Wird er für Madison und gegen seinen Vater aussagen?"

„Ich weiß es nicht ... Komm, wir sagen den anderen Bescheid."

Die Pendeluhr im Wohnzimmer der Browns in Denver schlug Mitternacht, ein Uhr, zwei Uhr.

Einsam saß Amy auf dem Sofa und wartete. Still war es, nur der gleichförmige Pendelschlag war zu vernehmen. Das gedämpfte Licht einer gedimmten Deckenleuchte erhellte ein wenig das Dunkel der Nacht. Je länger das Warten dauerte, desto unsicherer, verzagter, verzweifelter wurde die blonde Frau. Immer wieder stand sie auf und lief im Zimmer auf und ab. Letztlich nahm sie das Telefon zur Hand und ließ sich von der Auskunft die Nummer des Flughafens in Denver geben. Ob die letzte Maschine aus New York schon gelandet sei, wollte sie wissen. Ja, längst, lautete die lapidare Antwort. Ob ein Mr. Brown mit an Board gewesen wäre? Das könne man bei einem Binnenflug nicht so schnell nachvollziehen ...

Amy setzte sich wieder hin. Das schreckliche Warten ging weiter.

Sie ergriff einen Polster und legte ihn unter ihren Kopf. In Tausende von Gedanken verstrickt nickte sie ein; letztlich fiel sie in traumlosen Schlaf.

Amy erwachte; die Sonne blinzelte durch die weißen Gardinen. Ephrams Gemahlin schreckte auf und sah auf die Uhr. Sie zeigte nach acht ...

Wie von der Tarantel gestochen sprang Amy auf, blickte sich suchend im Zimmer um, eilte in den Flur, prüfte die Kleiderablage. Sie war leer. Nur ihr Mantel lag herum, nichts hatte sich seit ihrer Rückkehr geändert. Verwaist ragte Ephrams Kleiderhaken in den Flur hinein.

Sie raste die Treppen hinauf, suchte in den Gemächern der Kinder und im Schlafzimmer: Leere, Einsamkeit, Kälte – keine Spur von ihrem Mann ...

Sie lief zum Telefon, rief im Sekretariat der Universität an, und auch die Eltern, fragte nach, ob sich Ephram vielleicht gerührt hätte – vergebens.

Verzweifelt zog sie sich in die Küche zurück; dicke Tränen liefen ihr Gesicht hinunter.

Was sollte sie bloß tun?

Die Nacht war sternenklar, mondhell und kalt. Es war so hell und klar, dass Einzelheiten, winzige, oft gar nicht so leicht wahrnehmbare Details, Grate und Felsspitzen der noch schneebedeckten Gipfel rund um Everwood sichtbar waren.

Ephram schlenderte ziellos durch das schon in tiefem Schlaf liegende Städtchen.

Vom Flughafen Denver weg hatte er ein Taxi hierher genommen, hatte sich blutig bezahlt. Sein Zorn war verraucht, seine Wut und Enttäuschung hatten nachgelassen. Zurückgeblieben war der schale Geschmack des endgültigen Bruchs mit dem Vater, dessen Einfluss auf sein Leben er endgültig beendet sah, den er am besten sein ganzes Leben lang nicht mehr sehen wollte. Leid tat ihm seine Schwester, die mutige junge Frau, wegen der schrecklichen Augenblicke auf der Ambulanz und ihren flehenden Bitten, beim alternden Herrn doch noch Gnade vor Recht ergehen zu lassen und auch ein wenig dessen Position zu verstehen. Er hatte jedoch kategorisch abgelehnt. Nein, Punkt, das war es, ohne Wenn und Aber. Allein hatte er Delia zurückgelassen. Das hatte sie nicht verdient.

Vorbeimarschiert war er am Haus seiner Schwiegereltern, wo alle Fenster stockdunkel gewesen waren. Offenbar schliefen Amy und die Kinder auch schon fest, seine Lieben, die er naturgemäß zu diesen schweren Stunden hier bei den Eltern vermutete. Jedoch – der Stachel saß tief, der Stachel des Misstrauens, der Lüge, des Hintergehens, egal welche Beweggründe dahinterstehen mochten. Als grundehrlicher, grundanständiger Mensch, dem Gerechtigkeit eines der höchsten Gebote war, war ihm allerdings bewusst: Dem Vater müsste er nicht vergeben, der geliebten Ehefrau allerdings schon. Immer schon hatte er fest zu ihr gehalten, zu allen Zeiten, in schwierigsten Lagen. Das dürfte sich nicht ändern. Und trotzdem hatte er das Gefühl, ihr im Moment nicht gegenübertreten zu können. Zu frisch war die Enttäuschung, zu unsicher die eigenen Entscheidungsfindungen, zu stark die emotionale Belastung. Eine Begegnung jetzt, zu dieser Stunde, würde mit hoher Wahrscheinlichkeit zum nächsten Fiasko führen.

Ephram ging die Hauptstraße entlang, ihn fröstelte. Ein kalter Hauch kam von den Bergen herab. Er rieb sich die Hände, hauchte hinein. Tief atmete er die frische Luft des Gebirgsstädtchens ein – sie reinigte sein Hirn, seine Gedanken.

Er spazierte, am Rathaus vorbei, die wenigen Hundert Meter weiter zum Gelände seiner alten High School. Tausende Erinnerungen wurden wach, erfüllten seine Gedanken mit Farbe, verschafften ihm so manche Klarheit. Und er verstand plötzlich, warum er Everwood so liebte, die hier verlebten Jahre niemals vergessen würde. Es war nicht das herrliche Gebirgspanorama, nicht der erreichte Highschool-Abschluss und schon gar nicht waren es die krampfhaften und in den meisten Fällen fehlgeschlagenen Versuche des Vaters, eine Familie aus ihnen zu formen; es waren die Freundschaften, die Freundschaften zu Bright und zu Hannah und es war ... Amy, die Liebe seines Lebens, die ihm seine Jugendzeit keineswegs leicht gemacht hatte und der er trotzdem immer alles verziehen hatte. Verzeihen, vergeben zu können – ein hohes Gut, eine Macht der Liebe.

Ephram umrundete die Highschool und wendete sich erneut der Hauptstraße zu. Er beschleunigte seine Schritte und erreichte in Kürze wiederum das Rathaus der Stadt.

Er trat zum Eingangstor und betrachtete suchend die wenigen Schildchen, die neben den Knöpfen der Gegensprechanlage angebracht waren.

Abteilung für ..., Sektion für ..., Sekretariat ..., hier, endlich: Bürgermeister privat.

Ephram läutete. Sekundenlang Ruhe. Der Musikprofessor versuchte es ein weiteres Mal, länger ... Die Sekunden verrannen.

„Ja bitte?"

Endlich ertönte aus dem verchromten Metallgehäuse Brights verschlafene Stimme.

„Ich bin's, Ephram, bitte lass mich rein!"

„Moment ..."

Der Summer ertönte.

Ephram trat ein und lief die Stiegen hinauf in das zweite Stockwerk.

Von Weitem schon sah er Bright, der in Schlafanzug und Morgenmantel wartend in der Türe seiner Dienstwohnung stand.

„Du hast ja Besuchszeiten! Ist dir klar, wie spät es ist?"
Der Freund lächelte und trat zur Seite.
„Komm rein …, irgendwie hätte ich damit rechnen müssen."

„Schöne Wohnung, Bright …"
„Danke …, nimm Platz …"
Der Bürgermeister wies auf eine gemütliche Sitzgruppe, wartete höflich, bis es sich Ephram bequem gemacht hatte, und ließ sich geräuschvoll auf einen gepolsterten Lehnstuhl fallen.
„Also, damit du Bescheid weißt: Ich habe euren neuesten Mist heute von deiner Frau vernommen. Knüppeldick würde ich sagen … Etwas zu trinken?"
„Ja, einen Scotch, doppelt bitte."
„Gerne …"
Bright lachte, begab sich zur Hausbar und schenkte ein.
„Tatsächlich knüppeldick, das kannst du mir glauben."
Ephram lehnte sich zurück und schloss ein paar Sekunden die Augen.
„Hier …"
Bright reichte dem verschwägerten Freund das Glas.
„Zum Wohl!"
„Hoffentlich … Dann bist du also im Bilde?"
„Einigermaßen, wenn das stimmt, was mir Amy mitgeteilt hat. Eigentlich solltest du ja noch in New York sein."
„Sollte ich, Bright … Also zuerst einmal bin ich zusammengeklappt, dann hat mir Delia die ganze wilde Story aufgetischt. Ich bin natürlich sofort abgehauen. Wegen Delia habe ich ein schlechtes Gewissen, weil ich sie alleine zurückgelassen habe und sie ja wieder zurück nach Europa muss, aber das bringe ich wieder in Ordnung."
„Deinen Dad hast du gar nicht gesehen?"
„Gott behüte. Das hätte ich gerade noch gebraucht. Eigentlich müsste ich Delia böse sein, dass sie bei dem Schussattentat so schnell reagiert hat. Von mir aus könnte er …"

„Sag so etwas nicht, Ephram …"

„Bright, es ist ja nicht das erste Mal, erinnere dich! Ich habe es nun endgültig satt, dass er in irgendeiner Form auf mein Leben Einfluss nimmt."

„Das verstehe ich schon, mein Freund, aber glaubst du wirklich, mir geht es so viel besser? Mein Alter mischt sich in alles rein. Wo er kann, wirft er mir Prügel vor die Füße. Er hat mir offenbar noch immer nicht verziehen, dass ich nicht studiert habe und ihm in seiner Praxis nicht nachfolgen werde. Unentwegt stellt er mich als Bürgermeister bloß."

„Das klingt ja schlimm, Bright. Aber dir zerstört er wenigstens nicht die Familie."

„Nein, das nicht, stattdessen hat er allerdings bislang mit Akribie dafür gesorgt, dass ich nicht einmal eine habe."

„Das hat er wahrscheinlich nicht absichtlich gemacht, Bright!"

„Möglich, aber deiner auch nicht, Ephram …"

Ephram neigte seinen Kopf zu Seite, strich sich über die Stirn und holte seine Pfeife hervor.

„Wie auch immer; Themenwechsel … Was mach ich bloß mit Amy?"

„Mein Gott, Ephram! Lass die Sache auf sich beruhen. Denk lieber daran, was deine Beziehung zu meiner Schwester schon alles überstanden hat."

Bright lachte und klopfte dem Freund auf die Schultern.

„Das kommt wieder in Ordnung. Das macht Amy schon, die kann das, hat das immer schon können. Erinnere dich, wie sie dir das Riesenrad vom Rummelplatz in den Garten gestellt und dir ihre ewige Liebe und Treue geschworen hat."

Ephram nickte; ein leises Lächeln huschte über sein Gesicht. Ein paar Mal zog er an seiner kalten Pfeife und steckte sie dann wieder in den Sack seines Jacketts.

„Ja, wahrscheinlich hast du recht, Bright. Aber das Schönste kommt ja noch. Mein Sohn, den ich mit Madison habe, hat mich gestern angerufen und wollte meine Hilfe. Was sagst du dazu?"

„Das ist nicht gut …"

Bright zuckte ein wenig zusammen und runzelte die Stirn. „Allerdings bleibt abzuwarten, was er tatsächlich will. Glaubst du, das alles hat einen tieferen Zusammenhang?"

„Sicher, Bright, sei nicht so beschränkt. Du kannst doch eins und eins zusammenzählen ... Wie auch immer; ich bin jedenfalls heute schon an deinem Elternhaus vorbeigegangen, nur hatte ich nicht die Kraft hineinzugehen. Außerdem war es schon so spät, alle Fenster waren dunkel."

„Wolltest du meine Eltern besuchen, oder was?"

„Nein, ich wollte natürlich zu Amy und zu den Kindern. Ich konnte ja davon ausgehen, dass sie nach Everwood gefahren waren."

„Da hättest du aber Pech gehabt. Meine Mum hat mich gestern abends noch angerufen und mir mitgeteilt, Amy sei schon wieder zurück nach Denver unterwegs, um mit dir alles in Ruhe und Zweisamkeit zu klären. Die Kinder hat sie vorderhand bei ihr gelassen. Abgesehen davon, weiß Amy von der Sache mit deinem Sohn?"

Ephram durchfuhr ein eisiger Schreck. Er blickte auf die Uhr; 05.30.

„Nein, soviel ich weiß, noch nicht ... Wann geht der erste Bus nach Denver?"

„Da habt ihr allerdings viel zu klären, Mann! Ich möchte nicht in deiner Haut stecken."

Bright erhob sich, ging zu einer Kommode und holte den Busfahrplan hervor.

„In einer Viertelstunde ist er hier beim Rathaus ... Soll ich inzwischen Amy anrufen?"

„Nein, die paar Stunden soll sie ruhig noch dunsten. Danke für alles, Bright!"

„Gerne geschehen ... und – bringt um Himmels willen schon den Kindern zuliebe die Sache in Ordnung."

„Geht klar, Bright ... Und du lass deine unnötigen Querelen mit deinem alten Herrn! Er ist euch immer ein guter Vater gewesen. Setzt euch zusammen und sprecht euch aus. Vielleicht ist er mit Rose und der halbwüchsigen Lilly als Mann einfach nur einsam. Und jetzt ist zu allem Überdruss auch Linda wieder da."

„Mal sehen ..."

Bright nickte, umfasste den Freund und Schwager bei den Schultern und geleitete ihn die Stiegen hinunter bis auf die Straße, wo in der morgendlichen Stille schon deutlich das leise Brummen des sich nähernden Busses zu hören war.

Amys Verzweiflung kannte keine Grenzen. Bis Mittag hatte sie sich Zeit gegeben, dann würde sie bei der Polizei anrufen und eine Abgängigkeitsanzeige machen.

Immer wieder blickte sie auf die Uhr. Die Minuten schlichen dahin. Immer wieder eilte sie in die Küche, wollte Kaffee zustellen und stellte die Kanne wieder weg.

Es wurde zehn Uhr, zehn Uhr dreißig. Wieder und wieder griff Amy zum Telefon, rief die Eltern an. Und immer war die Antwort abschlägig. Man versuchte zu beruhigen; Ephram würde wohl nur seine Frustration abschütteln wollen. Je länger er ausbliebe, desto besser.

Immer wieder trat die hübsche blonde Frau zur Verandatüre und blickte hinaus. Was sollte bloß aus ihr und den Kindern werden, wenn der Mann unversöhnlich bliebe, sich gänzlich seinem Sohn mit Madison zuwenden, seiner ersten großen Liebe auch noch beistehen und ihr im schlimmsten Fall auch noch aus der Patsche helfen würde? Nicht auszudenken ...

In langsamem Tempo kam ein Taxi dahergerollt, hielt vor dem Haus. Ephram entstieg ihm.

Amy riss die Verandatüre auf und eilte hinaus, ihrem Mann entgegen.

Er hob die Rechte ...

„Friede, Amy ..."

Mitten im Vorgarten umhalste er seine Frau, drückte sie fest an sich. Amy lachte und weinte zugleich.

„Ich habe mir solche Sorgen gemacht, Ephram …"

„Es tut mir leid, mein Liebes."

Ephram drückte Amy noch fester an sich.

„Komm, gehen wir ins Haus."

Er nahm seine Frau bei den Hüften und geleitete sie auf die Veranda.

„Ephram, wo warst du?"

„In Everwood, bei Bright."

„Bei Bright? Und der Idiot hat nicht angerufen!?"

„Meine Schuld; ich habe es ihm untersagt."

Amy schwieg; das würde der Bruder eines Tages mit Zins und Zinseszins zurückbekommen.

Das Ehepaar begab sich in die Küche und stellte Kaffee zu.

„Hunger, Ephram?"

„Nein, eigentlich nicht."

Ephram befühlte seinen leeren Magen. Wie lange hatte er schon nichts gegessen?

„Doch …"

„Dachte ich mir."

Amy ging zum Küchenschrank, holte Kuchen hervor und schnitt ihn auf.

Ephram nahm ein Stück und setzte sich auf einen Barhocker, der vor der Küchenablage stand.

„Weißt du, Amy …"

„Sei still und iss. Dann rauchst du eine Pfeife, dann können wir reden."

Liebevoll gebot die Blonde ihrem Mann Einhalt und schenkte dampfenden Kaffee ein. Sie setzte sich neben ihn auf einen zweiten Hocker, streichelte zärtlich sein Gesicht und ließ die andere Hand auf seinem Oberschenkel ruhen.

Schweigend trank man Kaffee und aß Kuchen.

Ephram entzündete sein Pfeifchen; genussvoll sog er daran und blies den duftenden Qualm in Richtung Zimmerdecke.

Als Erstes brach Ephram das Schweigen. Ruhig berichtete er von den Vorgängen in New York. Amy nickte.

„Ich weiß …"

„Von wem, bitte?"
„Von Delia. Sie hat mich angerufen, nachdem du das Spital verlassen hattest. Unterschätze deine Schwester nicht. Gottlob bist du anscheinend wohlauf."
„Tu ich ja gar nicht. Und von ..."
„... Peter Walkley? Auch das weiß ich von Delia ..."
Überrascht blickte Ephram seiner Frau in ihre dunkelbraunen Augen und schüttelte den Kopf.
„Wozu rede ich dann eigentlich noch?"
„Weiß nicht – aber eine Sache muss ich dir noch beichten. Auch wenn es die ganze Sache vielleicht noch schlimmer macht."
„Ich glaube kaum, dass es noch schlimmer kommen kann."
Ephram runzelte die Stirn und zog intensiv an seiner Pfeife.
„Die Idee, dass auch ich dir gegenüber Stillschweigen halten solle, stammt auch von deinem Dad."
„Wie bitte?"
Ephram rutschte vom Hocker hinunter und stellte sich vor seine Frau.
„Na ja, ich rief ihn an und bat ihn um seine Meinung."
„Du hast in einer solchen Sache MEINEN Vater kontaktiert? Bist du noch zu retten, Amy?"
Tiefe Falten entstanden auf Ephrams Stirn.
„Ich weiß, dass das absolut falsch war, ein ausgemachter Blödsinn. Ich hatte nur fürs Erste keine andere Lösung parat."
„Und wie wäre es gewesen, wenn du gleich mit mir gesprochen hättest, Amy? Was wäre daran so schlimm gewesen?"
Amy schwieg; sie ergriff die Hand ihres Ehemannes und drückte ihn sanft auf seinen Hocker zurück.
Stille; stetig stieg der blaue Dunst von Ephrams Pfeife in die Höhe, wurde von einem Lufthauch ergriffen, der durch das gekippte Küchenfenster hereinströmte, und zerstob.
„Und was machen wir nun, Ephram?"
Der Mann räusperte sich und sah einige Sekunden lang ins Leere. Er hob seinen Blick und beobachtete den in die Höhe steigenden Rauchfaden.

„Vorschlag, Amy: kein Kontakt mehr zu meinem Vater. Das hat sich endgültig erledigt; Anruf in Everwood, dass alles in Ordnung ist und dass wir demnächst die Kinder abholen kommen."

„Nicht zur Gänze angenommen, denn es ist keineswegs alles in Ordnung. Daher mein Vorschlag: Wir rufen zwar meine Eltern an, holen aber erst morgen die Kinder. Du versuchst am Nachmittag Peter Walkley zu erreichen und fragst nach, was er wollte. Er ist auch dein Fleisch und Blut; hilf ihm, wenn es sein muss. Weiters versuchst du Delia zu erreichen und entschuldigst dich bei ihr. Und für den Abend und die Nacht habe ich dann spezielle Pläne."

Amys Gesicht verzog sich zu einem spitzbübischen Lächeln. Ohne eine Antwort abzuwarten, nahm sie ihren Mann in die Arme und drückte ihn an sich. Sie packte ihn bei der Hand und zog ihn auf die Veranda hinaus. Zärtlich nahm Ephram beide Hände seiner geliebten Ehefrau; er küsste sie innig und liebkoste ihr duftendes Haar.

Einträchtig in die Zukunft schauend blickten sie in den sonnigen Tag hinaus.

18

Der Sommer war ins Land gezogen. Eine Hitzewelle ungeahnten Ausmaßes hatte nahezu alle US-Bundesstaaten fest im Griff. Sogar das hübsche Gebirgsstädtchen Everwood stöhnte unter der Belastung. Früher als sonst üblich hatte das örtliche Freibad seine Pforten geöffnet; Alt und Jung tummelten sich rund um das kühlende Nass; die kleine Gaststätte am Rande der Pools freute sich über Rekordumsätze. Und sogar Dr. Harold Abbott, dem unter normalen Umständen nichts unangenehmer und seinem Stand unangepasster erschienen war als der Gang ins Freibad, genoss sichtlich die willkommene Abkühlung im Wasser. Auch der Bürgermeister hatte seine Amtsstunden ausfallen lassen; bei der Hitze käme ohnehin niemand mit einem Anliegen zu ihm, da würde es wohl klüger sein, auch dort hinzugehen, wo sich die Bürger derzeit am liebsten aufhielten, im Bad ...

Bright gesellte sich zu seinem Vater, begrüßte ihn mit gewinnenden Worten. Knapp sechs Wochen war es nun her, dass man sich unter Lindas Moderation und ausgestattet mit guten Ratschlägen vonseiten Hannahs zusammengesetzt und die unangenehme Situation geklärt hatte. Angesichts der veritablen Katastrophe rund um Ephram und Andy Brown und des noch immer nicht zur Gänze verdauten Schockzustands, hatte man sich rasch gesprächsbereit gezeigt. Der Vater hatte eingesehen, dass der Sohn seine Aufgaben der Gemeinde gegenüber im Grunde genommen bislang tadellos ausgefüllt hatte, und auch Bright hatte hoch und heilig versprochen, nicht mehr so häufig nur den Weg des geringsten Widerstandes zu gehen, sondern bei zukünftigen Entscheidungen das Wohl der eigenen Familie nicht ganz aus den Augen verlieren zu wollen und diesbezüglich einen ähnlichen Ausgleich zu suchen, ganz wie es früher seine Mutter immer mit Meisterschaft betrieben hatte. Im Gegenzug hatte sich Harold Abbott mit seinen vermeintlichen Konkurrenten in der neu zu errichtenden Kuranstalt arrangiert. Es war den Fachärzten tatsächlich gelungen, den alteingesessenen Kollegen davon zu überzeugen, dass Prävention genauso wichtig wäre wie das Heilen selbst und aus diesen Überlegungen heraus eine zukünftige, für alle Beteiligten fruchtbare Kooperation durchaus möglich wäre. Ihnen war viele Jahre später genau das gelungen, was der junge Jake Hartman ehemals leider erfolglos versucht hatte, nämlich den älteren und in seinem unermüdlichen Tun für die Gesundheit der Gemeindebürger so hoch verdienten Kollegen letztlich die Ganzheitlichkeit der Medizin in all ihren Facetten nahezubringen und ihn aus dem etwas antiquierten, ja manchmal reaktionären Fahrwasser herauszuführen.

Linda wiederum hatte eingesehen, dass sich das Leben unter einem Dach mit dem Bruder auf die Dauer nicht sehr angenehm gestalten würde. Harold hatte wahrlich mit Rose und Lilly zwei Damen an seiner Seite, die sein Privatleben völlig ausfüllten, da war kein Platz für die Schwester. So hatte sie sich kurzerhand eine eigene kleine Wohnung genommen, wo sie wie früher auf sich allein gestellt und somit durchaus zufrieden war. Allen Familienmitgliedern und auch den anderen Bürgern des Städtchens stand sie mit Rat und Tat zur Seite. Lilly liebte sie abgöttisch; das Mädchen profitierte von ihr schulisch und menschlich. Die Gespräche mit der Tante ließen das Mädchen offenbar schneller heranreifen und sie trugen somit auch zu einem harmonischeren Zusammenleben im Hause Abbott bei.

Rose genoss die allgemein entspannte familiäre Situation sichtlich. Hatte sie am Anfang immer wieder ein wenig angstvoll mit einem Auge nach Denver zu Amy Ephram und den Kindern geblickt, so hatten die letzten Wochen gezeigt, dass hier offenbar alles ausgestanden war. Das Familienglück blühte; Ephrams Lehrtätigkeiten gingen ihren gewohnten Gang; Amy setzte sich verstärkt mit ihren Kindern auseinander, hatte Nikki unverzüglich zum Vortanzen als Elevin für den Ballettunterricht in einer nahe gelegenen musisch ausgerichteten Schule geschickt.

Ephram hatte tatsächlich seinen leiblichen Sohn kontaktiert, hatte von dessen Musikalität und von Kyle erfahren, hatte ihm einerseits mit Ruhe und Gelassenheit etliche gute Ratschläge für den Umgang mit zum Teil extravaganten Klavierlehrern mitgegeben, war aber andererseits voller Begeisterung über den eingeschlagenen Weg des Jungen gewesen, wobei er sich an dessen Vorliebe für das Keyboard wenig gestoßen hatte. Die Umstellung auf das herkömmliche Klavier würde er mithilfe seines Lehrers schon schaffen. Damit hatte er jedoch eine Grenze für sich gezogen. Es handelte sich zwar um seinen leiblichen Sohn; trotzdem hatte dieser fürsorgliche und verständige Eltern mit all ihren Rechten und Pflichten. Da wollte Ephram keineswegs über Gebühr Einfluss nehmen. Ein paar klärende Worte mit Arthur Walkley hatten ausgereicht, um dem im Fach Musik nicht allzu versierten Mann ein paar sinnvolle Tipps zu geben und damit seinem alten Freund und Schüler und jetzigen Starpianisten Kyle Hunter noch ein wenig in seinen Lehrmethoden den Rücken zu stärken.

„Junge", hatte Ephram seinem Sohn vermittelt, „übe fleißig, höre auf Kyle und auf deine Eltern, schließe aber ja die Schule ab und lass von Drogen in Hinkunft die Hände weg. Wenn du so weit bist, meldest du dich bei mir an der Colorado A & M. Alles andere ergibt sich von selbst."

Mit diesen Worten war alles gesagt gewesen und dieser Kontakt hatte sich hiermit zur großen Erleichterung Amys erledigt.

Der endgültige Bruch mit dem Vater war jedoch vollzogen; kein Sterbenswörtchen hatte Ephram mit diesem mehr gesprochen. Er und sein Wohl waren ihm restlos gleichgültig geworden. Zwar hatte er das mediale Interesse an diesem Fall aus den diversen Zeitungsberichten wahrgenommen, doch war es letztlich bei der emotionslosen Wahrnehmung geblieben; Interesse war keines mehr vorhanden. Amy hatte sich mit diesem Zustand arrangiert, stand in dieser Frage völlig hinter ihrem Mann und hatte dessen Beweggründe vollinhaltlich akzeptiert.

Einen Tag nach den so einschneidenden Erlebnissen am New Yorker Flughafen war Delia zurück nach Europa geflogen. Die Nacht zuvor hatte sie sich mit Nina ein Hotelzimmer geteilt. Kurz hatte sie der Stiefmutter von Ephrams Reaktionen berichtet. Jene hatte verstanden; hier ginge also nichts mehr. Nina hatte es leidgetan, zumal sie Ephram außerordentlich schätzte, doch auch ihren Möglichkeiten waren enge Grenzen gesetzt. So war ihr nichts anderes übrig geblieben, als dem rekonvaleszenten Ehemann von Ephrams Entscheidung zu berichten, was dieser letzten Endes schweren Herzens akzeptieren hatte müssen.

In der Zwischenzeit hatte Andy Brown sich weitgehend erholt, doch seine linke Hand war noch immer nicht recht brauchbar. Im Übereifer hatte er sich kürzlich wieder in seine Lehrtätigkeit gestürzt, musste aber immer einen Assistenten zur Seite haben, der alltägliche Verrichtungen, die seine Schreibhand benötigten, für ihn durchführte. Das begann beim Umblättern von Manuskripten und endete beim Unterfertigen von Zeugnissen und wissenschaftlichen Dokumenten.

Die behandelnden Ärzte waren allerdings zuversichtlich. Der Ehrgeiz des Professors war ungebrochen, also würde er in absehbarer Zeit seine Führungshand wieder einigermaßen gebrauchen können.

In Europa hatten Delia und Daniel ihre Recherchen nahezu beendet. Es hatte sich so viel brauchbares Material angesammelt, dass man mehrere Bände hätte füllen können. So hatten sie sich an das Sichten und Verwerfen gemacht.

Besonders Daniel hatte unter jedem in die Rubrik „Cancelled" verschobenen Dateiordner gelitten. Oftmals hatte sich der junge Mann in den vergangenen Wochen an jenen schrecklichen Tag erinnert, an dem seine geliebte Delia hätte zurückkehren sollen und einfach nicht erschienen war. Er hatte gewartet und gewartet, hatte auf dem Flughafen Wien Schwechat genächtigt, auf einer harten Bank, auf Delia wartend, zutiefst beunruhigt. Seine Laptoptasche hatte er in Mauthausen gelassen — wofür unnötiges Zeug mit sich herumschleppen? So war es ihm auch nicht möglich gewesen, die E-Mail der Freundin zu lesen. Immer wieder war er zur Auskunft gegangen, hatte sich nach den Fluggästen erkundigt. Einen Tag später war es endlich so weit gewesen und er hatte seine Geliebte mit unendlicher Erleichterung in die Arme schließen können.

Wenige Tage danach hatte Delia einen ausführlichen Brief von ihrem Bruder erhalten, in dem er sich unter anderem in aller Form für sein ihr gegenüber unsensibles Benehmen in New York entschuldigt hatte. Sofort hatte dies die Schwester akzeptiert, hatte in Denver angerufen und Ephram auf diese Weise auch verbal verziehen und ihm letzten Endes ihr Verständnis für sein Verhalten gegenüber dem Vater vermittelt. Näheres hatte man dann bei Madisons Prozess klären wollen.

Durch alle noch so kleinen Öffnungen drang die Hitze in die Zellen der Untersuchungshäftlinge im New Yorker Gefangenenhaus.

Einsam und schweißnass saß Madison in ihrer Einzelzelle und wartete auf die Ankunft ihres Rechtsanwalts, den ihr ehemaliger Chef für sie ausgesucht und auch bezahlt hatte. Einige Male war sie der Barbesitzer besuchen gekommen, hatte ihr versichert, dass sie nach dem Verbüßen ihrer Haftstrafe jederzeit ihren alten Job wieder aufnehmen dürfe. Er allein stand zu ihr. Weder der eigene Bruder noch sonst eine Menschenseele außer dem Anwalt hatte sie besucht.

Immer wieder hatte sie bittere Reue dokumentiert, hatte sich ausgezeichnet geführt, problemlos für die Beamten.

Nun war es so weit; der Prozess stand an.

Madison wusste um das mediale Interesse an diesem Fall, war aber gleichzeitig glücklich über die Tatsache, dass sie selbst von allem und jedem abgeschirmt und von den Medienvertretern unbehelligt blieb, ein weiterer Beweis einer neuen diesbezüglichen Kultur. Einzig Post von einigen Verlagen und Ghostwritern hatte sie erhalten, die ihre Story als Druckwerk vermarkten wollten.

Ihr Anwalt hatte jedoch abgeraten, der Zeitpunkt vor dem Prozess wäre höchst ungünstig und die Optik eine schiefe.

Schlüsselklirren; der Anwalt, flankiert von zwei Beamten, betrat ihre Zelle und sie geleiteten Madison auf den Gang hinaus. Zwei weitere Sicherheitsorgane gesellten sich hinzu.

„Mach's gut …"

Aus vielen Zellen klangen aufmunternde Worte, hatte man sich ja vielerorts mit diesem außergewöhnlichen Fall auseinandergesetzt und den meisten Mithäftlingen tat Madison leid.

Behutsam schob man die Frau in ein Justizwachefahrzeug, der Anwalt setzte sich neben sie, die Beamten davor und dahinter. Rasselnd schloss sich die vergitterte Stahltüre des Wagens.

Man fuhr eine ganze Weile; der Verkehr war gewaltig. Immer wieder musste Madison blinzeln, den gleißenden Sonnenschein war sie nicht mehr gewohnt. Zu düster war das Licht im Gefängnishof gewesen, zu gedämpft das Licht in der Zelle.

Das Gerichtsgebäude war erreicht. Dutzende Reporter hatten sich versammelt. Ein Blitzlichtgewitter hob an. Der Anwalt entledigte sich seines Sakkos und legte es schützend über Madisons Gesicht. Im Eilschritt strebte man dem Portal zu und verschwand so schnell wie möglich in das Gebäudeinnere.

Man betrat den zum Bersten gefüllten Schwurgerichtssaal.

Auf Geheiß der Beamten nahm Madison neben ihrem Anwalt auf der Anklagebank Platz. Vorsichtig blickte sie sich um. Da, auf der einen Seite, saßen die Geschworenen und musterten sie interessiert. In der Mitte, auf dem Podium, erhoben sich Tisch und Stuhl des Richters; noch war dieser Platz verwaist. Auf der anderen Seite erblickte sie Andy Brown, dessen Anwalt und die Staatsanwältin. Die Linke des Professors war durch einen unförmigen Handschuh geschützt.

Die Angeklagte blickte sich weiter um und versuchte nervös und verstört einzelne Gesichter aus der Masse Mensch zu erkennen, die da nahezu zu Hundertschaften den Gerichtssaal füllte. Bei Ephram blieb ihr Blick hängen. Er blickte ernst und starr in Richtung des Richterstuhls, richtete immer wieder seine

Krawatte zurecht, würdigte seinen Vater keines Blicks. Neben ihm erkannte sie Delia. Sie trug ein tiefblaues Kostüm und hatte ihre langen braunen Haare zu einem Dutt hochgesteckt. Hin und wieder wechselten die beiden Geschwister ein paar Worte miteinander.

Im Gerichtssaal wurde es schlagartig ruhig; der ehrenwerte Richter hatte, geschmückt von seiner Robe, den Saal betreten.

Verlesung der Anklage; endlos zog sich das Prozedere dahin. Die ersten Zeugen wurden einvernommen. Andy Brown schilderte seinen Zustand; Delia betrat den Zeugenstand, berichtete von ihren so positiven Erfahrungen mit ihrer ehemaligen Vertrauten, Freundin, Babysitterin, schilderte den Zeitpunkt der Tat und ihre eigene Reaktion.

Eine Erklärung von Peter Walkley in Zusammenhang mit dessen Zusammentreffen mit der leiblichen Mutter, überbracht von seiner Adoptivmutter, wurde verlesen.

Ephram wurde in den Zeugenstand gerufen. Emotionsgeladen berichtete er von dem vielen Fehlverhalten des eigenen Vaters, von dessen ehemaliger Nötigung Madisons, sie hätte unverzüglich Everwood zu verlassen, als ein Grundstein für deren kontinuierlichen sozialen Abstieg und die nunmehrige Tat.

Madisons Augen weiteten sich. Immer wieder tippte sie ihren Anwalt an, dessen Augen zu leuchten begonnen und dessen Miene ein sanftes Lächeln zu umspielen begonnen hatte.

Letztlich wurde sie selbst in den Zeugenstand gerufen. In bewegenden Worten hatte sie Andy Brown zum kausalen Verursacher ihrer Situation erklärt, gleichzeitig jedoch ihrer ehrlichen Reue Ausdruck gegeben. Die Staatsanwältin wies eindringlich auf Madisons berufliche Situation und deren Tätigkeiten im horizontalen Gewerbe hin. Die Angeklagte blickte zu Boden, die Schamesröte stieg ihr ins Gesicht.

Kreuzverhör mit Andy Brown ...

Letzten Endes blieb diesem nichts anderes übrig, als die Aussagen der anderen Zeugen zu bestätigen, er versteckte sich jedoch immer wieder hinter seiner Eigenschaft als Beschirmender seiner Familie.

Die Geschworenen wurden unruhig; sie tuschelten untereinander und warfen dem Universitätsprofessor seltsame Blicke zu, sahen zu Ephram, der unbeeindruckt dasaß, und daraufhin wiederum zu Madison.

Die Staatsanwältin hielt ihr Plädoyer: Mordversuch mit schwerer Körperverletzung.

Madisons Anwalt erhob sich, schilderte mit Blick auf die Geschworenen eindringlich nochmals die ganzen Fakten, die freiwillige Stellung der Angeklagten, ihre hervorragende Führung, ihre bisherige Unbescholtenheit – alles in allem für ihn eine Handlung im Affekt unter außergewöhnlichen Umständen.

Die Laienrichter zogen sich zurück.

Warten ...

Es dauerte nicht allzu lange, da erschienen sie unter der Führung des Berufsrichters wieder. Geräuschvoll nahm man Platz, erneut wurde es totenstill im Saal.

Der ehrenwerte Richter verkündete das Urteil: eine zweijährige Haftstrafe, davon ein Jahr unbedingt.

Ein Raunen ging durch den Saal.

Erleichtert fiel Madison ihrem Anwalt um den Hals; sie verspürte mehrfaches Schulterklopfen, Händeschütteln. Ihr ehemaliger Chef gesellte sich zu ihr, versprach allseits auf sie zu achten und das Separee hinter der Bar gäbe es in Zukunft nicht mehr.

Andy Brown war in sich zusammengesunken. Heftig gestikulierend forderten sein Anwalt und die Staatsanwältin Nichtigkeit.

Madison hörte das alles nicht mehr. Ihre einzige Aufmerksamkeit gehörte Ephram, der in Begleitung seiner Schwester soeben den Gerichtssaal verließ. Delia sah einen Augenblick zur Seite, zurück zum Vater, der von Nina seelisch aufgerichtet wurde. Sie hob grüßend ein wenig die Rechte und nickte Andy Brown fast unmerklich zu.

Dieser stand auf und schickte sich an, seiner Tochter nachzueilen, doch Nina hielt ihn zurück, drückte ihn zurück auf seinen Stuhl.

Ephram blickte stur geradeaus; gemessen schritt er hinaus. Ein kurzer Blick Delias zurück zu Madison und beide Geschwister waren in der Menschenmasse verschwunden.

Was getan werden hatte müssen, war getan worden.

19

Wie im Flug vergingen die Jahre. Wieder einmal war es Adventzeit geworden, die Zeit der Besinnung, die Zeit der Erwartung. Wie schon so oft in seinem Leben tänzelte Harold Abbott gut gelaunt und in festlicher Stimmung durch seine Praxis, schmückte da und dort die Räumlichkeiten, verteilte überall kleine Tannenzweiglein und stellte den Christbaum mitten in das Wartezimmer – eine wunderhübsche kleine Tanne, die er eigenhändig in einem Waldstück unweit des Städtchens mit Erlaubnis des zuständigen Försters geschlagen und durch den meterhohen Schnee hinunter nach Everwood transportiert hatte. Leise Weihnachtslieder pfeifend hing er ausgesuchte Kugeln auf und erntete einen teils bewundernden, teils vorwurfsvollen Blick seiner gestrengen Ordinationsassistentin.

„Ich weiß, ich weiß …"

Längst hätte der verdiente Mediziner schon auf dem Weg in das Kurzentrum sein sollen, wo er in Absprache und Zusammenarbeit mit den Facharztkollegen zwei Mal pro Woche für die dort logierenden Kurgäste jeweils zwei Stunden Hausarzt und Ordination zu spielen hatte, eine nachträglich betrachtet durchaus einträgliche Sache, welche den vor nun schon weit mehr als zwei Jahren erreichten Schulterschluss zwischen ihm und den Kurärzten mehr als rechtfertigte.

Mit einem kurzen Blick gen Himmel unterbrach Harold seine Tätigkeit, packte Mantel und Arzttasche und machte sich auf den Weg zu seinem Wagen, der an gewohnter Stelle geparkt war. In gemessenem Tempo fuhr er die Hauptstraße entlang, am Rathaus vorbei, von wo aus das seit gut einem Jahr in Vollbetrieb befindliche Kurzentrum, das sich sehr harmonisch in die wundervolle Landschaft einfügte, schon deutlich zu sehen war und. Mit einem

Seitenblick auf den kleinen offenen Platz vor dem Rathaus entdeckte er Bright, der samt Stadtrat angetreten war, um den gemütlichen Adventmarkt zu eröffnen, der sich um das Amtsgebäude herumgruppierte und um in einem kleinen Festakt den Christbaum, der mitten auf dem Platz stand, zu illuminieren. Es waren nicht Hunderte Kerzen, die da an den Ästen steckten, aber es waren geschmackvolle, wertvolle, langlebige. Überhaupt hatte sich der Geist der Zeit noch weiter gewandelt. Nicht mehr die Menge, die Masse machte es aus, Qualität war gefragt, Produkte aus den Materialien der Umgebung, natürliche Produkte, nicht Kunststoffe, nicht Plastikmüll. Guter Geschmack und ausgewogener Umgang mit den schön langsam zu Ende gehenden Ressourcen der Erde standen auf der Tagesordnung, waren zu einer Selbstverständlichkeit geworden. Mit dem ohnehin schon extrem sparsamen PKW fuhr man nur mehr, wenn es unbedingt notwendig war, der öffentliche Verkehr hatte in allen Belangen absolute Priorität erhalten.

Dr. Harold Abbott ließ das Fenster der Fahrertüre hinunter und winkte seinem Sohn zu und auch der Abordnung der „Böcke" in ihren bunten Trachten, jener seltsame Männerverein, dessen Vorsitz er schon einige Male innegehabt hatte. Auch Bright grüßte lachend zurück und wies stolz auf den schmucken Baum, was Harold mit einer anerkennenden Geste quittierte.

Die erste Amtsperiode des Bürgermeisters neigte sich schon langsam ihrem Ende zu, der Wahlkampf stand unmittelbar bevor. Und da kam so einiges auf Bright zu. Immerhin war sein großes Vorbild die eigene Mutter, deren Amtszeit ja zwölf Jahre gedauert hatte, und die Konkurrenz war hart und schlief nicht. Allerdings hatte der junge Bürgermeister in den letzten Jahren seiner Amtsperiode großartig gearbeitet, seine Versprechen gegenüber dem Vater wahr werden lassen. Er hatte seine Politik des geringsten Widerstandes und das Dasein als manchmal vielleicht etwas zu willfähriges Windfähnchen gänzlich aufgegeben und ein bemerkenswertes persönliches Profil erlangt, das ihm auch durchaus gute Chancen auf eine Wiederwahl einbrachte.

Einige Male war Bright in letzter Zeit schon recht nahe an einer festen Bindung gestanden. Durchaus ernst zu nehmende junge Damen der gehobenen Gesellschaft hatten sich mehr als nur interessiert gezeigt, doch letztlich war nichts daraus geworden. Die einzige Frau, die der Bürgermeister bislang je geehelicht hätte, wäre Hannah gewesen. Doch diese war weit weg, in Minnesota, und lebte dort ihr eigenes Leben, ohne allerdings den Kontakt zu ihrem Seelenfreund jemals verloren zu haben.

Bright stand stramm, der Stadtrat ebenso; mit einer Fanfare machte sich die Stadtmusik bemerkbar. Rose kam herbeigeeilt, mit Lilly im Schlepptau. Eine richtige junge Dame war jene geworden, benahm sich so, ohne Allüren zu haben. Sie war das jüngste Arzttöchterchen der Gemeinde, das und diesen Stand lebte sie aus, genoss es, zog reihenweise die Blicke der Jungs des Städtchens auf sich und genoss das sichtlich ebenfalls. Lächelnd wies Rose auf den Baum, dessen Kerzen soeben in hellem Licht zu erstrahlen begonnen hatten.

„Schön ist er heuer wieder, stimmt's Mädchen?"

Lilly nickte eifrig und blickte verstohlen zu einem Jungen auf die andere Seite des Platzes hinüber, was der Mutter nicht entging.

„Ist das nicht Marc, der jüngste Sprössling unseres Apothekers?"

Lilly wurde rot im Gesicht, nickte und blickte verschämt zu Boden.

Rose bohrte nicht weiter nach, sie hatte Verständnis und richtete ihren Blick wieder diskret hin zum Weihnachtsbaum. Die Musik spielte inzwischen traditionelle Weihnachtslieder.

Unvermittelt seufzte Rose und senkte ihrerseits ihren Blick. So sehr sie die Adventzeit und das Weihnachtsfest auch liebte, so sehr litt sie auch unter dem so unüberbrückbaren Riss in der Familie. Seit dem Schussattentat auf Andy Brown hatten Vater und Sohn kein Wort mehr miteinander gewechselt, waren einander nicht mehr begegnet. So sehr auch Andy eine gewisse Normalität im Sinne hatte, so strikt war Ephram dagegen. Rose, die Familienmutter, musste sich letzten Endes daran halten. Der Schwiegersohn lag ihr näher – so musste sie sich mühsam durchlavieren.

Zu Harolds Geburtstag erschien seit den letzten zwei Jahren immer Andy mit Nina und Sam – wenn dieser Zeit hatte; zu Thanksgiving kamen Nikki und Harry, zu Weihnachten die ganze Familie Brown als Gäste ins Haus der Abbotts. Die ganzen Themen um die traurigen Ereignisse und die daraus folgenden Konsequenzen wurden letztlich totgeschwiegen, es hatte keinen Sinn, darüber zu reden oder sich Gedanken zu machen. Es war so und würde nicht zu ändern sein.

Auch vor der Großstadt hatten die neuen Denkweisen nicht haltgemacht. Der typische Weihnachtskitsch mit dem althergebrachten „Ho, ho, ho" der allgegenwärtigen, durch alle Geschäftsstraßen und Einkaufszentren pilgernden Weihnachtsmänner gehörte der Vergangenheit an. Man orientierte sich an grundlegenden Werten wie auch der Individualität des Menschen, was zu Dezentralisierungen geführt hatte. Kleinere Läden, höhere Qualität und selbstständigeres Denken hatten sich zur neuen Bescheidenheit, zu einer gewissen Demut der Natur und ihren Geschenken gegenüber dazugesellt; nicht in der Denkungsart des Jean Jacques Rousseau, sondern viel grundlegender, differenzierter, individueller. Die neuen Aufgabenbereiche der Medien – Bildung statt Verbildung, Erhellung statt Verdammung – hatten das Ihre dazu geleistet, in Denver wie in Chicago oder New York, in London wie in Paris oder auch in Wien oder Berlin.

In Denver, bei den Browns, hatte man aus der Not eine Tugend gemacht und statt nach Everwood zu reisen, Delia und Daniel zum Festessen an Thanksgiving geladen. Da die Kinder ja bei den Großeltern weilten, war man zwar nur zu viert, hatte aber vielleicht gerade deshalb mehr Zeit für interessante Gespräche.

Längst war das umfangreiche Werk der beiden Europareisenden veröffentlicht, hatte weltweite Anerkennung gefunden und den beiden Autoren nicht nur an der eigenen Universität einige Lorbeeren verschafft. Die ganze Colorado A & M war stolz auf das auch privat so herrlich harmonierende Team. Delia war zur jüngsten Dozentin der Universität ernannt worden und auch Daniel war nicht leer ausgegangen. Seine auch sprachlich so fundierten Beiträge hatten ihm zu einem Lektorenjob am Institut für Anglistik verholfen.

Immer wieder war schon eine Eheschließung der beiden im Raum gestanden, doch noch wollte man sich Zeit lassen, waren ja beide noch nicht einmal dreißig Jahre alt.

Und es liefe ihnen ja auch nichts davon. Die universitäre Laufbahn und eine dortige Karriere waren ihnen einfach wichtiger.

Hin und wieder hatten Ephram und Amy versucht auf diese Entscheidung Einfluss zu nehmen, doch waren diese Versuche zum Scheitern verurteilt, verwies Delia in diesem Zusammenhang erst recht immer auf Amy als Paradebeispiel, wie Beruf und Familie nicht vereinbar wären.

Für die schöne blonde Abbott-Tochter hatte sich einiges verändert. Sie hatte ihre Denkungsart überdacht, hatte Nikki in ihren Ballettambitionen unterstützt, war in der Sportschule selbst als Trainerin aktiv geworden, zumal sie gerade in diesem Metier einiges an Erfahrung mitbrachte. Die körperliche Aktivität tat ihr gut, verhalf ihr wieder zu dem stolzen und aufrechten Auftreten ihrer Jugendzeit. Sie nahm verstärkt Anteil an Ephrams Karriere, verwaltete penibel seine privaten Klavierstunden und hatte nun, in der ersten Klasse der Junior Highschool, auch Harrys Begabungsbereiche erkannt, die Sprache. Spielerisch jonglierte dieser mit Worten, schrieb mit Leidenschaft und brachte mit seinen diesbezüglichen Ambitionen so manchen Lehrer an den Rand des Wahnsinns.

Die beiden Eheleute und Eltern waren sich einig, dass der eingeschlagene Weg der richtige wäre; es wurde nicht nach hinten geblickt, sondern nach vorne. Alle Dinge, die untereinander längst ausgeräumt waren, hatten auch keinen Platz mehr in ihren Gedanken; sie waren einfach erledigt und abgehakt.

Ephram hatte vor kurzem seinerseits die Gunst der Stunde genützt und sich beim Abgang des Leiters der Meisterklasse an das Julliard-College als dessen Nachfolger beworben und prompt hatte dieser taktisch kluge Schachzug funktioniert. Ephram hatte nicht seine Ellenbogen für diesen Spitzenjob verwenden müssen, sondern einzig und allein seine ihm eigene Geduld hatte ihn sein erklärtes Ziel erreichen lassen. Es war nicht notwendig gewesen, über Gebühr aufdringlich oder lästig sein zu müssen.

Mit Stolz, Können, Akribie und Leidenschaft wollte er nun seine Spitzenpianisten zu absoluter Meisterschaft führen.

Der Bruch mit dem Vater war Tatsache; kein Mensch könnte ihn jemals von der Überzeugung abbringen, dass seine Entscheidung, sein Schritt, der absolut richtige gewesen war. Gerne hatte er sich damit arrangiert, dass es nunmehr niemanden gab, der irgendwo aus der Familie heraus Einfluss auf sein Leben nehmen würde, und auch Harold Abbott hatte den deutlichen Fingerzeig erkannt. Vor Gott und allen Heiligen hatte er sich geschworen, sich niemals mehr ungefragt in das Leben seiner älteren Tochter und deren Familie einzumengen; zu groß war der Respekt vor seinem Schwiegersohn.

Andy Brown wiederum hatte den Gipfel seiner späteren Karriereleiter erreicht. Die Stanford University hatte ihn mit einem Ehrendoktor für seine Leistungen auf dem Gebiet der Neurochirurgie ausgezeichnet, was bei dem älteren Herrn zu einer weiteren, einer vermutlich letzten Welle der Begeisterung geführt hatte. Mit noch mehr Einsatz hielt er seine Vorlesungen, siebte mit aller Strenge die wirklich Fähigen der Studentenschaft aus und führte diese als wahrer Mentor durch das so schwierige Studium hin in den verantwortungsvollen Arbeitsprozess im klinischen Bereich.

Wer erfolgreich durch seine Hände gegangen war, konnte sich eines Arbeitsplatzes in einem erstklassigen Krankenhaus sicher sein.

Längst hatte man ihm seine kleinen Ausrutscher verziehen, die ihm in den letzten Jahren seiner aktiven chirurgischen Tätigkeit unterlaufen waren. Sein Weltruhm war ungebrochen. Sogar seiner Einladung nach Wien, an die „Alma Mater", war er verspätet, aber doch nachgekommen, hatte gleich die sich bietende

Gelegenheit genutzt, um auch andere führende medizinische Schulen Europas, wie die an der Sorbonne in Paris, oder die in Deutschland oder Großbritannien, zu besuchen. Nina war noch nie in Europa gewesen; sie hatte von sich aus darauf bestanden, die Reise auszuweiten, um einen ernst zu nehmenden Überblick über den alten Kontinent zu bekommen.

Bald nach seiner restlosen Genesung hatte auch das mediale Interesse an Andy Brown nachgelassen. Er hatte zwar einige neurologische Defizite im Gebrauch der linken Hand zurückbehalten und er tat sich bei manchen Bewegungen und Verrichtungen ein wenig schwer. Die wissenschaftlichen Fähigkeiten des Mannes überdeckten jedoch alles; kein Mensch nahm Anstoß an dem kleinen körperlichen Makel.

Andys Ehe mit Nina verlief weiterhin problemlos; längst hatte die Frau ihm alles verziehen. Statt auf seinen eigenen Sohn konzentrierte er sich auf Sam. Vorsichtig, ohne über Gebühr dominant zu wirken, gab er Ratschläge, öffnete die eine oder andere Türe. Denn auch Andy Brown hatte dazugelernt, hatte seit dem einschneidenden Ereignis, welches das Ende seiner aktiven beruflichen Laufbahn als Neurochirurg bedeutet hatte, die Machtallüren, die arrogante Geltungssucht und die Eigenschaften eines Kontrollfreaks weitgehend abgelegt. Er hatte sich verändert, zum Positiven ...

Die Nichtigkeitsbeschwerde der Staatsanwaltschaft und von Andrew Browns Rechtsanwalt war letztlich abgewiesen worden, woraus für Madisons Strafe Rechtskraft erwachsen war. Das eine Jahr der unbedingten Gefängnisstrafe war bald vorüber gewesen und ihre Führung untadelig. Bald nach ihrer Haftentlassung hatte Madison ihren Job als Kellnerin in der Bar wieder aufgenommen und der Bewährungshelfer hatte mit seinem Schützling wahrlich keine Probleme.

War es der positive Werbeeffekt, war es ihre Persönlichkeit, die durch die Ereignisse und Erfahrungen herangereift war, das Lokal blühte wieder auf und das Separee blieb tatsächlich für immer und ewig geschlossen. Der Besitzer der Bar dankte es seiner Mitarbeiterin, indem er ihr eine Lebensgemeinschaft in seiner Wohnung anbot, was Madison gerne annahm.

Gemeinsam führten sie nun das Lokal, bauten den hinteren Teil zu einer neuen Gaststube um und erfreuten sich eines regen Zustroms neuer zahlungswilliger Gäste aus dem Umfeld des Flughafens, der ja nicht allzu weit entfernt lag. Nicht nur für diese Gäste war Madison ein Faktotum, auch so mancher Verleger hatte nicht lockergelassen. Letzten Endes hatte sie nachgegeben und die Rechte an ihrer Story verkauft.

Mit dem Honorar dafür statteten die beiden das Lokal neu aus und mieteten vor kurzem zudem den benachbarten Tabakladen dazu, dessen Besitzer nach einem massiven Schlaganfall an den Rollstuhl gefesselt war und für den deshalb die Mieterträge von vitalem Interesse waren.

Die beiden Lokalbetreiber brachen das Mauerwerk durch und vergrößerten so erneut die Fläche der Bar. All das führte zu einer gewaltigen Aufwertung des Geschäfts; ein völliger Wandel des Klientels war die Folge. Das Lokal wurde einzigartig für Queens. Es lebte und gedieh unter Madisons wiedererlangtem Charme und ihrem gewinnenden und durchsetzungsfähigen Wesen.

Peter Walkley hatte sich an das gehalten, was ihm sein leiblicher Vater empfohlen hatte. Arthur hatte einen Raum des Hauses mit einem Konzertflügel ausgestattet, der einzig und allein seinem Sohn für Übungszwecke zur Verfügung stand. Kyle Hunter war es recht gewesen. Ephrams Einflussnahme auf Peter hatte ihm tatsächlich den Rücken gestärkt. Peter hatte das elektronische Keyboard links liegen gelassen und sich gänzlich auf das Klavier konzentriert. Nur mit seinen Freunden, im privaten Bereich, verwendete er das E-Piano immer wieder. Er hatte erkannt, dass das Hammerklavier seine Zukunft werden würde und dass durch den leiblichen Vater irgendwann einmal Tür und Tor weit offen stehen könnten, doch war viel harte, oft zermürbende Arbeit daran gebunden. Oft verzweifelte Peter, doch der Gedanke an seine Zukunft richtete ihn immer wieder auf. Mit Argusaugen stand stets Kyle dahinter, mit Zuckerbrot und Peitsche unterrichtete er seinen so hochbegabten Schüler, trieb ihn an und baute ihn in Krisenzeiten auch wieder auf. Den Drogen und dem ausgelassenen Strandleben hatte Peter endgültig abgeschworen; das passte nicht zu seinem neuen, zukunftsorientierten Denken.

Natürlich hatte es Ausrutscher gegeben, Trinkgelage in Lokalen, privates Über-die-Stränge-Schlagen, doch den Weg, den kontinuierlichen Weg verlor Peter nie aus den Augen, behielt ihn immer bei.

Und sogar Eve und Arthur hatten dazugelernt, hatten sich mehr mit ihrem Sohn und dessen so intensiven Ambitionen auseinandergesetzt, hatten selbst Noten lesen gelernt, sich mit der Musikgeschichte und so manchen Komponisten auseinandergesetzt. Für sie war das alles eine gewaltige Bereicherung ihres Lebens geworden.

Endlich schlugen für Peter Walkley die großen Stunden. Vor wenigen Wochen hatte er das Abschlussdiplom seiner Highschool entgegengenommen, hatte unverzüglich sein Demoband und die Bewerbungsunterlagen an die Colorado A & M gesendet. Nun hatte man ihn zum Adventskonzert der potenziellen neuen Studenten geladen, bei welchem auf zwei Klavieren ein Satz eines Klavierkonzerts darzubieten wäre und der Lehrer, also Kyle, den Orchesterpart und der Schüler oder die Schülerin den Solistenpart übernehmen sollte, eine Veranstaltung, die an dieser Universität durchaus schon Traditionscharakter hatte.

Mit klopfendem Herzen saß Peter in seinem Hotelzimmer, seine Hände zitterten; sehnsüchtig wartete der junge Mann auf seinen Lehrer, betete zu Gott, dass ihn dieser nicht im Stich lassen würde.

Es klopfte an der Türe; Peter sprang auf und öffnete; Kyle stand draußen, bemerkte sofort den Zustand seines Schützlings und richtete diesem die Krawatte.

„Wird schon schiefgehen …"

Er klopfte Peter freundschaftlich auf die Schultern.

„Komm, fahren wir los!"

Ephram saß im Sekretariat der Universität, paffte sein Pfeifchen, hantierte ein wenig nervös an seiner Brille herum und blickte wieder und wieder in das Konzertprogramm. Natürlich hatte er längst von Peters Bewerbungsunterlagen erfahren und diese auf Herz und Nieren geprüft. Irgendwie passte ihm die Reihenfolge der Darbietungen allerdings nicht; zu gerne hätte er Peter als krönenden Abschluss gesehen, doch hatte sich ein anderer durchgesetzt, dessen Lehrer offenbar gute Karten an der Universität hatte. Ephram hatte sich seinerseits dazu entschlossen, in diesem Fall nicht seine Beziehungen spielen, sondern den Dingen ihren Lauf zu lassen. Er vertraute auf Peters, aber auch auf Kyles Fähigkeiten.

Er holte seine goldene Taschenuhr aus seinem Jackett hervor, ein Geschenk Amys zu seinem letzten Karriereschritt, der feierlichen Ernennung zum Leiter der Meisterklasse, und er erhob sich.

Auch ihm klopfte das Herz bis zum Hals. Er schloss sein Sakko, nestelte an seiner schwarzen Fliege herum und schritt die Treppen hinunter in das Foyer.

Er wartete ein Weilchen, drehte sich immer wieder um, ging einige Male auf und ab, musterte ein wenig unsicher die Festgäste, die an ihm vorbeihuschten, und zog wieder seine Uhr hervor.

Das Eingangstor öffnete sich und Amy eilte herein, umarmte und küsste ihn, entschuldigte sich für die Verspätung.

„Kein Problem, Liebes, lass uns gehen."

Galant bot Ephram seiner Frau den Arm an und marschierte mit ihr die wenigen Stufen zum Festsaal der Fakultät hinauf.

Sie traten ein; neugierige Blicke des bereits nahezu zur Gänze gefüllten Auditoriums richteten sich auf das eindrucksvolle, an der ganzen Universität bekannte Paar.

„Was spielt er eigentlich?"

Kurz wendete sich Amy flüsternd ihrem Mann zu.

„Beethoven, fünftes Konzert, Finalsatz"

„Gute Wahl…"

„Finde ich auch; passt auch gut zu Kyle, der Orchestersatz ist phänomenal."

Gemessen schritt das Paar zu den Ehrenplätzen hin. Die vordersten beiden Mittelplätze waren traditionell für den Leiter der Meisterklasse und dessen Begleitung reserviert.

Das Licht ging aus und die Scheinwerfer richteten sich auf die Bühne, auf der zwei mächtige schwarze Konzertflügel in einer solchen Konfiguration standen, dass die beiden Musiker mit dem Rücken zueinander zu sitzen hatten.

Es wurde still; hie und da noch ein Räuspern. Applaus brandete auf; die ersten beiden Pianisten betraten die Bühne.

Ephram versuchte sich zu konzentrieren, das Potenzial auszuloten, das da möglicherweise an die Universität kommen könnte, doch er schaffte es nicht. Mit dem Herzen war er schon bei Peter, seinem Sohn, den er noch nie gesehen hatte. Hin und wieder sah Amy zu ihm hin und ergriff seine Hand; sie war kalt und schweißnass.

„Wie schlimm ist es, Ephram?"
Flüsternd beugte sich seine Frau zu ihm.
„Keine Ahnung …"

Der Moderator stieg auf die Bühne und kündigte Kyle Hunter und Peter Walkley aus San Francisco an.

Ephram blieb der Atem weg; laut schlug sein Herz. Amy legte ihren Arm um ihren Ehemann.

„Du wirst sehen, ein toller Junge!"
Völlig grundlos, einfach instinktiv sah sich Ephram um. Hinter ihm saß ein hübsches dunkelhaariges Mädchen, das sich mit der Linken nervös übers Haar strich und mit der Rechten fieberhaft ihren Daumen drückte.

„Bist du Peters Freundin?" Das Mädchen nickte.

Kyle und Peter betraten die Bühne. Applaus; dann Stille.
Amys Finger krallten sich in Ephrams Oberarm.
Atemlos betrachtete der Vater seinen Sohn, dessen Bewegungen, dessen blondes Haar, die markante, der seinen ungeheuer ähnliche Silhouette seines Gesichts, welche der Einfallswinkel der Scheinwerfer besonders betonte.

Peter begann. Leise, gefühlvoll gestaltete er den Übergang vom zweiten zum dritten Satz; dann der gewaltige Einsatz des Hauptthemas, die mächtigen Schläge des Orchesterparts. Peter und Kyle ergänzten einander perfekt, der junge Mann überzeugte in Technik, Phrasierung, Kraft und Gefühl.

Ephram sah sich selbst in seinem Sohn, wie er dasaß – im Rampenlicht. Peter würde jenes Ziel erreichen, das er selbst frühzeitig zugunsten einer dauerhaften festen Beziehung zu Amy, aber auch einer eventuell zu gründenden Familie aufgegeben hatte. Er selbst war nie der Star geworden, der er hätte ursprünglich sein wollen, hatte Angst vor dessen Einsamkeit und einem unsteten, rastlosen Leben gehabt. Stattdessen hatte er sein großartiges Können, sein umfassendes Wissen als Lehrender weitergegeben.

Zufrieden schloss er die Augen; ja, da und dort gab es winzige Kleinigkeiten, die zu verbessern wären, Details, die nur das absolute, das perfekt geschulte Gehör eines Leiters der Meisterklasse wahrnehmen konnte.

Ein letztes Mal das gewaltige Rondothema; glänzendes Es-Dur ließ den Festsaal hell erstrahlen. Die letzten Läufe, die letzten Takte, die finalen Schläge.

Sekundenlang atemlose Stille ...

Jubel; begeistert erhoben sich die Zuhörer von ihren Sitzen, applaudierten stehend den beiden Pianisten zu.

Ephram löste sich aus Amys Umarmung; er erhob sich. Voller Stolz richtete er sich auf und ging gemessenen Schritts zur Bühne auf seinen Sohn zu, klopfte Kyle anerkennend auf die Schultern und reichte Peter die Hand.

„Ich gratuliere ..."

Der Autor

Reinhard Bicher, 1957 in Wien geboren, leitet zivilberuflich eine eigene Wirtschaftsdienstleistungsfirma. Daneben ist der Vater eines 21-jährigen Sohnes in sozialen Belangen engagiert. Die ersten Höhepunkte seiner schriftstellerischen Tätigkeit erlebte der mit einer Ärztin verheiratete Autor mit der Publikation seines Romans „Griff nach den Sternen" (2005) und des Lyrikbandes „Brückenschlag" (2007) sowie mit der dreibändigen analytischen Reihe zur TV Serie „Dawson's Creek" (2008/2009).

novum ❤ EIN HERZ FÜR AUTOREN

Der Verlag

Der im österreichischen Neckenmarkt beheimatete, einzigartige und mehrfach prämierte Verlag konzentriert sich speziell auf die Gruppe der Erstautoren.
Die Bücher bilden ein breites Spektrum der aktuellen Literaturszene ab und werden in den Ländern Deutschland, Österreich, Schweiz und Ungarn publiziert.
Das Verlagsprogramm steht für aktuelle Entwicklungen am Buchmarkt und spricht breite Leserschichten an.
Jedes Buch und jeder Autor werden herzlich von den Verlagsmitarbeitern betreut und entwickelt.
Mit der Reihe „Schüler gestalten selbst ihr Buch" betreibt der Verlag eine erfolgreiche Lese- und Schreibförderung.

Manuskripte herzlich willkommen!

novum publishing gmbh
Rathausgasse 73 · A-7311 Neckenmarkt
Tel: +43 2610 43111 · Fax: +43 2610 43111 28
Internet: office@novumpro.com · www.novumpro.com

AUSTRIA · GERMANY · SWITZERLAND · HUNGARY

novum — EIN HERZ FÜR AUTOREN

Bewerten
Sie dieses Buch
auf unserer
Homepage!

www.novumpro.com